太平廣記鈔

태평광기초 8

〈지식을만드는지식 고전선집〉은
인류의 유산으로 남을 만한 작품만을 선정합니다.
읽을 수 없는 고전이 없도록 세상의 모든 고전을 출판합니다.
오랜 시간 그 작품을 연구한 전문가가
정확한 번역, 전문적인 해설, 풍부한 작가 소개, 친절한 주석을
제공합니다.

太平廣記鈔
태평광기초 8

풍몽룡(馮夢龍) 엮음
김장환(金長煥) 옮김

대한민국, 서울, 지식을만드는지식, 2024

편집자 일러두기

- 이 책은 명나라 천계(天啓) 간본을 저본으로 교감한 배인본 중에서 번체자본(繁體字本)인 웨이퉁셴(魏同賢)의 교점본[2책, 《풍몽룡전집(馮夢龍全集)》 8·9, 펑황출판사(鳳凰出版社), 2007]을 바탕으로 하고 기타 배인본을 참고했습니다. 아울러 《태평광기》와의 대조를 통해 교감이 필요한 원문에 한해 해당 부분에 교감문을 붙이고, 풍몽룡의 비주(批注)와 평어(評語)까지 포함해 80권 2584조 전체를 완역하고 주석을 달았습니다. 《태평광기》는 왕샤오잉(汪紹楹)의 점교본[베이징중화수쥐(中華書局), 1961]을 사용했습니다.
- 《태평광기초》는 총 80권으로 되어 있습니다. 이 번역본에는 편의상 한 권에 원서 5권씩을 묶었습니다. 마지막 권인 16권에는 전체 편목·고사명 찾아보기, 해설, 엮은이 소개, 옮긴이 소개를 수록했습니다.
  제8권은 전체 80권 중 권36~권40을 실었습니다.
- 국내에서 처음으로 소개됩니다.
- 해설 및 주석은 독자들의 이해를 돕기 위해 모두 옮긴이가 붙인 것입니다.
- 옮긴이는 독자들이 이해하기 쉽도록 각 고사에는 맨 위에 번역 제목을 붙였고 그 아래에 연구자들이 작품을 찾아보기 쉽도록 원제를 한자 독음과 함께 제시했습니다. 주석이나 해설 등에서 작품을 언급할 때는 원제의 한자 독음으로 지칭했습니다.
- 옮긴이는 원전에서 제시한 작품의 출전을 원제 아래에 "출《신선전(神仙傳)》"과 같이 밝혔습니다. 또한 원문 뒤에는 해당 작품이 《태평광기》의 어느 부분에 실려 있는지도 밝혀 《태평광기》와 비교 연구할 수 있도록 했습니다.
- 본문에서 "미 :"로 표기한 것은 엮은이 풍몽룡이 본문 문장 위쪽에 단 미주(眉注)이고 "협 :"으로 표기한 것은 문장과 문장

사이에 단 협주(夾注)입니다. "평 : "으로 표기한 것은 풍몽룡이 본문을 읽고 자신의 평을 추가한 것입니다.
- 한글에 한자를 병기할 때 괄호 안의 말과 바깥 말의 독음이 다르면 [ ]를 사용하고, 번역어의 원문을 표시할 때는 ( )를 사용했습니다. 또 괄호가 중복될 때에도 [ ]를 사용했습니다.
- 고대 인명과 지명은 한자 독음으로 표기하고 현대 인명과 현대 지명은 국립국어원의 중국어 표기법에 따라 표기했습니다.

차 례

권36 유오부(謬誤部) 유망부(遺忘部) 치비부(嗤鄙部)

유오(謬誤)

36-1(0932) 감자포(甘子布) · · · · · · · · · · · 3157

36-2(0933) 소영사(蕭穎士) · · · · · · · · · · · 3158

36-3(0934) 치앙(郗昂) · · · · · · · · · · · · · 3161

36-4(0935) 장 장사(張長史) · · · · · · · · · · 3163

36-5(0936) 소부(蕭俛) · · · · · · · · · · · · · 3165

36-6(0937) 최청(崔淸) · · · · · · · · · · · · · 3167

36-7(0938) 강서의 역참 관리(江西驛官) · · · · · · 3168

36-8(0939) 곽무정(郭務靜) · · · · · · · · · · · 3170

36-9(0940) 이문례(李文禮) · · · · · · · · · · · 3173

36-10(0941) 장수신(張守信) · · · · · · · · · · 3175

36-11(0942) 원주(苑𥱨) · · · · · · · · · · · · 3176

36-12(0943) 도성의 유생(京都儒士) · · · · · · · 3179

36-13(0944) 두소경(竇少卿) · · · · · · · · · · 3183

36-14(0945) 하유량(何儒亮) · · · · · · · · · · 3186

36-15(0946) 와전된 말(語訛) · · · · · · · · · · 3187

유망(遺忘)

36-16(0947) 장이섭(張利涉) · · · · · · · · · · · ·3191

36-17(0948) 염현일(閻玄一) · · · · · · · · · · · ·3193

36-18(0949) 이원효(李元皛) · · · · · · · · · · · ·3195

치비(嗤鄙)

36-19(0950) 전욱(顓頊) · · · · · · · · · · · · · ·3199

36-20(0951) 준치(蹲鴟) · · · · · · · · · · · · · ·3201

36-21(0952) 한창(韓昶) · · · · · · · · · · · · · ·3203

36-22(0953) 한간(韓簡) · · · · · · · · · · · · · ·3204

36-23(0954) 장유고(張由古) · · · · · · · · · · · ·3206

36-24(0955) 탁지랑(度支郎) · · · · · · · · · · · ·3208

36-25(0956) 권용양(權龍襄) · · · · · · · · · · · ·3210

36-26(0957) 사사명(史思明) · · · · · · · · · · · ·3214

36-27(0958) 최숙청(崔叔淸) · · · · · · · · · · · ·3216

36-28(0959) 상정종(常定宗) · · · · · · · · · · · ·3217

36-29(0960) 장회경(張懷慶) · · · · · · · · · · · ·3219

36-30(0961) 매권형(梅權衡) · · · · · · · · · · · ·3221

36-31(0962) 유의방(劉義方) · · · · · · · · · · · ·3224

36-32(0963) 이거(李據) · · · · · · · · · · · · · ·3226

36-33(0964) 소미도(蘇味道) · · · · · · · · · · · ·3228

36-34(0965) 후사지(侯思止) ･･･････････ 3230

36-35(0966) 왕급선과 양도(王及善·陽滔) ････ 3233

36-36(0967) 세 가지 더러움(三穢)･･･････ 3235

36-37(0968) 대성 안의 말(臺中語)･･･････ 3236

36-38(0969) 왕초 형제(王初昆弟) ･･･････ 3238

36-39(0970) 내자순(來子珣) ･･･････････ 3240

36-40(0971) 무의종(武懿宗) ･･･････････ 3242

36-41(0972) 조인장(趙仁獎) ･･･････････ 3244

36-42(0973) 숙종 때 초징된 인재(肅宗朝徵君)････ 3246

36-43(0974) 임곡(任轂) ･･･････････････ 3248

36-44(0975) 소응현의 서생(昭應書生) ･･････ 3250

36-45(0976) 장 박사(張博士) ･･････････ 3251

36-46(0977) 세 명의 망령된 사람(三妄人) ････ 3254

36-47(0978) 정계(鄭綮) ･･･････････････ 3257

36-48(0979) 여간(黎幹) ･･･････････････ 3259

36-49(0980) 광주의 남쪽(廣南) ･･･････ 3261

36-50(0981) 강변(康軿) ･･･････････････ 3263

36-51(0982) 원수일(袁守一) ･･･････････ 3265

36-52(0983) 장현정(張玄靖) ･･･････････ 3267

36-53(0984) 최함(崔咸) ･･･････････････ 3269

36-54(0985) 두풍(杜豐) ･･･････････････ 3271

36-55(0986) 독고수충(獨孤守忠) ･･･････ 3274

36-56(0987) 손언고(孫彦高) · · · · · · · · · · 3275

36-57(0988) 호씨 현령(胡令) · · · · · · · · · 3277

36-58(0989) 설창서(薛昌緒) · · · · · · · · · · 3280

36-59(0990) 장함광(張咸光) · · · · · · · · · · 3282

36-60(0991) 긴 수염의 승려(長鬚僧) · · · · · · · · 3284

권37 경박부(輕薄部) 조초부(嘲誚部)

경박(輕薄)

37-1(0992) 요표(姚彪) · · · · · · · · · · · · 3291

37-2(0993) 사영운(謝靈運) · · · · · · · · · · 3293

37-3(0994) 유효작(劉孝綽) · · · · · · · · · · 3294

37-4(0995) 두심언 부자(杜審言父子) · · · · · · · 3295

37-5(0996) 양형(楊炯) · · · · · · · · · · · · 3298

37-6(0997) 은안(殷安) · · · · · · · · · · · · 3300

37-7(0998) 설능(薛能) · · · · · · · · · · · · 3303

37-8(0999) 설보손 부자(薛保遜父子) · · · · · · · 3305

37-9(1000) 소영사(蕭穎士) · · · · · · · · · · 3309

37-10(1001) 진통방(陳通方) · · · · · · · · · · 3311

37-11(1002) 정광업(鄭光業) · · · · · · · · · · 3314

37-12(1003) 가영(賈泳) · · · · · · · · · · · 3316

37-13(1004) 나은(羅隱) · · · · · · · · · · · 3318

37-14(1005) 풍연(馮涓) · · · · · · · · · · · 3319

37-15(1006) 이군옥(李群玉) · · · · · · · · · · · 3322

37-16(1007) 최소부(崔昭符) · · · · · · · · · · · 3323

37-17(1008) 온정(溫定) · · · · · · · · · · · · · 3325

37-18(1009) 남탁(南卓) · · · · · · · · · · · · · 3327

37-19(1010) 고봉휴(高逢休) · · · · · · · · · · · 3329

37-20(1011) 봉순경(封舜卿) · · · · · · · · · · · 3331

37-21(1012) 요암걸(姚巖傑) · · · · · · · · · · · 3335

조초(嘲誚)

37-22(1013) 변소(邊韶) · · · · · · · · · · · · · 3341

37-23(1014) 하순(賀循) · · · · · · · · · · · · · 3342

37-24(1015) 조사언(祖士言) · · · · · · · · · · · 3343

37-25(1016) 고상(高爽) · · · · · · · · · · · · · 3344

37-26(1017) 설종(薛綜) · · · · · · · · · · · · · 3346

37-27(1018) 서지재(徐之才) · · · · · · · · · · · 3348

37-28(1019) 마씨・왕씨와 감흡(馬王・甘洽) · · · 3350

37-29(1020) 적인걸(狄仁傑) · · · · · · · · · · · 3352

37-30(1021) 노사도(盧思道) · · · · · · · · · · · 3353

37-31(1022) 설도형(薛道衡) · · · · · · · · · · · 3359

37-32(1023) 우세기(虞世基) · · · · · · · · · · · 3361

37-33(1024) 내항(來恒) · · · · · · · · · · · · · 3362

37-34(1025) 구양순(歐陽詢) · · · · · · · · · · · 3363

37-35(1026) 진희민(陳希閔) · · · · · · · · · · · · 3364

37-36(1027) 이상(李詳) · · · · · · · · · · · · · 3365

37-37(1028) 신단(辛亶) · · · · · · · · · · · · · 3367

37-38(1029) 우홍(牛弘) · · · · · · · · · · · · · 3371

37-39(1030) 고사렴(高士廉) · · · · · · · · · · · 3373

37-40(1031) 배약(裴略) · · · · · · · · · · · · · 3375

37-41(1032) 강회(姜晦) · · · · · · · · · · · · · 3378

37-42(1033) 조숭(趙崇) · · · · · · · · · · · · · 3379

37-43(1034) 송제(宋濟) · · · · · · · · · · · · · 3380

37-44(1035) 어사이행(御史裏行) · · · · · · · · 3382

37-45(1036) 장원일 등(張元一等) · · · · · · · · 3384

37-46(1037) 황번작(黃幡綽) · · · · · · · · · · 3394

37-47(1038) 피일휴(皮日休) · · · · · · · · · · 3396

37-48(1039) 설능(薛能) · · · · · · · · · · · · · 3398

37-49(1040) 이 주부(李主簿) · · · · · · · · · · 3400

37-50(1041) 봉포일(封抱一) · · · · · · · · · · 3402

37-51(1042) 최애(崔涯) · · · · · · · · · · · · · 3404

37-52(1043) 이선고(李宣古) · · · · · · · · · · 3407

37-53(1044) 두목(杜牧) · · · · · · · · · · · · · 3409

37-54(1045) 정계명(程季明) · · · · · · · · · · 3410

37-55(1046) 왕유(王維) · · · · · · · · · · · · · 3412

37-56(1047) 교임(喬琳) · · · · · · · · · · · · · 3413

37-57(1048) 이경현(李敬玄) ・・・・・・・・・・・3415

37-58(1049) 최신유(崔愼由) ・・・・・・・・・・・3416

37-59(1050) 당오경(唐五經) ・・・・・・・・・・・3418

37-60(1051) 청룡사의 객(靑龍寺客) ・・・・・・・・3420

37-61(1052) 곽소(郭素) ・・・・・・・・・・・・・3422

37-62(1053) 요계(姚洎) ・・・・・・・・・・・・・3425

37-63(1054) 비단 짜는 사람(織錦人) ・・・・・・・・3427

권38 회해부(詼諧部)

회해(詼諧)

38-1(1055) 안영(晏嬰) ・・・・・・・・・・・・・3431

38-2(1056) 원차양(袁次陽) ・・・・・・・・・・・3434

38-3(1057) 이적(伊籍) ・・・・・・・・・・・・・3437

38-4(1058) 제갈각(諸葛恪) ・・・・・・・・・・・3438

38-5(1059) 등애(鄧艾) ・・・・・・・・・・・・・3439

38-6(1060) 채모(蔡謨) ・・・・・・・・・・・・・3440

38-7(1061) 제갈회(諸葛恢) ・・・・・・・・・・・3442

38-8(1062) 학륭(郝隆) ・・・・・・・・・・・・・3443

38-9(1063) 장융(張融) ・・・・・・・・・・・・・3445

38-10(1064) 하승천(何承天) ・・・・・・・・・・3448

38-11(1065) 하욱(何勗) ・・・・・・・・・・・・3449

38-12(1066) 유회(劉繪) ・・・・・・・・・・・・3450

38-13(1067) 서효사(徐孝嗣) ・・・・・・・・・・3451

38-14(1068) 심소략(沈昭略) ・・・・・・・・・・3452

38-15(1069) 호해지(胡諧之) ・・・・・・・・・・3454

38-16(1070) 서릉(徐陵) ・・・・・・・・・・・・3456

38-17(1071) 양 무제(梁武) ・・・・・・・・・・3458

38-18(1072) 스님 중공(僧重公) ・・・・・・・・3461

38-19(1073) 손소(孫紹) ・・・・・・・・・・・・3463

38-20(1074) 북위 저잣거리의 사람(魏市人) ・・・・3464

38-21(1075) 위언연(魏彦淵) ・・・・・・・・・・3466

38-22(1076) 이서(李庶) ・・・・・・・・・・・・3468

38-23(1077) 노순조(盧詢祖) ・・・・・・・・・・3469

38-24(1078) 북해의 왕희(北海王晞) ・・・・・・・3470

38-25(1079) 서지재(徐之才) ・・・・・・・・・・3472

38-26(1080) 후백(侯伯) ・・・・・・・・・・・・3474

38-27(1081) 수나라의 말 더듬는 사람(隋朝吃人)・・3484

38-28(1082) 유작(劉焯) ・・・・・・・・・・・・3487

38-29(1083) 장손무기(長孫無忌)・・・・・・・・・3489

38-30(1084) 장손현동(長孫玄同)・・・・・・・・・3491

38-31(1085) 허경종(許敬宗) ・・・・・・・・・・3494

38-32(1086) 고최외(高崔嵬) ・・・・・・・・・・3496

38-33(1087) 배현본(裴玄本) ・・・・・・・・・・3497

38-34(1088) 임괴(任瓌) ・・・・・・・・・・・・3498

38-35(1089) 배담(裵談) · · · · · · · · · · · · · 3500

38-36(1090) 이진악(李鎭惡) · · · · · · · · · · · 3501

38-37(1091) 노이(盧廙) · · · · · · · · · · · · · 3502

38-38(1092) 송수(松壽) · · · · · · · · · · · · · 3505

38-39(1093) 두연업(杜延業) · · · · · · · · · · · 3507

38-40(1094) 조겸광(趙謙光) · · · · · · · · · · · 3509

38-41(1095) 유조하(劉朝霞) · · · · · · · · · · · 3511

38-42(1096) 배도(裵度) · · · · · · · · · · · · · 3514

38-43(1097) 요현(姚峴) · · · · · · · · · · · · · 3516

38-44(1098) 주원(周願) · · · · · · · · · · · · · 3518

38-45(1099) 육장원(陸長源) · · · · · · · · · · · 3520

38-46(1100) 원덕사(袁德師) · · · · · · · · · · · 3521

38-47(1101) 양우경(楊虞卿) · · · · · · · · · · · 3522

38-48(1102) 심아지(沈亞之) · · · · · · · · · · · 3525

38-49(1103) 소미도(蘇味道) · · · · · · · · · · · 3527

38-50(1104) 장호(張祜) · · · · · · · · · · · · · 3529

38-51(1105) 교주와 광주의 유람객(交廣客) · · · · 3533

38-52(1106) 양무직(楊茂直) · · · · · · · · · · · 3536

38-53(1107) 노조와 정능(盧肇·丁棱) · · · · · · · 3538

38-54(1108) 이환(李寰) · · · · · · · · · · · · · 3541

38-55(1109) 배휴(裵休) · · · · · · · · · · · · · 3543

38-56(1110) 공위(孔緯) · · · · · · · · · · · · · 3546

38-57(1111) 우문한(宇文翰) ········· 3547

38-58(1112) 왕탁(王鐸) ··········· 3548

38-59(1113) 노연양(盧延讓) ········· 3550

38-60(1114) 고형(顧敻) ··········· 3552

38-61(1115) 석동통(石動筒) ········· 3554

38-62(1116) 황번작(黃繙綽) ········· 3559

38-63(1117) 이가급(李可及) ········· 3562

38-64(1118) 안비신(安轡新) ········· 3565

38-65(1119) 목조릉(穆刁綾) ········· 3568

38-66(1120) 호찬(胡趲) ··········· 3570

권39 휼지부(譎智部) 궤사부(詭詐部) 무뢰부(無賴部)

휼지(譎智)

39-1(1121) 위 태조(魏太祖) ········· 3575

39-2(1122) 진 명제(晉明帝) ········· 3577

39-3(1123) 최사긍(崔思兢) ········· 3578

39-4(1124) 유현좌(劉玄佐) ········· 3582

39-5(1125) 이포정(李抱貞) ········· 3583

39-6(1126) 마 태수(馬太守) ········· 3586

39-7(1127) 진무의 씨름군(振武角抵人) ······· 3588

궤사(詭詐)

39-8(1128) 곽순과 왕수(郭純·王燧) · · · · · · · 3593

39-9(1129) 고양이와 앵무새를 길들이다(調猫兒鸚鵡) · 3595

39-10(1130) 당동태와 호연경(唐同泰·胡延慶) · · · · 3596

39-11(1131) 측천무후의 상서로운 징조(則天禎祥) · · 3598

39-12(1132) 스님 호초(胡超僧) · · · · · · · · · · 3601

39-13(1133) 안녹산(安祿山) · · · · · · · · · · · 3603

39-14(1134) 이임보(李林甫) · · · · · · · · · · · 3605

39-15(1135) 한전회(韓全誨) · · · · · · · · · · · 3607

39-16(1136) 이경원(李慶遠) · · · · · · · · · · · 3608

39-17(1137) 장호(張祜) · · · · · · · · · · · · · 3610

39-18(1138) 대안사(大安寺) · · · · · · · · · · · 3615

39-19(1139) 배현지(裵玄智) · · · · · · · · · · · 3617

39-20(1140) 성도의 걸인(成都丐者) · · · · · · · 3620

39-21(1141) 설씨의 아들(薛氏子) · · · · · · · · · 3622

39-22(1142) 진중의 젊은이(秦中子) · · · · · · · · 3628

무뢰(無賴)

39-23(1143) 한영규(韓翎珪) · · · · · · · · · · · 3633

39-24(1144) 왕 사군(王使君) · · · · · · · · · · 3635

39-25(1145) 이 수재(李秀才) · · · · · · · · · · 3638

39-26(1146) 성이 엄씨인 사람(姓嚴人) · · · · · · · 3642

39-27(1147) 곽헌가(霍獻可) ·············3644

39-28(1148) 송지손(宋之愻) ·············3646

39-29(1149) 악종훈(樂從訓) ·············3648

39-30(1150) 팽선각과 장덕(彭先覺·張德) ·····3650

39-31(1151) 사리를 삼킨 선비(士子吞舍利) ····3653

39-32(1152) 장간 등(張幹等) ············3655

39-33(1153) 촉 사람 조고와 위소경(蜀趙高·韋少卿) ·3658

39-34(1154) 형주의 문신한 자(荊州札者) ·····3661

39-35(1155) 한신(韓伸) ··············3663

권40 요망부(妖妄部) 무부(巫部)

요망(妖妄)

40-1(1156) 채탄(蔡誕) ···············3667

40-2(1157) 수만경(須曼卿) ············3669

40-3(1158) 강무 선생(姜撫先生) ··········3671

40-4(1159) 장안의 도사(長安道士) ········3674

40-5(1160) 설회의(薛懷義) ·············3676

40-6(1161) 송자현(宋子賢) ············3680

40-7(1162) 유용자와 백철여(劉龍子·白鐵余) ···3682

40-8(1163) 후원(侯元) ···············3685

40-9(1164) 공덕산(功德山) ············3691

40-10(1165) 한차(韓伙) ··············3694

40-11(1166) 호승(胡僧) · · · · · · · · · · · · · 3696

40-12(1167) 진 복야(陳僕射) · · · · · · · · · · · 3698

40-13(1168) 유원형(劉元逈) · · · · · · · · · · · 3700

40-14(1169) 여용지와 제갈은 등(呂用之·諸葛殷等) · 3706

40-15(1170) 낙빈왕(駱賓王) · · · · · · · · · · · 3732

40-16(1171) 동창(董昌) · · · · · · · · · · · · · 3735

무(巫)

40-17(1172) 무당 서례(師舒禮) · · · · · · · · · · 3741

40-18(1173) 적유겸(狄惟謙) · · · · · · · · · · · 3744

40-19(1174) 하파와 내파(何婆·來婆) · · · · · · · 3749

40-20(1175) 아마파(阿馬婆) · · · · · · · · · · · 3752

40-21(1176) 위근(韋覲) · · · · · · · · · · · · · 3756

40-22(1177) 이항(李恒) · · · · · · · · · · · · · 3759

40-23(1178) 엽주법(厭咒法) · · · · · · · · · · · 3761

권36 유오부(謬誤部) 유망부(遺忘部) 치비부(嗤鄙部)

유오(謬誤)

36-1(0932) 감자포

감자포(甘子布)

출《대당신어(大唐新語)》

 당(唐)나라 때 익주(益州)에서는 매년 감자(甘子 : 감귤)를 모두 종이에 싸서 조정에 진상했다. 다른 날 한 장리(長吏)는 감자를 종이로 싸는 것이 불경스럽다고 꺼려서 종이 대신 가는 베로 쌌다. 그러고는 감자가 베 때문에 흠이 나지나 않을까 늘 걱정하면서 매년 근심과 두려움을 품고 살았다. 얼마 후에 감자포라는 어사가 익주로 왔는데, 장리는 베로 감자를 싼 일을 추궁하러 온 것이라 여기고 크게 두려워했다. 감자포가 역참에 도착하자 장리는 그저 베로 감자를 싼 것은 공경의 뜻에서 한 것이라고 설명했다. 감자포는 처음에는 영문을 모르다가 한참 만에야 비로소 깨달았다. 그 이야기를 들은 사람들은 크게 웃지 않은 이가 없었다.

唐益州每歲進甘子, 皆以紙裹之. 他時長吏嫌其不敬, 代之以細布. 旣而恐爲布損, 每懷憂懼. 俄有御史甘子布至, 長吏以爲推布裹甘子事, 因大懼. 子布到驛, 長吏但叙以布裹甘子爲敬. 子布初不知之, 久而方悟. 聞者莫不大笑.

* 이 고사는 《태평광기》 권242 〈유오 · 익주장리(益州長吏)〉에 실려 있다.

36-2(0933) 소영사

소영사(蕭穎士)

출《변의지(辨疑志)》

영창군(靈昌郡) 조현(胙縣)의 남쪽 20리에 호인(胡人)의 객점이 있었는데, 객점에는 호씨(胡氏) 성을 가진 사람들이 많았다. [당나라] 천보(天寶) 연간(742~756) 초에 소영사는 일찍이 그곳을 유람했는데, 조현의 관리들이 그를 위해 전별연을 벌이는 바람에 소영사는 해 질 무렵에야 조현을 출발해서 남쪽으로 3~5리쯤 갔을 때 바로 날이 어두워졌다. 그때 한 젊은 여자가 붉은 저고리에 초록 치마를 입고 나귀를 타고 가다가 소영사에게 말했다.

"저의 집은 이곳에서 곧장 남쪽으로 20리에 있는데, 지금 집으로 돌아가다가 밤이 되어 혼자 가기가 무서우니, 원컨대 낭군의 말을 따라 함께 갔으면 합니다."

소영사가 여자에게 성씨를 물었더니 여자가 말했다.

"호씨입니다."

소영사는 여우가 남자나 여자로 둔갑해 해 질 무렵에 사람을 홀린다는 세간의 이야기를 자주 들었기 때문에, 그 여자를 깊이 의심하다가[1] 마침내 침을 뱉고 꾸짖으며 말했다.

"죽일 놈의 여우가 감히 나 소영사를 홀리려 들다니!"

그러고는 말을 몰아 남쪽으로 급히 달려 호씨의 객점에 도착한 뒤 옷을 벗고 쉬고 있었다. 한참 후에 아까 만났던 여자가 나귀를 끌고 문 안으로 들어오자 객점 노인이 말했다.

"어찌하여 밤에 다니느냐?"

여자가 말했다.

"밤에 다니는 것은 그래도 괜찮습니다. 아까 어떤 미친 서생에게 봉변을 당했는데, 글쎄 저를 여우라고 부르면서 침을 뱉으며 거의 죽일 기세였습니다."

그 여자는 다름 아닌 객점 노인의 딸이었다. 소영사는 그저 부끄러워할 따름이었다.

靈昌胙縣南二十里有胡店, 店上有人多姓胡. 天寶初, 蕭穎士嘗遊其地, 因縣寮飮餞, 發縣日晚, 至縣南三五里, 便卽昏黑. 有一少婦, 著紅衫綠裙, 騎驢, 向穎士言:"兒家直南二十里, 今歸遇夜, 獨行怕懼, 願隨郎君鞍馬同行." 穎士問女何姓, 曰:"姓胡." 穎士常見世間說有野狐, 化作男女, 於黃昏媚人, 深疑此女, 遂唾叱之曰:"死野狐, 敢媚蕭穎士!" 遂鞭馬南馳奔, 至主人店, 歇息解衣. 良久, 所見婦人從門牽驢入來, 店叟曰:"何爲衝夜?" 曰:"衝夜猶可. 適被一害風措大, 呼兒作野狐, 幾被唾殺." 其婦乃店叟女也.

---

1) 의심하다가 : 여우의 호(狐)와 호씨의 호(胡)가 발음이 같기 때문에 여자를 여우라고 의심한 것이다.

穎士慚恧而已.

* 이 고사는 《태평광기》 권242 〈유오 · 소영사〉에 실려 있다.

36-3(0934) 치앙

치앙(郗昂)

출《국사보(國史補)》

당(唐)나라의 치앙은 위척(韋陟)과 사이가 좋았는데, 국조(國朝)의 재상 중에서 누가 가장 덕이 없는지에 대해 얘기하다가 치앙이 그만 잘못 대답했다.

"위안석(韋安石 : 위척의 부친)입니다."

잠시 후에 치앙은 놀라 부끄러워하면서 달아나다가 거리에서 길온(吉溫)을 만났다. 길온이 물었다.

"무엇 때문에 이렇게 황급히 가시오?"

치앙이 대답했다.

"방금 위 상서(韋尙書 : 위척)와 국조의 재상 중에서 누가 가장 덕이 없는지에 대해 얘기했는데, 본래는 길욱(吉頊 : 길온의 숙부)이라고 말하려다가 위안석이라고 잘못 말했습니다."

말을 하고 나서 치앙은 다시 말을 채찍질해 달려가서 방상(房相 : 방관)의 댁에 도착했다. [그 이야기를 들은] 방관(房琯)이 치앙의 손을 잡고 위로해 주었는데, 이번에는 또 방융(房融 : 방관의 부친)이라고 대답했다. 치앙은 당시 명망이 가장 높았는데 갑자기 하루 사이에 세 사람에게 결례를 범하고 말았으니, 온 조정의 관리들이 탄식했다. 오직 위척만 마침내 치앙과 절교했다.

唐郗昂與韋陟交善, 因話國朝宰相, 誰最無德, 昂誤對曰: "韋安石也." 已而驚愧走去, 逢吉溫於街中. 溫問: "何故倉惶如此?" 昂答曰: "適與韋尙書話國朝宰相最無德者, 某本欲言吉頊, 誤言韋安石." 旣言, 又鞭馬而走, 抵房相之第. 琯執手慰問之, 復以房融爲對. 昂最有時稱, 忽一日間犯三人, 擧朝嗟嘆. 唯韋陟遂與之絶.

* 이 고사는 《태평광기》 권242 〈유오·치앙〉에 실려 있다.

36-4(0935) 장 장사

장장사(張長史)

출《기문(紀聞)》

　당(唐)나라 임제현령(臨濟縣令) 이회(李回)의 처 장씨(張氏)의 부친은 여주장사(廬州長史)로 있다가 연로함을 고하고 사직하고 돌아갔다. 장 장사는 이회가 자신의 딸을 박대한다고 생각했기 때문에 임제현으로 가서 그를 꾸짖으려고 했는데, 전절현(全節縣)으로 잘못 가서 청사 앞에서 마구 욕을 했다. 전절현령 조자여(趙子餘)는 영문을 모른 채 몰래 문틈을 통해 밖을 살펴보았더니 한 노인이 계속해서 욕하며 꾸짖는 것이 보였다. 당시 전절현에는 늘 요사스런 짓을 하는 여우가 있었기에, 전절현령은 장 장사를 그 여우라고 생각해서 은밀히 관리를 불러 그를 붙잡아 채찍으로 때렸다. 그런데도 장 장사는 사실을 깨닫지 못한 채 여전히 거리낌 없이 욕을 해 댔다. 그를 곤죽이 되도록 때리고 나서야 누구냐고 물었더니, 그제야 장 장사가 스스로 말했다.

　"나는 이회의 장인인데, 이회가 내 딸을 업신여기기에 이회를 꾸짖으려 왔을 뿐이오."

　전절현령은 그제야 일이 잘못되었음을 알고 그를 관사에 모셔 두고 의원과 약을 보내 주었다. 장 장사의 하인이 밤에 임제현으로 가서 그 사실을 이회에게 알렸더니, 이회는 대노해 관리 수백 명을 보내 장차 전절현을 습격하고 현령을 치고자 했다. 미 : 이회가 장 장사의 딸을 박대한 적이 없음을 알 수 있다. 전절현령이 두려워하며 현청 문을 잠근 채 방비하자, 이회는 결국 군부(郡府)로 가서 태수(太守)에게 고했다. 태수는 전절현령을 불러 꾸짖고 그의 잘못을 용서하면서, 전절현령에게 20만 전을 마련해 장 장사에게 주어 화해하게 했다. 이회는 장 장사를 모시고 임제현으로 갔다. 장 장사는 이회가 보복한 것을 기뻐하며, 결국 자기 딸을 박대한 것에 대해 말하지 않고 집으로 돌아갔다.

唐臨濟令李回, 妻張氏父爲廬州長史, 告老歸. 以回之薄其女也, 故往臨濟縣辱之, 誤至全節縣, 廳前大罵. 全節令趙子餘不知其故, 私自門窺之, 見一老父詬罵不已. 而縣下常有狐魅, 以張爲狐, 乃密召吏人執而鞭之. 張亦未悟, 罵仍恣肆. 擊之困極, 方問何人, 張乃自言: "吾李回妻父也, 回賤吾女, 來怒回耳." 全節令方知其誤, 實之館舍, 給醫藥焉. 張之僅夜亡至臨濟, 具以告回, 回大怒, 遣人吏數百, 將襲全節而擊令. 眉 : 可見回未嘗薄其女. 令懼, 閉門守之, 回遂至郡, 訴之太守. 召令責之, 恕其誤也, 使出錢二十萬, 遺張長史以和之. 回乃迎張至縣. 張喜回之報復, 卒不言其薄女, 遂歸.

* 이 고사는 《태평광기》 권242 〈유오·장장사〉에 실려 있다.

36-5(0936) 소부

소부(蕭俛)

출《건손자(乾䐁子)》

당(唐)나라 정원(貞元) 연간(785~805)에 소부는 새로 진사에 급제했다. 당시 국의(國醫) 왕언백(王彦伯)은 태평리(太平里)에 살았는데, 급사중(給事中) 정운규(鄭雲逵)의 집과 나란히 있었다. 소부는 갑자기 오한과 신열이 나자 왕언백을 찾아가 진료를 받을 작정이었는데, 정운규의 집으로 잘못 들어갔다. 마침 문지기는 다른 곳으로 가고 정운규가 중문에 서 있자, 소부는 앞으로 달려가서 증상을 자세히 말했다. 정운규는 그를 맞이해 자리에 앉히고 그의 팔을 진맥하며 말했다.

"맥박의 증후에 근거해 볼 때 심장에 열풍(熱風 : 열을 동반한 감기의 일종)이 든 것 같소. 나는 정운규라는 사람인데, 만약 국의 왕언백을 찾는 것이라면 동쪽 이웃이 바로 그 사람이오."

소부는 무안해하면서 떠났다.

唐貞元中, 蕭俛新及第. 時國醫王彦伯住太平里, 與給事鄭雲逵比舍. 俛忽患寒熱, 詣彦伯求診候, 誤入雲逵第. 會門人他適, 雲逵立於中門, 俛前趨具說患狀. 逵延坐, 爲診其臂曰:"據脈候,是心家熱風. 雲逵姓鄭, 若覓國醫王彥伯, 東鄰是也." 俛赧然而去.

* 이 고사는《태평광기》권242〈유오 · 소부〉에 실려 있다.

36-6(0937) 최청

최청(崔淸)

출《가화록(嘉話錄)》

당(唐)나라의 최청은 이손(李遜)을 대신해서 호주자사(濠州刺史)에 제수되었다. 최청이 호부시랑(戶部侍郞) 이손(李巽)에게 작별 인사를 하러 갔더니 이손이 그와 이야기를 나누었다. 최청이 말했다.

"저는 이손(李遜)이 그토록 흐리멍덩한데도 면직당하지 않는 이유를 도무지 모르겠습니다."

최청이 재삼 그 말을 하자 이손(李巽)이 말했다.

"나 이손(李巽)은 아직 관직에 붙어 있을 만한데, 단지 공의 마음에 들지 않을 따름인가 보오."

최청은 그제야 상황을 깨닫고서 부끄러워하며 떠났다.

唐崔淸除濠州刺史, 當替李遜. 淸往辭戶部侍郞李巽, 巽與語. 淸曰 : "淸都不知李遜渾不解官." 再三言之, 巽曰 : "李巽卽在, 祇不稱公意耳." 淸始悟, 慚而去.

* 이 고사는 《태평광기》 권242 〈유오·최청〉에 실려 있다.

36-7(0938) 강서의 역참 관리

강서역관(江西驛官)

출《국사보》

강서에 한 역참 관리가 있었는데, 일을 잘한다고 자부했다. 그가 자사(刺史)에게 아뢰었다.

"역참이 이미 잘 정리되었으니 한번 시찰하시길 청합니다."

그래서 자사는 역참으로 갔다. 처음 둘러본 방은 술 창고였는데, 각종 술이 모두 익어 있었고 그 바깥에 신이 그려져 있기에, 자사가 그 신의 이름을 물었더니 관리가 말했다.

"두강(杜康)2)입니다."

자사는 기뻐했다. 또 한 방은 차 창고였는데, 각종 차들이 모두 저장되어 있었고 또 신이 있어, 자사가 물었더니 관리가 말했다.

"육홍점(陸鴻漸 : 육우)3)입니다."

---

2) 두강(杜康) : 전설 속 황제(黃帝) 때 요리사로 술을 잘 만들었다고 한다. 후대에 주신(酒神)으로 숭배된다.

3) 육홍점(陸鴻漸) : 육우(陸羽). 당나라 때 사람으로 차에 정통해 처음으로 차 볶는 법을 만들었으며 차신(茶神)·차성(茶聖)·차선(茶仙)으

자사는 더욱 기뻐했다. 또 한 방은 채소 창고였는데, 각종 채소가 모두 갖춰져 있었고 또 신이 있자, 자사가 물었더니 관리가 말했다.

"채백개(蔡伯喈 : 채옹)⁴⁾입니다."

그러자 자사가 크게 웃으며 말했다.

"그대가 틀렸네!"

江西有驛官, 以幹事自任. 白刺史 : "驛已理, 請一閱之." 乃往. 初一室爲酒庫, 諸醞畢熟, 其外畫神, 問其名, 曰 : "杜康." 刺史喜. 又一室曰茶庫, 諸茗畢貯, 復有神, 問之, 曰 : "陸鴻漸." 刺史益喜. 又一室菹庫, 諸茹畢備, 復有神, 問之, 曰 : "蔡伯喈." 刺史大笑曰 : "君誤矣!"

* 이 고사는 《태평광기》 권497 〈잡록(雜錄)·강서역관〉에 실려 있다.

로 숭배된다.

4) 채백개(蔡伯喈) : 채옹(蔡邕). 후한의 저명한 학자·문인·서예가다. 젊어서부터 박학하기로 명성이 높았고, 경사(經史)와 문학·수술(數術)·천문·음률 등에 뛰어났으며, 서법(書法)에도 조예가 깊어 비백체(飛白體)를 창시했다. 역참 관리는 '채백개'의 '채(蔡)'와 채소의 '채(菜)'가 해음자(諧音字)이고, '백개'가 백가(百佳)와 해음자이므로, 채백가(菜百佳 : 온갖 좋은 채소)로 여겨 채백개를 채소의 신이라 생각한 것이다.

36-8(0939) 곽무정

곽무정(郭務靜)

출《조야첨재(朝野僉載)》

당(唐)나라의 창주(滄州) 남피현승(南皮縣丞) 곽무정이 처음 부임했을 때, 통판(通判) 왕경(王慶)이 사건을 처리하고 있자 곽무정이 말했다.

"그대는 성이 무엇인가?"

왕경이 말했다.

"왕씨(王氏)입니다."

잠시 뒤에 왕경이 다시 오자 곽무정이 또 성이 무엇이냐고 물었더니 왕경이 다시 말했다.

"왕씨입니다."

그러자 곽무정은 한참 동안 이상해하고 놀라면서 왕경을 쳐다보며 말했다.

"남피의 좌사(佐史)들은 모두 왕씨인가?"

곽무정은 본디 흐리멍덩했는데, 주부(主簿) 유사장(劉思莊)과 함께 객점에 투숙했을 때 유사장에게 말했다.

"어가(御駕)를 수행하는 일은 정말 어렵네. 내가 한번은 어가를 수행하다가 식구를 사흘 동안 잃어버렸는데 시종관의 장막에서 찾아냈네."

유사장이 말했다.

"공의 부인이 그 안에 있었습니까?"

곽무정이 말했다.

"만약 그 안에 있지 않았다면 다시 무슨 일을 논하겠는가?"

곽무정이 또 유사장에게 말했다.

"요즘은 도둑이 정말 많네. 어젯밤 2경 후에 내가 밖에서 들어오다 보니 한 도둑이 갑자기 내 방 안에서 도망쳐 나오더군."

유사장이 말했다.

"어떤 물건을 잃어버렸습니까?"

곽무정이 말했다.

"없네."

유사장이 말했다.

"물건을 잃어버리지도 않았는데 어떻게 그 사람이 도둑인지 아십니까?"

곽무정이 말했다.

"그놈이 허둥대며 도망가는 것만 봐도 의심을 피할 수 없지."

唐滄州南皮丞郭務靜初上, 典王慶通判案, 靜曰 : "爾何姓?" 慶曰 : "姓王." 須臾, 慶又來, 又問何姓, 慶又曰 : "姓王." 靜怪愕良久, 仰看慶曰 : "南皮佐史總姓王?"

郭務靜性糊塗, 與主簿劉思莊宿於逆旅, 謂莊曰: "從駕大難. 靜嘗從駕, 失家口三日, 於侍官幕下討得之." 莊曰: "公夫人在其中否?" 靜曰: "若不在中, 更論何事?" 又謂莊曰: "今大有賊. 昨夜二更後, 靜從外來, 有一賊, 忽從靜房內走出." 莊曰: "亡何物?" 靜曰: "無之." 莊曰: "不亡物, 安知其賊?" 靜曰: "但見其狼狽而走, 不免致疑耳."

* 이 고사는 《태평광기》 권242 〈유망(遺忘) · 곽무정〉, 권493 〈잡록 · 곽무정〉에 실려 있다.

36-9(0940) 이문례

이문례(李文禮)

출《어사대기(御史臺記)》

당(唐)나라의 이문례는 돈구(頓丘) 사람이다. 문장과 학문을 갖추었지만 천성이 둔하고 느려 터져서 그다지 꼼꼼하지 않았다. 그가 양주(揚州)에 있을 때 어떤 관리가 도성에서 돌아오면서 장사(長史)의 집에서 보낸 편지를 가지고 왔는데, 그 내용은 누나가 죽었으니 택일해 발상(發喪)을 청하는 것이었다. 이문례는 갑자기 누나가 죽었다는 말을 듣고 곧바로 대성통곡했다. 관리가 기회를 엿보다가 다시 아뢰었다.

"[죽은 사람은] 장사의 누나입니다."

이문례가 한참 있다가 천천히 물었다.

"장사의 누나라고?"

관리가 말했다.

"그렇습니다."

이문례가 말했다.

"내겐 누나가 없는데, 어쩐지 아까부터 이상하다 했네."

唐李文禮, 頓丘人也. 有好學而質性遲緩, 不甚精審. 時在揚州, 有吏自京還, 得長史家書, 云姊亡, 請擇日發之. 文禮忽聞姊亡, 乃大號慟. 吏伺其便, 復白曰: "是長史姊." 文禮久而徐問曰: "是長史姊耶?" 吏曰: "是." 文禮曰: "我無姊, 向亦怪矣."

* 이 고사는 《태평광기》 권260 〈치비(嗤鄙)·이문례〉에 실려 있다.

36-10(0941) 장수신

장수신(張守信)

출《기문》

당(唐)나라의 장수신은 여항태수(餘杭太守)로 있을 때 부양현위(富陽縣尉) 장요(張瑤)를 훌륭히 여겨, 녹사참군(錄事參軍) 장우(張遇)를 시켜 자신의 딸을 장요에게 시집보내겠다는 뜻을 전달하게 했다. 장요는 기뻐했으며 길일(吉日)까지는 아직 시일이 남아 있었다. 장수신이 딸을 위해 의장을 꾸리고 있을 때 딸의 보모가 물었다.

"아씨를 누구에게 시집보내려 하십니까?"

장수신이 보모에게 일러 주었더니 보모가 말했다.

"사위의 성이 장씨(張氏)라면 나리께서는 아씨의 성이 무엇인지도 모르십니까?"

장수신은 그제야 깨닫고는 혼사를 그만두었다.

唐張守信爲餘杭太守, 善富陽尉張瑤, 使錄事參軍張遇達意, 將妻以女. 瑤喜, 吉期有日矣. 守信爲女具衣裝, 女之保母問曰: "欲以女適何人?" 守信以告, 保母曰: "女婿姓張, 不知主君之女何姓?" 守信乃悟而止.

* 이 고사는 《태평광기》 권242 〈유망·장수신〉에 실려 있다.

36-11(0942) 원주
원주(苑詡)
출《건손자》

 당(唐)나라의 상서(尙書) 배주(裴冑)가 강릉(江陵)을 진수하고 있었는데, 일찍이 원논(苑論)과 오랜 친분이 있었다. 그러나 원논이 과거에 급제한 뒤로는 더 이상 만나지 못하고 그저 서찰로 서로의 안부를 물을 따름이었다. 원논의 동생 원주는 바야흐로 과거에 응시하러 가는 길에 강릉을 지나가다가, 지방 장관을 배알하는 예의를 차리기로 했다. 객장(客將)5)이 원주의 이름을 보더니 말했다.
 "수재(秀才)의 이름은 비록 [상서의 존함과] 글자가 다르지만, 그래도 또한 상서 앞에서 예를 갖추기는 어려울 것 같으니 어찌하겠소?"
 때마침 원주는 품속에 원논의 옛 명함을 가지고 있었기에 바로 객장에게 말했다.
 "저는 본래 다른 이름이 있습니다."

---

5) 객장(客將) : 당나라 말과 오대 때 번진(藩鎭)에서 사절과 빈객을 접대하고 출사(出使) 등의 외교 직책을 맡은 무관으로, 전객(典客)이라고도 한다.

객장은 날이 어두워지는 것을 보고 황급히 그 명함을 가지고 들어갔다. 그러자 배주가 기뻐하며 말했다.

"원대(苑大 : 원논)가 왔구나!" 미 : 단지 이 넉 자로 벗을 사랑하는 지극한 정을 짐작할 수 있다.

원주가 중정(中庭)에 이르자 배주는 그 모습이 다른 것을 보고 읍(揖)하면서 말했다.

"그대는 항렬이 몇 째요?"

원주가 대답했다.

"넷째입니다."

배주가 말했다.

"원대와는 촌수가 가깝소?"

원주가 말했다.

"형님입니다."

배주가 다시 물었다.

"그대의 본래 이름은 무엇이오?"

원주가 대답했다.

"이름이 논입니다."

배주가 다시 물었다.

"형님이 이름을 바꾸었소?"

원주가 말했다.

"형님도 이름이 논입니다." 미 : 아주 절묘하다!

그 말을 들은 관아의 장리(將吏 : 문무 관리)들이 모두 웃었다. 원주는 자리로 인도된 후에 자신의 본래 이름이 원주라고 밝혔다. 그가 편원(便院)에 잠시 머무는 동안에 금세 원근에서 모두 그 일을 알게 되었다.

唐尙書裴冑鎭江陵, 嘗與苑論有舊. 論及第後, 更不相見, 但書札通問而已. 論弟訕方應擧, 過江陵, 行謁地主之禮. 客將因見訕名曰: "秀才之名, 雖字不同, 且難於尙書前爲禮, 如何?" 會訕懷中有論舊名紙, 便謂客將曰: "某自別有名." 客將見日晚, 倉皇遽將名入. 冑喜曰: "苑大來矣!" 眉: 祇四字, 想見愛友至情. 訕至半[1]庭, 冑見貌異, 揖曰: "足下第幾?" 訕對曰: "第四." 冑曰: "與苑大遠近?" 訕曰: "家兄." 又問曰: "足下正名何?" 對曰: "名論." 又曰: "賢兄改名乎?" 訕曰: "家兄也名論." 眉: 妙極! 公庭將吏, 於是皆笑. 及引坐, 乃陳本名名訕. 旣逡巡於便院, 俄而遠近悉知.

* 이 고사는《태평광기》권242〈유오·원주〉에 실려 있다.

1 반(半) :《태평광기》명초본에는 "중(中)"이라 되어 있는데, 문맥상 보다 타당하다.

36-12(0943) 도성의 유생

경도유사(京都儒士)

출《원화기(原化記)》

도성에서 몇몇 유생들이 연회를 즐기면서 얘기하다가, 사람의 용맹함과 나약함은 반드시 담력에서 나오니 만약 담력이 세다면 자연히 두려울 것이 없으므로 대장부라 부를 만하다고 했다. 그 자리에 있던 한 유생이 자신을 소개하며 말했다.

"담력으로 말할 것 같으면 내가 정말 가지고 있소."

사람들이 웃으며 말했다.

"반드시 시험해 보고 나서야 그 말을 믿을 수 있겠소."

어떤 사람이 말했다.

"내 친구에게 흉가가 있는데 지금은 빈 채로 잠겨 있소. 당신이 혼자 그 집에서 하룻밤을 자면서 두려워하지 않을 수 있다면 우리가 당신에게 한턱내겠소."

그 유생이 말했다.

"그렇게 하겠소."

유생은 다음 날 바로 갔는데, 사실 그 집은 흉가가 아니라 잠시 비어 있을 뿐이었다. 사람들은 술과 과일과 등불을 준비해 그 집으로 보내며 말했다.

"무슨 물건이 더 필요하시오?"

유생이 말했다.

"나는 검 한 자루를 가지고 있어서 스스로를 지킬 수 있으니 걱정하지 마시오."

사람들은 그 집의 문을 잠그고 돌아갔다. 그 유생은 사실 겁쟁이였다. 밤이 되자 그는 타고 온 나귀를 별채에 매어 두고 가노(家奴)도 모두 따르지 못하게 한 뒤에 침실로 가서 잠을 청했지만 도저히 잠을 잘 수 없었다. 다만 등불을 끈 채 검을 안고 앉아서 계속 벌벌 떨고 있었다. 미 : 명성을 좋아한 대가다. 삼경(三更)이 되자 달이 비스듬히 창을 비췄다. 그때 보았더니 옷걸이 끝에서 어떤 물체가 새처럼 날개를 퍼덕이며 엎치락뒤치락 움직였다. 그는 용기를 내서 억지로 일어나 검을 한 번 휘둘렀는데, 곧바로 퍽 하는 소리와 함께 뭔가가 벽에 떨어지더니 아무런 소리도 없이 고요해졌다. 그는 너무 두려워서 감히 찾아보지도 못하고 그저 검을 들고 앉아 있었다. 오경(五更)이 되자 갑자기 한 물체가 계단을 올라와 문을 밀었는데, 문이 열리지 않자 개구멍으로 머리를 내밀고 헉헉댔다. 그는 너무 무서워서 검을 들고 앞으로 가서 그것을 벤 뒤에 자기도 모르게 쓰러지면서 검을 떨어뜨렸으나, 그 물체가 들어올까 봐 두려워서 감히 검을 찾지도 못하고 침상 아래에 웅크린 채 더 이상 감히 움직이지 못했다. 그는 갑자기 피곤해서 잠이 들었는데 날이 밝는 줄도 몰랐다. 가노들이 문을 열고 침실로 가서 보았더니, 개구멍에 피가 흘러 낭자했다. 사람들이 크게 놀라 그를 부르자 유생은 그제야 깨어났는데 여전히 벌벌 떨고 있었다. 그가 어젯밤에 물체와 싸운 상황을 자세히 말했더니 사람들은 괴이함에 크게 놀랐다. 마침내 사람들이 벽 아래에서 찾아보았더니 단지 모자가 반으로 잘린 채 바닥에 떨어져 있었는데, 이것이 바로 그가 어젯밤에 벤 새였다. 다름 아니라 낡고 해진 모자가 바람에 날려 새가 날개를 퍼덕이는 것처럼 보였던 것이다. 검은 개구멍 옆에 있었는데, 사람들이 또 당(堂)을 돌아 핏자국을 찾아보았더니 바로 그가 타고 온 나귀의 입술이 베이고 이빨이 부러져 있었다. 다름 아니라 새벽녘에 나귀가 끈이 풀려 머리를 개구멍에 넣었다가 검을 맞았던 것이다. 사람들은 포복절도하며 그를 부축해 돌아왔다. 유생의 경기(驚氣)는 열흘 뒤에야 비로소 나아졌다.

京都有數生會宴, 因說人勇怯, 必由膽氣, 膽氣若盛, 自無所懼, 可謂丈夫. 座中一儒士自媒曰: "若言膽氣, 余實有之." 衆笑曰: "必有試, 然後可信." 或曰: "某親故有凶宅, 今已空鎖. 君能獨宿一宵不懼者, 我等酬君一局." 此人曰: "唯命." 明日便往, 實非凶宅, 但暫空耳. 遂爲置酒果燈燭, 送此宅中, 衆問: "更須何物?" 曰: "僕有一劍自衛, 請無憂也." 衆乃鎖門却歸. 此人實怯懦者. 時已向夜, 繫所乘驢別屋, 奴客並不得隨, 遂向閤宿, 了不敢睡. 唯滅燈抱劍而坐, 驚怖不已. 眉: 好名之累. 至三更, 斜月照窓. 見衣架頭有物, 如鳥鼓翼, 翩翩而動. 此人凜然強起, 把劍一揮, 應手落壁, 磕然有聲, 後寢無音響. 恐懼旣甚, 亦不敢尋究, 但把劍坐. 及五更, 忽有一物, 上階推門, 門不開, 於狗竇中出頭, 氣休休然. 此人大怕, 把劍前斫, 不覺身倒劍失, 又不敢覓, 恐其物入來, 床下跧伏, 更不敢動. 忽然困睡, 不覺天明. 諸奴客已開門, 至閤子間, 但見狗竇中血淋漓狼藉. 衆大驚呼, 儒士方寤, 尙自戰慄. 具說昨宵與物戰爭之狀, 衆大駭異. 遂於壁下尋, 唯見席帽半破在地, 卽夜所斫之鳥也. 乃故帽破弊, 爲風所吹, 如鳥動翼耳. 劍在狗竇側, 衆又繞堂尋血蹤, 見所乘驢, 脣齒斫破. 乃是向曉因繫解, 頭入狗門, 遂遭一劍. 衆大笑絶倒, 扶持而歸. 士人驚悸, 旬日方愈.

* 이 고사는 《태평광기》 권500 〈잡록·경도유사〉에 실려 있다.

36-13(0944) 두소경

두소경(竇少卿)

출《왕씨견문(王氏見聞)》

두소경이란 자가 옛 도성에서 살았는데, 위수(渭水) 북쪽의 여러 주(州)를 돌아다니다가 어느 마을의 객점에 이르렀다. 그런데 하인이 병을 앓고 있었기에 두소경은 하인을 객점 주인에게 맡기고 먼저 떠났다. 그는 부주(鄜州)·연주(延州)·영주(靈州)·하주(夏州)를 거쳐 1년이 지나도록 돌아오지 않았는데, 그 하인은 얼마 후에 객점에서 죽었다. 하인이 임종할 때 객점 주인이 그의 성명을 물었는데, 하인은 그저 "두소경" 석 자만 말하고 곧바로 다른 말 없이 숨이 넘어갔다. 객점 주인은 마침내 길옆에 구덩이를 파고 그 사람을 묻은 뒤에 길을 향해 "두소경 묘"라고 적은 팻말을 세웠다. 두소경을 아는 어떤 사람이 그곳을 지나가다가 깜짝 놀라 객점 주인에게 물어보고 거짓이 아님을 알게 되었으며, 그 소식을 들은 사람들은 애통해하지 않는 이가 없었다. 어떤 사람이 그 사실을 두소경의 집에 알리고 가족들에게 그 팻말을 확인해 보게 했다. 그리하여 온 집안사람들이 슬퍼하며 상복을 입고 재(齋)를 올린 뒤에 영구를 맞이해 빈소를 차렸다. 원근의 친척들이 모두 와서 조문하며 위로했다. 장례를 치르고 한 달 남짓 뒤에 어떤 사람이 두소경의 집에 편지를 가져왔는데, 그가 귀향길에 올라 이미 가까운 군(郡)에 도착했으며 평안히 잘 지내고 있다고 알려 왔다. 그의 집에서는 크게 놀라면서 그 사실을 믿지 않고 그 사람이 편지를 거짓으로 꾸몄을 것이라고 생각했다. 그런데 또 어떤 사람이 알려 왔다.

"길에서 그의 모습을 보았는데 아주 건강해 보였습니다."

두소경의 집에서는 더욱 의심스러워하면서 마침내 사람을 보내 은밀히 그를 맞이해 오게 했는데, 몰래 길옆에서 엿보면서 그가 귀신이 아닌가 의심했다. 두소경이 집에 도착하자 부인과 아들은 모두 그의 혼백이 돌아왔다고 생각했다. 두소경이 자초지종을 자세하게 말해 주자, 가족들은 그제야 묻힌 사람이 하인임을 알게 되었다. 그 일은 객점 주인이 팻말을 잘못 세운 데서 비롯했던 것이다.

有竇少卿者, 家於故都, 素於渭北諸州, 至村店中. 有從者抱疾, 寄於主人而前去. 歷鄜·延·靈·夏, 經年未歸, 其從者尋卒於店中. 臨卒, 店主問其姓名, 此僕祇言得"竇少卿"三字, 便奄然無語. 店主遂坎路側以埋之, 卓一牌向道曰"竇少卿墓". 與竇相識者過之, 大驚訝, 問店主, 知不謬矣, 聞者無不痛惜. 或以報其家, 及令骨肉省牌. 於是擧哀成服, 造齋, 迎其旅櫬殯葬. 遠近親戚, 咸來吊慰. 葬後月餘, 有人附到竇家書, 歸程已近郡, 報上下平善. 其家大驚, 不信, 謂人詐修此書. 又有人報云: "道路間睹其形貌, 甚是安健." 其家愈惑, 遂使人潛逆之, 竊窺於路左, 疑其鬼物. 至家, 妻男皆謂魂魄歸來. 實細話其由, 方知埋者是從人. 乃店主卓牌之誤.

* 이 고사는 《태평광기》 권242 〈유오・두소경〉에 실려 있다.

36-14(0945) 하유량

하유량(何儒亮)

출《국사보》

당(唐)나라의 진사 하유량은 지방에서 도성으로 왔는데, 당숙을 찾아간다는 것이 잘못해서 낭중(郎中) 조수(趙需)의 집으로 가서 집안 조카라고 스스로 말했다. 마침 동짓날이라 조수는 집안 잔치를 열고 있다가 급히 말했다.

"집안사람이라면 얼른 잔치에 참석하게 하라."

잔치 자리에는 조수의 고모와 누이와 처자식이 모두 있었다. 하유량은 식사를 마치고 천천히 나갔는데, 조수가 자세히 살펴보았더니 그는 다름 아닌 하씨(何氏) 집안의 아들이었기에 조수는 크게 웃었다. 하유량은 1년이 넘도록 창피해서 밖으로 나가지 못했다. 당시 도성 사람들은 이 일로 인해 하유량을 "하수 낭중(何需郎中)"이라 했다.

唐進士何儒亮, 自外州至京, 訪其從叔, 誤造郎中趙需之家, 自云是同房姪. 會冬至節, 需方列家宴, 揮霍云 : "旣是同房, 便令入宴." 姑姊妹妻子盡在焉. 儒亮饌畢, 徐出, 及細察之, 乃何氏之子也, 需大笑. 儒亮歲餘不出. 京城時人因以爲"何需郎中".

* 이 고사는 《태평광기》 권242 〈유오・하유량〉에 실려 있다.

36-15(0946) 와전된 말
어와(語訛)
출《국사보》

　[당나라의] 사공(司空) 우적(于頔)은 악곡〈상부련(想夫憐)〉의 곡명이 우아하지 않다고 싫어해서 장차 곡명을 바꾸려고 했는데, 어떤 객이 웃으며 말했다.

　"남조(南朝)의 상부(相府)에 일찍이 상서로운 연꽃이 피어 있었기 때문에〈상부련(相府蓮)〉이란 노래를 지었는데, 그 후로 후대 사람들이 와전한 것입니다."

　그래서 우적은 그 곡명을 고치지 않았다.

　[한나라] 동중서(董仲舒)의 묘에 그의 문도들이 참배하러 오면 모두 말에서 내렸다고 해서 그의 묘를 "하마릉(下馬陵)"이라 불렀는데, 후에 "하마릉(蝦蟆陵)"으로 와전되었다. 지금 형양(荊襄) 일대의 사람들은 "제(堤 : 둑)"를 "제(提)"라 부르고, 유강(留絳) 일대의 사람들은 "부(釜 : 가마솥)"를 "부(付)"라 부르는데, 모두 와전되어 습관이 된 것이다.

司空于頔以樂曲有〈想夫憐〉之名, 嫌其不雅, 將改之, 客有笑曰 : "南朝相府曾有瑞蓮, 故歌爲〈相府蓮〉, 自是後人語訛." 乃不改.
董仲舒墓, 門人至皆下馬, 謂之"下馬陵", 語訛爲"蝦蟆陵".

今荊襄之人呼"堤"爲"提", 留絳之人呼"釜"爲"付", 皆語訛所習也.

* 이 고사는《태평광기》권242 〈유오·우적(于頔)〉에 실려 있다.

유망(遺忘)

36-16(0947) 장이섭

장이섭(張利涉)

출《조야첨재》

 당(唐)나라의 장이섭은 천성적으로 건망증이 심했다. 그는 회주참군(懷州參軍)으로 벼슬을 처음 시작했는데, 매번 모임에서 부름을 받을 때마다 반드시 홀(笏) 위에 그 이름을 기록해 두었다. 한번은 하내현령(河內縣令) 경인혜(耿仁惠)가 그를 초대했는데, 그가 오지 않는 것을 이상히 여겨 직접 그의 집으로 찾아가서 초청했더니, 장이섭이 홀을 보며 말했다.

 "공께서는 어쩐 일로 오셨습니까? 홀 위에 이름이 없는데."

 또 한번은 장이섭이 낮잠을 자다가 깜짝 놀라 일어나더니 말을 찾아 타고 주부(州府)로 들어가서, 자사(刺史) 등운(鄧惲)의 문을 두드리며 절을 올리고 사죄하며 말했다.

 "공께서 저를 문책하려 하신다고 들었는데, 죽을죄를 지었습니다!"

 등운이 말했다.

 "그런 일이 없소."

 장이섭이 말했다.

"사공(司功) 아무개가 그렇게 말했습니다."

등운이 대노해 곧장 아무개를 불러 곤장을 치려 하자, 아무개가 애초에 그런 말을 한 적이 없다고 한사코 하소연하고 있을 때, 장이섭이 앞으로 나와서 청했다.

"공께서는 그를 풀어 주셨으면 합니다. 아무래도 제가 꿈속에서 그 말을 들은 것 같습니다."

唐張利涉性多忘. 解褐懷州參軍, 每聚會被召, 必於笏上記之. 時河內令耿仁惠邀之, 怪其不至, 親就門致請, 涉看笏曰: "公何見顧? 笏上無名." 又一時晝寢驚, 索馬入州, 扣刺史鄧憚門, 拜謝曰: "聞公欲賜責, 死罪!" 鄧憚曰: "無此事." 涉曰: "司功某甲言之." 憚大怒, 乃呼甲將杖之, 甲苦訴初無此語, 涉前請曰: "望公捨之. 涉恐是夢中見說耳."

* 이 고사는 《태평광기》 권242 〈유망 · 장이섭〉에 실려 있다.

36-17(0948) 염현일

염현일(閻玄一)

출《조야첨재》

    당(唐)나라의 오원현령(五原縣令) 염현일은 사람됨이 건망증이 심했다. 한번은 주(州)에 갔다가 주인(主人)[6]의 집에 앉아 있었는데, 주의 좌사(佐史)가 앞을 지나가자 현의 관리라고 생각해서 그를 불러 곤장을 치려 했더니 그 관리가 말했다.

    "저는 주의 좌사입니다."

    염현일은 부끄러워하며 사과하고 그만두었다. 잠시 후에 현의 관리가 오자 염현일은 그를 주의 좌사로 생각해 그의 손을 잡고 데려와 앉게 했더니 그 관리가 말했다.

    "저는 현의 좌사입니다."

    염현일은 또 부끄러워하며 그만두었다. 한번은 어떤 사람이 염현일의 형의 편지를 전하러 왔다가 계단 아래에 서 있는데, 잠시 후에 향리의 아전이 죄인을 잡아 왔다고 아뢰자, 염현일은 곤장을 가져오라고 해서 편지를 전하러 온

---

[6] 주인(主人) : 각 관서의 책임을 맡은 사람. 여기서는 주의 장관 등이 이에 해당한다.

사람에게 곤장 몇 대를 치게 했다. 그 사람이 영문을 몰라 이유를 물어보았더니 염현일이 말했다.

"내가 크게 실수했소이다!"

그러고는 당직 관리를 돌아보며 집에서 술을 가져와 그 사람의 상처를 씻어 주게 했다. 한참 후에 당직 관리가 술을 가지고 왔는데, 염현일은 이미 술을 가져오라고 했던 일을 잊어버렸고 또 곤장 맞은 사람까지도 잊어버리고는 곧장 술을 당직 관리에게 주어 마시게 했다.

唐五原縣令閻玄一爲人多忘. 嘗至州, 於主人舍坐, 州佐史前過, 以爲縣典也, 呼欲杖之, 典曰: "某是州佐也." 一慚謝而止. 須臾縣典至, 一疑其州佐也, 執手引坐, 典曰: "某是縣佐也." 又愧而止. 曾有人傳其兄書者, 止於階下, 俄而里胥白錄人到, 一索杖, 遂鞭送書人數下. 其人不知所以, 訊之, 一曰: "吾大錯!" 顧直典向宅取杯酒帨瘡. 良久, 典持酒至, 一旣忘其取酒, 復忘其被杖者, 因賜直典飮之.

* 이 고사는 《태평광기》 권242 〈유망·염현일〉에 실려 있다.

36-18(0949) 이원효

이원효(李元皛)

출《기문》

 이원효가 기주자사(沂州刺史)로 있을 때, 사공(司功) 극승명(郄承明)에게 화가 나서 가림벽 밖에서 그의 옷을 벗기게 했다. 극승명은 아주 교활한 사람이었다. 그가 가림벽 밖으로 나갔을 때 마침 박사(博士) 유종진(劉琮璡)이 늦게 와서 관아로 들어가려 했다. 극승명은 유종진이 유생이었으므로 다가가서 그를 붙잡고 그의 옷을 벗기면서 거짓말했다.

 "태수(太守)께서 당신이 관아에 늦게 온 것에 화가 나서, 나에게 사람을 데리고 가서 당신을 붙잡아 당장 옷을 벗겨 데려오라 하셨습니다."

 유종진은 그 말을 사실이라 여기고 마침내 옷을 벗었다. 극승명은 이졸에게 눈짓하며 유종진을 붙잡아 들어가게 한 뒤에 자신은 그대로 달아났다. 이원효는 옷을 벗은 사람이 온 것을 보았지만, 그가 유종진임을 모른 채 결국 그에게 곤장 수십 대를 때리게 했다. [곤장을 다 맞고 난 뒤에] 유종진이 일어나 사죄하며 말했다.

 "은혜를 입어 곤장을 맞았습니다만 죄명을 알려 주시길 청합니다."

이원효가 말했다.

"극승명에게 속았구나!"

이원효는 결국 아무 말도 없이 그대로 안으로 들어갔다.

李元皛爲沂州刺史, 怒司功郗承明, 命剝之屛外. 承明, 狡猾者也. 旣出屛, 適會博士劉琮璀後至, 將入衙. 承明以琮璀儒者, 則前執而剝之, 紿曰: "太守怒汝衙遲, 使我領人取汝, 今便剝將來." 琮璀以爲然, 遂解衣. 承明目吏卒, 擒琮璀以入, 承明乃逃. 元皛見剝至, 不知是琮璀也, 遂杖之數十焉. 琮璀起謝曰: "蒙恩賜杖, 請示罪名." 元皛曰: "爲承明所賣!" 竟無言, 遂入戶.

* 이 고사는 《태평광기》 권494 〈잡록・이원효〉에 실려 있다.

치비(嗤鄙)

36-19(0950) 전욱

전욱(顓頊)

출《안씨가훈(顔氏家訓)》

    원위(元魏 : 북위) 때 도성 낙양(洛陽)에 재학(才學)을 갖춘 중신(重臣)이 있었다. 그는 《사기음(史記音)》을 새로 얻었는데 잘못된 것이 많았다. 전욱(顓頊)의 욱(頊) 자의 반절(反切)인 '허록(許綠)'이 '허연(許緣)'으로[7] 잘못되어 있는 것을 보고, 그 사람은 [그 잘못된 것이 맞는다고 생각해] 마침내 조정 인사들에게 말했다.

    "종래로 '전욱(專旭)'이라고 잘못 발음했는데, 마땅히 '전현(專翾)'이라 해야 합니다."

    그 사람은 이미 높은 명성을 얻고 있었기 때문에 사람들이 모두 그의 말을 믿고 따랐다. 1년 후에 또 다른 석학이 애써 연구하고 나서야 비로소 그것이 틀렸음을 알게 되었다.

元魏之世, 在洛京時, 有一才學重臣. 新得《史記音》, 而頗紕誤. 及見顓頊字爲'許綠', 錯作'許緣', 其人遂謂朝士言 : "從

---

7) 욱(頊) 자의 반절(反切)인 '허록(許綠)'이 '허연(許緣)'으로 : 허(許)와 녹(綠)의 반절은 '혹'이고, 허(許)와 연(緣)의 반절은 '현'이다.

來謬音‘專旭’, 當‘專翩’耳." 此人先有高名, 翕然行信. 期年之後, 更有碩儒, 苦相究討, 方知誤焉.

* 이 고사는 《태평광기》 권258 〈치비·원위신(元魏臣)〉에 실려 있다.

36-20(0951) 준치

준치(蹲鴟)

출《안씨가훈》·《담빈록(譚賓錄)》

양(梁)나라의 한 권문귀족이 〈촉도부(蜀都賦)〉 주(注)의 잘못된 판본을 읽었는데, "준치(蹲鴟)는 우(芋 : 토란)다"라는 주해에서 ['우(芋)' 자개 '양(羊)' 자로 되어 있었다. 후에 어떤 사람이 양고기를 보내오자 그는 이렇게 답신을 보냈다.

"준치를 보내 주신 은혜에 감사드립니다."

온 조정 사람들은 그 뜻을 이해하지 못하다가 한참 후에야 그것이 어떻게 된 일인지 비로소 알게 되었다.

당(唐)나라의 솔부병조참군(率府兵曹參軍) 풍광진(馮光震)은 집현원(集賢院)에 들어가서 《문선(文選)》을 교감했는데, 일찍이 '준치'라는 단어에 이렇게 주를 달았다.

"준치는 지금의 토란인데, 즉 털이 난 나복(蘿蔔 : 무)이다."

이 말을 들은 사람은 박장대소했다.

梁有一權貴, 讀誤本〈蜀都賦〉注, 解"蹲鴟, 芋也", 而爲'羊'字. 後有人餉羊肉, 答書云: "損惠蹲鴟." 擧朝不解, 久方悟之.

唐率府兵曹參軍馮光震, 入集賢院, 校《文選》, 嘗注'蹲鴟'云
: "蹲鴟者, 今之芋子, 卽是着毛蘿蔔也." 聞者拊掌.

* 이 고사는 《태평광기》 권258 〈치비 · 양권귀(梁權貴)〉, 권259 〈치
  비 · 풍광진(馮光震)〉에 실려 있다.

36-21(0952) 한창

한창(韓昶)

출《안씨가훈》

    당(唐)나라의 한창은 창려공(昌黎公 : 한유)의 아들이다. 비록 집안의 가르침에는 법도가 있었지만, 그는 성품이 자못 아둔했다. 일찍이 집현전교리(集賢殿校理)로 있을 때, 사전(史傳)에 '금근거(金根車)'[8]를 언급한 곳이 있자 모두 자기 멋대로 억측해 말했다.

    "이것은 필시 '금은거(金銀車)'의 잘못이다."

    그러고는 '근(根)' 자를 모두 '은(銀)' 자로 고쳐 버렸다.

唐韓昶, 昌黎公之子也. 雖敎有義方, 而性頗暗劣. 嘗爲集賢校理, 史傳中有說'金根車'處, 皆臆斷之曰 : "此必'金銀車'之誤也." 悉改'根'字爲'銀'字.

* 이 고사는 《태평광기》 권261 〈치비・한창〉에 실려 있다.

8) 금근거(金根車) : 황금으로 장식한 천자의 법가(法駕). 일설에는 본래 상근거(桑根車)라고 했는데, 뽕나무 뿌리의 색깔이 금색이어서 금근거라 했다고 한다.

36-22(0953) 한간

한간(韓簡)

출《북몽쇄언(北夢瑣言)》

당(唐)나라의 위박절도사(魏博節度使) 한간은 천성이 거칠고 질박했다. 그는 매번 문사들을 마주 대할 때면 그들이 하는 말을 이해하지 못해 마음속으로 늘 부끄러워했다. 그래서 한 효렴(孝廉)을 불러 《논어(論語)》를 강독했는데, 〈위정(爲政)〉 편까지 읽고 나서 이튿날 여러 종사(從事)들에게 말했다.

"나는 근자에야 비로소 옛사람들이 순박하다는 것을 알았소. 그들은 나이 서른이 되어서야 비로소 걷고 설 수 있었다9)고 하오."

이 말을 들은 사람들은 포복절도하지 않는 이가 없었다.

唐魏博節度使韓簡, 性粗質. 每對文士, 不曉其說, 心常恥之. 乃召一孝廉講《論語》, 至〈爲政〉篇, 翌日謂諸從事曰 : "僕近方知古人淳樸. 年至三十, 方能行立." 聞者無不絶倒.

9) 나이 서른이 되어서야 비로소 걷고 설 수 있었다 : 《논어》〈위정〉 편에 "삼십이립(三十而立)"이란 구절이 있다.

* 이 고사는 《태평광기》 권262 〈치비·한간〉에 실려 있다.

36-23(0954) 장유고

장유고(張由古)

출《대당신어》

당(唐)나라의 장유고는 관리로서의 재능은 있었지만 학식은 없었는데, 대성(臺省 : 삼성, 즉 중서성·문하성·상서성)의 주요 관직을 여러 차례 역임했다. 한번은 여러 사람들에게 탄식하며 말했다.

"[한나라의] 반고(班固)는 대단한 재능을 지녔지만, 그의 문장은 《문선(文選)》에 수록되지 못했소!"

그러자 어떤 사람이 그에게 말했다.

"그의 〈양도부(兩都賦)〉·〈연산명(燕山銘)〉·〈전인(典引)〉 등이 모두 《문선》에 수록되었는데 어찌하여 없다고 하십니까?"

장유고가 말했다.

"그것은 모두 반맹견(班孟堅 : 반고의 자)의 문장이니 반고와 무슨 상관이 있겠소?"

이 말을 들은 사람은 입을 가리고 웃었다. 또 한번은 그가 동료들에게 말했다.

"내가 어제 《왕승유집(王僧孺集)》을 샀는데 큰 도리가 담겨 있었소."

두문범(杜文範)은 그가 [남조 양나라의] 왕승유(王僧孺)를 잘못 말한 것을 알고 곧바로 말했다.

"저 역시《불포집(佛袍集: 불포는 왕승유의 자)》을 샀는데《승유집(僧孺集)》보다 배나 뛰어나더군요."

장유고는 끝까지 무슨 말인지 알아차리지 못했다.

唐張由古有吏才而無學術, 累歷臺省. 嘗於衆中嘆:"班固有大才, 而文章不入《文選》!" 或謂之曰:"〈兩都賦〉·〈燕山銘〉·〈典引〉等, 並入《文選》, 何爲言無?" 由古曰:"此並班孟堅文章, 何關班固事?" 聞者掩口. 又謂同官曰:"昨買得《王僧孺集》, 大有道理." 杜文範知僧孺之誤, 應聲曰:"文範亦買得《佛袍集》, 倍勝《僧孺集》." 由古竟不覺.

* 이 고사는《태평광기》권258〈치비·장유고〉에 실려 있다.

36-24(0955) 탁지랑

탁지랑(度支郞)

출《국사(國史)》

[당나라] 정관(貞觀) 연간(627~649)에 상약국(尙藥局)에서 두약(杜若)을 구해 달라고 상주하자 탁지사(度支司)에 칙명을 내렸는데, 어떤 성랑(省郞 : 탁지랑)이 [남조 제나라] 사조(謝朓)의 시에 "방주(坊州)에서 두약을 캐네"10)라는 구절이 있다고 해서 방주에 두약을 바치라고 위임했다. 그러자 방주의 관리가 이렇게 판시(判示)했다.

"방주에서는 두약이 나지 않으니 이는 필시 사조의 시를 잘못 읽어서 비롯한 일일 것이다. 낭관(郞官)이 이처럼 공사(公事)를 판결하니 어찌 28수(宿)의 성신(星神)이 사람을 비웃는 걸 두려워하지 않겠는가?"

태종(太宗)은 그 말을 듣고 크게 웃으면서 그 관리를 옹

---

10) 방주(坊州)에서 두약을 캐네 : 원문은 "방주채두약(坊州採杜若)". 본래 사조의 〈회고인(懷故人)〉이란 시에 "방주유두약(芳洲有杜若)"이란 구절이 있는데, 탁지랑이 '방주(芳洲)'를 '방주(坊州)'로 잘못 읽고 방주(坊州)에 두약을 바치라고 한 것이다. 방주(芳洲)는 향초가 자라는 모래섬으로 지명과는 상관이 없다.

주사법(雍州司法)에 제수했다.

貞觀中, 尙藥奏求杜若, 敕下度支, 有省郎以謝朓詩云 "坊州採杜若", 乃委坊州貢之. 本州曹官判云: "坊州不出杜若, 應由讀謝朓詩誤. 郎官作如此判事, 豈不畏二十八宿笑人?" 太宗聞之大笑, 改授雍州司法.

* 이 고사는 《태평광기》 권493 〈잡록·탁지랑〉에 실려 있다.

36-25(0956) 권용양

권용양(權龍襄)

출《조야첨재》

당(唐)나라의 좌위장군(左衛將軍) 권용양은 성격이 편협하고 조급했는데, 시를 잘 짓는다고 항상 자부했다. 만세통천(萬歲通天) 연간(696~697)에 권용양은 창주자사(滄州刺史)가 되어 처음 부임하자마자 시를 지어 주의 관리들에게 보내 주었다.

"멀리 창해성(滄海城)이 보이고, 버드나무 푸르게 우거졌네. 중앙에 한 무리의 사내들, 모여 앉아 술잔을 두드리네."

여러 공(公 : 주의 관리)들이 감사하며 말했다.

"공께서는 뛰어난 재주를 갖고 계십니다."

권용양이 말했다.

"무슨 말씀을, 그저 운(韻)만 맞추었을 뿐이지요."

또 〈추일술회(秋日述懷)〉라는 시를 지었다.

"처마 앞을 나는 건 칠백, 눈처럼 흰 것은 후원이 강하네. 배불리 먹고 방 안에 누우면, 집 안의 똥이 들판의 말똥구리를 모아들이네."

참군(參軍)이 무슨 뜻인지 알지 못해 설명해 주길 청하자 권용양이 말했다.

"처마 앞을 날아가는 새매는 그 값이 700문(文)이고, 후원에 걸어 놓은 옷 빨래는 눈처럼 희며, 배불리 먹고 방 안에 모로 누워 있으면, 집 안에 굴러다니는 똥이 들판 못에 사는 말똥구리들을 모여들게 한다는 뜻이오."

논자들이 그를 비웃었다. 한번은 황태자(皇太子)가 베푼 연회에서 권용양이 여름날에 대해 시를 지었다.

"찬 서리는 허옇게 드넓고, 밝은 달은 붉게 둥그네."

황태자가 붓을 들어 그를 위해 찬(贊)을 지었다.

"용양은 재자(才子)로 진주(秦州)의 인사다. 밝은 달이 대낮에 빛나고 찬 서리가 여름에 일어난다. 이러한 시는 운만 맞추었을 뿐이다."

권용양이 영주자사(瀛州刺史)가 되었을 때 새해를 맞이하게 되었는데, 도성의 친구가 그에게 서신을 보내왔다.

"해가 바뀌어[改年] 감회가 많으니[多感], 삼가 그 마음을 함께하고 싶네."

그래서 권용양은 정월 초하루에 관리들을 불러 모아 놓고 말했다.

"'다감(多感)' 원년으로 연호를 바꾼다[改年]는 조서가 내려왔소."

그러고는 그 서신을 판사(判司) 이하의 관리들에게 보냈더니, 사람들이 크게 웃었다. 권용양은 계속 귀를 기울여 기다리면서 사서(赦書)11)가 늦게 오는 것을 이상하게 여겼다. 권용양은 기일(忌日)이 무엇인지 몰라 부사(府史)에게 말했다.

"무엇을 사기(私忌)라고 하는가?"

부사가 대답했다.

"부모님이 돌아가신 날에 휴가를 청해 방 안에 혼자 앉아 있으면서 밖에 나가지 않는 것을 말합니다."

권용양이 기일이 되어 방 안에 조용히 앉아 있을 때 푸른 개가 갑자기 들어오자, 크게 화를 내며 말했다.

"나의 사기를 망쳐 놓다니!"

그는 다시 문서를 올려 휴가를 다음 날로 바꿔서 기일을 잘 보냈다. 논자들이 그를 비웃었다.

唐左衛將軍權龍襄, 性褊急, 常自矜能詩. 通天中, 爲滄州刺史, 初到乃爲詩呈州官曰: "遙看滄海城, 楊柳鬱青青. 中央一群漢, 聚坐打杯觥." 諸公謝曰: "公有逸才." 襄曰: "不敢, 趁韻而已." 又〈秋日述懷〉曰: "簷前飛七百, 雪白後園强. 飽食房裏側, 家糞集野螂." 參軍不曉, 請釋, 襄曰: "鶺子簷前飛, 直七百文, 洗衫掛後園, 乾白如雪, 飽食房中側臥, 家糞集得野澤蜣螂." 談者嗤之. 皇太子宴, 夏日賦詩: "嚴霜白浩

---

11) 사서(赦書) : 사면령을 반포하는 문서. 일반적으로 연호를 바꾸면 대대적인 사면령을 내렸다.

浩, 明月赤團團." 太子援筆爲贊曰:"龍襄才子, 秦州人士. 明月畫耀, 嚴霜夏起. 如此詩章, 趁韻而已." 爲瀛州刺史日, 新過歲, 京中故人附書曰:"改年多感, 敬想同之." 正新喚官人集, 云:"有詔改年號爲'多感'元年." 將書呈判司已下, 衆人大笑. 龍襄復側聽, 怪敕書來遲. 龍襄不知忌日, 謂府史曰:"何名私忌?" 對曰:"父母亡日請假, 獨坐房中不出." 襄至日, 於房中靜坐, 有靑狗突入, 龍襄大怒, 曰:"衝破我忌!" 更陳牒, 改作明朝好作忌日. 談者笑之.

* 이 고사는 《태평광기》 권258 〈치비·권용양〉에 실려 있다.

36-26(0957) 사사명
사사명(史思明)
출《지전록(芝田錄)》

 안녹산(安祿山)이 패망하고 나서 사사명이 뒤이어 반란을 일으켜 동도(東都 : 낙양)로 가다가 잘 익은 앵두를 보고 하북(河北)에 있는 아들에게 보내 주고 싶어서 시를 지어 함께 보냈다.
 "앵두 한 광주리, 반은 빨갛고 반은 이미 누렇네[黃]. 절반은 회왕(懷王)에게 주고, 절반은 주지(周至)에게 주네."
 시를 완성하자 좌우에서 찬사를 연발하며 모두 말했다.
 "명공(明公)의 이 시는 대단히 훌륭합니다. 하지만 만약 '절반은 주지에게 주고, 절반은 회왕에게 주네'로 하신다면, 위에 있는 '황(黃)' 자와 그 소리가 좀 더 잘 어울릴 것입니다."
 그러자 사사명이 크게 화를 내며 말했다.
 "내 아들을 어찌 주지의 아래에 놓을 수 있단 말이냐?"
 후에 사사명은 영녕현(永寧縣)까지 쫓기다가 결국 자신의 아들 사조의(史朝義)에게 살해되었다. 그때 사사명이 말했다.
 "너는 나를 너무 일찍 죽이는구나. 안녹산은 그래도 동도까지는 갈 수 있었는데, 너는 어찌 이리 급하게 나를 죽이는 게냐?"

사사명의 아들은 위회왕(僞懷王)에 봉해졌었고 주지는 바로 그의 사부(師傅)였다.

安祿山敗, 史思明繼逆, 至東都, 遇櫻桃熟, 其子在河北, 欲寄遺之, 因作詩寄云:"櫻桃一籠子, 半赤半已黃. 一半與懷王, 一半與周至." 詩成, 左右贊美之, 皆曰:"明公此詩大佳. 若能言'一半周至, 一半懷王', 卽與'黃'字聲勢稍穩." 思明大怒曰:"我兒豈可居周至之下?" 思明長驅至永寧縣, 爲其子朝義所殺. 思明曰:"爾殺我太早. 祿山尙得至東都, 而爾何亟也?" 思明子僞封懷王, 周至卽其傅也.

* 이 고사는 《태평광기》 권495 〈잡록·사사명〉에 실려 있다.

36-27(0958) 최숙청
최숙청(崔叔淸)
출《국사보》

    당(唐)나라의 두우(杜佑)가 회남(淮南)을 진수하고 있을 때 최숙청의 시 100편을 바쳤는데, 미 : 옛날에는 훌륭한 시문을 임금에게 바칠 수 있었기 때문에 묻혀 있는 인재가 없었다. 덕종(德宗)이 사자에게 말했다.
    "이렇게 엉망인 시를 어떻게 바칠 수 있단 말인가?"
    당시 사람들은 최숙청의 시를 "준칙악시(准敕惡詩 : 칙명으로 인정한 엉망인 시)"라고 불렀다.

唐杜佑鎭淮南, 進崔叔淸詩百篇, 眉 : 古時佳詩文得進御, 故無滯才. 德宗謂使者 : "此惡詩, 焉用進?" 時人呼爲 "准敕惡詩".
* 이 고사는 《태평광기》 권260 〈치비·최숙청〉에 실려 있다.

36-28(0959) 상정종

상정종(常定宗)

출《조야첨재》

　　당(唐)나라의 국자좨주(國子祭酒) 신홍지(辛弘智)가 시를 지었다.

　　"임은 물가의 풀과 같으니, 봄 되면 사랑의 마음 넘치게 생겨나네. 첩은 경대 위의 거울과 같으니, 얼굴 비춰 보고서야 비로소[始] 분명해지네."

　　같은 방에 있던 학사(學士) 상정종이 이 시에서 "시(始)"자를 "전(轉 : 더욱의 뜻)" 자로 바꿨는데, 결국 이 시를 놓고 둘 다 자기가 지었다고 다투었다. 미 : 절창도 아닌데 뭐 하러 서로 다툰단 말인가? 그래서 소장(訴狀)을 보내 태학박사(太學博士) 나도종(羅道宗)에게 보였더니 나도종이 판결했다.

　　"옛날에 다섯 글자로 표문(表文)을 정하면서[12] 이치가 타당한 것을 훌륭하다고 칭했다. 지금 한 글자를 가지고 서

---

[12] 다섯 글자로 표문(表文)을 정하면서 : 진(晉)나라 때 종회(鍾會)가 우송(虞松)이 지은 표문에서 다섯 글자를 고친 후에 황제에게 받아들여진 일을 말한다. 후대에 '오자(五字)'는 훌륭한 표장(表章)을 가리키는 말로 쓰인다.

로 자기 시라고 다투니, 시어가 많은 것을 가지고 시의 주인으로 정하겠다. 이 시는 신홍지의 것으로 하고 '전(轉)' 자는 상정종에게 돌려주도록 하라."

唐國子祭酒辛弘智詩云:"君爲河邊草, 逢春心剩生. 妾如臺上鏡, 照得始分明." 同房學士常定宗爲改"始"字爲"轉"字, 遂爭此詩皆云我作. 眉:亦非絶唱, 何用交爭? 乃下牒, 見博士羅道宗, 判云:"昔五字定表, 以理切稱奇. 今一言競詩, 取詞多爲主. 詩歸弘智, '轉'還定宗."

* 이 고사는 《태평광기》 권259 〈치비 · 상정종〉에 실려 있다.

36-29(0960) 장회경

장회경(張懷慶)

출《대당신어》

[당나라의] 이의부(李義府)가 시를 지었다.

"달빛 아로새겨 가선(歌扇 : 가무할 때 사용하는 부채) 만들고, 구름 마름질해 무의(舞衣) 만드네. 눈처럼 선회하는[13] 자태 본디 어여쁘니, 낙천(洛川 : 낙수)으로 데리고 돌아가면 좋겠네."

조강현위(棗强縣尉) 장회경은 명사들의 문장을 표절하길 좋아했는데, 이의부의 시를 가지고 이렇게 지었다.

"정이 일어나 달빛 아로새겨 가선 만들고, 마음을 담아 구름 마름질해 무의 만드네. 거울에 비춰 보니 눈처럼 선회하는 자태 본디 어여쁘니, 갈 때 낙천으로 데리고 돌아가면 좋겠네."

당시 사람들은 그를 두고 말했다.

---

13) 눈처럼 선회하는 : 원문은 "회설(回雪)". 눈발이 춤추듯이 휘날린다는 뜻으로, 여자가 가볍고 우아한 자태로 춤추는 것을 비유한다. 조식(曹植)의 〈낙신부(洛神賦)〉에 나오는 말이다. 그래서 다음 구절에서 "낙천으로 데리고 돌아가면 좋겠네"라고 말한 것이다.

"왕창령(王昌齡)을 산 채로 벗겨 먹고, 곽정일(郭正一)을 산 채로 잡아먹었다."

李義府有詩曰:"鏤月成歌扇, 裁雲作舞衣. 自憐回雪影, 好取洛川歸." 有棗强尉張懷慶好偸名士文章, 乃爲詩曰:"生情鏤月爲歌扇, 出意裁雲作舞衣. 照鏡自憐回雪影, 來時好取洛川歸." 時人謂之語曰:"活剝王昌齡, 生吞郭正一."

* 이 고사는 《태평광기》 권260 〈치비·장회경〉에 실려 있다.

36-30(0961) 매권형

매권형(梅權衡)

출《건손자》

　당(唐)나라의 매권형은 오(吳) 사람이다. 그는 과거 시험을 보러 들어가면서도 서책을 가지고[14] 가지 않았기에 사람들이 모두 그를 뛰어난 인재라고 생각했다. 이윽고 관부(官府)에서 〈청옥안부(青玉案賦)〉라는 시제(試題)를 내고 "유연이직자량지심(油然易直子諒之心)"[15]을 운(韻)으로 삼으라고 하자, 과장(科場)에서는 어떻게 '양(諒)' 자를 압운해야 하는지에 대해 논쟁을 벌였다. 매권형은 뜰의 나무 아래에서 짤막한 막대기로 땅에 써서 초안을 잡더니, 해 질 녘에 시부(詩賦)를 완성했다. 그러자 장계하(張季遐)가 앞으로 달

---

[14] 서책을 가지고 : 당나라 때 진사 시험 응시자는 《절운(切韻)》과 《옥편(玉篇)》 같은 운서(韻書)를 가지고 시험장에 들어가는 것이 허용되었다. 그 밖의 서책은 휴대를 금지했으며 발각되면 시험장에서 쫓겨났다.

[15] 유연이직자량지심(油然易直子諒之心) : 마구 일어나는 온화하고 정직하고 자애롭고 미더운 마음. 《예기(禮記)》〈악기(樂記)〉에 "치악이치심(致樂以治心), 즉이직자량지심유연생의(則易直子諒之心油然生矣)"라는 구절이 있다.

려 나가 매권형에게 제출한 부에서 '양' 자를 어떻게 압운했는지 가르쳐 주면 그것을 모범으로 삼겠다고 청했다. 그랬더니 매권형이 큰 소리로 말했다.

"압운자는 모름지기 잘 헤아려야 하니, [그것도 못하면서] 어떻게 진사에 응시할 수 있겠소?"

장계하는 자신의 재주가 보잘것없다고 겸손해하면서 수십 명을 데리고 가서 한 수 가르쳐 달라고 청했다. 그러자 매권형이 말했다.

"이 운은 압운하기가 어렵소. 여러분은 잠시 청사에 앉아서 내가 압운한 곳이 타당한지 들어 보시오."

그러고는 마침내 낭랑한 목소리로 읊었다.

"어슴푸레하고 희미하게, 그 속에 어떤 물건이 있네. 희미하고 어슴푸레하게, 그 속에 양(諒)이 있네. 미 : 양(諒)이 무슨 물건인가? 개가 그 옆에 웅크리고 있고, 솔개가 그 위를 스치고 가네."

매권형이 또 설명했다.

"청옥안은 밥상이기 때문에 '개가 웅크리고 솔개가 스친다'고 한 것이오."

사람들은 크게 웃었다.

唐梅權衡, 吳人也. 入試不持書策, 人皆謂奇才. 及府題出〈靑玉案賦〉, 以"油然易直子諒之心"爲韻, 場中競講論如何押'諒'字. 權衡於庭樹下, 以短棰畫地起草, 日晡, 權衡詩賦成. 張季遐前趨, 請權衡所納賦押'諒'字, 以爲師模, 權衡乃大言曰: "押字須商量, 爭應進士擧?" 季遐且謙以薄劣, 乃率數十人請益. 權衡曰: "此韻難押. 諸公且廳上坐, 聽某押處解否." 遂朗吟曰: "恍兮惚兮, 其中有物. 惚兮恍兮, 其中有諒. 眉: 諒是何物? 犬蹲其傍, 鴟拂其上." 權衡又講: "靑玉案是食案, 所以言'犬蹲鴟拂'." 衆大笑.

* 이 고사는《태평광기》권261〈치비·매권형〉에 실려 있다.

36-31(0962) 유의방
유의방(劉義方)

당(唐)나라의 유의방은 동부[東府 : 양주부(揚州府)]의 해시(解試)16)에 응시했는데, 시제(試題)는 〈초선관부(貂蟬冠賦)〉였다. 그는 '후(厚)' 자 운(韻)으로 한 연(聯)을 마무리한 것에 자부심을 느끼며 읊었다.

"벽에 걸어 놓으면 투구[兜鍪]와 비슷하고, 머리에 쓰면 석모(席帽)17)와 같네." 미 : '모(帽)'로 '무(茂)' 운에 맞추었는데, 아마도 당시 민간의 어음(語音)이 그러했을 것이다.18)

이를 듣고 즐겁게 웃지 않는 사람이 없었다.

唐劉義方, 東府解試〈貂蟬冠賦〉. 自矜'厚'字韻脚, 有一聯破

16) 해시(解試) : 당송 시대 주(州)와 부(府)에서 시행한 과거 시험으로, 명청 시대의 향시(鄕試)와 같다.

17) 석모(席帽) : 등나무 자리로 둥근 골격을 만들고 사방 둘레에 술을 드리워 햇볕이나 얼굴을 가릴 수 있는 모자. 모양이 전립(氈笠)과 비슷하게 생겼다.

18) 아마도 당시 민간의 어음(語音)이 그러했을 것이다 : '무(鍪)'는 무(茂) 운으로, '모(帽)'와 같은 운부(韻部)에 속하는 글자가 아닌데 아마도 당시 민간에서는 '모'를 '무'로 발음했을 것이라는 뜻이다.

的. 乃吟曰:"懸之於壁, 有類乎兜鍪, 戴之於頭, 又同乎席帽." 眉:以'帽'叶'茂', 想民語. 無不以爲歡笑.

* 이 고사는 《태평광기》 권261 〈치비·유의방〉에 실려 있다.

36-32(0963) 이거

이거(李據)

출《노씨잡설(盧氏雜說)》

당(唐)나라의 이거는 재상 이강(李絳)의 조카였는데, 부귀한 집안에서 태어나 글을 알지 못했지만 가문의 덕으로 민지현승(澠池縣丞)에 보임되었다. 이거는 세밑에 물고기를 찾았으나 가져오지 않자, 어부에게 화를 내며 추궁했더니 어부가 말했다.

"수달이 사나워서 감히 물고기를 잡지 못했습니다."

그러자 이거가 판시했다.

"새해가 곧 닥쳐오는데 맹수[19]가 사람을 놀라게 하고, 그물이 너무 넓은 탓에 그물코가 성기어 물고기가 빠져나가지 못한 것이다.[20]"

또 시중드는 사람이 휴가를 청하자, 이거가 문서 뒤에 판시했다.

"한낮이나 황혼에는 반드시 도착해야 하니, 밤이나 새벽

---

[19] 맹수 : 수달이 뭔지 몰라서 맹수라고 한 것이다.

[20] 그물코가 성기어 물고기가 빠져나가지 못한 것이다 : 물고기 그물을 본 적이 없기 때문에 이렇게 이치에 맞지 않는 말을 한 것이다.

에 오면 내쫓을 것이니라."

시중드는 사람이 결국 감히 떠나지 못하자, 이거는 다시 그에게 판결했다.

"이렇게 멍청하니 어찌 곤장을 맞겠느냐? 곤장 다섯 대로 판결한다."

어떤 사람이 말했다.

"'어찌 곤장을 맞겠느냐?'라고 했으니, 그에게 곤장을 치라고 판결한 것은 부당합니다."

그러자 이거가 말했다.

"그대는 뭘 안다고 나서시오? '어찌[豈]'는 어조사이니 '지(之)·호(乎)·자(者)·야(也)'와 무엇이 다르단 말이오?"

唐李據, 宰相絳之侄, 生綺紈間, 曾不知書, 門蔭調補澠池丞. 因歲節, 索魚不得, 怒追漁師, 云: "緣獺暴, 不敢打魚." 判云: "俯臨新歲, 猛獸驚人, 漁網至寬, 疏而不漏." 又祗承人請假, 狀後判云: "白日黃昏須到, 夜卽平明放歸." 祗承人竟不敢去, 又判決祗承人: "如此癡頑, 豈合喫杖? 決五下." 人有語曰: "'豈合喫杖?' 不合決他." 李曰: "公何會? '豈'是助語, 共'之·乎·者·也'何別?"

* 이 고사는 《태평광기》 권261 〈치비·이거〉에 실려 있다.

36-33(0964) 소미도

소미도(蘇味道)

출《노씨잡기(盧氏雜記)》·《어사대기》

소미도가 처음 재상에 임명되었을 때 어떤 문인(門人)이 물었다.

"나랏일이 한창 많은데 상공(相公)께서는 이를 어떻게 다스리시렵니까?21)"

소미도는 아무 말 없이 그저 손으로 책상 모서리만 만지고 있을 뿐이었다. 그래서 당시 사람들은 그를 "모릉재상(摸稜宰相 : 모서리만 만지는 재상)"이라 불렀다. 미 :《자치통감(資治通鑑)》에서 "모서리를 만지며 양쪽을 잡는다"는 말과 부합하지 않는다.

이사단(李師旦)이 회계현위(會稽縣尉)에 임명되었는데, 국기일(國忌日 : 전대 황제와 황후의 기일)에 업무를 폐한 채 술을 마시고 노래를 부르고 사람을 때렸다가 관리에 의해 고소당했다. 어사(御史) 소미도가 그 사건을 심문했는데, 이사단은 자신의 죄를 조금도 인정하지 않았다. 소미도가

---

21) 다스리시렵니까? : 원문은 "섭화(燮和)". 음양을 조화시켜 잘 다스린다는 뜻으로, 재상의 직임을 '섭화지임(燮和之任)'이라 한다.

언성을 높여 그를 문책하자 이사단이 탄식하며 말했다.

"술을 마시는 것은 법이 금하는 바도 아니며 하물며 약주를 마셨음에랴! 만가(輓歌)를 부른 것은 애도의 뜻이었고, 사람을 때린 것은 공무가 급해서였는데, 시어(侍御 : 소미도)께서는 어찌하여 질책하십니까?"

소미도가 말했다.

"이 사람은 흰 것도 검게 만들 수 있는 자이니 법으로 다스릴 수 없다."

蘇味道初拜相, 有門人問曰 : "國事方殷, 相公何以變[1]和?" 味道無言, 但以手摸床棱而已. 時謂"摸棱宰相"也. 眉 : 與《通鑑》"模棱待兩端[2]"語不合.
李師旦任會稽尉, 國忌日廢務, 飮酒・唱歌・杖人, 爲吏所訟. 御史蘇味道按之, 俱不承引. 味道厲聲責問, 乃嘆曰 : "飮酒法所不禁, 況飮藥酒耶! 輓歌乃是哀思, 撻人吏事緣急速, 侍御何譴爲?" 味道曰 : "此返白爲黑漢, 不能繩之."

* 이 고사는 《태평광기》 권259 〈치비・소미도〉와 〈이사단(李師旦)〉에 실려 있다.

1 변(變) : 《태평광기》에는 "섭(燮)"이라 되어 있는데, 문맥상 보다 타당하다.

2 모릉대양단(模棱待兩端) : 《자치통감(資治通鑑)》 권206 〈당기(唐紀) 22・측천후성력원년(則天后聖曆元年)〉에는 "모릉지양단(摸棱持兩端)"이라 되어 있는데 타당하다.

36-34(0965) 후사지

후사지(侯思止)

출《어사대기》

　무주(武周:측천무후) 때 시어사(侍御史) 후사지는 예천현(醴泉縣)에서 떡을 팔던 사람이었다. 발음이 분명하지 않았지만 다른 사람의 죄를 날조하고 밀고해 어사에 제수되었는데, 그 가혹함이 날로 심해졌다. 한번은 그가 중승(中丞) 위원충(魏元忠)을 심문하면서 말했다.

　"어서 백사마(白司馬:죽을죄)를 인정하시오. 그렇지 않으면 맹청(孟靑:몽둥이)을 맞게 될 것이오."

　백사마는 북망산(北邙山)의 백사마판(白司馬坂)이고, 맹청은 장군 맹청봉(孟靑棒)으로 일찍이 낭야왕(琅琊王) 이충(李冲)을 몽둥이로 때려죽인 자다. 후사지는 민간의 용렬한 사람이었기 때문에 늘 이러한 말로 죄수들을 협박했다. 그러나 위원충의 말투에 굽히는 기색이 없자 후사지가 화가 나서 그를 거꾸로 끌고 다녔는데, 위원충이 천천히 일어나더니 말했다.

　"내가 박명해서 마치 사나운 나귀에 올라탔다가 떨어지는 바람에 다리가 등자에 걸린 것처럼 끌려 다녔을 뿐이네!"

　후사지가 더욱 화를 내며 또 그를 끌고 다니자 위원충이 말했다.

"후사지, 그대는 지금 나라의 어사이니 모름지기 예의의 경중을 알아야 하네. 나 위원충의 머리가 필요하다면 어찌하여 톱으로 잘라 가지 않는가? 어찌 붉은 인끈을 차고 직접 천자의 명을 받들면서 바른 도리의 일은 행하지 못하고 그저 백사마와 맹청을 들먹이니 이것이 무슨 말인가?"

후사지가 놀라 일어나서 송구해하며 말했다.

"다행히도 가르침을 받게 되었습니다!"

그러고는 위원충을 계단 위로 올라오게 해서 예의를 갖춰 자리에 앉게 하고 그에게 가르침을 청했다. 미 : 죄를 자복하게 하는 것이 필경 다른 사람의 죄를 날조하는 것보다 낫다. 그러자 위원충은 태연자약하게 천천히 자리에 앉았다. 또 후사지가 한번은 요리사에게 명했다.

"나를 위해 농병(籠餠 : 만두의 일종)을 만들되 파[葱]를 줄여서[縮] 만들어라."

시장에서 파는 농병은 파가 많고 고기가 적기 때문에 파를 줄이고 고기를 더 넣으라고 명했던 것이다. 그래서 당시 사람들은 그를 "축총어사(縮葱御史 : 파를 줄인 어사)"라고 불렀다. 나중에 후사지는 이소덕(李昭德)에게 맞아 죽었다.

周侍御史侯思止, 醴泉賣餠人也. 言音不正, 以告變授御史, 苛酷日甚. 嘗按中丞魏元忠曰 : "急承白司馬. 不然卽喫孟青." 白司馬者, 北邙山白司馬坂也, 孟青者, 將軍孟青, 曾杖殺琅琊王沖者也. 思止閭巷庸人, 常以此言逼諸囚. 元忠辭氣不屈, 思止怒而倒曳之, 元忠徐起曰: "我薄命, 如乘惡驢而墜, 脚爲鐙掛, 遂被曳耳!" 思止怒, 又曳之, 元忠曰: "侯思止, 汝今爲國家御史, 須識禮儀輕重. 如須魏元忠頭, 何不以鋸截去? 奈何佩服朱紱, 親銜天命, 不能行正道之事, 乃言白司馬·孟青, 是何言也?" 思止驚起, 悚然曰: "幸蒙見教!" 乃引上階, 禮坐而問之. 眉: 伏罪處畢竟勝羅吉諸人. 元忠徐就坐自若. 又思止嘗命膳者: "與我作籠餅, 可縮葱作." 比市籠餅, 葱多而肉少, 故令縮葱加肉也. 時人號爲"縮葱御史". 後爲李昭德榜殺.

* 이 고사는 《태평광기》 권258 〈치비·후사정(侯思正)〉에 실려 있는데, "정(正)"은 "지(止)"의 잘못이다.

36-35(0966) 왕급선과 양도

왕급선·양도(王及善·陽滔)

출《조야첨재》

    당(唐)나라의 왕급선은 재주가 평범하고 행동이 상스러웠는데, 그가 내사(內史 : 중서령)가 되자 당시 사람들이 그를 "구집봉지(鳩集鳳池 : 봉황 연못에 내려앉은 비둘기)"[22]라고 불렀다. 얼마 후에 그는 문창우상(文昌右相 : 상서우상)으로 승진했는데, 다른 정사는 돌보지 않고 단지 영사(令史 : 상서성의 하급 관리)의 나귀가 대성(臺省 : 상서성)에 들어오는 것을 불허해 온종일 나귀를 내쫓으면서 잠시도 쉬지 않았기에, 당시에 그를 "구려재상(驅驢宰相 : 나귀를 내쫓는 재상)"이라 불렀다.

    당나라의 양도가 중서사인(中書舍人)으로 있을 때 갑자기 명이 내려와 칙서를 작성하라고 재촉했는데, 마침 영사(令史)가 문서고의 열쇠를 가지고 다른 데로 가 버리는 바람에 이전에 작성했던 초안을 검토할 수 없자, 결국 창을 부수고 들어가서 그것을 꺼냈기에, 당시에 그를 "작창사인(斫窗

---

[22] 구집봉지(鳩集鳳池) : '봉지(鳳池)'는 중서성에 해당하는 봉각(鳳閣)을 빗대어 한 말이다.

舍人 : 창을 작살낸 사인)"이라 불렀다.

唐王及善才行庸猥, 爲內史, 時人號爲"鳩集鳳池". 俄遷文昌右相, 無他政, 但不許令史雙¹驢入臺, 終日迫逐, 無時暫捨, 時號"驅驢宰相".

唐陽滔爲中書舍人時, 促命制敕, 令史持庫鑰他適, 無舊本檢尋, 乃斫窗取得之, 時號"斫窗舍人".

* 이 고사는 《태평광기》 권258 〈치비·왕급선〉, 권259 〈치비·양도〉에 실려 있다.
1 쌍(雙) : 《태평광기》 명초본에는 "지(之)"라 되어 있는데, 문맥상 보다 타당하다.

36-36(0967) 세 가지 더러움
삼예(三穢)
출《조야첨재》

당(唐)나라의 왕이(王怡)가 어사중승(御史中丞)이 된 것은 헌대(憲臺 : 어사대)의 더러움이고, 강회(姜晦)가 장선시랑(掌選侍郎 : 이부시랑)이 된 것은 이부(吏部)의 더러움이며, 최태지(崔泰之)가 황문시랑(黃門侍郎)이 된 것은 문하성(門下省)의 더러움이다. 사람들은 이들을 "경사삼예(京師三穢 : 도성의 세 가지 더러움)"라고 불렀다.

평 : 또 무주(武周) 혁명이 일어났을 때, 몸이 아주 왜소한 조획(趙廓)이라는 거인(擧人)이 감찰어사(監察御史)로 벼슬을 처음 시작하자, 당시에 그를 "대예(臺穢 : 어사대의 더러움)"라 불렀다.

唐王怡爲中丞, 憲臺之穢, 姜晦爲掌選侍郎, 吏部之穢, 崔泰之爲黃門侍郎, 門下之穢. 號爲"京師三穢".
評 : 又僞周革命, 擧人趙廓眇小, 起家監察, 時謂之"臺穢".

* 이 고사는 《태평광기》 권259 〈치비·삼예〉, 권254 〈조초(嘲誚)·장원일(張元一)〉에 실려 있다.

36-37(0968) 대성 안의 말
대중어(臺中語)
출《조야첨재》

 [당나라] 무주(武周) 때 하관시랑(夏官侍郎 : 병부시랑) 후지일(侯知一)은 연로해서 벼슬을 그만두라는 칙명을 받았지만, 칙명을 따르지 않겠다는 표문을 올리고 조당(朝堂)에서 뛰고 달리면서 아직도 몸이 날래다는 것을 보여 주었다. 장종(張悰)은 부모의 상을 당했는데도 복직을 자청했다. 이부주사(吏部主事) 고균(高筠)이 모친상을 당했을 때, 친척들이 곡을 하며 애도하자 고균이 말했다.
 "나는 상주 노릇을 할 수 없습니다."
 원외랑(員外郞) 장서정(張棲貞)은 소송을 당하자 모친상을 당했다고 거짓말하면서 심문을 받으려 하지 않았다. 당시 조정에서는 이들을 두고 말했다.
 "후지일은 벼슬을 그만두라는 칙명을 따르지 않았고, 장종은 상중에도 복직을 자청했으며, 고균은 상주가 되려 하지 않았고, 장서정은 모친상을 당하길 원했다. 이들은 모두 명교(名敎) 가운데에 있는 사람들이 아니며 왕의 교화 밖에 있는 자들이다."

周夏官侍郎侯知一年老, 敕放致仕, 上表不伏, 於朝堂踴躍馳走, 以示輕便. 張悰丁憂, 自請起復. 吏部主事高筠母喪, 親戚爲擧哀, 筠曰:"我不能作孝." 員外郎張棲貞被訟, 詐遭母憂, 不肯起對. 時臺中爲之語曰:"侯知一不伏致仕, 張悰自請起復, 高筠不肯作孝, 張棲貞情願遭憂. 皆非名教中人, 並是王化外物."

* 이 고사는《태평광기》권258〈치비·대중어〉에 실려 있다.

36-38(0969) 왕초 형제

왕초곤제(王初昆弟)

출《독이지(獨異志)》

당(唐)나라 장경(長慶) 연간(821~824)과 대화(大和) 연간(827~835)에 왕초와 왕철(王哲)은 모두 과거에 급제했으며, 그의 부친 왕중서(王仲舒)는 당시에 명성이 높았다. 두 아들이 처음 벼슬할 때 비서성(祕書省)의 관리가 되지 못한 것은 가휘(家諱)[23] 때문이었다. 얼마 후에 두 사람은 사사로이 상의하며 말했다.

"만약 전례(典禮)에 따라 사휘(私諱 : 가휘)를 피한다면, 우리 형제는 중서사인(中書舍人)·중서시랑(中書侍郎)이나 여러 부의 상서(尙書)가 될 수 없다."

그러고는 함께 부친의 휘를 고쳐서 '중(仲)' 자만 언급하기로 했다. 미 : 부친의 휘를 고치는 일은 여기서만 겨우 보인다. 나중에는 또 선무군(宣武軍)의 장서기(掌書記)가 되었다. 식자들이 말했다.

---

[23] 가휘(家諱) : 조부나 부친의 이름을 피하는 것으로 사휘(私諱)라고도 한다. 왕중서(王仲舒)의 '서(舒)' 자와 비서성(祕書省)의 '서(書)' 자가 발음이 같기 때문에 피한 것이다.

"이 두 아들은 천신(天神)을 거슬렀으니 오래 살지 못할 것이다."

과연 그들은 얼마 못 가서 차례대로 죽었다. 미 : 지금 사람들은 가휘를 피하지 않는데도 천신을 거슬렀다고 여겨지지 않는 것은 어째서인가?

唐長慶・大和中, 王初・王哲俱中科名, 其父仲舒顯於時. 二子初宦, 不爲祕書省官, 以家諱故也. 旣而私相議曰 : "若遵典禮避私諱, 而吾昆弟不得爲中書舍人・中書侍郞・列部尙書." 乃相與改諱, 祇言'仲'字可矣. 眉 : 改父諱, 僅見. 又爲宣武軍掌書記. 識者曰 : "二子逆天忤神, 不永." 未幾, 相次殞謝. 眉 : 今人不諱, 亦未見逆天忤神, 何也?

* 이 고사는 《태평광기》 권261 〈치비・왕초곤제〉에 실려 있다.

36-39(0970) 내자순

내자순(來子珣)

출《어사대기》

[당나라의] 내자순이 제옥(制獄 : 황제가 특별히 명한 옥사)을 심문했는데, 대부분 성지(聖旨)에 영합했기 때문에 측천무후(則天武后)가 그에게 무씨(武氏) 성을 하사했다. 그는 부친상을 당한 후에 복직해 여러 벼슬을 거쳐 유격장군(游擊將軍)과 우우림군중랑장(右羽林軍中郞將)을 지냈다. 그는 늘 비단으로 된 반소매 옷을 입고서 태연자약하게 말하고 웃었다. 조정의 관리들이 그를 비난했는데, 풍자와 해학을 좋아하던 유덕(諭德)[24] 장원일(張元一)이 말했다.

"설마 무씨 집안의 여자가 자네 내씨 집안의 늙은이를 위해 옷을 만들어 주겠는가?"

來子珣按制獄, 多希旨, 則天賜姓武氏. 丁父憂, 起復, 累加游擊將軍・右羽林軍中郞將. 常衣錦半臂, 言笑自若. 朝士誚之, 諭德張元一好譏謔, 曰:"豈有武家兒, 爲你來家老翁

---

24) 유덕(諭德) : 황태자의 속관으로 풍간(諷諫)과 규권(規勸)의 일을 맡았다.

制服耶?"

* 이 고사는 《태평광기》 권258 〈치비·내자순〉에 실려 있다.

36-40(0971) 무의종

무의종(武懿宗)

출《조야첨재》

[당나라] 측천무후(則天武后)가 황궁에서 연회를 열어 매우 즐거워하고 있을 때, 하내왕(河內王) 무의종이 갑자기 일어나 아뢰었다.

"신하는 급하면 임금께 고하고, 자식은 급하면 아버지께 고합니다."

측천무후가 깜짝 놀라 앞으로 나오게 해서 물었더니 무의종이 대답했다.

"신의 봉물(封物)은 대대로 저희 집안에서 직접 징수했는데, 근자에 주현(州縣)에서 징수하라는 칙령이 내려 손실이 너무 큽니다."

측천무후는 대노해 한참 동안 지붕 서까래를 올려다보고 나서 말했다.

"짐의 여러 친척들이 연회를 한창 즐기고 있는데, 너는 친왕(親王)으로서 겨우 200~300호(戶)에서 나오는 봉물 때문에 나를 놀라게 해 죽일 뻔했으니 왕이 될 만하지 못하다."

그러고는 그를 끌어내게 했다. 무의종이 관을 벗고 엎드려 사죄하고 여러 왕들이 그를 구해 주자 황상은 그를 풀어 주었다.

則天內宴甚樂, 河內王懿宗忽起奏曰 : "臣急告君, 子急告父." 則天大驚, 引前問之, 對曰 : "臣封物承前府家自徵, 近敕州縣徵送, 大有損折." 則天大怒, 仰觀屋椽良久, 曰 : "朕諸親飮正樂, 汝是親王, 爲三二百戶封, 幾驚殺我, 不堪作王." 令曳下. 懿宗免冠伏, 諸王救之, 上釋.

* 이 고사는 《태평광기》 권258 〈치비 · 무의종〉에 실려 있다.

36-41(0972) 조인장

조인장(趙仁獎)

출《어사대기》

당(唐)나라의 조인장은 하남(河南) 사람이다. 〈황장(黃 麞)〉이란 곡을 잘 불렀는데, 이로 인해 환관들과 오랜 교분이 있었다. 경룡(景龍) 연간(707~710)에 땔감을 메고 궁궐에 나아갔다가 마침내 천자를 알현하게 되자 이렇게 말했다.

"땔감을 메고 국가의 조정(調鼎 : 음식 조리)25)을 돕겠습니다."

그는 그날로 어사대(御史臺)의 관리로 임명되었다. 조인장은 어사대에 있을 때 다른 능력은 없었고 오직 〈황장〉 노래만을 자부했다. 당시 조정의 인사들이 그를 따랐는데, 한 호인(胡人)이 땔감 두 단을 지고 가는 것을 보고 어떤 사람이 말했다.

"저 호인은 분명 전중시어사(殿中侍御史)에 임명될 것이오."

---

25) 조정(調鼎) : 솥에서 음식을 조리한다는 뜻으로, 재상이 나랏일을 다스리는 것을 비유한다.

혹자가 그 이유를 물었더니 그 사람이 대답했다.

"조인장은 땔감 한 단을 메고 와서 감찰어사(監察御史)에 제수되었는데, 이자는 두 단을 메고 있으니 전중시어사에 제수되는 것이 진실로 합당하지요."

唐趙仁獎, 河南人也. 善歌〈黃䴥〉, 因與宦官有舊. 景龍中, 負薪詣闕, 遂得召見, 云:"負薪助國家調鼎." 卽日臺拜焉. 在臺旣無餘能, 唯以〈黃䴥〉自衒. 時朝士相隨, 遇一胡負兩束柴, 曰:"此胡合拜殿中." 或問其由, 答曰:"趙仁獎負一束而拜監察, 此負兩束, 固合授殿中."

* 이 고사는 《태평광기》 권259 〈치비 · 조인장〉에 실려 있다.

36-42(0973) 숙종 때 초징된 인재

숙종조징군(肅宗朝徵君)

출《옥당한화(玉堂閑話)》

 당(唐)나라 숙종(肅宗)은 어진 인재를 구하는 데 급해서 산택에 숨어 지내는 인재를 찾아내라고 조서를 내렸다. 어떤 징군(徵君)26)이 초의(草衣)를 걸치고 짚신을 신은 채 영무현(靈武縣)에서 국문(國門)에 이르렀다. 숙종은 그 소식을 듣고 크게 기뻐하며 마침내 그를 불러 대면하고 시사(時事)의 득실에 대해 물었는데, 그는 끝내 한마디도 하지 않았다. 그는 단지 재삼 성안(聖顔)을 바라보다가 아뢰었다.

 "소신이 본 바가 있는데 폐하께서는 그것을 아십니까?"

 숙종이 대답했다.

 "모르오."

 징군이 아뢰었다.

 "신이 폐하의 성안을 뵈오니 영무현에 계실 때27)보다 여

---

26) 징군(徵君) : 조정의 초징(招徵)을 받았으나 아직 벼슬길에 나아가지 않은 은사(隱士).

27) 영무현에 계실 때 : 숙종은 안사(安史)의 난을 피해 756년에 영무현(靈武縣)에서 즉위했다.

위셨습니다."

숙종은 그가 망령된 사람임을 알았지만, 장차 현자들의 출사 기회를 막을까 걱정해서 일단 그를 읍재(邑宰 : 현령)에 제수했다. 한식날이 다가오자 경조사(京兆司)에서 현(縣)마다 돌아다니면서 살구씨를 거둬들여 조정에 진상할 준비를 했다. 그 징군은 그 일은 절대로 불가하다고 하면서 혼자 강력하게 반대하다가 결국 대궐로 찾아가 알현을 청했다. 경조사에서는 그가 필시 다른 의견을 가지고 있을까 봐 두려워하고 있었는데, 숙종이 그를 불러 대면하자 그가 아뢰었다.

"폐하께서 한식날에 살구씨를 찾으신다 하기에 오늘 신이 그것을 빻아 가지고 왔습니다."

숙종은 웃으며 그를 보내면서 결국 죄를 묻지 않았다.

唐肅宗急於賢良, 下詔搜山澤之隱, 有徵君, 草衣芒屩, 自靈武詣于國門. 肅宗聞之甚喜, 遂召對, 訪時事得失, 卒無一辭. 但再三瞻望聖顔而奏曰 : "微臣有所見, 陛下知之乎?" 對曰 : "不知." 奏曰 : "臣見陛下聖顔, 瘦於在靈武時." 帝知其妄人, 然恐閉將來賢路, 姑授邑宰. 洎將寒食, 京兆司逐縣索杏仁, 以備貢奉. 徵君大爲不可, 獨力抗之, 遂詣闕請對. 京兆司亦懼其必有異見, 及召對, 奏曰 : "陛下要寒節杏仁, 今臣敲將來." 上哈而遣之, 竟不置罪.

* 이 고사는 《태평광기》 권260 〈치비·징군〉에 실려 있다.

36-43(0974) 임곡

임곡(任轂)

출《유한고취(幽閑鼓吹)》

당(唐)나라의 임곡은 경학(經學)을 공부했으며 회곡(懷谷)에서 살았다. 그는 초징의 명을 기대했지만 포륜(蒲輪)28)이 오지 않자, 스스로 도성으로 들어가서 자기를 알아줄 사람을 찾아다녔다. 어떤 조정 관리가 장난으로 그에게 시를 지어 보냈다.

"운림(雲林)에서 학서(鶴書 : 인재 초징 조서)가 늦는다고 의아해하더니, 스스로 도성으로 들어와 어찌 된 일인지 묻고 다니네. 이후로 산을 볼 때는 반드시 눈을 감아야 하리니, 그대는 오랫동안 산에게 속임을 당해 왔다네."

후에 임곡은 벼슬이 보곤[補袞 : 보궐(補闕)의 별칭]에 이르렀다.

唐任轂有經學, 居懷谷. 望徵命而蒲輪不至, 自入京中訪問

---

28) 포륜(蒲輪) : 부들로 바퀴를 감싼 수레. 수레가 움직일 때 진동이 비교적 작았는데, 황제가 봉선제(封禪祭)를 올릴 때나 현자를 초빙할 때 이 수레를 사용해 존경을 표시했다.

知己. 有朝士戲贈詩曰:"雲林應訝鶴書遲, 自入京來探事宜. 從此見山須合眼, 被山相賺已多時." 後至補袞.

* 이 고사는《태평광기》권257〈조초(嘲誚)·임곡〉에 실려 있다.

36-44(0975) 소응현의 서생
소응서생(昭應書生)
출《인화록(因話錄)》

 당(唐)나라 때 덕음(德音)29)을 내려 재능과 기량을 가지고 있으면서도 영달을 구하지 않는[不求聞達] 자를 널리 찾았다. 어떤 사람이 소응현에서 한 서생을 만났는데, 그 서생은 급히 달려 도성으로 들어가던 중이었다. 그 사람이 무슨 일을 구하느냐고 묻자 서생이 대답했다.

 "장차 불구문달과(不求聞達科)에 응시하려고 합니다."

唐有德音, 搜訪懷才抱器不求聞達者. 有人於昭應, 逢一書生, 奔馳入京. 問求何事, 答曰 : "將應不求聞達科."

* 이 고사는《태평광기》권262〈치비 · 소응서생〉에 실려 있다.

---

29) 덕음(德音) : 황제의 조서(詔書)의 일종. 당송 시대에 조칙(詔敕) 이외에 따로 '덕음'이 있었는데, 주로 은전(恩典)을 베푸는 일에 사용했다. 은조(恩詔)와 같은 뜻이다.

36-45(0976) 장 박사

장박사(張博士)

출《어사대기》

　　당(唐)나라의 한완(韓琬)과 장창종(張昌宗)·왕본립(王本立)은 함께 태학(太學)에서 수학했다. 성이 장씨(張氏)인 태학박사는 장창종의 당숙이었는데, 오경(五經)에는 정통했으나 세상일에는 어두웠다. 그는 닭 한 마리를 키우고 있었는데 그 닭을 "발 공자(勃公子)"라고 부르며 끔찍이 아꼈다. 그는 매번 경서를 강의할 때면 그 닭을 학생들 사이에 두었는데, 그러면 닭이 학생들의 책을 할퀴어서 찢곤 했다. 닭을 쫓아내는 학생은 반드시 그에게 야단을 맞았다.

　　"이 닭은 오덕(五德)30)을 겸비하고 있는데 너는 어찌하여 그를 업신여기느냐?"

　　장창종도 일찍이 이 닭 때문에 매를 맞은 적이 있었는데,

---

30) 오덕(五德) : 《한시외전(韓詩外傳)》에 따르면, 닭에게는 머리 위에 벼슬이 있으므로 문덕(文德), 발 뒤에 날카로운 발톱이 있으므로 무덕(武德), 적을 향해 과감히 달려들므로 용덕(勇德), 모이가 있으면 다른 닭을 부르므로 인덕(仁德), 밤을 지켜 새벽을 알리므로 신덕(信德)을 갖추었다고 한다.

왕본립과 한완은 이 일에 자못 불평하면서 말했다.

"저 고루한 유생은 세상일을 알지 못하니 우리가 공(公 : 장창종)을 위해 저놈의 닭을 죽이겠소."

장 박사는 평소에 학생들이 먹다 남긴 음식을 가져다가 닭의 모이로 주었는데, 왕본립이 일 처리를 잘하기 때문에 그렇게 하는 것이 합당한지 여부를 물어보았더니 왕본립이 말했다.

"문서에 기록해 놓으면 됩니다."

장 박사는 기뻐하며 매일 학생들이 남긴 음식을 받아 가서 모두 문서에 기록해 두었다. 다른 날 장 박사가 휴가를 내자 왕본립은 고소장을 써서 그 닭의 죄행을 하나하나 열거한 후 잡아서 먹어 치웠다. 장 박사는 태학으로 돌아온 후 닭이 보이지 않자 놀라며 말했다.

"내 발 공자는 어디에 있느냐?"

좌우에서 왕본립이 죽였다고 알려 주자 장 박사가 대노하며 말했다.

"고소장을 가져와라, 고소장을 가져와!"

그는 열거한 닭의 죄행을 보고 말했다.

"설령 그렇다고 해도 죽여서는 안 되지."

왕본립이 말했다.

"닭은 사람과 달라 곤장을 칠 수도 없으니 죽이는 게 마땅합니다." 협 : 말을 잘했다.

장 박사는 손으로 책상을 재삼 치며 말했다.

"발 공자는 고소장이 제출되었을 때 또한 무엇을 알았겠는가?" 협 : 고루함이 심하도다!

당시 장안(長安)에서는 고소장이 제출되면 그 사안을 사실이라고 여겼다.

唐韓琬與張昌宗・王本立, 同遊太學. 博士姓張, 卽昌宗之從叔, 精五經, 憎於時事. 畜一鷄, 呼爲"勃公子", 愛之不已. 每講經, 輒集於學徒中, 或攫破書. 比逐之, 必被嗔責曰 : "此有五德, 汝何輕之?" 昌宗嘗爲此鷄被杖, 本立與琬頗不平之, 曰 : "腐儒不解事, 爲公殺此鷄." 張素取學徒回殘食料, 本立以業長, 乃見問合否, 本立曰 : "明文案卽得." 張喜, 每日受之, 皆立文案. 他日張請假, 本立舉牒數鷄罪, 殺而食之. 及張歸學, 不見鷄, 驚曰 : "吾勃公子何在?" 左右報本立殺之, 大怒云 : "索案來, 索案來!" 見數鷄之罪, 曰 : "縱如此, 亦不合死." 本立曰 : "鷄不比人, 不可加笞杖, 正合殺." 夾 : 會說. 張以手再三拍案曰 : "勃公子有案時, 更知道何?" 夾 : 腐甚! 當時長安, 以有案爲實.

* 이 고사는 《태평광기》 권259 〈치비・한완(韓琬)〉에 실려 있다.

36-46(0977) 세 명의 망령된 사람
삼망인(三妄人)
출《북몽쇄언》

 자주(資州)에 성이 조씨(趙氏)인 사람이 있었는데, 문을 걸어 잠그고 손님을 물리치고 지내면서 조정의 관리가 되기를 스스로 기약했다. 도우후(都虞候) 염보경(閻普敬)이 그를 남달리 여겨 친히 찾아가서 만났다. 염보경은 체격이 우람한 대장부였는데, 조생(趙生 : 조씨)은 문에서 그를 맞이하다가 한참 동안 놀라 쳐다보더니 허리를 굽혀 인사를 나누며 말했다.

 "삼가 생각건대 비휴(貔貅 : 전설 속 맹수)이십니다."

 염보경이 이전에 소개한 사람에게 부탁해 조생에게 물어보게 했더니 조생이 말했다.

 "만약 웅비(熊羆 : 큰곰)라고 말하려면 모름지기 재상의 재주를 지녀야 비로소 이 말에 합당합니다. 그러나 염 공(閻公 : 염보경)은 도두(都頭 : 도우후)에 그쳤기 때문에 그냥 '비휴'라고 부른 것입니다."

 사람들은 그 말을 듣고 모두 웃었다. 또 자칭 장 사인(張舍人)이라는 한 선비가 손광헌(孫光憲 : 《북몽쇄언》의 찬자)을 찾아뵙고 자기 형에 대해 호소했다.

"형님이 술수(術數)로 제 정신을 미혹했습니다."

손광헌이 말했다.

"설마하니 고독엽승술(蠱毒厭勝術)31)은 아니겠지요?"

장 사인이 말했다.

"아닙니다. 《귀곡자(鬼谷子)》의 패합술(捭闔術)32)을 이용해서 제 정신을 헤집어 놓았기 때문에 지금까지 심풍(心風 : 정신병)33)을 앓으며 시달리고 있습니다." 미 : 정말로 정신병을 앓는 자의 말 같다.

또 강릉(江陵) 사람 안운(顔雲)은 우연히 제갈량(諸葛亮)의 병서를 얻었는데, 10만 군사를 운용해 사해를 차지할 수 있다고 스스로 말했다. 그는 매번 병법을 논할 때면 반드시 소매를 걷어붙이고 질타하면서 마치 큰 적을 마주 대하고 있는 것처럼 했다. 당시 사람들은 이를 "검보각저(檢譜角觝 : 책을 보고 씨름하다)"라고 불렀다. 그때 행군사마(行軍

---

31) 고독엽승술(蠱毒厭勝術) : 각종 독기나 주술로 사람을 복종시키는 술수를 말한다.

32) 패합술(捭闔術) : 천지자연의 도와 음양의 변화에 의거해 간인(看人)·식인(識人)·용인(用人)하는 술수를 말한다. '패합'은 '벽합'이라고 읽기도 한다.

33) 심풍(心風) : 정신병. 마음속의 불화로 가슴이 답답해 정신에 이상이 생기는 병을 말한다.

司馬) 왕 부사(王副使)가 있었는데, 그는 유주(幽州)와 연주(燕州)의 옛 장수로 천하에 명성을 떨쳤다. 안생(顔生 : 안운)은 그를 찾아뵙고 동지(同志)라고 칭하면서 스스로 큰 뜻을 펼치지 못하고 있다고 말했으며, [왕 부사가 죽은 뒤에는] 좋은 벗이라도 잃은 것처럼 매번 통곡했다.

資州有姓趙人, 閉關却掃, 以廊廟自期. 都虞候閻普敬異之, 躬自趨謁. 閻魁梧丈夫, 趙生迎門, 愕眙良久, 磬折叙寒溫曰 : "伏惟貔貅." 閻乃質於先容者, 俾詢之, 趙生曰 : "若云熊羆, 卽須宰相之才, 方當此語. 閻公止於都頭, 只銷呼爲'貔貅'." 人聞咸笑之. 又一士自稱張舍人, 謁孫光憲, 訴其兄 : "以術惑我心神." 憲曰 : "得非蠱毒厭勝之術耶?" 張曰 : "非也. 乃用《鬼谷子》捭闔, 捭破我心神, 至今患心風不禁." 眉 : 眞似患心風語. 又江陵顔雲, 偶收諸葛亮兵書, 自言可用十萬軍, 呑倂四海. 每至論兵, 必攘袂叱咤, 若對大敵. 時人謂之"檢譜角觝"也. 時有行軍王副使, 幽燕舊將, 聲聞宇內. 顔生候謁, 稱是同人, 自言大志不展. 喪良友也, 每慟哭焉.

* 이 고사는 《태평광기》 권262 〈치비·삼망인〉에 실려 있다.

36-47(0978) 정계

정계(鄭綮)

출《북몽쇄언》

    당(唐)나라의 재상 정계는 비록 시(詩)의 명성은 있었으나 본디 조정 관리로서의 명망은 없었다. 태원(太原)의 반군이 위수(渭水) 북쪽까지 밀어닥치자, 천자는 두려움에 떨면서 적을 격파할 계책을 급히 구했다. 그러자 정계가 아뢰었다.

    "문선왕(文宣王 : 공자)[34]의 시호 중에 '철(哲)' 자 하나를 더하길 청합니다."

    평 : 군복을 입고 《노자(老子)》를 강론하고 항해하면서 《대학(大學)》을 강론하는 것이 모두 '철' 자를 더하는 일과 같으니, 어찌 정오(鄭五 : 정계)만 비웃겠는가?

唐宰相鄭綮, 雖有詩名, 本無廊廟之望. 太原兵至渭北, 天子震恐, 渴求破賊術. 綮奏 : "請於文宣王諡號中加一'哲'字."

---

34) 문선왕(文宣王) : 당나라 현종(玄宗) 개원(開元) 27년(739)에 공자(孔子)를 문선왕에 봉했다.

評 : 戎服而講《老子》, 航海而講《大學》, 皆'哲'字類也, 奈何偏笑鄭五?

* 이 고사는《태평광기》권261〈치비 · 정계〉에 실려 있다.

36-48(0979) 여간

여간(黎幹)

출《노씨잡설》

[당나라] 대종(代宗) 때 경조윤(京兆尹) 여간은 오랫동안 가뭄이 들자 주작문(朱雀門)의 거리에서 기우제를 지냈다. 그는 토룡(土龍)을 만들고 성안의 무당을 모두 불러들여 토룡이 있는 곳에서 춤추게 했다. 여간과 무당이 번갈아 가면서 춤을 추자 구경꾼들이 놀라며 웃어 댔다. 그로부터 한 달이 지나도록 비가 내리지 않자 여간은 다시 문선왕(文宣王 : 공자)의 사당에서 기도하길 청했다. 황상은 그 말을 듣고 말했다

"[공자님은] '내가 기도한 지 오래되었다'[35]라고 하셨다."

그러고는 명을 내려 토룡을 허물어뜨리고 기우제를 그만두게 하고서 음식을 줄이고 절약하면서 천명을 기다렸더니, 그제야 단비가 풍족히 내렸다.

代宗朝, 京兆尹黎幹以久旱, 祈雨於朱雀門街. 造土龍, 悉召

---

[35] 내가 기도한 지 오래되었다 : 원문은 "구지도구의(丘之禱久矣)". 《논어(論語)》〈술이(述而)〉편에 나온다.

城中巫覡, 舞於龍所. 幹與巫覡更舞, 觀者駭笑. 彌月不雨, 又請禱於文宣王廟. 上聞之曰:"丘之禱久矣." 命毁土龍, 罷祈雨, 減膳節用, 以聽天命, 及是甘澤乃足.

* 이 고사는《태평광기》권260〈치비·여간〉에 실려 있다.

36-49(0980) 광주의 남쪽

광남(廣南)

출《영남이물지(嶺南異物志)》·《영표록이(嶺表錄異)》

  예로부터 광주(廣州) 남쪽 근해의 10여 주(州)에서는 대부분 문선왕(文宣王 : 공자)의 사당을 세우지 않았다. 그런데 어떤 자사(刺史)가 석전제(釋奠祭)[36] 날이 되자 아전 한 명을 문선왕의 아성(亞聖 : 맹자)으로 임명해 문밖에서 몸을 굽힌 채 공손히 기다리게 했다. 그러다가 간혹 그의 동작이 조금이라도 예의에 맞지 않으면 곤장 판결했다.

  "문선왕의 아성을 곤장 몇 대에 처결한다."

  또 남중(南中)의 작은 군(郡)에는 대부분 승려가 없었다. 그래서 매번 덕음(德音 : 은전을 베푸는 조서)을 선독(宣讀)할 때면 임시로 스님을 내세웠다. 당(唐)나라 소종(昭宗)이 즉위했을 때 유도(柳韜)가 용주(容州)와 광주(廣州)의 선고사(宣告使)가 되었는데, 사면 조서가 애주(崖州)에 도착하자 한 가짜 중이 배치된 자리에 서지 않겠다고 했다. 태수(太守) 왕홍부(王弘夫)가 일을 감독하면서 이유를 물었더니

---

[36] 석전제(釋奠祭) : 공자(孔子)를 모신 문묘(文廟)에서 공자에게 제사 지내는 전례(典禮).

그 중이 말했다.

"역할이 온당치 않고 맡겨진 일에 구분이 없습니다. 작년에는 이미 문선왕을 대신했는데 올해는 또 화상(和尙)을 하라고 보냈습니다."

그 말을 들은 사람들이 포복절도했다.

自廣南近海十數州, 多不立文宣王廟. 有刺史遇釋奠, 卽署一胥吏爲文宣王亞聖, 鞠躬候於門外. 或少不如儀, 卽判云 : "文宣亞聖決若干下."
又南中小郡, 多無縉流. 每宣德音, 臨時差攝. 唐昭宗卽位, 柳韜爲容廣宣告使, 赦文到崖州, 有一假僧不伏排位. 太守王弘夫督而問之, 僧曰 : "役次未當, 差遣編並. 去歲已曾攝文宣王, 今年又差作和尙." 聞者絶倒.

* 이 고사는 《태평광기》 권261 〈치비·남해제문선왕(南海祭文宣王)〉, 권483 〈만이(蠻夷)·남중승(南中僧)〉에 실려 있다.

36-50(0981) 강변

강변(康騈)

출《명황잡록》

[당나라] 현종(玄宗)은 우선객(牛仙客)을 재상으로 기용했지만 당시의 의론이 일치하지 않는 것을 자못 걱정해서 고역사(高力士)에게 물었다.

"외부 여론은 어떠한가?"

고역사가 말했다.

"우선객은 서리(胥吏) 출신으로 재상의 그릇이 아니라고 합니다."

그러자 황상이 대노하며 말했다.

"그렇다면 마땅히 강변을 등용해야겠다!"

이는 대개 황상이 순간 홧김에 한 말로 가장 불가한 사람을 거론한 것이었는데, 어떤 사람이 몰래 그 일을 강변에게 알렸더니 강변은 그 말을 듣고 사실이라 생각했다. 다음 날 강변은 관복을 잘 차려입고 조정으로 달려가서 신하의 반열에 선 후에 목을 빼고 황상을 바라보면서 어명을 내리길 바랐다. 이를 본 사람들은 입을 가리고 키득거리지 않는 이가 없었다.

玄宗既相牛仙客, 頗憂時議不叶, 因訪於高力士 : "外議如何?" 力士曰 : "仙客出胥吏, 非宰相器." 上大怒曰 : "卽當用康訔!" 蓋上一時恚怒之詞, 擧其極不可者, 或竊報訔, 訔聞之, 以爲信然. 翌日, 盛服趨朝, 旣就列, 延頸北望, 冀有成命. 觀者無不掩口.

* 이 고사는 《태평광기》 권260 〈치비·강변〉에 실려 있다.

36-51(0982) 원수일

원수일(袁守一)

출《조야첨재》

당나라의 원수일은 성격과 행실이 급하고 천박했는데, 그가 만년현위(萬年縣尉)에 임명되자 옹주장사(雍州長史) 두회정(竇懷貞)이 매번 그를 매질하려고 했다. 그래서 그는 중서령(中書令) 종초객(宗楚客)의 집에 신선한 채소를 선물해 감찰어사(監察御史)에 제수되었는데, 협 : 감찰어사의 값이 싸다. 두회정은 그 사실을 모르고 있었다. 두회정이 원수일에게 높이 읍(揖)하며 말했다.

"거마를 타고 외출하려 하니 공은 이렇게 준비하시오."

원수일은 이 일을 가지고 즉시 두회정을 탄핵했다. 한 달쯤 후에 두회정이 좌대어사대부(左臺御史大夫)에 제수되자, 원수일은 휴가를 청하고 감히 나가지 못하면서 해직을 청했다. 두회정이 그를 불러 위로했으나 원수일은 두려움에 전전긍긍해 마지않았다. 종초객이 그 일을 알고 나서 원수일을 우대어사대부(右臺御史大夫)에 제수했는데, 원수일이 조당에서 두회정에게 맞서며 말했다.

"이 일은 공과 무관합니다[羅師]."

'나사(羅師)'는 시정의 아이들이 쓰는 말로 상관이 없다는 뜻이다. 얼마 후에 종초객이 모반죄로 주살당하자, 원수일은 그의 도당이라는 이유로 단주(端州)로 유배되었다.

唐袁守一, 性行淺促, 任萬年尉, 雍州長史竇懷貞每欲鞭之. 乃於中書令宗楚客門餉生菜, 除監察, 夾 : 監察價賤. 懷貞未之知也. 高揖曰 : "駕欲出, 公作如此檢校." 守一卽彈之. 月餘, 貞除左臺御史大夫, 守一請假不敢出, 乞解. 貞呼而慰之, 守一驚惕不已. 楚客知之, 爲除右臺御史, 於朝堂抗衡於貞曰 : "與公羅師." '羅師'者, 市郭兒語, 無交涉也. 無何, 楚客以反誅, 守一以其黨配流端州.

* 이 고사는 《태평광기》 권259 〈치비 · 원수일〉에 실려 있다.

36-52(0983) 장현정

장현정(張玄靖)

출《어사대기》

당나라의 장현정은 섬주(陝州) 사람으로, 좌위창조(左衛倉曹)에서 감찰어사(監察御史)에 임명되었다. 그는 성품은 후덕하지 않았지만 모용보절(慕容寶節)에게 빌붙은 덕분에 그 자리로 승진했다. 당시 어사대에 장씨 성의 감찰어사 두 명이 있었는데, 사람들은 장현정을 "소장(小張)"이라 불렀다. 장현정은 처음 어사대에 들어가서는 동료 중에서 연장자를 형이라 불렀으나, 전중시어사(殿中侍御史)에 선발된 후로는 더 이상 형이라 부르지 않았다. 나중에 모용보절이 주살되자 장현정은 스스로 몹시 불안해하면서 다시 옛 동료를 형이라 불렀다. 감찰어사 두문범(杜文範)이 사신으로 나갔다가 돌아오던 중에 사신으로 나가던 정인공(鄭仁恭)을 만났는데, 두문범이 어사대의 근황을 물었더니 정인공이 대답했다.

"모용보절이 패망한 후로 소장이 다시 우리를 형이라 부릅니다."

당시 사람들은 이를 우스갯감으로 삼았다.

唐張玄靖, 陝人也, 自左衛倉曹拜監察. 性非敦厚, 因附會慕容寶節而遷. 時有兩張監察, 號玄靖爲"小張". 初入臺, 呼同列長年爲兄, 及選殿中, 則不復兄矣. 寶節旣誅, 頗不自安, 復呼舊列爲兄. 監察杜文範因使還, 會鄭仁恭方出使, 問臺中近事, 仁恭答曰: "寶節敗後, 小張復呼我曹爲兄矣." 時人以爲談笑.

* 이 고사는《태평광기》권259〈치비·장현정〉에 실려 있다.

36-53(0984) 최함

최함(崔咸)

출《유한고취》

　　당(唐)나라의 중서사인(中書舍人) 최함은 일찍이 한 고관(高官)의 인정을 받았다. 그 고관이 현거(懸車)37)하던 해에 표문을 갖추어 바치게 되었는데, 당시 사봉낭중(司封郎中)으로 있던 최함은 그 고관이 자신을 인정해 준 것에 감사해서 최고로 찬미했다. 황제는 곧 칙명을 내려 그의 행적을 논의하게 했는데, 한 편의 표문으로 사직 주청을 윤허했다.38) 서너 달 후에는 고관의 문관(門館)이 적막해졌으며 집안사람들이 몰래 그를 욕했다. 나중에 고관은 몹시 후회하면서 자제들에게 말했다.

　　"큰일이 있으면 삼가 젊은 낭관과는 그것에 대해 의론하지 마라."

---

37) 현거(懸車) : 수레를 매달아 놓는다는 뜻으로, 연로해 벼슬에서 물러나는 것을 말한다.

38) 한 편의 표문으로 사직 주청을 윤허했다 : 연로한 고관이 표문을 올려 사직을 주청하면 대부분 몇 차례 표문을 반려한 끝에 윤허하는 것이 관례였다.

唐中書舍人崔咸, 嘗受大僚之知. 及大僚懸車之年, 具表來上, 崔時爲司封郎中, 以感知之分, 極言贊美. 便令制議行, 一章而允請. 三數月後, 門館闃寂, 家人輩竊罵. 後甚悔, 語子弟曰:"有大段事, 愼勿與少年郎議之."

* 이 고사는《태평광기》권243〈탐·최함〉에 실려 있다.

36-54(0985) 두풍

두풍(杜豐)

출《기문》

[당나라] 개원(開元) 15년(727)에 황제가 동쪽 태산(泰山)으로 봉선(封禪)하러 갔는데, 제주(齊州) 역성현령(歷城縣令) 두풍이 필요한 물자를 공급하게 되었다. 두풍이 관 30개를 만들어 행궁(行宮)에 놓게 하자, 관리들은 모두 옳지 않은 일이라고 생각했다. 그러자 두풍이 말했다.

"지금 어가가 지나갈 때 육궁(六宮)의 비빈들도 함께 가는데, 갑자기 누군가가 죽어서 관을 찾는다면 어떻게 구할 수 있겠느냐? 만약 사전에 준비해 두지 않는다면 후회해도 늦을 것이다." 미 : 준비하는 것은 괜찮지만 진열하는 것은 해서는 안 된다.

치돈사(置頓使)39)가 행궁에 들어갔다가 관목이 장막 아래 진열된 채 번쩍번쩍 빛나고 있는 것을 보고 깜짝 놀라 나와서 자사(刺史)에게 말했다.

---

39) 치돈사(置頓使) : 황제가 순행(巡幸)할 때 순행 도중의 식사와 숙박 장소를 준비하기 위해 임시로 파견된 사자로, 대부분 황제가 매우 신임하는 자가 담당했다. 지돈사(知頓使)라고도 한다.

"성주(聖主)께서 동악(東岳 : 태산)에 봉선하며 복을 빌려 하시는데, 이 관들은 도대체 누가 만든 것이오? 어찌 상서롭지 못함이 이토록 심할 수 있단 말이오?"

치돈사가 장차 그 사실을 황제께 아뢰려고 하자, 자사가 두풍을 찾아오게 했다. 그러자 두풍은 부인의 침상 아래에 숨어서 죽었다고 거짓말하고 가족들은 통곡했다. 그때 어사(御史)로 있던 그의 부인의 오라비 장박(張搏)이 해명한 덕분에 추궁을 면할 수 있었다. 두풍의 아들 두종(杜鍾)은 당시 연주참군(兗州參軍)으로 있었는데, 도독(都督)이 마구간의 말과 여물을 관리하게 하자 두종이 말했다.

"어마(御馬)가 굉장히 많으니 당일에 닥쳐 여물을 삶으면 제대로 공급하지 못할까 걱정되니 미리 준비해 두는 것이 낫겠다."

그러고는 가마솥에 조와 콩 2000여 섬을 삶아 움막에 넣어 두고 따뜻할 때 봉해 두었다. 말에게 여물을 먹일 때가 되어 가지러 가서 보았더니 모두 썩어 있자 두종은 그대로 달아났다. 두종은 책임을 면치 못할까 봐 두려운 나머지 하인에게 반하(半夏 : 독초이자 약초) 반 되를 사 오게 해서 양고기에 넣어 삶아 먹고 죽으려 했는데, 결국 반하가 두종에게 해를 끼치기는커녕 오히려 그를 더욱 살찌게 만들었다. 당시 사람들이 말했다.

"저런 아비가 아니라면 저런 자식을 낳지 않았을 것이다."

齊州歷城縣令杜豐, 開元十五年, 東封泰山, 豐供頓. 乃造棺器三十枚, 置行宮, 諸官以爲不可. 豐曰:"車駕今過, 六宮偕行, 忽暴死者, 求棺如何可得? 若事不預備, 其悔可追乎?" 眉: 備之可, 陳之則不可. 及置頓使入行宮, 見棺木陳於幕下, 光彩赫然, 驚而出, 謂刺史曰:"聖主封岳祈福, 此棺器誰所造? 何不祥之甚?"將奏聞, 刺史令求豐. 豐逃於妻臥床下, 詐稱死, 其家哭之. 賴妻兄張搏爲御史解之, 乃得已. 豐子鍾, 時爲兗州參軍, 都督令掌廐馬芻豆, 鍾曰:"御馬至多, 臨日煮粟, 恐不可給, 不如先辦." 乃以鑊煮粟豆二千餘石, 納於窖中, 乘其熱封之. 及供頓取之, 皆臭敗矣, 乃走. 猶懼不免, 命從者市半夏半升, 加羊肉煮而食之, 取死, 藥竟不能爲患而愈肥. 時人云:"非此父不生此子."

* 이 고사는《태평광기》권494〈잡록 · 두풍〉에 실려 있다.

36-55(0986) 독고수충

독고수충(獨孤守忠)

출《조야첨재》

 당나라의 항주참군(杭州參軍) 독고수충은 조미(租米) 운반선을 이끌고 도성으로 갔는데, 한밤중에 급히 뱃사공을 불러 모으더니 다른 말은 하지 않고 이렇게 말했다.
 "맞바람이 부니 절대로 돛을 펼쳐서는 안 된다."
 사람들이 크게 비웃었다.

唐杭州參軍獨孤守忠, 領租船赴都, 夜半急追集船人, 更無他語, 乃曰: "逆風必不得張帆." 衆大哂焉.

* 이 고사는 《태평광기》 권260 〈치비 · 독고수충〉에 실려 있다.

36-56(0987) 손언고

손언고(孫彦高)

출《조야첨재》

무주(武周) 때 정주자사(定州刺史) 손언고는 돌궐(突厥)에 의해 성이 수십 겹으로 포위당하자, 감히 청사로 나가지 못하고 징집이나 징발에 관한 문서를 작은 창을 통해 받았으며, 주부(州府)의 저택 문을 잠갔다. 적이 성채로 올라오자 그는 곧장 궤짝 속으로 들어가 숨고서 하인에게 명했다.

"열쇠를 잘 간직하고 적이 와서 찾아도 절대로 주지 마라."

옛날에 어떤 어리석은 사람이 관리 선발에 응시하러 도성에 들어갔다가 가죽 보따리를 도둑이 훔쳐 갔는데 그 사람이 말했다.

"도둑이 내 보따리를 훔쳐 갔지만 끝내 내 물건을 쓸 수 없을 것이다."

어떤 사람이 그 이유를 물었더니 그가 대답했다.

"열쇠가 지금 내 허리띠에 있으니 그놈이 무엇으로 보따리를 열겠소?"

이 사람도 손언고와 같은 무리다.

周定州刺史孫彦高, 被突厥圍城數十重, 不敢詣廳, 文符須徵發者於小窗接入, 鎭州宅門. 及賊登壘, 乃入匱中藏, 令奴曰:"牢掌鑰匙, 賊來索, 愼勿與." 昔有愚人入京選, 皮袋被賊盜去, 其人曰:"賊偸我袋, 終不得我物用." 或問其故, 答曰:"鑰匙今在我衣帶上, 彼將何物開之?" 此孫彦高之流也.

* 이 고사는 《태평광기》 권259 〈치비 · 손언고〉에 실려 있다.

36-57(0988) 호씨 현령

호영(胡令)

출《옥당한화》

 봉선현(奉先縣)에 성이 호씨(胡氏)인 현령(縣令)이 있었는데 그 이름은 잊어버렸다. 그는 재물 욕심이 많아 먹는 것에도 인색했으며 바둑을 특히 좋아했다. 현령 휘하의 장 순관(張巡官)은 좋아하는 것이 호 현령과 같아서 그와 아주 친밀하게 왕래했다. 그들은 만날 때마다 반드시 아침부터 날이 저물도록 바둑을 두었다. 판이 이미 끝났는데도 그들은 싫증 나거나 지쳐 보이는 기색이 전혀 없었다. 그런데 재군(宰君 : 호 현령)은 가끔 중문(中門)으로 들어갔다가 잠시 뒤에 다시 나와서 바둑을 두곤 했다. 날마다 이렇게 아침 일찍 들어갔다가 저녁 늦게 돌아와도 호 현령은 한 번도 장 순관에게 음식을 대접한 적이 없었다. 장 순관은 추위와 배고픔을 견딜 수 없었는데, 호 현령이 안으로 들어가서 밥을 먹고 나온다는 사실을 몰래 알게 되자, 저녁때가 되어 호 현령과 작별하며 말했다.

 "이제 가 봐야겠습니다. 정말 당신은 도철(叨鐵)[40]이십니다."

 호 현령은 그저 예! 예! 하고 대답했다. 장 순관이 가고 나서 호 현령은 갑자기 '도철'의 뜻을 생각해 보았지만 알 수 없자, 급히 그를 오게 해서 다시 앉아 물었더니 장 순관이 말했다.

"장관께서는 대장간에 비치해 두는 쇠꼬챙이를 보지 못하셨습니까? 바로 그것입니다. 화로 안의 불길이 사납게 타오를 때 간혹 쇳물이 완전히 녹지 않는 경우가 있는데, 그때 이 쇠꼬챙이를 때때로 화로 안에 넣어서 불꽃을 뒤적인 뒤에 도로 꺼냈다가 잠시 후에 또 불꽃을 뒤적인 뒤에 도로 꺼냅니다. 이것이 바로 도철입니다."

장 순관은 말을 마치고 떠났다. 호 현령은 방으로 들어가서 부인에게 그 이야기를 했다. 그리고 재삼 생각한 끝에 비로소 자신이 매일 혼자만 안에 들어가서 사나운 불꽃을 삼키는 도철처럼 탐욕스럽게 먹고 다시 나와서 바둑을 둔 것을 조롱했음을 알았다. 무릇 먹는 것에 인색하고 손님 접대를 소홀히 하는 사람에 대해 당시 사람들은 대부분 이 일을 가지고 조롱했다.

奉先縣有令姓胡, 忘其名. 瀆貨靳食, 僻好博奕. 邑宰張巡官, 好尙旣同, 往來頗洽. 每會棋, 必自旦及暮. 品格旣停,

---

40) 도철(叨鐵): 도철(饕餮)과 같다. '도철'은 음식을 탐하는 전설 속 괴수로, 후대에는 음식을 탐하는 사람을 이르는 말로 사용된다.

略無厭倦. 然宰君時入中門, 少頃又來對棋. 如是日日, 早入晚歸, 未嘗設食. 張不勝饑凍, 潛知其內食, 及暮辭宰曰 : "且去也. 極是叩鐵." 胡唯唯而已. 張去, 胡忽思'叩鐵'之義, 不得其解, 急令追至, 復坐問之, 張曰 : "長官不見冶爐家置一鐵穧長杖乎? 祇此是. 爐中猛火炎熾, 鐵汁或未銷融, 使此杖時時於爐中橦猛火了, 却出來, 移時又橦猛火了, 却出來. 祇此是叩鐵也." 言訖而去. 胡入室, 話於妻子. 再三思之, 方知諷其每日自入, 噇猛火了, 却出來棋也. 凡靳食倦客之士, 時人多以此諷之.

* 이 고사는 《태평광기》 권262 〈치비·호영〉에 실려 있다.

36-58(0989) 설창서

설창서(薛昌緖)

출《옥당한화》

[당나라의] 기왕(岐王) 이무정(李茂貞)은 진롱(秦隴) 지역의 패권을 잡고 있었다. 경주(涇州)의 서기(書記) 설창서는 사리에 어둡고 편벽했는데 본래 천성이 그러했다. 그는 부인과 만날 때도 시간을 정해 놓고 반드시 예의를 차렸다. 먼저 하녀에게 명해 부인에게 알리게 하고 하녀가 수차례 왔다 갔다 한 연후에 방으로 갔으며, 고상하고 허황한 담론을 하다가 차와 과일을 먹고 나왔다. 간혹 부인의 침실로 가고 싶을 때도 그 예의가 또한 그러했다. 그가 말했다.

"나는 후사를 잇는 일이 중요하므로 좋은 날을 점치고자 한다."

그는 경수[涇帥 : 경원절도사(涇原節度使)]를 따라 천수(天水)에서 군대를 통솔해 청니령(靑泥嶺)에서 [오대십국] 촉(蜀 : 전촉)나라 군사와 대치했다. 기왕의 병사들은 군수품 조달 압박을 받고 또 양(梁 : 후량)나라 군사가 경계에 진입했다는 소식을 듣자, 촉나라 군사가 습격해 올까 봐 몹시 두려운 나머지 마침내 군대를 버리고 도망쳤다. 경수가 떠나려고 말안장을 잡았다가 갑자기 설창서가 기억나서 말했다.

"서기에게 속히 말에 오르라고 말을 전하라."

잇달아 설창서를 재촉했지만 그는 초가집 아래에 몸을 숨긴 채 말했다.

"태사(太師 : 경수)께 먼저 떠나시라고 말을 전해라. 오늘 아침은 나에게 좋지 않은 날이다."

경수는 화를 내며 사람을 시켜 그를 가마에 태우고 그 말을 채찍질해 쫓아오게 했는데, 그는 여전히 물건으로 얼굴을 가린 채 말했다.

"꺼리는 날에는 예법상 손님을 만나지 않는 법이오." 미 : 사리에 어둡고 편벽함이 심하다.

그는 대개 괴상한 사람이었다.

岐王李茂貞, 霸秦隴也. 涇州書記薛昌緒, 爲人迂僻, 稟自天性. 與妻相見亦有時, 必有禮容. 先命女僕通轉, 往來數四, 然後造室, 高談虛論, 茶果而退. 或欲詣幃房, 其禮亦然. 曰 : "某以繼嗣事重, 輒欲卜其嘉會." 及從涇帥統衆於天水, 與蜀人相拒於靑泥嶺. 岐衆迫於輦運, 又聞梁人入境, 遂潛師遁, 頗懼蜀人之掩襲. 涇帥臨行攀鞍, 忽記曰 : "傳語書記速請上馬." 連促之, 薛在草菴下藏身, 曰 : "傳語太師, 但請先行. 今晨是某不樂日." 戎帥怒, 使人提上鞍轎, 捶其馬而逐之, 尙以物蒙其面, 云 : "忌日禮不見客." 眉 : 迂僻甚. 此蓋人妖也.

* 이 고사는 《태평광기》 권500 〈잡록 · 설창서〉에 실려 있다.

36-59(0990) 장함광

장함광(張咸光)

출《옥당한화》

[오대십국] 양(梁 : 후량)나라 용덕(龍德) 연간(921~923)에 장함광이라는 가난한 선비가 있었는데, 제멋대로 돌아다니며 걸식했다. 양주(梁州)와 송주(宋州) 사이에 또 유월명(劉月明)이라는 자가 있었는데, 장함광과 같은 부류였다. 장함광은 늘 숟가락과 젓가락을 품속에 넣고 매번 귀족의 집에 갈 때마다 심한 조롱을 당했는데, 그가 밥을 먹고 있을 때 숟가락과 젓가락을 빼앗으면 소매 속에서 자신의 숟가락과 젓가락을 꺼내 사용했다. 양나라의 부마인 간의대부(諫議大夫) 온적(溫積)이 임시로 개봉부(開封府)의 일을 맡았을 때, 장함광은 갑자기 호족 집을 두루 찾아다니며 작별을 고했다. 사람들이 어디로 가는지 물어보았더니 장함광이 말했다.

"온 간의(溫諫議 : 온적)에게 가서 의지하고자 합니다."

누구의 소개로 가냐고 물었더니 그가 대답했다.

"근년에 제 이름이 크게 기록되었으니, 이번에 가면 틀림없이 후한 대우를 받을 것입니다. 대간(大諫 : 온적)께서 일찍이 갈산(碣山) 잠룡궁(潛龍宮)의 상량문(上梁文)을 지으면서, '만두는 주발만 하고, 호떡은 광주리만 하네. 신나 죽을 것 같은 주부(主簿) 유월명, 기뻐 죽을 것 같은 수재(秀才) 장함광'이라고 하셨습니다. 이로써 보건대 틀림없이 저를 돌봐 주실 것임을 알 수 있습니다."

이 말을 들은 사람들은 포복절도했다.

梁龍德年, 有貧衣冠張咸光, 遊丐無度. 於梁·宋之間, 復有劉月明者, 與咸光相類. 常懷匕箸, 每遊貴門, 卽遭虐戲, 方飡, 奪其匕箸, 則袖中出而用之. 梁駙馬溫積諫議, 權判開封府事, 咸光忽遍詣豪門告別. 問其所詣, 則曰: "往投溫諫議." 問有何紹介而往, 答曰: "頃年大承記錄, 此行必厚遇也. 大諫嘗制碣山潛龍宮上梁文, 云: '饅頭似碗, 胡餅如簞. 暢殺劉月明主簿, 喜殺張咸光秀才.' 以此知必承顧盼." 聞者絶倒.

* 이 고사는《태평광기》권262〈치비·장함광〉에 실려 있다.

36-60(0991) 긴 수염의 승려

장수승(長鬚僧)

출《왕씨견문》

[오대십국] 왕촉(王蜀 : 전촉)에 수염이 긴 장로(長老 : 고승)가 있었는데, 스스로 재상 공겸(孔謙)의 아들이라고 말했으나 그가 도대체 누구인지 알 수 없었다. 그는 허연 수염을 배까지 드리우고 있었다. 그는 100여 명의 무리를 이끌고 강호에서 촉나라로 들어왔는데, 그곳의 모든 백성이 그의 의용(儀容)을 보고 깜짝 놀라며 다투어 달려와서 그 발밑에 절을 했다. 그가 지나온 곳마다 온 성의 사람들이 나와서 그를 보았는데, 강처럼 기다란 눈과 바다처럼 커다란 입을 하고 있는 그를 사람들은 헤아릴 길이 없었다. 그는 촉나라에 도착해서 먼저 추밀사(樞密使) 송광사(宋光嗣)를 찾아갔더니 송광사가 물었다.

"법사는 어찌하여 수염을 자르지 않으십니까?"

그가 대답했다.

"삭발한 것은 번뇌를 없애기 위함이고 수염을 남겨 둔 것은 대장부임을 나타내기 위해서입니다."

송광사가 크게 화를 내며 말했다.

"나는 수염이 없는데, 그럼 내가 노파란 말이오?"

그는 마침내 읍(揖)하고 나왔다. 송광사는 그가 수염 깎기를 기다렸다가 곧장 데려가서 황제를 알현시키겠다고 했다. 그때 그를 따르는 무리가 이미 많았는데, 그가 열흘 동안 머뭇거리다가 할 수 없이 수염을 깎고 궁궐로 들어가자, 그를 따르던 무리는 그가 절개를 잃어버렸다고 부끄러워하며 모두 뿔뿔이 흩어졌다. 위촉주(僞蜀主 : 전촉의 군주)가 물었다.

"멀리서 듣건대 법사는 '장수(長鬚)'라는 별호를 가지고 있다고 하던데, 어찌하여 이렇게 되었소?"

그가 대답했다.

"신이 강호에 있을 때 폐하께서 이미 수다원과(須陀洹果)[41]를 깨달으셨다고 들었기에 수염을 기른 채로 왔습니다. 그런데 지금 폐하를 뵈오니 장차 아나함과(阿那含果)[42]를 깨달으실 것 같기에 미 : 선가(禪家 : 불가)의 사과(四果)에서 초과(初果)는 수다원이고, 이과(二果)는 사다함(斯陀含)이며, 삼과

---

[41] 수다원과(須陀洹果) : 불교의 사과(四果) 가운데 초과(初果)로, 예류(預流) 혹은 입류(入流)라고도 한다. 생사의 유(流)에서 벗어나 막 성인의 길로 접어든 경지를 말한다. '수다원과'의 '수(須)'가 수(鬚)와 통하기 때문에 "수염을 기른 채로 왔다"고 말한 것이다.

[42] 아나함과(阿那含果) : 사과 가운데 제삼과로, 욕계(欲界) 9품의 번뇌에서 벗어나 더 이상 욕계로 돌아오지 않는 경지를 말한다.

(三果)는 아나함이고, 사과(四果)는 아라한(阿羅漢)이다. 수염을 깎고 뵙는 것입니다."

소주(少主 : 후주)는 처음에 그 뜻을 깨닫지 못하고 그저 머리만 끄덕이다가 측근 신하들의 해석을 듣고 나서야 크게 즐거워하며 웃었다. 나중에 그는 정란사(靜亂寺)의 주지가 되었는데, 자주 대중에게 소송을 당했다. 그에게는 뛰어난 제자들이 있었지만 언행을 조심하지 않아 죄를 지었다. 배우 장가곡(臧柯曲)은 공문(空門 : 불문)을 깊이 흠모했는데, 그곳의 비루한 실상을 알지 못하고 그저 청정한 곳이라고만 여겼다. 그래서 속세를 버리고 삭발하고 출가해 삼가 병발(瓶鉢)43)을 받들었다. 그러나 점점 그곳의 더러운 실상을 보게 되자 결국에는 욕을 하며 나와서 가사를 절 문에 걸어두고 말했다.

"내가 근자에 속세에 염증을 느껴 청결한 곳에 투신해서 그 업장(業障)을 씻으려 했건만, 지금 대사의 문하는 화류계보다 심하니 나는 그렇게는 할 수 없습니다."

장가곡은 마침내 다시 악적(樂籍)44)으로 돌아갔다. 미 :

---

43) 병발(瓶鉢) : 출가할 때 스님들이 사용하는 물병과 바리때. 여기서는 스님이 된 것을 말한다.
44) 악적(樂籍) : 옛날에 배우들은 악부(樂部)에 소속되어 있었기 때문에 '악적'이라 불렀다.

이 배우는 매우 뛰어나다. 촉나라 사람들은 장수승을 두고 말했다.

"한 가지 일도 이룬 것 없이 긴 수염만 잘랐다."

三¹蜀有長鬚長老, 自言是宰相孔謙子, 莫知其誰何. 鬚皓然垂腹. 擁百餘衆, 自江湖入蜀, 所在毗俗, 瞻駭儀表, 爭相騰踐而禮其足. 凡所經曲, 傾城而出, 河目海口, 人莫之測. 至蜀, 先謁樞密使宋光嗣, 因問曰: "師何不剃鬚?" 答曰: "落髮除煩惱, 留髭表丈夫." 宋大恚曰: "吾無髭, 豈是老婆耶?" 遂揖出. 俟剃却髭, 卽引朝見. 徒衆旣多, 旬日盤桓, 不得已剃髭而入, 徒衆恥其失節, 悉各散亡. 僞蜀主問曰: "遠聞師有'長鬚'之號, 何得如是?" 對曰: "臣在江湖, 嘗聞陛下已證須陀洹果, 是以和鬚而來. 今見陛下將證阿舍²果, 眉: 禪家四果, 初果須陀洹, 二果斯陀含, 三果阿那含, 四果阿羅漢. 是以剃鬚而見." 少主初未喩, 首肯之, 及近臣解釋, 大爲歡笑. 後住持靜亂寺, 數爲大衆論訟. 有上足, 以不謹獲罪. 伶人藏柯曲深慕空門, 而不知其中猥細, 謂是淸靜. 捨俗落髮, 謹事甁鉢. 漸見穢濫, 詬詈而出, 以袈裟掛於寺門曰: "吾比厭俗塵, 投身淸潔之地, 以滌其業障, 今大師之門, 甚於花柳曲, 吾不能爲之." 遂復歸於樂籍. 眉: 此伶甚高. 蜀人謂師曰: "一事全無, 折却長鬚."

* 이 고사는 《태평광기》 권262 〈치비·장수승〉에 실려 있다.

1 삼(三) : 조선간본 《태평광기상절(太平廣記詳節)》에는 "왕(王)"이라 되어 있는데, 문맥상 보다 타당하다.

2 아사(阿舍) : 조선간본 《태평광기상절》에는 "아나함(阿那含)"이라 되어 있는데, 문맥상 타당하다.

권37 경박부(輕薄部) 조초부(嘲誚部)

경박(輕薄)

37-1(0992) 요표

요표(姚彪)

출《소림(笑林)》

    요표와 장온(張溫)이 함께 무창(武昌)에 이르렀다가 오흥(吳興)의 심형(沈珩)을 만났는데, 심형은 그때 바람이 자기를 기다리고 있다가 식량이 떨어졌기에 사람을 보내 요표에게서 소금 100곡(斛)을 빌려 오도록 했다. 요표는 성질이 몹시 깐깐했는데, 서찰을 받고도 대답하지 않은 채 장온과 함께 계속 담론했다. 요표는 한참 지난 뒤에 좌우 시종을 불러 100곡의 소금을 강 속에 쏟아 버리게 하고는 장온에게 말했다.

    "분명히 밝히건대 나는 소금이 아까운 게 아니라 남에게 주는 게 아까울 뿐이오!" 미 : 패려궂음이 심하도다!

    심형의 동생 심준(沈峻)은 명성은 있었으나 성품이 인색했다. 협 : 심준도 이러했음을 진실로 알 수 있다.

姚彪與張溫俱至武昌, 遇吳興沈珩, 守風糧盡, 遣人從彪貨[1]鹽一百斛. 彪性峻直, 得書不答, 方與溫談論. 良久, 呼左右, 倒百斛鹽著江中, 謂溫曰 : "明吾不惜, 惜所與耳!" 眉 : 狠甚! 沈珩弟峻, 有名譽而性儉吝. 夾 : 峻如此實可知.

*   이 고사는 《태평광기》 권165 〈인색(吝嗇)・심준(沈峻)〉에 실려

있다.
1 화(貨) : 《태평광기》에는 "대(貸)"라 되어 있는데, 문맥상 보다 타당하다.

37-2(0993) 사영운

사영운(謝靈運)

출《남사(南史)》

    송(宋 : 유송)나라의 회계태수(會稽太守) 맹의(孟顗)는 아주 정성스럽게 부처를 섬겼는데, 사영운이 그를 경멸하며 그에게 말했다.

    "득도하려면 모름지기 혜업(慧業 : 지혜의 업연)이 필요하니, 노인장께서 천상에 다시 태어나는 것[45]은 당연히 저보다 앞서겠지만 성불(成佛)하는 것은 틀림없이 저보다 뒤일 것입니다."

    이에 맹의는 사영운에게 깊은 원한을 품었다.

宋會稽太守孟顗事佛精懇, 謝靈運輕之, 謂顗曰 : "得道應須慧業, 丈人生天當在靈運前, 成佛必在靈運後." 顗深恨之.

* 이 고사는 《태평광기》 권246 〈회해(詼諧) · 사영운〉에 실려 있다.

---

[45] 천상에 다시 태어나는 것 : 원문은 "생천(生天)". 죽음에 대한 완곡한 표현이다.

37-3(0994) 유효작

유효작(劉孝綽)

출《가화록》

 양(梁)나라의 유효작은 도흡(到洽)을 깔보았는데, 도흡은 본래 채소밭에 물을 주던 사람이었다. 한번은 도흡이 유효작에게 말했다.

 "우리 집 동쪽에 좋은 땅이 있어서 그걸 사려고 하는데, 주인이 팔려고 하지 않으니 어떻게 하면 얻을 수 있겠소?"

 유효작이 말했다.

 "그대는 어찌하여 분뇨를 수레에 잔뜩 실어 그 집 담 아래에 퍼 놓아 괴롭게 만들지 않소?"

 도흡은 유효작을 증오했으며, 유효작은 결국 도흡에게 해를 입었다.

梁劉孝綽輕薄到洽, 洽本灌園者. 洽謂孝綽曰 : "某宅東家有好地, 擬買, 被本主不肯, 何計得之?" 孝綽曰 : "卿何不多輦其糞置其墻下以苦之?" 洽怨恨, 孝綽竟被傷害.

* 이 고사는 《태평광기》 권265 〈경박·유효작〉에 실려 있다.

37-4(0995) 두심언 부자

두심언부자(杜審言父子)

출《담빈록》·《척언(摭言)》

두심언은 처음 진사에 급제했을 때 재능을 믿고 오만하게 굴었기 때문에 당시 사람들에게 많은 미움을 받았다. 소미도(蘇味道)가 천관시랑(天官侍郎 : 이부시랑)으로 있을 때, 두심언이 관리 선발 시험에 참가해서 판사(判詞)46)를 작성한 후에 사람들에게 말했다.

"소미도는 반드시 죽을 것이오."

사람들이 그 까닭을 물었더니 두심언이 말했다.

"내 판사를 보면 분명 부끄러워서 죽을 것이오."

또 두심언이 사람들에게 말했다.

"내 문장은 굴원(屈原)과 송옥(宋玉)을 아전으로 삼기에 합당하고, 내 글씨는 왕희지(王羲之)를 신하로 삼기에 합당하오."

그의 오만방자함이 이와 같았다.

---

46) 판사(判詞) : 판결문의 일종으로 과거 시험이나 관리 선발 시험에서 의심스러운 사안에 대한 응시자의 판단문을 말한다. 판어(判語)라고도 한다.

공부원외랑(工部員外郞) 두보(杜甫)가 [검남절도사 엄무의 막료가 되어] 촉(蜀) 땅에 있을 때, 술에 취한 후에 엄무(嚴武)의 책상에 올라가서 목소리를 높여 엄무에게 물었다.

"공이 엄정지(嚴挺之)의 아들이오?"

엄무의 안색이 변하자 두보가 다시 말했다.

"저는 두심언의 손자랍니다."

그러자 엄무는 화를 조금 누그러뜨렸다.

평 : 살펴보니, 두심언이 길주사호(吉州司戶)로 폄적되었을 때 사마(司馬) 주계중(周季重) 등이 함께 두심언의 죄를 꾸며서 장차 그를 죽이려 했는데, 당시 열세 살이던 두심언의 아들 두병(杜幷)이 주계중 등이 한창 연회를 즐기고 있을 때 칼을 품고 가서 주계중을 쳐 죽였으며, 두병도 좌우 사람에게 죽임을 당했다. 세상 사람들이 두보는 알지만 두병을 알지 못하는 것은 그가 오래 살지 못했기 때문이다. 엄무는 어렸을 때 어머니가 아버지의 사랑을 잃은 것에 분노해 몽둥이를 들고 가서 아버지의 첩을 다치게 했으니, 마땅히 두병과 같은 부류의 사람이다.

杜審言初擧進士, 恃才謇傲, 甚爲時輩所妒. 蘇味道爲天官侍郞, 審言參選試, 判後謂人曰 : "蘇味道必死." 人問其故, 審言曰 : "見吾判卽當羞死矣." 又問人曰 : "吾之文章合得屈·宋作衙官, 書迹合得王羲之北面." 其矜誕如此.

杜工部甫在蜀, 醉後登嚴武之案, 厲聲問武曰:"公是嚴挺之兒否?" 武色變, 甫復曰:"僕乃杜審言兒." 武乃少解.

評:按, 審言貶吉州司戶, 司馬周季重等共構審言罪, 將殺之, 審言子幷年十三, 因季重等酣宴, 懷刃擊殺季重, 幷亦爲左右所殺. 世人知杜甫而不知杜幷, 以無年也. 嚴武幼時, 忿母失愛, 持椎傷父妾, 當是杜幷一流人.

* 이 고사는 《태평광기》 권265 〈경박·두심언〉과 〈두보(杜甫)〉에 실려 있다.

37-5(0996) 양형

양형(楊炯)

출《조야첨재》

 영천현령(盈川縣令) 양형은 재능을 믿고 거만했기 때문에 당시에 받아들여지지 않았다. 그는 매번 조정의 관리를 보면 기린훤(麒麟楦)[47]이라고 평했다. 미 : 훤(楦)은 음이 허(許)와 연(戀)의 반절(反切)이다. 어떤 사람이 그 까닭을 묻자 양형이 말했다.

 "지금 연회에서 기린 탈놀이를 즐기는 자들은 기린의 머리와 뿔을 새기고 가죽을 꾸며서 그것을 나귀에 씌우고 무대를 돌면서 달리오. 그렇지만 가죽을 벗기고 나면 여전히 나귀일 뿐이오. 덕이 없으면서도 붉은색과 자주색 관복을 입고 있는 자들은 기린의 가죽을 걸치고 있는 나귀와 무슨 차이가 있겠소?"

---

[47] 기린훤(麒麟楦) : 기린 탈. 기린 놀이를 하는 자가 기린의 탈을 나귀 위에 씌웠으나 그 탈을 걷어 버리면 나귀가 나온다는 뜻으로, 외면은 화려하지만 속은 아무런 내용이 없거나 보잘것없음을 이르는 말이다.

盈川令楊炯, 恃才簡倨, 不容於時. 每見朝官, 目爲麒麟楦.
眉: 楦, 許戀反. 人問其故, 楊曰: "今舗樂假弄麒麟者, 刻畫頭角, 修飾皮毛, 覆之驢上, 巡場而走. 及脫皮褐, 還是驢耳. 無德而衣朱紫者, 與驢覆麟皮何別?"

* 이 고사는 《태평광기》 권265 〈경박·영천령(盈川令)〉에 실려 있다.

37-6(0997) 은안
은안(殷安)

 당나라의 일사(逸士 : 은자) 은안은 기주(冀州) 신도(信都) 사람이다. 한번은 그가 황문시랑(黃門侍郞) 설(薛) 아무개에게 말했다.

 "예로부터 성현으로 꼽을 수 있는 사람은 다섯 명에 불과합니다. 복희씨(伏羲氏)는 팔괘(八卦)를 만들어 천지의 오묘한 뜻을 궁구해 냈으니, 그가 첫째입니다."

 그러면서 첫 번째 손가락을 꼽았다.

 "신농씨(神農氏)는 온갖 곡식을 심어 만인의 목숨을 구해 냈으니, 그가 둘째입니다."

 그러면서 두 번째 손가락을 꼽았다.

 "주공(周公)은 예악 제도를 만들어 백대(百代) 후까지 항상 시행되도록 했으니, 그가 셋째입니다."

 그러면서 세 번째 손가락을 꼽았다.

 "공자(孔子)는 나아가서는 무궁(無窮)을 깨치고 물러나서는 무극(無極)을 깨달았으며, 보통 사람을 뛰어넘고 무리 중에서 빼어났으니, 그가 넷째입니다."

 그러면서 네 번째 손가락을 꼽았다.

 "그 후로는 손으로 꼽을 만한 사람이 없습니다."

그러고는 한참 있다가 말했다.

"나까지 포함해서 다섯입니다."

그러면서 다섯 번째 손가락을 꼽았다.

은안이 공경과 재상을 무시하자 그의 아들 은징(殷徵)이 간언했다.

"공경과 재상은 지체 높은 분들이니 아버님께서는 그들에게 존경을 좀 표하십시오."

은안이 말했다.

"너도 재상이 될 만하다."

은징이 말했다.

"소자가 어찌 감히!"

은안이 말했다.

"너는 머리통이 살찌고 얼굴이 크지만 고금의 이치를 모르고 게걸스럽게[噇] 미 : 당(噇)은 음이 도(徒)와 강(江)의 반절(反切)이다. 먹기만 하면서 지혜라곤 없으니, 재상이 되지 않으면 또 무얼 하겠느냐?"

그가 다른 사람을 경시하는 것이 모두 이와 같았다.

唐逸士殷安, 冀州信都人. 謂薛黃門曰 : "自古聖賢, 數不過五人. 伏羲八卦, 窮天地之旨, 一也." 乃屈一指. "神農植百穀, 濟萬人之命, 二也." 乃屈二指. "周公制禮作樂, 百代常行, 三也." 乃屈三指. "孔子前知無窮, 却知無極, 出類拔萃, 四也." 乃屈四指. "自此之後, 無屈得指者." 良久, 乃曰 : "並我五也." 遂屈五指. 而疏籍卿相, 男徵諫曰:"卿相尊重, 大人稍敬之." 安曰:"汝亦堪爲宰相." 徵曰:"小子何敢!" 安曰:"汝肥頭大面, 不識今古, 噇 眉:噇, 徒江切. 食無意智, 不作宰相而何?" 其輕物皆此類.

* 이 고사는 《태평광기》 권260 〈치비(嗤鄙)·은안〉에 실려 있다.

37-7(0998) 설능

설능(薛能)

출《북몽쇄언》

 설능은 자신의 문장을 자부했으며 여러 차례 군진(軍鎭)으로 나갔는데, 늘 답답해하고 탄식하면서 절장(節將: 절도사)을 조관(粗官)[48]이라 여겼다. 설능이 허창(許昌)을 진수할 때 막리(幕吏)들이 모두 모였는데, 그는 자신의 아들에게 활집을 차고서 여러 막객들을 만나 보게 했다. 막객들이 놀라며 이상하게 여기자 설능이 말했다.

 "그 아이로 하여금 재앙을 없애게 하기 위함이오."

 당시 사람들은 그를 경박하다고 여겼다.

薛能以文章自負, 而累出戎鎭, 常鬱鬱嘆息, 以節將爲粗官. 鎭許昌日, 幕吏咸集, 因令其子櫜鞬參諸幕客. 幕客驚怪, 能曰: "俾渠消災." 時人以爲輕薄.

---

48) 조관(粗官): 당나라 때는 조관(朝官: 조정 관리)을 중시하고 외관(外官: 지방 관리)을 경시했는데, 외관은 직위의 고하를 막론하고 모두 '조관(粗官)'이라 불렸다. 특히 대성(臺省)의 관리를 거치지 않고 곧장 절도사로 임명된 자를 경시해서 '조관'이라 했다. 무관(武官)을 가리키기도 했다.

* 이 고사는 《태평광기》 권265 〈경박·설능〉에 실려 있다.
1 탁(橐) : 《태평광기》와 《북몽쇄언》 권4에는 "고(蠱)"라 되어 있는데, 문맥상 보다 타당하다.

37-8(0999) 설보손 부자

설보손부자(薛保遜父子)

출《북몽쇄언》·《척언》

 설보손은 명문가의 자제로 자신의 재주와 가문을 믿고서 많은 인물을 품평했는데, 당시 사람들은 그를 "부박(浮薄)"하다고 일컬었으며 상국(相國) 하후자(夏侯孜)는 특히 그를 싫어했다. 그의 사촌 동생은 일부러 이름을 설보후(薛保厚)라 하고서 그와 뜻을 달리했기 때문에 이로 인해 서로 사이가 좋지 않았다. 부인 노씨(盧氏)는 남편 설보손과 품행이 거의 같았다. 막내숙부 설감(薛監)이 찾아왔는데, 노씨가 나와서 참견했으며 그가 떠나기를 기다렸다가 하인에게 문지방을 물로 씻어 내라고 명했다. 설감은 그 사실을 알고 몹시 분노해 재상을 통해 상소했는데, 그로 인해 설보손은 논의 끝에 예주사마(澧州司馬)에 제수되어 7년 동안 교체되지 않았다. 하후 공(夏侯公:하후자)이 군진(軍鎭)으로 나가자, 위모(魏謨)가 재상으로 등용되었는데 막 임명되었을 때 군(郡)에서 죽고 말았다. [내(《북몽쇄언》의 찬자 손광헌)가 일찍이 설보손의 문장 몇 편을 보았는데, 그중 한 편에서 이렇게 말했다.

 "파수(灞水) 가에서 친구를 전송하고 여관에 머물다가

사람처럼 생긴 여러 물체를 보았는데, 입을 뗐다 하면 모두 강회(江淮)와 영표(嶺表)의 주현관(州縣官)이라고 말했다. 아! 하늘이 내신 백성으로서 이런 무리에게 볼기를 맞다니!"

설소위(薛昭緯)는 바로 설보손의 아들이다. 그는 재주를 믿고 다른 사람에게 오만하게 굴었으며, 부친의 기풍을 지니고 있었다. 매번 조정의 대성(臺省)에 들어갈 때마다 홀(笏)을 흔들고 가면서 마치 옆에 아무도 없는 듯이 행동했으며, 또 〈완사계(浣沙溪)〉라는 사(詞)를 부르길 좋아했다. 어떤 하급 관리가 한번은 설소위가 걸어가면서 읍(揖)하는 모습을 흉내 냈는데, 설소위는 그 사실을 알고 곧 그를 불러 말했다.

"뜰 앞에서 한번 흉내 내 보되 정말 비슷하면 즉시 너의 죄를 용서해 주겠다."

그러고는 주렴을 내리고 희첩(姬妾)들에 둘러싸여 구경했다. 하급 관리가 침착하게 그의 오만한 모습을 흉내 냈는데, 그 거동이 너무 흡사하자 설소위는 웃으며 그를 놓아주었다. 설소위가 급제하기 전에 신발을 사러 가게에 갔는데, 가게 주인이 말했다.

"수재(秀才)는 발 치수가 어떻게 되시오[第幾]?"

설소위가 대답했다.

"나는 발이 생긴 이래로 발의 항렬을 매긴 적이 없소.49)"

설소위가 일찍이 사부원외랑(祠部員外郞)에 임명되었

을 당시에 이계(李係)는 예부원외랑(禮部員外郞)을 맡고 있었고 왕요(王蕘)는 주객원외랑(主客員外郞)을 맡고 있었는데, 정월 초하루에 의장(儀仗)을 앞세우고 퇴조할 때 설소위가 큰 소리로 읊었다.

"왼쪽엔 금오(金烏: 해의 별칭)요 오른쪽엔 옥토(玉兎: 달의 별칭)이니, 천자의 깃발이로다."

왕요가 급히 그에게 그다음 구절을 읊으라고 청하자, 그가 곧바로 응답했다.

"위엔 이계요 아래엔 왕요이니, 소인배가 줄지어 가는도다."

이 말을 들은 사람들은 크게 비웃지 않는 이가 없었다.

薛保遜, 名家子, 恃才與地, 多所評品, 時號爲"浮薄", 相國夏侯孜尤惡之. 其堂弟因名保厚以異之, 由是不睦. 內子盧氏與其良人, 操尙略同. 季父薛監來省, 盧氏出參, 俟其去後, 命水滌門閾. 薛監知而甚怒, 經宰相疏之, 保遜因論授澧州司馬, 凡七年不代. 夏侯公出鎭, 魏謨相登庸, 方有徵拜, 而殞於郡. 曾睹薛文數幅, 其一云: "餞交親於灞上, 止逆旅氏, 見數物象人, 語之口輒動, 皆云江淮·嶺表州縣官也. 嗚

---

49) 발의 항렬을 매긴 적이 없소: 가게 주인이 발 치수가 몇이나 되는지의 뜻으로 "제기(第幾)"라고 물었는데, 설소위는 이를 집안의 항렬이 몇째인지 물은 것으로 생각한 것이다.

呼! 天子[1]生民, 爲此輩笞撻!"

薛昭緯, 卽保遜之子也. 恃才傲物, 有父風. 每入朝省, 弄笏而行, 旁若無人, 又好唱〈浣沙溪〉詞. 有一吏, 嘗學其行步揖遜, 薛知之, 乃召謂曰: "試於庭前學, 得似, 卽恕汝罪." 於是下簾, 擁姬妾而觀. 小吏安詳傲然, 擧動酷似, 笑而捨之. 昭緯未登第前, 就肆買鞋, 肆主曰: "秀才脚第幾?" 對曰: "昭緯作脚來, 未曾與立行第." 嘗任祠部員外, 時李係任禮部員外, 王蘬任主客員外, 正旦立仗班退, 昭緯朗吟曰: "左金烏而右玉兔, 天子旌旗." 蘬遽請其下句, 應聲答曰: "上李係而下王蘬, 小人行綴." 聞者靡不大哂.

* 이 고사는 《태평광기》 권266 〈경박·설보손〉과 〈설소위(薛昭緯)〉, 권252 〈회해(詼諧)·설보손〉, 권256 〈조초(嘲誚)·설소위〉에 실려 있다.

1 자(子): 《북몽쇄언》 권3에는 "지(之)"라 되어 있는데, 문맥상 보다 타당하다.

37-9(1000) 소영사

소영사(蕭穎士)

출《명황잡록》

　　소영사는 재주를 믿고 다른 사람에게 오만하게 굴었다. 그는 늘 스스로 술병 하나를 가지고 경치 좋은 교외를 찾아가곤 했는데, 우연히 한 객사에서 쉬면서 혼자 술을 마시며 홀로 시를 읊조렸다. 때마침 비바람이 갑자기 불어닥치자, 자색 옷을 입은 한 노인이 어린 시동 하나를 데리고 또한 그곳에 와서 비를 피했다. 소영사는 그의 수수한 차림을 보고 자못 방자하게 굴면서 능멸했다. 잠시 후 바람이 잠잠해지고 비가 그쳤을 때 거마와 하인들이 당도했는데, 노인이 말에 오르자 앞뒤로 물렀거라를 외치며 떠났다. 소영사가 황망히 엿보았더니 좌우 사람들이 말해 주었다.

　　"이부상서(吏部尙書) 왕구(王丘)이십니다."

　　소영사는 늘 그 댁을 찾아갔지만 얼굴을 뵌 적이 없었던 터라 경악을 금치 못했다. 다음 날 소영사가 장문의 편지를 갖추어 그 댁을 찾아가서 사죄하자, 왕구는 그를 곁채로 오게 해서 앞혀 놓고 꾸짖으면서 또 말했다.

　　"내가 그대와 친척이 아닌 것이 한스러울 뿐이니, [친척이었다면] 마땅히 가정 교육을 시켰을 것이네."

그러고는 잠시 후에 말했다.

"그대는 문학의 명성을 자부해 이처럼 거만을 떨지만, 단지 한 번 과거에 붙었을 뿐이네!"

소영사는 양주공조(揚州功曹)로 벼슬을 마쳤다.

蕭潁士恃才傲物. 常自携一壺, 逐勝郊野, 偶憩於逆旅, 獨酌獨吟. 會風雨暴至, 有紫衣老人, 領一小僮亦來避雨. 潁士見其散冗, 頗肆陵侮. 逡巡, 風定雨霽, 車馬卒至, 老人上馬, 呵殿而去. 潁士倉忙覘之, 左右曰:"吏部王尙書丘也." 潁士常造門, 未之面, 極驚愕. 明日, 具長箋造門謝, 丘命引至廡下, 坐責之, 且曰:"所恨與子非親屬, 當庭訓之耳." 頃曰:"子負文學之名, 倨忽如此, 止於一第乎!" 潁士終揚州功曹.

* 이 고사는 《태평광기》 권179 〈공거(貢擧)·소영사〉에 실려 있다.

37-10(1001) 진통방

진통방(陳通方)

출《민천명사전(閩川名士傳)》

진통방은 민현(閩縣) 사람이다. [당나라] 정원(貞元) 10년(794)에 마침 인재 선발을 위한 공정한 길이 크게 열려 소외되어 있던 준걸들을 뽑았다. 진통방은 스물다섯 살의 젊은 나이에 4등으로 급제했는데, 같은 해에 급제한 왕파(王播)는 56세였다. 진통방이 기집(期集)50)하는 날에 장난으로 왕파의 등을 토닥거리면서 말했다.

"왕 노인장, 왕 노인장, 삼가 한 번의 급제를 추증합니다."

이는 왕파가 날은 저물었는데 갈 길은 멀기 때문에 [그가 급제한 것이 죽은 이에게] 관직을 추증하는 것과 같다는 말이었다. 왕파가 말했다.

"앞으로 세 번은 응시할 작정이오."

진통방이 또 말했다.

"왕 노인장은 한 번도 충분하니 어찌 두 번이 가능하겠습

---

50) 기집(期集) : 당송 시대에 진사(進士) 급제자들이 관례에 따라 모여서 연회를 여는 것을 말한다.

니까?" 미 : 후생가외(後生可畏 : 젊은 후학은 두려워할 만하다)라고 하지만, 한마디 말로 남의 심기를 건드렸으니 경박하다.

왕파는 이 말을 마음에 늘 담아 두었다. 진통방은 얼마 후에 친상(親喪)을 당해 집으로 돌아갔다가 나중에 인사(人事)를 청탁하러 관중(關中)으로 들어갔는데, 그사이에 왕파는 여러 차례 과거에 우등으로 급제해 이미 승랑(丞郎 : 상서좌우승과 육부시랑의 통칭)으로서 염철사(鹽鐵使)를 겸하고 있었다. 진통방은 궁핍하고 초췌한 처지에 있었으므로 왕파에게 가서 도움을 청했다. 그와 같은 해에 급제한 이허중(李虛中)이 당시 왕파의 부사(副使)로 있었기에, 진통방도 다음과 같은 시를 지어 왕파를 찾아가서 자신을 이끌어 주길 청했다.

"길옆의 초췌한 새를 응당 생각하리니, 옛날처럼 높은 나무에 함께 오르길 바라네."

왕파는 하는 수 없이 진통방을 강서원(江西院)의 관리로 임명했는데, 그가 임지에 부임하기 전에 다시 절동원(浙東院)으로 바꾸었고, 또 겨우 반쯤 갔을 때 다시 남릉원(南陵院)으로 바꾸었다. 이렇게 서너 차례 왔다 갔다 하면서 진통방은 날이 갈수록 더욱 좌절에 빠졌다. 그는 물러나 자신의 허물을 반성하면서 조카에게 말했다.

"내가 우연히 한 농담을 왕생(王生 : 왕파)이 깊이 유감으로 여길 줄을 알지 못했으니, 사람이 말에 대해서 어찌 경솔할 수 있겠느냐!"

얼마 후에 왕파는 정말로 진통방에게 벼슬자리를 주었는데, 두 사람의 신분이 현격하게 차이가 났으므로 진통방은 뒤늦게 사죄하려고 했으나 방법이 없었으며 실의에 빠져 한탄하다가 병으로 죽었다.

陳通方, 閩縣人. 貞元十年, 屬公道大開, 採掇孤俊. 通方年二十五, 第四人及第, 同年王播, 年五十六. 通方因期集, 戲拊其背曰: "王老王老, 奉贈一第." 言其日暮途遠, 同贈官也. 王曰: "擬應三篇." 通方又曰: "王老一之謂甚, 其可再乎?" 眉: 後生可畏, 一語惹人, 輕薄. 王心每貯之. 通方尋值家艱還歸, 後履人事入關, 王累捷高科, 已丞郞判監鐵. 通方窮悴, 投之求救. 同年李虛中時爲副使, 通方亦有詩扣之, 求爲汲引云: "應念路傍憔悴翼, 昔年喬木幸同遷." 王不得已, 署之江西院官, 赴職未及其所, 又改爲浙東院, 僅至半程, 又改與南陵院. 如是往復數四, 困躓日甚. 退省其咎, 謂甥侄曰: "吾偶戲謔, 不知王生遽爲深憾, 人之於言, 豈合容易哉!" 尋值王眞拜, 禮分懸絶, 追謝無地, 悵望病終.

* 이 고사는 《태평광기》 권265 〈경박·진통방〉에 실려 있다.

37-11(1002) 정광업

정광업(鄭光業)

출《척언》

　　정광업[정창도(鄭昌圖)] 형제는 함께 커다란 가죽 상자 하나를 가지고 있었는데, 동료들이 보내온 문장 중에서 웃음거리로 삼을 만한 것이 있으면 그 속에 던져 넣었으며, 그것을 "고해(苦海)"[51]라고 부르면서 웃고 즐길 거리로 삼았다. 정광업은 늘 자기가 진사에 급제하던 해의 일을 이야기하곤 했는데, 그가 책시(策試)를 보던 날 저녁에 한 동료가 그의 시포(試鋪)[52]로 불쑥 들어오더니 오어(吳語)로 그에게 말했다.

　　"필선(必先)[53], 필선, 나를 받아 줄 수 있겠소?"

　　정광업이 자기 자리의 절반을 내주었더니, 그 사람이 또

---

51) 고해(苦海) : '평범한 시문을 담아 두는 상자'라는 뜻의 '고해'라는 말이 여기에서 비롯했다.

52) 시포(試鋪) : 과거 응시생이 시험을 보는 동안 거처하는 방의 자리. 각 방에는 번호가 매겨져 있었다.

53) 필선(必先) : 과거 응시생들이 서로를 부르던 호칭. 다른 동료보다 먼저 급제하라는 뜻으로 존경의 의미를 담고 있다. 또한 낙방한 동료를 부를 때도 사용했다.

말했다.

"필선, 필선, 물 한 국자만 가져다줄 수 있겠소?"

정광업이 역시 물을 가져다주었더니, 그 사람이 또 말했다.

"차 한 잔만 끓여 달라고 부탁해도 되겠소?"

정광업은 이번에도 흔쾌히 그 사람에게 차를 끓여 주었다. 미 : 이것을 보면 정 공(鄭公 : 정광업)의 도량을 알 수 있다. 이틀이 지난 뒤에 정광업이 장원으로 급제하자, 그 사람이 정광업에게 맨 먼저 편지 한 통을 올려 그날 밤에 나누었던 교분에 대해 기술했는데, 대강의 내용은 이러했다.

"제가 당신께 물을 떠 오게 하고 또 차까지 끓이게 했습니다. 그땐 귀인을 알아보지 못했으니 저 같은 범부(凡夫)는 눈 뜬 장님입니다. 오늘 갑자기 당신의 후배가 되고 보니 저는 지지리도 궁상맞은 놈입니다."

鄭光業弟兄共有一巨皮箱, 凡同人投獻詞有可嗤者, 卽投其中, 號"苦海", 用資諧戲. 光業常言及第之歲, 策試夜, 一同人突入試鋪, 爲吳語, 謂光業曰 : "必先, 必先, 可相容否?" 光業爲輟牛鋪之地, 又曰 : "必先, 必先, 諮取一杓水?" 亦爲取之, 又曰 : "便托煎一碗茶, 得否?" 欣然與之烹煎. 眉 : 就此便見鄭公度量. 居二日, 光業狀元及第, 其人首貢一啓, 頗叙一宵之素, 略曰 : "旣蒙取水, 又使煎茶. 當時不識貴人, 凡夫肉眼. 今日俄爲後進, 窮相骨頭."

* 이 고사는 《태평광기》 권251 〈회해 · 정광업〉에 실려 있다.

37-12(1003) 가영

가영(賈泳)

출《척언》

가영은 성격이 호탕해서 사소한 예절에 구애받지 않았는데, 일찍이 무장(武將)을 보좌해 진주(晉州)에서 속관으로 있었다. 재상 배지(裴贄)가 당시 전임 주객원외랑(主客員外郎)의 신분으로 지방을 돌아다니다가 진주에 이르렀는데, 가영이 그를 접대하면서 오만하게 흘겨보았다. 배지가 한번은 관잠(冠簪)과 홀(笏)을 꽂고 가영을 방문했는데, 가영은 군복을 입은 채로 한차례 읍(揖)하며 말했다.

"주공(主公 : 배지), 상서(尙書)께서 매사냥을 하자고 부르셨으니 이런 차림을 허물하지 마십시오."

배지는 이 일을 마음에 깊이 담아 두었다. 나중에 배지가 세 차례 과거를 주관하는 동안 가영은 두 차례 응시했다가 배지에게 퇴출당했는데, 얼마 후에 배지가 문인(門人)에게 말했다.

"가영이 실의에 빠져 불쌍하니 내 마땅히 은덕으로 원한을 갚아야겠다."

배지는 마침내 가영을 급제시켰다.

賈泳落拓不拘, 嘗佐武臣倅晉州. 裴相贄, 時爲前主客員外,客遊至郡, 泳接之傲睨. 裴簪笏造泳, 泳戎裝一揖曰 : "主公, 尙書邀放鷂子, 勿怪." 贄頗銜之. 後裴三主文柄, 泳兩擧爲裴所黜, 旣而謂門人曰 : "賈泳老倒可哀, 吾當報之以德." 遂放及第.

* 이 고사는《태평광기》권183〈공거·가영〉에 실려 있다.

37-13(1004) 나은

나은(羅隱)

출《북몽쇄언》

 전당(錢塘) 사람 나은은 번번이 뜻을 이루지 못하자 매우 원망스러워했는데, 결국 귀족 자제들에게 배척당해 오랫동안 고생하다가 동쪽 고향으로 돌아갔다. 황소(黃巢)의 난이 평정되자 조정의 현신들이 나은을 불러들이자고 의논했는데, 위이범(韋貽範)이 제지하며 말했다.

 "제가 그와 함께 배를 탄 적이 있는데, 비록 서로 면식이 있었던 것은 아니지만, 뱃사람이 '여기에 조정의 관리가 계십니다'라고 고하자, 나은이 '조정 관리는 무슨? 내가 발가락에 붓을 끼고 글을 써도 몇 사람쯤은 거뜬히 당해 낼 수 있소'라고 말했습니다. 그러니 만약 그가 과거에 급제해 벼슬자리에 오르면 우리를 쭉정이로 취급할 것입니다."

 이로 말미암아 나은은 결국 초징되지 못했다.

錢塘羅隱頻不得意, 頗怨望, 竟爲貴遊子弟所排, 契闊東歸. 黃寇事平, 朝賢議欲召之, 韋貽範沮之曰: "某與同舟而載, 雖未相識, 舟人告云: '此有朝官.' 羅曰: '是何朝官? 我脚夾筆, 亦可敵得數輩.' 必若登科通籍, 吾徒爲秕糠也." 由是不果召.

* 이 고사는 《태평광기》 권184 〈공거・위이범(韋貽範)〉에 실려 있다.

37-14(1005) 풍연

풍연(馮涓)

출《북몽쇄언》

[당나라] 대중(大中) 4년(850)에 풍연은 진사에 급제했는데, 급제자 중에서 문명(文名)이 가장 높았다. 그해에 신라국(新羅國)에서 높은 누각을 지었는데, 많은 황금과 비단을 가져와서 풍연에게 [누각 완공을 축하하는] 기문(記文)을 지어 달라고 청했으므로 당시 사람들이 그를 영광스럽게 여겼다. 풍연이 처음 경조부참군(京兆府參軍)에 제수되었을 때, 은지(恩地 : 과거 시험의 주고관)는 바로 재상 두심권(杜審權)이었다. 두심권은 강서(江西) 지방의 책임자로 임명되었을 때, 칙서가 내려지기 전에 먼저 풍연을 불러서 자신이 초징의 명을 받을 것이라고 은밀히 말해 주면서, 상주문을 올려 그를 막부(幕府)에 임명하려고 하니 절대 발설하지 말라고 주의를 주었다.

풍연은 감사의 절을 올리고 작별하고 나와서 말을 급히 몰고 돌아갔다. 도중에 친구 정종(鄭賨) 미 : 종(賨)은 음이 총(叢)이다. 을 만났는데, 정종이 그의 기쁜 얼굴빛을 보고 말을 멈춘 채 간절히 캐묻자, 풍연은 엉겁결에 은지의 초징 사실을 알려 주었다. 정종은 곧 명함을 들고 경조공(京兆公 : 두심권)의 집을 찾아가서 배알하고 축하하면서 풍 선배(馮先輩: 풍연)에게서 들었다고 자세히 말했다. 경조공은 한탄하면서 풍연의 천박함을 비루하게 여겼다. 막부를 열라는 칙서가 내려졌지만 풍연은 막부에 참여하지 못했다. 미: 정종은 좋은 친구가 아니고, 풍연은 사람을 알아보지 못했다. 풍연은 마음속으로 근심하고 의아해했지만 그 까닭을 알지 못했다. 연수(連帥: 관찰사 또는 안찰사. 두심권을 가리킴)의 수레가 출발하는 날에 파교(灞橋)에서부터 경조공이 교자에 오르자 문생(門生)들이 모두 그곳에 있었는데, 장락공(長樂公: 풍연)이 기다렸다가 작별 인사를 드리자 경조공이 풍연에게 길게 읍(揖)하면서 말했다.

"노력하게."

이로 말미암아 풍연은 경박하다는 평판을 받아 결국 현달하지 못했다.

大中四年, 進士馮涓登第, 榜中文譽最高. 是歲, 新羅國起高樓, 厚賫金帛, 奏請撰記, 時人榮之. 初除京兆府參軍, 恩地卽杜相審權也. 杜有江西之拜, 制書未行, 先召涓密語延辟之命, 欲以牋奏任之, 戒令勿洩. 涓拜謝辭出, 速鞭而歸. 遇友人鄭賨, 眉: 賨, 音叢. 見其喜形於色, 駐馬懇詰, 涓遽以恩地之辟告之. 賨尋捧刺詣京兆門謁賀, 具言得於馮先輩也. 京兆嗟憤, 而鄙其淺薄. 洎制下開幕, 馮不預焉. 眉: 鄭賨非良友, 馮涓不識人. 心緖憂疑, 莫知所以. 連車發日, 自灞橋乘肩輿, 門生咸在, 長樂候別, 京兆長揖馮曰: "勉旃." 由是囂浮之譽, 竟不通顯.

* 이 고사는 《태평광기》 권265 〈경박·풍연〉에 실려 있다.

37-15(1006) 이군옥

이군옥(李群玉)

출《북몽쇄언》

 이군옥은 자가 문산(文山)으로, 성격이 경솔해 다른 사람들을 자주 깔보고 희롱했다. 한번은 강릉절도사(江陵節度使)의 막객(幕客)에게 서찰을 써 달라고 부탁해서 예주자사(澧州刺史) 애을(艾乙)에게 도와 달라고 청하며 애을에게 말했다.

"소생의 병이 심하니 사군(使君)께서 불쌍히 여겨 도와주시길 바랍니다."

애을은 이군옥이 자신의 성을 가지고 희롱했다54)는 것을 알고 그다지 후하게 도와주지 않았다.

李群玉, 字文山, 性輕率, 多侮戲人. 常假江陵幕客書, 求丐於澧州刺史艾乙, 李謂艾曰 : "小生病且甚矣, 幸使君痛救之." 艾知李戲其姓, 濟之不厚.

* 이 고사는 《태평광기》 권265 〈경박·이군옥〉에 실려 있다.

54) 성을 가지고 희롱했다 : 애을(艾乙)의 성인 '애'가 약쑥의 뜻이기 때문에 이군옥이 자신의 병을 고쳐 달라고 애을을 희롱한 것이다.

37-16(1007) 최소부

최소부(崔昭符)

출《옥천자(玉泉子)》

피일휴(皮日休)는 남해(南海) 사람 정우(鄭愚)의 문생(門生)이었다. 춘관(春關)[55] 후에 곡강(曲江)에서 연회가 열렸는데, 피일휴는 술에 취해 다른 평상에서 잠이 들었고 그 옆에 늘어져 있던 그의 옷 보따리와 책 상자는 모두 새로 만든 것이었다. 같은 해에 급제한 최소부는 최요(崔鐐)의 아들이었는데, 늘 피일휴를 멸시했다. 최소부 역시 술에 취했는데 뒷간에 가다가 누워 있는 피일휴를 보고 평소 허물없이 친하게 지내는 사람이라고 생각해서 다가가서 그를 놀려 주려고 했다. 피일휴의 동복이 황급히 주인 나리를 깨우려 하자, 최소부는 그가 피일휴임을 알고 동복에게 말했다.

"깨우지 마라. 그는 지금 종친들과 만나고 있는 중이니라."

이는 피일휴의 보따리와 상자가 모두 가죽[皮]이었기 때

---

[55] 춘관(春關) : 예부에서 주관하는 진사시의 급제자는 다시 이부에서 주관하는 관시(關試)에 응시하는데 이를 '춘관'이라 했으며, 관시 이후에 관연(關宴), 즉 곡강연(曲江宴)을 열었다.

문에 한 말이었다. 미: 말이 매우 점잖다. 피일휴가 일찍이 강한(江漢) 사이를 유람할 때, 유윤장(劉允章)이 강하(江夏)를 진수하고 있었고 그의 막부에 있던 목 판관(穆判官)은 유윤장의 친척이었다. 어떤 사람이 유윤장에게 피일휴가 목 판관을 멸시한다고 참소했다. 유윤장은 평소에 술주정을 부렸는데, 하루는 연회가 한창일 때 갑자기 말했다.

"그대는 어째서 목 판관을 멸시하는가? 여기에 있는 앵무주(鸚鵡洲)는 바로 [동한 때 강하태수] 황조(黃祖)가 [오만했던] 예형(禰衡)을 물에 빠뜨려 죽인 곳이네."

온 좌중의 사람들이 두려워했다. 피일휴는 감히 대답하지 못했으며, 다음 날 미복(微服) 차림을 하고 달아났다. 미: 교양 없는 사람과는 농담해서는 안 된다.

皮日休, 南海鄭愚門生. 春關內嘗宴曲江, 醉寢於別榻, 衣囊書笥, 羅列傍側, 率皆新飾. 同年崔昭符, 鐐之子, 固蔑視之矣. 亦醉, 更衣見皮臥, 謂其素所熟狎者, 將前戲之. 僮僕遽呼郎君, 昭符知其日休也, 曰: "勿呼之. 渠方宗會矣." 以其囊笥皆皮也. 眉: 語甚雅. 日休嘗遊江漢間, 時劉允章鎭江夏, 幕中有穆判官者, 允章親也. 或譖日休薄焉. 允章素使酒, 一日方宴, 忽曰: "君何以薄穆判官乎? 鸚鵡洲在此, 卽黃祖沈禰衡之所也." 一席爲懼. 日休不敢答, 翌日微服而遁. 眉: 粗人不可與戲.

* 이 고사는 《태평광기》 권265 〈경박·최소부〉에 실려 있다.

37-17(1008) 온정
온정(溫定)
출《척언》

　[당나라] 건부(乾符) 4년(877)에 신진사(新進士)들을 위한 곡강춘연(曲江春宴)은 평년보다 성대했다. 온정(溫定)이란 자는 오랫동안 과장(科場)에서 고생했는데, 성격이 솔직하고 자유분방했으며 시류의 경박함에 특히 분개해 기묘한 꾀를 내서 그들을 욕보이고자 했다. 곡강연이 열리는 날에 온정은 여자 옷을 뒤집어쓰고 가마를 탔는데, 황금과 비취로 장식한 가마는 다른 사람들 것보다 훨씬 뛰어났으며 따르는 하녀들도 모두 그에 어울렸다. 그러고는 버드나무 그늘 아래에서 배회하고 있었는데, 잠시 후에 제공(諸公)들이 노천 장막에서 풍류를 옮겨 뱃머리에 올랐다. 얼마 후에 그들은 [온정의 가마를 보고] 분명 권문귀족일 것이며 가마 안에 아름다운 여인이 있을 것이라고 생각했다. 그래서 사공에게 급히 배를 젓게 해 다가가서 모두 눈여겨보았는데, 어떤 이는 멋대로 계속해서 농지거리를 해 댔다. 모두들 한창 흥이 올랐을 때 온정이 발[簾] 사이로 발을 내밀고 무릎까지 걷어 올렸더니, 정강이가 우람하고 털이 잔뜩 나 있었다. 사람들은 갑자기 그것을 보고 모두 소매로 얼굴을 가린 채

급히 배를 돌리라고 명해 그곳을 피했다. 어떤 사람이 말했다.

"이는 분명 온정의 짓이다!"

乾符四年, 新進士曲江春宴, 甲於常年. 有溫定者, 久困場籍, 坦率自恣, 尤憤時之浮薄. 因設奇以侮之. 至其日, 蒙衣肩輿, 金翠之飾, 夐出於衆, 侍婢皆稱是. 徘徊於柳陰之下, 俄頃, 諸公自露棚移樂登鷁首. 旣而謂是豪貴, 其中姝麗必矣. 因遣促舟而進, 莫不注視, 或肆調謔不已. 群輿方酣, 定乃於簾間垂足定膝, 脛極偉而長毳. 衆忽睹之, 皆掩袂亟命回舟避之. 或曰: "此必溫定也!"

* 이 고사는 《태평광기》 권265 〈경박·온정〉에 실려 있다.

37-18(1009) 남탁

남탁(南卓)

출《노씨잡설》

당(唐)나라의 낭중(郎中) 남탁은 이수고(李修古)와 외사촌 형제였는데, 이수고의 성격이 사리에 어둡고 편벽했기에 남탁이 늘 그를 경시했다. 얼마 후에 이수고가 허주종사(許州從事)에 제수되어 관직 임명 칙서가 내려왔다. 그때 허수(許帥 : 허주절도사)가 한창 성대한 연회를 열고 있었는데, 갑자기 전령이 도착해서 공문서[角][56]를 개봉했더니 그 안에 남탁이 이수고에게 보낸 편지가 들어 있었다. 이수고는 편지를 들고 기뻐하며 허수에게 말했다.

"저는 탁이십삼(卓二十三 : 남탁)과 외사촌 형제인데 오랫동안 무시를 당해 왔습니다. 그런데 오늘 제가 외람되게도 상서(尙書 : 허주절도사)님의 막료가 되고 또 관직 임명 칙서가 내려오자, 남탁이 급히 저에게 편지를 보냈으니 참으로 뜻밖입니다!"

남탁의 편지를 열어 보니 이렇게 쓰여 있었다.

---

56) 공문서[角] : 각(角)은 공문서를 세는 단위다. 옛날에 공문서를 삼각형으로 접어서 보냈기 때문에 그렇게 불렀다.

"오늘까지 내가 늙어 죽지 않았기에 이수고가 관직에 제수되는 것을 살아서 보게 되었구나!"

허수가 그 편지를 달라고 해서 보고 온 좌중이 크게 웃었다. 이수고는 너무 부끄러웠다.

唐郎中南卓, 與李修古親表昆弟, 李性迂僻, 卓常輕之. 李俄授許州從事, 奏官敕下, 時許帥方大宴, 忽遞到開角, 有卓與李書. 遂執書喜白帥曰:"某與卓二十三表兄弟, 多蒙相輕. 今日某忝爲尙書賓幕, 又奏署敕下, 遽與某書, 大奇!" 及啓緘云:"卽日卓老不死, 生見李修古上除因!" 帥請書看, 合座大笑. 李慚甚.

* 이 고사는 《태평광기》 권251 〈회해·남탁〉에 실려 있다.

37-19(1010) 고봉휴

고봉휴(高逢休)

출《척언》

고운(顧雲)은 [당나라] 대순(大順) 연간(890~891)에 칙명을 받고 양소업(羊昭業) 등 10명과 함께 사서(史書)를 편찬했다. 고운은 강회(江淮)에 있을 때 간의대부(諫議大夫) 고봉휴를 만났는데, 당시 복야(僕射) 유숭귀(劉崇龜)는 훌륭한 명성이 한창 높았으며, 그의 아우 유숭망(劉崇望)도 중서성(中書省)에 있었다. 고운은 고봉휴가 유숭귀와 오랜 친분이 있었으므로 장차 유숭귀를 배알하러 갈 때 고봉휴가 유숭귀에게 미리 자신을 잘 소개해 주길57) 바랐는데, 고봉휴가 그러겠다고 허락한 후 한참이 지났다. 고운이 떠날 때가 되어 고봉휴에게 [자신을 소개하는] 서신을 청하자 고봉휴가 그에게 서신 한 통을 주었는데, 아주 급작스럽게 작성한 것이었다. 고운이 약간 의혹이 생겨서 몰래 그것을 열어 읽어 보았더니, 서신 한 장 전체에 고운의 이름은 전혀 언급되어 있지 않고 다만 이렇게 적혀 있었다.

57) 미리 자신을 잘 소개해 주길 : 원문은 "선용(先容)". 사전에 누군가를 소개해 추천하는 것을 말한다.

"양소업은 1척 3촌의 땅에 젖은 발로 그 타다 남은 용미도(龍尾道)58)를 밟으려 하는데, 의종(懿宗) 황제께서 비록 덕이 부족했지만 앞에서 언급한 사람들에 의해 날조된 죄명을 이겨 낼 수 없었으며, 당시 집정 대신들도 크게 나태하고 해이했습니다."

고운은 그저 한숨만 쉴 뿐이었다.

顧雲, 大順中, 制同羊昭業等十人修史. 雲在江淮, 遇諫議高逢休, 時僕射劉崇龜雅譽方隆, 弟崇望復在中書. 雲以逢休與崇龜舊交, 將造門希致先容, 逢休許之久矣. 雲臨岐請書, 逢休授之一函, 甚草創. 雲微有惑, 因潛啓閱之, 凡一幅並不言雲, 但曰: "羊昭業擬將一尺三寸汗脚, 踏他燒殘龍尾道, 懿宗皇帝雖薄德, 不任被前人羅織, 執大政者亦大悠悠." 雲吁嘆而已.

* 이 고사는《태평광기》권265〈경박·고봉휴〉에 실려 있다.

---

58) 용미도(龍尾道) : 함원전(含元殿) 앞의 통로인데, 그 모양이 용의 꼬리처럼 구불구불해서 붙은 명칭이다. '용미도'를 밟는다는 것은 황제의 신임을 받게 되었음을 의미한다.

37-20(1011) 봉순경

봉순경(封舜卿)

출《왕씨견문》

[오대십국] 주량(朱梁: 후량)의 봉순경은 특히 문장에 뛰어났고 재주와 가문 모두 훌륭했다. 그러나 그는 자신의 총명함과 준수함을 믿고 자주 경박한 행동을 했다. 양조(梁祖: 후량 태조 주전충)가 그를 촉(蜀: 전촉)에 사신으로 보냈는데, 당시 기(岐)와 양나라는 서로 흘겨보면서[59] 관계가 좋지 않아 길이 막혀 있었기 때문에 결국 한강(漢江)을 거슬러 올라갔다. 도중에 전주(全州)로 나갔는데, 전수(全帥: 전주 절도사)가 관청에서 연회를 열어 주었다. 봉순경은 평소에 전주를 산골의 작은 고을이라 경시하면서 자주 거만하게 굴었다. 봉순경은 술잔을 들고 주령(酒令)을 요구하며 말했다.

"〈맥수양기(麥秀兩岐)〉[60]를 연주하라."

---

59) 기(岐)와 양나라는 서로 흘겨보면서 : 당시 '기' 지역은 군벌 이무정(李茂貞)이 다스렸는데, 후량과의 관계가 좋지 않아 자주 전쟁을 벌였다.

60) 〈맥수양기(麥秀兩岐)〉: 당나라 때 교방곡(敎坊曲)의 명칭이다. 하

배우들이 서로 쳐다보며 들어 본 적이 없다고 놀라면서 비슷한 다른 곡으로 대신하겠다고 하자, 봉순경이 머리를 흔들며 말했다.

"안 된다."

그러고는 다시 소리쳤다.

"〈맥수양기〉."

하지만 배우들은 달리 방법이 없었다. 주인(主人 : 전주 절도사)은 부끄럽고 화가 나서 악장(樂將)을 매질했다. 봉순경은 배우들을 앞으로 불러 말했다.

"너희가 비록 산골의 백성이긴 하지만, 그래도 마땅히 대조(大朝 : 후량)의 음악은 들었어야 한다."

전주 사람들은 이를 매우 부끄럽게 생각했다. 다음으로 봉순경은 한중(漢中)에 도착했는데, 배우들은 전주에서의 일을 이미 알고 있었기에 걱정했다. 연회가 열리자 봉순경이 또 말했다.

"〈맥수양기〉를 연주하라."

이렇게 세 번 소리쳤지만 배우들은 응답할 수 없었다. 그러자 악장 왕신(王新)이 전각 앞에서 말했다.

나의 보리 줄기에 두 개의 이삭이 자란다는 뜻으로, 풍성한 수확의 징조로 여겼으며, 대부분 관리의 탁월한 치적을 칭송하는 데 사용되었다.

"시랑(侍郞 : 봉순경)께서 대충 한번 불러 주시기를 청합니다."

봉순경이 다 부르기도 전에 악공들은 벌써 그 곡을 다 익혔다. 협 : 오히려 다른 사람에게 농락당했다. 이로 말미암아 이 곡을 연주하게 되었고 연회가 끝나도록 곡을 바꾸지 않았다. 그 악공이 한중절도사에게 아뢰었다.

"이 곡은 대량(大梁 : 후량)에서 새로 만든 곡이니, 서촉(西蜀)에는 아직 없습니다."

그러면서 악보 한 부를 베껴 적길 청해 급히 촉으로 전달하면서 앞서 두 주에서 있었던 일을 함께 알렸다. 미 : 이 악공은 헤아림이 뛰어나다. 봉순경이 촉에 도착하자 촉에서는 전각 앞에서 〈맥수양기〉를 오랫동안 연주하면서, 보리 베는 농기구를 펼쳐 놓고 수십 명의 가난한 아이들을 데리고 들어왔는데, 남루한 옷을 입은 사람들이 사내아이를 손에 끌고 딸아이를 품에 안은 채 손에 광주리를 들고 보리를 주우면서 곡조에 맞추어 함께 노래를 불렀다. 그 가사가 처량하고 슬펐으며 가난과 고통스런 마음을 표현했기에 듣는 사람들이 즐거워하지 않았다. 봉순경은 그들을 돌아보며 얼굴이 흙빛처럼 변해 끝까지 한마디 말도 하지 않고 있다가, 부끄러워하며 돌아가서 복명(復命)했다. 봉순경은 양주(梁州)·한주(漢州)·안주(安州)·강주(康州) 등의 길을 거치면서 감히 더 이상 '양기(兩岐)' 두 글자를 언급하지 못했다.

朱梁封舜卿文詞特異, 才地兼優. 恃其聰俊, 率多輕薄. 梁祖使聘於蜀, 時岐・梁眈眈, 關路不通, 遂泝漢江而上. 路出全州, 全帥致筵於公署. 封素輕其山州, 多所傲睨. 及執觴索令, 曰:"〈麥秀兩岐〉." 伶人相顧, 駭爲未聞, 且以他曲相同者代之, 封擺頭曰:"不可." 又再呼:"〈麥秀兩岐〉." 復無以措手. 主人慚怒, 杖其樂將. 封呼伶人前曰:"汝雖山民, 亦合聞大朝音律." 全人大以爲恥. 次至漢中, 伶人已知全州事, 憂之. 及飮會, 又曰:"〈麥秀兩岐〉." 亦是三呼, 不能應. 有樂將王新殿前曰:"略乞侍郞唱一遍." 封唱之未遍, 已入樂工之指下矣. 夾:反爲人弄. 由是吹此曲, 終席不易. 其樂工白帥曰:"此是大梁新翻, 西蜀未有." 請寫譜一本, 急遞入蜀, 其言經過二州事. 眉:此樂工大有商量. 洎封至蜀, 長吹〈麥秀兩岐〉於殿前, 施芟麥之具, 引數十輩貧兒, 繿縷衣裳, 携男抱女, 挈筐籠而拾麥, 仍合聲唱. 其詞凄楚, 及其貧苦之意, 不喜人聞. 封顧之, 面如土色, 卒無一詞, 慚恨而返, 及[1]復命. 歷梁・漢・安・康等道, 不敢更言'兩岐'字.

* 이 고사는 《태평광기》 권257 〈조초・봉순경〉에 실려 있다.

1 급(及):《태평광기》에는 "내(乃)"라 되어 있는데, 문맥상 보다 타당하다.

37-21(1012) **요암걸**

요암걸(姚巖傑)

출《척언》

    요암걸은 양국공(梁國公) 요원숭[姚元崇 : 요숭(姚崇)]의 후손이다. 그는 총명함이 출중했고 약관의 나이에는 고서(古書)에 두루 통달해서 당시에 대학자로 칭송받았다. 그는 늘 시와 술을 벗 삼아 강좌(江左 : 강동)에서 제멋대로 노닐었는데, 선배들을 능멸하고 깔보면서 옆에 아무도 없는 것처럼 행동했다. [당나라] 건부(乾符) 연간(874~879)에 안표(顔標)가 파양군(鄱陽郡)을 다스릴 때, 국장(鞠場)61)의 건물이 막 완공되자 요암걸에게 그 일을 기념하는 글을 지어 달라고 청했다. 문장이 완성되자 찬란하게 1000여 자나 되었는데, 안표가 그중에서 한두 자를 빼려고 하자 요암걸이 크게 화를 냈다. 안표는 그를 용납할 수 없었고 그의 문장은 이미 돌에 새겨져 있었지만, 안표는 마침내 기념비를 땅에 엎어 버리고 그 문장을 갈아서 없애라고 명했다. 미 : 상대도

---

61) 국장(鞠場) : 축국장. 평평한 광장의 삼면에 담장을 설치하고 나머지 한 면에 전(殿)・정(亭)・누(樓)・대(臺) 등을 설치해 관람할 수 있도록 만든 시설.

졸렬한 사내다. 노조(盧肇)가 흡주목(歙州牧)으로 있을 때, 무원(婺源)에 있던 요암걸이 먼저 자신의 저술을 노조에게 보냈다. 노조는 그의 술주정에 대해 알고 있었던 터라 손수 그의 훌륭함을 칭찬하는 편지를 쓰고 비단을 보냈는데, 편지에서 이렇게 말했다.

"병란 끝이라 군(郡)이 피폐해져서 삼가 대현(大賢)을 영접할 수 없습니다."

하지만 요암걸이 다시 장문의 편지를 보내 노조를 감격시켰기에 노조는 하는 수 없이 그를 군재(郡齋)로 맞이해 공경(公卿)을 예우하듯이 접대했다. 그러나 요암걸은 얼마 후부터 날로 방자하고 오만하게 굴었는데, 노조가 한번은 자신이 지은 시를 요암걸에게 자랑하며 한 구절을 말했다.

"밝은 달이 파촉(巴蜀)의 산을 비추네."

그러자 요암걸이 크게 웃으며 말했다.

"밝은 달은 온 천하를 비추는 법인데, 어찌하여 유독 파촉의 하늘만 말합니까?"

노조는 부끄러워하며 마음이 상했다. 얼마 후에 강가의 정자에서 연회가 열렸을 때 괴희일(蒯希逸)도 그 자리에 있었는데, 노조가 눈앞에 보이는 사물을 가지고 주령(酒令)을 하자고 청하면서 끝에 악기 이름이 들어가야 한다고 했다. 노조가 주령을 말했다.

"멀리 바라보이는 고깃배, 넓지 않은 1척 8촌[尺八)62)."

그러자 요암걸이 급히 술을 한 사발 마시고 난간에 기대어 토하는 시늉을 하더니, 잠시 후 자리로 돌아와 노조의 주령을 받으며 말했다.

　"난간에 기대어 토하고 나니, 느껴지는 건 텅 빈 목구멍[空喉]63)."

　그의 거만함이 이와 같았다.

姚巖傑, 梁公元崇之裔孫也. 聰悟絶倫, 弱冠博通墳典, 時稱大儒. 常以詩酒放逸江左, 凌忽前達, 旁若無人. 乾符中, 顔標典鄱陽郡, 鞠場公宇初構, 請巖傑紀其事. 文成, 粲然千餘言, 標欲刊去一兩字, 巖傑大怒. 標不能容, 時已勒石, 遂命覆碑於地, 磨去其文. 眉：對劣漢. 盧肇牧歙州, 巖傑在婺源, 先以著述寄肇. 肇知其使酒, 以手書襃美, 贈以束帛, 辭云：“兵火之後, 郡中凋弊, 無以迎逢大賢." 巖傑復以長箋激之, 肇不得已, 迓至郡齋, 待如公卿禮. 旣而日肆傲睨, 肇嘗以篇詠誇於巖傑曰：“明月照巴山." 巖傑大笑曰：“明月照天下, 奈何獨言巴天耶?" 肇慚不得意. 無何, 會於江亭, 時蒯希逸在席, 盧請目前取一事爲酒令, 尾有樂器之名. 肇令曰：“遠望漁舟, 不闊尺八." 巖傑遽飮酒一器, 憑欄嘔噦, 須臾卽席

62) 1척 8촌[尺八] : '척팔(尺八)'은 피리의 일종으로 길이가 1척 8촌이다.
63) 텅 빈 목구멍[空喉] : '공후(空喉)'는 현악기의 일종인 '공후(箜篌)'와 음이 같다.

還令曰: "憑欄一吐, 已覺空喉." 其倨慢如此.

* 이 고사는 《태평광기》 권266 〈경박·요암걸〉에 실려 있다.

조초(嘲誚)

37-22(1013) 변소
변소(邊韶)

    후한(後漢)의 변소는 자가 효선(孝先)으로, 제자 수백 명을 가르쳤다. 일찍이 변소가 대낮에 잠시 낮잠을 자고 있었는데, 제자가 그를 몰래 조롱하며 말했다.

    "변효선 배불뚝이, 책 읽기는 게을리하고 잠만 자려고 하네."

    변효선이 듣고 있다가 대꾸했다.

    "변은 성이고 효는 자. 배불뚝이 배는 오경(五經) 상자이고, 잠만 자려고 하는 것은 오경에 실린 일을 심사숙고하는 것이지. 잠을 자면서 주공(周公)과 꿈속에서 통하며, 고요히 누워 공자와 뜻을 같이하지. 그런데 스승을 조롱해도 된다는 것은 어떤 전적의 기록에서 나온 것인고?"

    그를 조롱한 제자는 크게 부끄러워했다.

後漢邊韶, 字孝先, 教授數百人. 曾晝日假寐, 弟子私嘲之曰 : "邊孝先, 腹便便, 懶讀書, 但欲眠." 孝先聞之, 應曰 : "邊爲姓, 孝爲字. 腹便便, 五經笥, 但欲眠, 思經事. 寐與周公通夢, 靜與孔子同意. 師而可嘲, 出何典記?" 嘲者大慙.

* 이 고사는 《태평광기》 권245 〈회해·변소〉에 실려 있는데, 《태평광기》 명초본에는 출전이 "《계안록(啓顏錄)》"이라 되어 있다.

37-23(1014) 하순

하순(賀循)

출《세설(世說)》

하순이 처음에 [삼국 시대] 오(吳)나라에서 벼슬해 오군 태수(吳郡太守)가 되었는데, 처음에는 문밖을 나서지 않았더니 오군의 호족들이 그를 얕잡아 보고서 관부의 문에 이렇게 적어 놓았다.

"회계(會稽)의 닭은 울 수 없다."

하순이 이를 듣고 일부러 밖으로 나갔다가 문 뒤에 이르러 돌아보고서 붓을 찾아 그것에 응답했다.

"울 수는 없지만 오군의 조무래기는 죽일 수 있다."

그러고는 여러 주둔지와 저각(邸閣 : 곡물 창고)을 돌아다니면서 고씨(顧氏)과 육씨(陸氏)를 조사했더니 죄지은 자가 많았다. 육항(陸抗)은 당시 강릉도독(江陵都督)으로 있었는데, 직접 손호(孫皓)에게 부탁한 뒤에야 비로소 풀려났다.

賀循初仕吳, 作吳郡, 初不出門. 吳中强族輕之, 乃題府門 : "會稽鷄, 不能啼." 賀聞, 故出行, 至門後顧, 索筆答之云曰 : "不可啼, 殺吳兒." 於是至諸屯及邸閣, 檢校諸顧·陸, 遭罪者衆. 陸抗時爲江陵都督, 自請孫皓, 然後得釋.

* 이 고사는 《태평광기》 권253 〈조초·하순〉에 실려 있다.

37-24(1015) 조사언

조사언(祖士言)

출《계안록(啓顏錄)》

 진(晉)나라의 조사언[祖士言 : 조납(祖納)]과 종아(鍾雅)가 서로를 조롱했다. 종아가 말했다.

 "우리 여영(汝潁 : 하남 지방)의 선비는 송곳처럼 날카로운데, 그대 연대(燕代 : 하북 지방)의 선비는 망치처럼 무디오."

 조사언이 말했다.

 "나의 무딘 망치로 그대의 날카로운 송곳을 칠 수 있소."

 종아가 말했다.

 "나는 본디 신령한 송곳을 가지고 있어서 칠 수 없소."

 조사언이 말했다.

 "신령한 송곳이 있다면 신령한 망치도 있는 법이오."

 종아는 마침내 굴복했다.

晉祖士言與鍾雅相嘲. 鍾云 : "我汝潁之士利如錐, 卿燕代之士鈍如槌." 祖曰 : "以我鈍槌, 打爾利錐." 鍾曰 : "自有神錐, 不可得打." 祖曰 : "旣有神錐, 亦有神槌." 鍾遂屈.

* 이 고사는 《태평광기》 권253 〈조초 · 조사언〉에 실려 있다.

37-25(1016) 고상

고상(高爽)

출《담수(談藪)》

[양나라의] 고상은 언변이 뛰어나고 재주가 많았다. 당시에 유천(劉蒨)이 진릉현령(晉陵縣令)으로 있었는데, 고상이 지나가는 길에 그를 방문했지만 유천이 전혀 대접해 주지 않았기에 고상은 그 일을 마음에 깊이 담아 두었다. 얼마 후에 고상이 유천을 대신해 진릉현령이 되자, 유천은 뒤늦게 그를 영접하고 아주 후하게 선물을 보내 주었다. 고상은 그것을 모두 받고 답신에 이렇게 적었다.

"고 진릉(高晉陵)이 직접 답함."

어떤 사람이 그렇게 적은 까닭을 묻자 고상이 말했다.

"유천은 진릉현령에게 선물한 것일 뿐이니 내 일과 무슨 상관이 있겠소?"

얼마 후에 고상은 국자감조교(國子監助敎)로 전임되었는데, 손읍(孫挹)이 난릉현령(蘭陵縣令)이 되자 고상이 또 그를 방문했지만, 손읍은 친구로서의 정이 전혀 없었다. 고상은 그곳을 나와 누각 아래를 지나가다가 붓을 꺼내서 북 위에 이렇게 적었다.

"몸 둘레는 8척이나 되는데, 뱃속에는 1촌의 창자도 없다네. 낯가죽이 이처럼 두꺼우니, 아무리 맞아도 끄떡없다네."

손읍은 몸집이 뚱뚱해서 허리띠가 10아름이나 되었으므로 이렇게 그를 꼬집은 것이었다.

高爽辯博多才. 時劉藣爲晉陵令, 爽經途詣之, 了不相接, 爽甚銜之. 俄而爽代藣爲縣, 藣追迎, 贈遺甚厚. 悉受之, 答書云:"高晉陵自答." 或問其故, 曰:"劉藣餉晉陵令耳, 何關爽事?" 稍遷國子助敎, 孫挹爲蘭陵縣, 爽又詣之, 挹了無故人之懷. 爽出從閣下過, 取筆題鼓面云:"身有八尺圍, 腹無一寸腸. 面皮如許厚, 被打未遽央." 挹體肥壯, 腰帶十圍, 故以此激之.

* 이 고사는 《태평광기》 권253 〈조초·고상〉에 실려 있다.

37-26(1017) 설종

설종(薛綜)

출《계안록》

　　[삼국 시대] 촉(蜀)나라의 사신 장봉(張奉)이 [오나라의] 상서령(尙書令) 감택(闞澤)의 성명을 조롱했는데, 감택이 대꾸하지 못하자 설종이 자리에서 내려서며 말했다.

　　"'촉(蜀)'이란 무엇입니까? '개[犬]'가 있으면 '독(獨)'이 되고, '개[犬]'가 없으면 '촉'이 되지요. '눈[目]'을 가로 뜨고 몸을 '구부리고[句]' 있는데, '벌레[虫]'가 그 배 속에 들어 있지요."

　　장봉이 말했다.

　　"그대 나라인 '오(吳)'를 가지고 다시 웃겨 보지 않겠소?"

　　설종이 곧바로 말했다.

　　"'입[口]'이 없으면 '하늘[天]'이 되고, '입[口]'이 있으면 '오(吳)'가 되니, 만방에 군림하는 천자의 도읍이지요."

　　이에 좌중의 사람들이 모두 기뻐하며 웃었고, 장봉은 대꾸하지 못했다.

蜀使張奉嘲尙書令闞澤姓名, 澤不能答, 薛綜下行, 乃云 : "'蜀'者何也? 有'犬'爲'獨', 無'犬'爲'蜀'. 橫'目''句'身, '虫'入其腹." 奉曰: "不當復嘲君'吳'耶?" 綜應聲曰: "無'口'爲'天', 有'口'爲'吳', 君臨萬邦, 天子之都." 於是衆坐喜笑, 而奉無以對.

* 이 고사는 《태평광기》 권245 〈회해·설종〉에 실려 있다.

37-27(1018) 서지재

서지재(徐之才)

출《계안록》

 북제(北齊)의 서지재는 해학에 뛰어났는데, 일찍이 왕흔(王訢)의 성을 조롱하며 말했다.

 "'말[言]'을 하면 '거짓말[訢 : 광(誑)과 같음]'이 되고, '개[犬]'를 가까이 하면 '미치광이[狂]'가 되며, 머리와 꼬리를 더하면 '말[馬]'이 되고, 꼬리와 뿔을 붙이면 '양(羊)'이 되지요."

 왕흔은 대꾸하지 못했다. 또 한번은 빈객에게 연회를 베풀었는데, 그때 노원명(盧元明)이 그 자리에 있다가 서지재의 성을 놀리며 말했다.

 "그대의 성은 '서(徐)' 자이니, 아직 사람 축에 들지 못했소[未入人].[64]"

 그러자 서지재가 즉시 노원명의 성인 '노(盧)' 자를 조롱했다.

 "'망할[亡]' 처지에 놓이면 '사나워[虐]'지고, '무덤[丘]'에 있으면 '헛된 것[虗 : 허(虛)와 같음]'이 되며, '아들[男]'을 낳

---

64) 아직 사람 축에 들지 못했소[未入人] : '서(徐)' 자를 미(未) · 입(入) · 인(人) 세 글자의 합체자로 풀이한 것이다.

으면 '오랑캐[虜]'가 되고, '말[馬]'과 짝을 지으면 '나귀[驢]'가 되지요."

또 노원명의 '원명(元明)'이라는 두 글자를 조롱하며 말했다.

"['원(元)' 자에서] 머리를 없애면 '올명(兀明)'[65]이 되고, 목이 튀어나오면 '무명(无明)'[66]이 되며, 그것을 반으로 줄이면 '무목(无目)'[67]이 되고, 그것을 달리 읽으면 '무맹(无盲: 소경)'이 되지요."

노원명은 또한 대꾸하지 못했다.

北齊徐之才善謔, 嘗嘲王訢姓云:"有'言'則'訢', 近'犬'則'狂', 加頭足而爲'馬', 施尾角而成'羊'." 訢無以對. 又嘗宴賓客, 時盧元明在座, 戲弄之才姓云:"卿姓'徐'字, 乃未入人." 之才卽嘲'盧'字:"安'亡'爲'虐', 在'丘'爲'虛', 生男成'虜', 配'馬'成'驢'." 又嘲'元明'二字:"去頭則是'兀明', 出頭則是'无明', 減半則是'无目', 變聲則是'无盲'." 元明亦無以對.

* 이 고사는 《태평광기》 권253 〈조초·서지재〉에 실려 있다.

---

65) 올명(兀明): 머리가 벗어져 빛이 난다는 뜻.

66) 무명(无明): 그릇된 생각과 망령된 집착으로 인해 사리에 어둡다는 뜻.

67) 무목(无目): 눈이 없다는 뜻. '명(明)'의 옛 글자가 '명(朙)'이므로 '명(朙)'에서 '월(月)'을 없애면 '목(目)'만 남게 된다.

37-28(1019) 마씨 · 왕씨와 감흡

마왕 · 감흡(馬王 · 甘洽)

출《계안록》

수(隋)나라 때 성이 마씨(馬氏)인 사람과 왕씨(王氏)인 사람이 잔치에 모여서 담소를 나누다가 마씨가 왕씨를 조롱했다.

"왕씨 자네는 본래 성이 이(二)였을 걸세. 그런데 자네가 멋대로 돌아다녔기 때문에 자네 코에다 못[丁]을 박은 것이지."

그러자 왕씨가 말했다.

"마씨 자네는 본래 성이 광(匡)이었을 걸세. 그런데 자네의 꼬리를 잘라 내고 등 위에 왕씨 사내를 업은 것이지."

당(唐)나라의 감흡과 왕선객(王仙客)은 서로 친하게 지냈는데, 각자의 성을 가지고 놀리면서 감흡이 말했다.

"왕(王)이라, 생각해 보니 자네의 성은 본디 전(田)이었을 게야. 그런데 자네의 얼굴이 빵빵하기[68] 때문에 양옆을 뽑아낸 것이지."

---

[68] 빵빵하기 : 원문은 "발달(撥獺)". 얼굴의 볼살이 통통하게 찐 것을 말한다.

왕선객이 곧바로 응수했다.

"감(甘)이라, 생각해 보니 자네의 성은 본디 단(丹)이었을 게야. 그런데 자네의 머리가 굽혀지지 않기 때문에 다리를 돌려 위에다 놓은 것이지."

隋姓馬·王二人嘗聚宴談笑, 馬嘲王曰:"王是你, 元來本姓二. 爲你漫走來, 將丁釘你鼻." 王曰:"馬是你, 元來本姓匡. 減你尾子來, 背上負王郞."
唐甘洽與王仙客友善, 因以姓相嘲, 洽曰:"王, 計爾應姓田. 爲你面撥獺, 抽却你兩邊." 仙客應聲曰:"甘, 計你應姓丹. 爲你頭不曲, 回脚向上安."

* 이 고사는 《태평광기》 권253 〈조초·마왕〉, 권255 〈조초·감흡〉에 실려 있다.

37-29(1020) 적인걸

적인걸(狄仁傑)

출《조야첨재》

　　[당나라의] 추관시랑(秋官侍郎 : 형부시랑) 적인걸이 같은 추관시랑 노헌(盧獻)을 놀리며 말했다.

　　"그대는 말[馬]이랑 짝을 지으면 나귀[驢]가 되지요."

　　그러자 노헌이 말했다.

　　"명공(明公)의 성을 가운데로 쪼개면 개[犬] 두 마리가 되지요."

　　적인걸이 말했다.

　　"'적(狄)'자는 개 견(犬) 방에 불 화(火)가 있소."

　　노헌이 말했다.

　　"개 옆에 불이 있으니 바로 삶아 익힌 개[狗]이지요."

秋官侍郎狄仁傑戲同官郎盧獻曰 : "足下配馬乃作驢." 獻曰 : "中劈明公[1], 乃成二犬." 傑曰 : "'狄'字, 犬傍火也." 獻曰 : "犬邊有火, 乃是煮熟狗."

* 이 고사는 《태평광기》권250〈회해 · 적인걸〉에 실려 있다.

1 명공(明公) : 《태평광기》명초본에는 이 뒤에 "성(姓)"자가 있는데, 문맥상 보다 타당하다.

37-30(1021) 노사도

노사도(盧思道)

출《담수》·《계안록》

북제(北齊)의 노사도가 진(陳)나라에 사신으로 갔을 때, 진나라 군주는 조정의 귀족들에게 술과 음식을 차려 노사도에게 연회를 베풀면서 연구(聯句)로 시를 짓게 했다. 한 사람이 먼저 시를 지어 북쪽 사람을 풍자했다.

"돋아난 느릅나무 새싹으로 장정을 배불리 먹이고, 자라난 풀로 나귀를 살찌우네."

북쪽 사람들은 느릅나무 새싹을 먹고 오(吳) 지방에는 나귀가 없기 때문에 이런 시구를 지은 것이었다. 그러자 노사도가 붓을 들어 즉시 이어서 지었다.

"같은 시루에서도 나누어 밥을 짓고, 한 솥에서도 각자 따로 물고기를 익히네."

남쪽 사람들은 정이 없어서 같이 밥을 지어도 따로 먹기 때문에 한 말이었다. 오 지방 사람은 몹시 부끄러워했다. 또 청하(淸河) 사람 최표(崔儦)가 한번은 노사도에게 말했다.

"어젯밤에 심하게 천둥이 쳤는데도 나는 달게 자느라 느끼지 못했습니다."

그러자 노사도가 말했다.

"그와 같은 큰 천둥도 겨울잠 자는 짐승을 깨울 수 없었던 모양입니다."

태자첨사(太子詹事)인 범양(范陽) 사람 노숙호(盧叔虎)에게 10명의 아들이 있었는데, 그중 큰아들은 자가 축생(畜生)이었고 재사(才思)가 가장 뛰어났다. 노사도가 사람들에게 말했다.

"우리 당숙에게 아들 10명이 있는데, 모두 축생(畜生 : 집짐승)[69]에 미치지 못합니다."

노사도가 수(隋)나라에서 벼슬할 때 일찍이 수양(壽陽)의 유지례(庾知禮)와 함께 시를 지었는데, 유지례는 이미 시를 완성했지만 노사도는 아직 마치지 못했다. 그러자 유지례가 말했다.

"노사도는 봄날의 해가 늦게 지듯 어찌 그리도 더디오?"

노사도가 대답했다.

"거적을 빨리 엮는다고 스스로 자랑하면서 다른 사람이 비단을 더디게 짠다고 탓하는구려."

노사도가 한번은 한낮에 영빈문(迎賓門)에 서 있었는데, 내사(內史 : 중서령) 이덕림(李德林)이 그에게 말했다.

---

[69] 축생(畜生) : 겉으로는 노숙호의 큰아들의 자를 말하지만, 속으로는 집짐승을 뜻한다.

"어째서 나무 그늘로 가지 않소?"

노사도가 말했다.

"덥긴 덥지만 수풀[林] 아래[70]에 서 있을 수는 없지요."

수나라 문제(文帝)는 [진나라의] 서릉(徐陵)의 언변이 민첩해서 그를 대적할 사람이 없다고 생각했기에 조정 관원에게 물었더니 당시에 노사도를 추천했다. 문제는 매우 기뻐하며 즉시 조서를 내려 그에게 남쪽 사신을 응대하게 했으며, 조정 관리들도 함께 갔다. 서릉이 멀리서 보니 노사도가 가장 젊었기에 웃으며 말했다.

"저 공은 아주 젊구려."

노사도가 멀리서 응답했다.

"공이 소신(小臣)이기에 어른을 수고롭게 할 필요가 없습니다."

잠시 후에 좌정하고 나서 서릉이 노사도에게 말했다.

"옛날 은(殷)나라에서 완악(頑惡)한 사람들을 옮겨[71] 본

---

70) 수풀[林] 아래 : '임(林)'은 이덕림을 비유한다. 즉, 이덕림의 아래에 있을 수 없다는 뜻이다. 노사도는 북제에서는 이덕림보다 관직이 높았으나 수나라 때는 그보다 관직이 낮았는데, 노사도는 이를 인정할 수 없었기에 이렇게 비유해서 말한 것이다.

71) 은(殷)나라에서 완악(頑惡)한 사람들을 옮겨 : 주(周)나라가 은나라를 멸한 뒤 조정의 명을 따르지 않는 은나라의 유민(遺民)을 '완민(頑民)'이라 하고 그중 일부를 낙양(洛陽)으로 이주시켰다.

래 이 읍[낙양]에 살게 했으니, 지금 남아 있는 자들은 모두 그 후손들이지요."

노사도가 곧바로 웃으며 말했다.

"그들은 옛날 영가(永嘉)의 난72)이 일어났을 때 남쪽으로 건너가서 모두 강좌(江左: 강동)에서 살고 있으니, 지금 이곳에 남아 있는 자는 오직 당신 한 사람뿐이지요."

사람들은 모두 크게 웃었고, 서릉은 대답하지 못했다. 나중에 노사도는 진나라에 사신으로 갔을 때 손에 국규(國圭)73)를 들고 있었는데, 진나라 군주가 노사도를 접견하고 나서 《관세음경(觀世音經)》에 나오는 말로 그를 놀리며 말했다.

"그대는 어떤 상인이기에 귀중한 보배를 가지고 왔소?"

---

72) 영가(永嘉)의 난 : 서진 말 영가 연간(307~313)에 일어났던 대란. 팔왕(八王)의 난(300) 이후에 대두된 왕족 상호 간의 권력 쟁탈과 중원의 황폐를 틈타, 흉노족 유연(劉淵)이 한왕(漢王)을 자칭하고 갈족(羯族)의 석륵(石勒)과 왕미(王彌)를 귀속해 하남과 산동 일대를 근거지로 삼아 세력을 확장했으며, 312년에는 유연의 아들 유총(劉聰)이 수도 낙양을 침공해 회제(懷帝)를 평양(平陽)에 유폐시켰다가 살해하고 민제(愍帝)를 장안(長安)에서 옹립했다. 서진은 이 난 때문에 사실상 붕괴되었으며 화북(華北)은 오호 십육국 시대로 접어들게 되었다.

73) 국규(國圭) : 사신이 자신의 신분을 입증하는 신표로 가져가는 홀(笏).

노사도도 곧바로 《관세음경》에 나오는 말로 응답했다.

"갑자기 악풍(惡風 : 폭풍)을 만나 표류하다가 나찰귀국(羅刹鬼國)74)에 떨어지고 말았습니다."

진나라 군주는 크게 부끄러워했다.

北齊盧思道聘陳, 陳主令朝貴設酒食, 與思道宴會, 聯句作詩. 有一人先唱, 便譏刺北人云 : "榆生欲飽漢, 草長正肥驢." 爲北人食榆, 兼吳地無驢, 故有此句. 思道援筆卽續之曰 : "共甑分炊米, 同鐺各煮魚." 爲南人無情義, 同炊異饌也. 吳人甚愧之. 又淸河崔儦嘗謂思道曰 : "昨夜大雷, 吾睡不覺." 思道曰 : "如此震雷, 不能動蟄." 太子詹事范陽盧叔虎有子十人, 大者字畜生, 最有才思. 思道謂人曰 : "從叔有十子, 皆不及畜生."

盧思道仕隋, 嘗共壽陽庾知禮作詩, 已成而思道未就. 禮曰 : "盧思何太春日?" 思道答曰 : "自許編苫疾, 嫌他織錦遲." 思道嘗在賓門日中立, 內史李德林謂之曰 : "何不就樹蔭?" 思道曰 : "熱則熱矣, 不能林下立." 隋文帝以徐陵辯捷, 無人酬對, 乃訪之朝官, 當時擧思道. 文帝甚喜, 卽詔對南使, 朝官俱往. 徐陵遙見思道最小, 笑曰 : "此公甚小." 思道遙應曰 : "以公小臣, 不勞長者." 須臾坐定, 徐陵謂思道曰 : "昔殷遷頑人, 本居玆邑, 今存並是其人." 思道應聲笑曰 : "昔永嘉南渡, 盡居江左, 今之存者, 唯君一人." 衆皆大笑, 徐陵無以對. 後思道聘陳, 手執國圭, 陳主旣見思道, 因用 《觀世音經》

---

74) 나찰귀국(羅刹鬼國) : 사람을 잡아먹는 악귀인 '나찰귀'의 나라.

語弄思道曰 : "是何商人, 持重寶?" 思道應聲還以《觀世音經》報曰 : "忽遇惡風, 漂墮羅刹鬼國." 陳主大慚.

* 이 고사는 《태평광기》 권247 〈회해·노사도〉, 권253 〈조초·노사도〉에 실려 있다.

37-31(1022) 설도형

설도형(薛道衡)

출《계안록》

　수(隋)나라의 설도형이 남조(南朝 : 진나라)에 사신으로 갔는데, 남조에서는 승려와 속인을 불문하고 기지와 언변이 있는 이들이 기회만 있으면 설도형을 초청해서 만났다. 언변이 매우 민첩한 한 스님이 절의 불당 안에서 《법화경(法華經)》을 독송하게 해 놓고, 설도형을 데리고 예불을 드리러 절에 갔다. 불당 문에 이르자 그 스님이 큰 소리로 《법화경》의 구절을 독송하며 말했다.

　"구반도(鳩盤荼)75) 귀신이 지금 문밖에 있다!"

　그러자 설도형도 곧바로 《법화경》을 가지고 응답했다.

　"비사사(毗舍闍)76) 귀신이 그 안에 있다!"

　스님들은 부끄러워하면서 굴복했다.

---

75) 구반도(鳩盤荼) : 구반다(鳩盤茶)라고도 한다. 사람의 정기를 빨아먹는다고 하는 악귀로, 옹형귀(甕形鬼)·동과귀(冬瓜鬼)라고도 한다.

76) 비사사(毗舍闍) : 광목천왕(廣目天王)을 따라 용과 함께 서방을 수호하는 귀신. 전광귀(癲狂鬼)·담정귀(噉精鬼)라고도 한다.

隋薛道衡爲聘南使, 南朝無問道俗, 但機辯者, 卽方便引道衡見之. 一僧甚辯捷, 令於寺上佛堂中讀《法華經》, 將道衡向寺禮拜. 至佛堂門, 僧大引聲讀《法華經》云 : "鳩槃荼鬼, 今在門外!" 道衡卽應聲還以《法華經》答云 : "毗舍闍鬼, 乃在其中!" 僧徒愧服.

* 이 고사는《태평광기》권253 〈조초·설도형〉에 실려 있다.

37-32(1023) 우세기

우세기(虞世基)

출《담빈록》

우세남(虞世南)의 형 우세기는 허경종(許敬宗)의 부친 허선심(許善心)과 함께 우문화급(宇文化及)[77]에게 살해당했다. 봉덕이(封德彝)는 당시 내사사인(內史舍人 : 중서사인)으로 있었는데, 그 일을 자세히 목격하고 사람들에게 말했다.

"우세기가 피살될 때 우세남은 땅을 기면서 자신이 대신 죽겠다고 청했지만, 허선심이 죽을 때 허경종은 발을 구르고 춤을 추면서 자신을 살려 달라고 빌었소."

虞世南兄世基與許敬宗父善心, 同爲宇文化及所害. 封德彝時爲內史舍人, 備見其事, 因謂人曰 : "世基被戮, 世南匍匐以請代, 善心之死, 敬宗蹈舞以求生."

* 이 고사는 《태평광기》 권493 〈잡록 · 우세기〉에 실려 있다.

---

[77] 우문화급(宇文化及) : 수나라 양제(煬帝) 때의 무신으로 허국공(許國公)에 봉해졌다. 양제를 따라 강도(江都)로 갔다가 그를 시해하고 진왕(秦王) 양호(楊浩)를 세우고 자신은 대승상(大丞相)이 되었지만, 곧 양호를 죽이고 스스로 제위에 올라 국호를 허(許)라 했다. 당나라 고조 무덕(武德) 연간에 두건덕(竇建德)에게 살해당했다.

37-33(1024) 내항

내항(來恒)

출《대당신어》

내항은 시중(侍中) 내제(來濟)의 동생인데 형제가 잇달아 정권을 잡게 되자 당시 사람들이 그들을 영광스럽게 생각했다. 내항의 부친 내호아(來護兒)는 수(隋)나라의 맹장(猛將)이었다. 당시 [당나라의 개국 공신이었던] 우세남(虞世南)의 아들은 재주가 없어서 장작대장(將作大匠 : 궁중의 토목과 건축을 관장하는 관리)이 되었다. 허경종(許敬宗)이 탄식하며 말했다.

"일이 뒤바뀌어 이 지경에까지 이르다니! 내호아의 아들은 재상이 되었는데 우세남의 아들은 목수가 되었구나."

來恒, 侍中濟之弟, 弟兄相繼秉政, 時人榮之. 恒父護兒, 隋之猛將也. 時虞世南子無才術, 爲將作大匠. 許敬宗嘆曰 : "事之倒置, 乃至於斯! 來護兒兒作相, 虞世南男作匠."

* 이 고사는 《태평광기》 권493 〈잡록・내항〉에 실려 있다.

37-34(1025) 구양순

구양순(歐陽詢)

출《계안록》

　[당나라의] 송국공(宋國公) 소우(蕭瑀)는 활을 잘 쏘지 못했는데, 9월 9일에 천자가 신하들에게 사연(射宴)을 베풀었을 때 소우는 화살을 하나도 과녁에 맞히지 못해 아무런 상도 받지 못했다. 이 일을 두고 구양순이 시를 지어 읊었다.
　"질풍이 느린 화살을 날리는데, 약한 궁수가 강한 활을 잡았네. 높이 쏘려고 하나 뒤집혀 아래로 떨어지고, 서쪽으로 향해야 하는데 동쪽으로 날아가네. 열 번 모두 땅에 떨어지니, 두 손엔 아무것도 든 것이 없네. 묻노니 이 사람은 누구인가? 응당 송공(宋公: 소우)이라네."

宋公蕭瑀不解射, 九月九日賜射, 瑀箭俱不著垛, 一無所獲. 歐陽詢咏之曰: "急風吹緩箭, 弱手馭強弓. 欲高翻復下, 應西還更東. 十回俱著地, 兩手並擎空. 借問誰爲此? 乃應是宋公."

* 이 고사는 《태평광기》 권254 〈조초·구양순〉에 실려 있다.

37-35(1026) 진희민

진희민(陳希閔)

출《조야첨재》

사형사승(司刑司丞) 진희민은 재능도 없이 관직에 임명되었기에 많은 일들이 지체되었다. 사형부사(司刑府史)가 그를 "고수필(高手筆)"이라 불렀는데, 이는 그가 붓끝을 잡고 반나절 동안 내리지 않았기에 한 말이었다. 또 그를 "안공자(按孔子)"라 불렀는데, 이는 그가 글자를 하도 많이 고치고 지우는 바람에 종이에 구멍이 뚫어졌기에 한 말이었다.

司刑司丞陳希閔以非才任官, 庶事凝滯. 司刑府史目之爲"高手筆", 言秉筆之額, 半日不下. 又號"按孔子", 言竄削至多, 紙面穿穴.

* 이 고사는 《태평광기》 권493 〈잡록·진희민〉에 실려 있다.

37-36(1027) 이상

이상(李詳)

출《어사대기》

    이상은 자가 심기(審己)이며, 염정현위(鹽亭縣尉)로 처음 벼슬을 시작했다. 이상은 업적 평가에서 녹사참군(錄事參軍)에게 배제당하자 자사(刺史)에게 말했다.

    "녹사는 규조(糺曹 : 녹사참군의 별칭)의 권한을 믿고 함부로 평가했으니, 만약 저에게 붓을 들어 쓰게 하신다면 저도 할 말이 있습니다."

    자사가 말했다.

    "그렇다면 공이 한번 녹사의 고장(考狀 : 관리의 업적을 평가한 품장)을 써 보게."

    마침내 붓을 주었더니 이상은 즉시 이렇게 썼다.

    "큰 사건은 판결하길 겁내고, 사소한 일은 파내길 좋아한다. 자신의 청렴하지 못함은 스스로 감추고, 다른 사람은 모두 혼탁하다고 말한다. 관아 계단 앞에서 두 사람이 다투면, 둘 다 싸우다 지쳐 떨어져야 비로소 끝난다. 감옥에 있는 죄수들은 사면령이 아니면 나오지 못한다."

    천하 사람들은 이를 담소거리 중에 최고라고 여겼다.

李詳, 字審己, 解褐監[1]亭尉. 因考, 爲錄事參軍所擠, 詳謂刺史曰:"錄事恃糺曹之權, 若使詳秉筆, 亦有其詞." 刺史曰:"公試論錄事考狀." 遂授筆, 詳卽書曰:"怯斷大按, 好勾小稽. 自隱不淸, 言他總濁. 階前兩競, 鬮困方休. 獄裏囚徒, 非赦不出." 天下以爲談笑之最焉.

* 이 고사는 《태평광기》 권493 〈잡록·이상〉에 실려 있다.
1 감(監):《태평광기》에는 "염(鹽)"이라 되어 있는데 타당하다. 염정현(鹽亭縣)은 지금의 쓰촨성(四川省) 몐양시(綿陽市) 동남쪽에 있었다.

37-37(1028) 신단

신단(辛亶)

출《조야첨재》

 수(隋)나라의 신단이 이부시랑(吏部侍郞)으로 있을 때, 관리 선발 응시자가 그에 관한 방을 붙였는데, 그 내용은 대략 다음과 같았다.

 "왕주(枉州) 억현(抑縣) 굴체향(屈滯鄕) 불신리(不申里)의 함한 선생(銜恨先生)[78])이 수나라의 이부시랑 신단에게 묻길, '지금의 천자께서 성명(聖明)하시어 화이(華夷)가 그 명을 받들고 있으며, 밖으로는 사방을 확장하고 안으로는 칠정(七政)[79])이 가지런합니다. 그대는 인재를 전형(銓衡)하는 지위에 있으면서 수경(水鏡)[80])과 같은 직분을 맡고 있으며, 다른 사람을 나아가거나 물러가게 하는 우두머리의

---

78) 왕주(枉州) 억현(抑縣) 굴체향(屈滯鄕) 불신리(不申里)의 함한 선생(銜恨先生) : 가상 공간과 가상 인물로서, 억울하고 억눌리고 막히고 뜻을 펴지 못해 한을 품은 사람을 뜻한다.

79) 칠정(七政) : 일·월과 화성·수성·목성·금성·토성을 말하는데, 그 운행에 절도가 있으므로 나라의 정사를 비유한다.

80) 수경(水鏡) : 맑은 물이 거울처럼 대상을 있는 그대로 비춘다는 뜻으로, 사사로움이 조금도 없는 공정함을 비유한다.

자리에 있으면서 포폄(褒貶)의 권세를 쥐고 있습니다. 그러니 이치상 마땅히 시비를 분간해야 하고 막히거나 숨겨져 있는 것도 알아야 하며, 재능이 없는 자는 진흙 속으로 숨게 하고 유용한 자는 구름 속에서 날게 해야 합니다. 그런데 그대는 어찌하여 그 직책을 다하지 못하고 봉록만 타 먹으면서 외람되게 높은 관직에 머물러 있습니까? 출척(黜陟 : 강등과 승진)은 마땅한 바를 잃고 관리의 선발은 법도에 어긋나기 때문에, 소인은 높은 자리에 있고 군자는 탄핵을 당합니다. 그대를 대신해 걱정하지 않는 사람이 없는데, 그대는 어찌 홀로 편안해합니까?'라고 하자, 신단이 말하길, '만백성과 만국의 사람들을 모두 알 수는 없으니, 누구를 후대하고 누구를 친애하겠소? 걸왕(桀王)에게 상을 받은 자라도 기뻐하지 않을 수 없고, 요(堯)임금에게 책망을 당한 자라도 어찌 싫어하지 않겠소? 자세하게 논해 본다면 그것은 나의 잘못이 아니오'라고 했다. 다시 함한 선생이 말하길, '어째서 싫어할까요? 어째서 싫어할까요? 모두를 알지 못한다면서 어찌하여 이름난 이를 찾지 않고, 관직이 적다면서 어찌하여 가장 쓸 만한 사람을 가려내지 않습니까? 행적을 자세히 살펴보면 법가(法家 : 법도를 굳게 지키는 신하)를 충분히 알아낼 수 있고, 일을 처리한 증거를 자세히 살펴보면 문재가 뛰어난 이를 충분히 알아낼 수 있습니다. 그대는 어찌하여 돌에서 옥이 나오고 모래에서 황금이 나오는 것을 알지 못합니까? 그대의 재능을 헤아리고 그대의 지혜를 살펴서 삼가 그것을 사예(四裔 : 나라의 사방 끝)에 떨친다면 귀신도 다스릴 수 있을 것입니다. 원망과 탄식이 적지 않으면 진실로 화기(和氣)를 상하게 합니다'라고 하자, 신단이 재배하고 사죄하며 말하길, '다행히 선생의 책망을 받고 진실로 많은 잘못을 깨닫게 되었습니다. 삼가 마땅히 살을 깎고 뼈를 뚫어 허물을 고치고 잘못을 뉘우쳐야 합니다. 청컨대 선생께서 제가 스스로 고칠 수 있도록 저의 죄를 용서해 주시기 바랍니다. 만약 다시 잘못을 저지른다면 달게 형벌을 받겠습니다'라고 했다. 다시 함한 선생이 말하길, '그대와 같은 무리는 됫박으로 되고 수레로 실어 나를 만큼 많소. 조정의 많은 사람들이 즉시 교체되어야 하는데, 어찌 천관(天官 : 이부)을 오래도록 비워 두고서 그대가 스스로 잘못을 고칠 때까지 기다릴 수 있겠소? 빨리 물러가시오! 빨리 물러가시오! 오래 머물러서는 안 되오'라고 하자, 신단이 얼굴을 가리고 울면서 말하길, '죄를 자초했으니 스스로 사라져야겠지요. 어찌 감히 다시 얼굴을 들고 거룩한 조정을 더럽히겠습니까?'라고 했다. 함한 선생이 지팡이를 짚고 가면서 노래하길, '신단이 물러가니, 이부(吏部)가 밝아지겠네. 어진 인재 등용하는 길 열리니, 태평성세를 만나겠네. 올해에는 정녕 될 수 없음을 알겠으니, 다음 해에 기한에 맞춰 다시 도성으로 들어가야지'라고 했다."

隋辛亶爲吏部侍郎, 選人爲之牓, 略曰: "枉州抑縣屈滯鄕不申里銜恨先生, 問隋吏部侍郞辛亶曰: ‘當今天子聖明, 華夷用命, 外拓四方, 內齊七政. 而子位處權衡, 職當水鏡, 居進陟[1]之首, 握褒貶之柄. 理應識是識非, 知滯知微, 使無才者泥伏, 有用者雲飛. 奈何尸祿素飡, 濫處上官? 黜陟失所, 選補傷殘, 小人在位, 君子駁彈. 莫不代子戰灼, 而子獨何以安?’ 辛亶曰: ‘百姓之子, 萬國之人, 不可皆識, 誰厚誰親? 爲桀賞者, 不能不喜, 被堯責者, 寧有不疾? 細而論之, 非亶之失.’ 先生曰: ‘是何疾歟? 是何疾歟? 不識何不訪其名, 官少何不簡其精? 細尋狀跡, 足識法家, 細尋判驗, 足識文華. 寧不知石中出玉, 黃金出沙? 量子之才, 度子之智, 祇可投之四裔, 以御魑魅. 怨嗟不少, 實傷和氣.’ 辛亶再拜而謝曰: ‘幸蒙先生見責, 實覺多違. 謹當刮肌貫骨, 改過懲非. 請先生縱亶自修, 捨亶之罰. 如更有違, 甘從斧鉞.’ 先生曰: ‘如子之輩, 斗量車載. 朝廷多少, 立須相代, 那得久曠天官, 待子自作? 急去! 急去! 不得久住.’ 亶掩泣而言曰: ‘罪過自招, 自滅自消, 豈敢更將面目, 來污聖朝?’ 先生曳杖而歌曰: ‘辛亶去, 吏部明. 開賢路, 遇太平. 今年定知不可得, 後歲依期更入京.’"

* 이 고사는 《태평광기》 권253 〈조초·신단〉에 실려 있다.

1 척(陟): 《태평광기》와 《조야첨재》 권4에는 "퇴(退)"라 되어 있는데, 문맥상 보다 타당하다.

37-38(1029) 우홍

우홍(牛弘)

출《조야첨재》

    수(隋)나라의 우홍이 이부상서(吏部尙書)로 있을 때, 마창(馬敞)이라는 관리 선발 응시자가 있었는데, 생김새가 몹시 추했다. 우홍은 마창을 경시해 모로 누워 과일을 먹으면서 그를 조롱했다.

    "일찍이 부풍(扶風)의 말에 대해 들었는데, 하늘에서 내려왔다고 한다. 지금 부풍의 말[81]을 보니, 나귀를 탈지언정 그 말을 빌리지는 않겠다."

    마창이 곧바로 응수했다.

    "일찍이 농서(隴西)의 소에 대해 들었는데, 1000석의 곡식을 먹으면서도 멍에를 쓰지 않는다고 한다. 지금 농서의 소[82]를 보니, 바닥에 누워서 풀만 뜯어 먹고 있다."

    그러자 우홍은 놀라서 일어났으며, 마침내 마창에게 관

---

81) 부풍의 말 : 마창이 부풍현 출신이고 그의 성이 마씨(馬氏)인 것을 조롱한 것이다.

82) 농서의 소 : 우홍이 농서 출신이고 그의 성이 우씨(牛氏)인 것을 조롱한 것이다.

직을 주었다. 미:우홍은 아량이 있다.

隋牛弘爲吏部尙書, 有選人馬敞者, 形貌最陋. 弘輕之, 側臥食果子嘲敞曰 : "嘗聞扶風馬, 謂言天上下. 今見扶風馬, 得驢亦不假." 敞應聲曰 : "嘗聞隴西牛, 千石不用鞅. 今見隴西牛, 臥地打草頭." 弘驚起, 遂與官. 眉:牛弘雅量.

* 이 고사는《태평광기》권253〈조초·우홍〉에 실려 있다.

37-39(1030) 고사렴

고사렴(高士廉)

출《조야첨재》

　　당(唐)나라의 고사렴은 관리 선발을 관장하고 있었는데, 그는 뻐드렁니가 나 있었다. 어떤 관리 선발 응시자가 스스로 우스갯소리를 잘한다고 말했는데, 고사렴은 그때 나막신을 신고 있었다. 그 사람에게 우스갯소리를 해 보라고 했더니, 그 사람이 곧바로 말했다.

　　"지독한 냄새가 코를 찔러도 재채기 한 번 한 적 없고, 얼굴을 밟아도 화낼 줄을 모르네. 높이 자라난 두 개의 이빨,[83] 스스로 남보다 뛰어나다고 생각하네."

　　고사렴은 웃으면서 그 사람을 뽑았다. 미 : 우스갯소리를 잘하는 자도 스스로를 천거했으니, 당나라의 인재 선발이 잘 갖춰진 것이다.

唐高士廉掌選, 其人齒高. 有選人自云解嘲謔, 士廉時著木履. 令嘲之, 應聲云 : "刺鼻何曾嚏, 踏面不知嗔. 高生兩個

---

[83] 높이 자라난 두 개의 이빨 : 겉으로는 높이 달려 있는 나막신의 두 개의 굽을 말하지만, 속으로는 고사렴의 두 개의 뻐드렁니를 말한다.

齒, 自謂得勝人." 士廉笑而引之. 眉 : 解嘲謔者亦許自薦, 唐之 取才備矣.

* 이 고사는《태평광기》권254〈조초·고사렴〉에 실려 있다.

37-40(1031) 배약

배약(裴略)

출《계안록》

 당(唐)나라의 배약이 숙위병(宿衛兵)으로 있다가 임기가 만료되어 평가를 받았는데,[84] 병부(兵部)에서 시험을 치렀으나 한 글자를 틀렸다는 이유로 낙제했다. 배약은 곧장 복야(僕射) 온언박(溫彦博)을 찾아가서 그 일을 호소했는데, 온언박은 그때 두여회(杜如晦)와 자리를 함께하고 있으면서 그의 호소를 거들떠보지도 않았다. 그러자 배약이 말했다.

 "저는 어려서부터 지금까지 언변만은 자부해 왔습니다. 저는 말을 통보하고 전달하는 데 능하므로 통사사인(通事舍人)의 직책을 감당할 수 있습니다. 아울러 문장을 이해하고 짓는 것도 뛰어나며 우스갯소리 또한 잘합니다."

 온언박은 그제야 마음을 바꾸어 그와 이야기를 나누었

---

[84] 임기가 만료되어 평가를 받았는데 : 원문은 "고만(考滿)". 임기가 만료된 관원은 반드시 심사를 거쳐야만 새로 임명될 수 있었는데, 대체로 천(遷 : 승진), 유(留 : 유임), 전(轉 : 전임), 강(降 : 강등), 혁(革 : 면직)으로 나누어 평가했다.

다. 그때 마침 관청 앞에 대나무가 있었는데, 온언박은 곧바로 그에게 대나무를 가지고 웃겨 보라고 했다. 배약이 그 말이 떨어지자마자 이렇게 우스갯소리를 했다.

"대나무라, 바람 불어도 엄숙하게 푸르네. 겨울을 지내도 잎은 떨어지지 않고, 봄이 지나도록 씨는 여물지 않네. 속마음은 비어 있지만 나라의 선비를 대접할 줄 모르니, 껍질 위에 마디 눈85)은 뭐 하러 생겨났는가?"

온언박이 크게 기뻐하면서 곧장 말했다.

"그대가 말을 통보하고 전달하는 데 능하다고 했으니, 저 관청 앞의 가림벽에게 말을 전해 보아라."

배약은 가림벽으로 달려가서 큰 소리로 말했다.

"지금 성상께서는 총명하시어 사방의 문을 열어 놓고 선비들을 기다리시는데, 그대는 대체 어떤 사람이기에 오랫동안 이곳에서 어진 이들의 앞길을 막고 있는가?"

그러고는 가림벽을 밀어 쓰러뜨리자 온언박이 말했다.

"그건 나를 두고 한 말이냐?"

배약이 말했다.

"팔[膊]86)을 두고 한 말일 뿐만 아니라 배[肚]87)를 두고도

---

85) 마디 눈 : 원문은 "절목(節目)". 사람의 절조와 안목을 비유한다.
86) 팔[膊] : '박(膊)'은 온언박의 '박(博)'과 발음이 같다. 여기서는 온언박을 비유한다.

한 말입니다."

두여회가 그 자리에 있었기 때문에 이렇게 말한 것이었다. 온언박과 두여회는 모두 매우 즐겁게 웃었으며, 협 : 아량이 있다. 즉시 그를 이부(吏部)로 보내 관직을 주도록 했다. 미 : 조롱을 제대로 잘하는 자와 조롱을 잘 받아들일 줄 아는 자는 모두 보통 사람이 아니다.

唐裴略宿衛考滿, 兵部試判, 爲錯一字落第. 裴卽向僕射溫彦博處披訴, 彦博方共杜如晦坐, 不理其訴. 裴卽云:"少小以來, 自許明辯. 至於通傳言語, 堪作通事舍人. 並解作文章, 兼能嘲戱." 彦博始回意共語. 時廳前有竹, 彦博卽令嘲竹. 此人應聲嘲曰:"竹, 風吹靑蕭蕭. 凌冬葉不凋, 經春子不熟. 虛心未能待國士, 皮上何須生節目?" 彦博大喜, 卽云:"旣解通傳言語, 可傳語與廳前屛牆." 此人走至屛牆, 大聲語曰:"方今聖上聰明, 辟四門以待士, 君是何物人, 久在此妨賢路?" 卽推倒, 彦博云:"此意著膊?" 此人云:"非但著膊, 亦乃著肚." 當爲杜如晦在坐, 有此言. 彦博 · 如晦俱大歡笑, 협:雅量. 卽令送吏部與官. 미:能嘲 · 能受嘲者, 俱非常人.

* 이 고사는 《태평광기》 권254 〈조초 · 배약〉에 실려 있다.

87) 배[肚] : '두(肚)'는 두여회의 '두(杜)'와 발음이 같다. 여기서는 두여회를 비유한다.

37-41(1032) 강회

강회(姜晦)

출《조야첨재》

당(唐)나라의 강회는 이부시랑(吏部侍郎)이 되었는데, 눈으로는 글자를 읽을 줄 모르고 손으로는 글씨를 쓸 줄 몰랐으며, 마구잡이로 관리를 전형하면서 도대체 분별이 없었다. 그래서 관리 선발 응시자들이 노래를 불렀다.

"금년에 선발 인원이 딱 맞아떨어진 건, 모두 좌주(座主: 강회)가 글을 모르기 때문이라네. 책상 뒤에 한 마리[腔][88] 언 돼지고기가 있으니, 이름하여 강 시랑(姜侍郎)[89]이라네."

唐姜晦爲吏部侍郎, 眼不識字, 手不解書, 濫掌銓衡, 曾無分別. 選人歌曰: "今年選數恰相當, 都由座主無文章. 案後一腔凍猪肉, 所以名爲姜侍郎."

* 이 고사는 《태평광기》 권255 〈조초·강회〉에 실려 있다.

88) 마리[腔] : '강(腔)'은 도살한 돼지나 양을 세는 양사(量詞)다.
89) 강 시랑(姜侍郎) : '강(腔)'과 '강(姜)', '시(豕 : 돼지)'와 '시(侍)'가 발음이 같기 때문에 비꼰 것이다.

37-42(1033) 조숭

조숭(趙崇)

출《북몽쇄언》

　　조숭은 신중하고 강직해서 집에 잡손님이 없었으며, [진(晉)나라의] 왕몽(王濛)과 유진장[劉眞長 : 유담(劉惔)]의 풍모를 흠모했다. 그는 품격은 고결했지만 문장을 짓지 않았기 때문에 "무자비(無字碑)"라고 불렸다. 매번 관직을 옮길 때마다 각기 자신을 대신할 사람을 추천하는 것이 관례였는데, 조숭은 한 번도 다른 사람을 추천한 적이 없었으며, 조정에는 자기를 대신할 사람이 없다고 말했다. 세상에서는 이 때문에 그를 경시했다.

趙崇凝重淸介, 門無雜賓, 慕王濛·劉眞長之風也. 標格淸峻, 不爲文章, 號曰"無字碑". 每遇轉官, 舊例各擧一人自代, 而崇未嘗擧人, 云朝中無可代己者. 世以此少之.

* 이 고사는 《태평광기》 권500 〈잡록·조숭〉에 실려 있다.

37-43(1034) 송제
송제(宋濟)
출《노씨잡설》

 당(唐)나라의 허맹용(許孟容)과 송제는 벼슬하기 전부터 사귄 친구 사이였는데, 허맹용이 지공거(知貢擧 : 과거 시험의 주고관)가 되었을 때 송제는 낙방했다. 급제자 방문이 발표된 후에 허맹용은 자못 미안해서 누차 사람을 통해 송제에게 미안한 마음을 전하고, 아울러 문하생을 보내 그를 방문하게 했다. 그래서 송제는 하는 수 없이 허맹용을 찾아갔다. 허맹용은 다만 자신의 잘못을 변명하고 술을 내오게 해 얼큰하게 취하자 말했다.

 "그렇긴 하지만 나는 금년에 국가를 위해 경상(卿相)이 될 만한 인재를 뽑았네."

 그때 요사경(姚嗣卿)이 급제한 뒤에 바로 다음 날 죽은 일이 있었다. 그래서 송제가 일어나 허맹용을 위로하며 말했다.

 "나라가 불행하게도 요 영공(姚令公 : 요사경)[90]이 죽었

---

90) 요 영공(姚令公) : '영공'은 중서령(中書令)의 존칭인데, 송제는 요사경을 일부러 '요영공'이라 칭해, "경상(卿相)이 될 만한 인재를 뽑았

네."

　허맹용은 크게 부끄러워했다.

唐許孟容與宋濟爲布素之交, 及許知擧, 宋不第. 放榜後, 許頗慚, 累請人申意, 兼遣門生就看. 宋不得已, 乃謁焉. 許但分訴首過, 因命酒酣, 乃曰 : "雖然, 某今年爲國家取卿相." 時有姚嗣卿及第後, 翌日而卒. 因起慰許曰 : "邦國不幸, 姚令公薨謝." 許大慚.

* 이 고사는 《태평광기》 권255 〈조초・송제〉에 실려 있다.

다"고 한 허맹용을 비꼰 것이다.

37-44(1035) 어사이행

어사이행(御史裏行)

출《국조잡기(國朝雜記)》

측천무후(則天武后)는 처음에 국호를 주(周)라 칭하고 나서 신하들이 동요할 것을 걱정해, 사람들에게 스스로 공봉관(供奉官)을 천거하게 하고 정원(正員) 외에 많은 이행(裏行 : 비정규 관리)을 두었다. 어사대(御史臺)의 한 영사(令史 : 어사대의 하급 관리)가 어사대로 들어가려다가 문안에 모여 서 있던 어사이행 몇 명과 마주쳤다. 영사가 나귀에서 내리지도 않고 그들을 뚫고 지나가자, 여러 어사들이 크게 노해 그에게 곤장을 치려 했더니 영사가 말했다.

"오늘의 잘못은 정말이지 이 나귀에게 있습니다. 청컨대 제가 우선 이 나귀를 야단친 연후에 벌을 받겠습니다."

어사들이 그러라고 하자 영사가 나귀에게 말했다.

"너의 재주는 알 만하지만 머리는 둔하기 짝이 없다. 너는 대체 어떤 축생 나귀[驢畜][91]이기에 감히 어사대 안에서 돌아다니느냐[御史裏行][92]?"

---

91) 축생 나귀[驢畜] : '여축(驢畜)'은 '이축(裏畜)'과 발음이 비슷하므로, 즉 '축생 이행'이라는 비난의 뜻을 담고 있다.

이에 어사들은 부끄러워하면서 [영사를 곤장 치려던 일을] 그만두었다.

武后初稱周, 恐下心未安, 乃令人自擧供奉官, 正員外多置裏行. 有御史臺令史, 將入臺, 値裏行御史數人聚立門內. 令史不下驢衝過, 諸御史大怒, 將杖之, 令史云 : "今日之過, 實在此驢. 乞先數之, 然後受罰." 許之, 謂驢曰 : "汝技藝可知, 精神機鈍. 何物驢畜, 敢於御史裏行?" 於是御史慚而止.

* 이 고사는《태평광기》권254〈조초·어사이행〉에 실려 있다.

92) 어사대 안에서 돌아다니느냐[御史裏行] : 관명인 '어사이행'을 문자 그대로 풀어서 말한 것이다.

37-45(1036) 장원일 등

장원일등(張元一等)

출《조야첨재》

[당나라] 측천무후(則天武后) 때 변방 사람이 봉사(封事 : 밀봉한 상주문)를 올리면 대부분 관직과 상을 받았는데, 그 중에 우대어사(右臺御史)가 된 사람이 있었다. 하루는 측천무후가 낭중(郞中) 장원일(張元一)에게 물었다.

"바깥에 웃을 만한 일이 뭐가 있는가?"

장원일이 말했다.

"주전의(朱前疑)는 녹색 옷을 입고, 녹인걸(逯仁傑)은 붉은 옷을 입습니다.[93] 여지미(閭知微)는 말을 타고, 마길보(馬吉甫)는 나귀를 탑니다.[94] 어떤 사람은 이름으로 성을

---

93) 주전의(朱前疑)는 녹색 옷을 입고, 녹인걸(逯仁傑)은 붉은 옷을 입습니다 : 원문은 "주전의착록(朱前疑着綠), 녹인걸착주(逯仁傑着朱)". "녹(綠)"과 "녹(逯)"의 음이 같은 점을 이용해 우스갯소리를 한 것이다. 이 구절은 "주전의는 녹인걸을 붙잡고, 녹인걸은 주전의를 붙잡는다"는 뜻도 된다.

94) 여지미(閭知微)는 말을 타고, 마길보(馬吉甫)는 나귀를 탑니다 : 원문은 "여지미기마(閭知微騎馬), 마길보기려(馬吉甫騎驢)". "여(閭)"와 "여(驢)"의 음이 같은 점을 이용해 우스갯소리를 한 것이다. 이 구절은

만드니 이천리(李千里)95)이고, 어떤 사람은 성으로 이름을 만드니 오서오(吳栖梧)96)입니다. 좌대(左臺 : 좌어사대)에는 호 어사(胡御史)가 있고, 우대(右臺 : 우어사대)에는 어사호(御史胡)가 있습니다."

호 어사는 호원례(胡元禮)를 말한 것이었고, 어사호는 변방의 호인 중에서 어사가 된 자를 말한 것이었다. [측천무후는 그 말을 듣고] 곧 그 호인을 다른 관직으로 전임시켰다. 무주(武周) 혁명이 일어났을 때, 몸이 아주 왜소한 패주(貝州) 사람 조확(趙廓)이라는 거인(擧人)이 감찰어사(監察御史)로 벼슬을 처음 시작하자, 이소덕(李昭德)은 그를 "중상곡속(中霜穀束 : 서리 맞은 곡식 다발)"이라고 욕했으며, 장원일은 "효좌응가(梟坐鷹架 : 매 횃대에 앉은 올빼미)"라고 평했다. 당시 습유(拾遺)로 임명된 동주(同州) 사람 노공구(魯孔丘)는 무인(武人)의 기질이 있었는데, 당시 사람들은 그를 "외군주수(外軍主帥 : 외인부대의 장수)"라 불렀고, 장원일은 "추입봉지(鶖入鳳池 : 봉황의 못에 날아든 무수리)"

"여지미는 마길보를 타고, 마길보는 여지미를 탄다"는 뜻도 된다.

95) 이천리(李千里) : 이름의 "이(里)"와 성의 "이(李)"가 음이 같은 것을 가지고 우스갯소리를 한 것이다.

96) 오서오(吳栖梧) : 성의 "오(吳)"와 이름의 "오(梧)"가 음이 같은 것을 가지고 우스갯소리를 한 것이다.

라고 평했다. 소미도(蘇味道)는 재주와 학문을 갖추고 식견과 도량이 뛰어나서 많은 사람들의 추앙을 받았으며, 왕방경(王方卿)은 생김새가 비루하고 언사가 노둔하며 지혜가 보통 수준을 넘지 못하고 재주도 출중하지 못했는데, 모두 봉각시랑(鳳閣侍郎 : 중서시랑)이 되었다. 어떤 사람이 장원일에게 물었다.

"소미도와 왕방경 중에서 누가 뛰어납니까?"

장원일은 대답했다.

"소미도는 9월에 서리 맞은 매와 같고, 왕방경은 10월에 얼어붙은 파리와 같습니다."

그 사람이 그 이유를 묻자 장원일이 대답했다.

"서리 맞은 매는 민첩해지고, 얼어붙은 파리는 위축됩니다."

당시 사람들은 장원일이 사물을 묘사하는 데 능하다고 여겼다. 거란(契丹)의 적장 손만영(孫萬榮)이 유주(幽州)를 침범하자, 하내왕(河內王) 무의종(武懿宗)이 원수(元帥)가 되어 병사를 이끌고 조주(趙州)에 이르렀는데, 적군이 북쪽에서 내려온다는 소문이 들리자 하내왕은 무기와 갑옷을 버리고 남쪽 형주(邢州)로 도망가면서 군수 물자와 병장기를 길에 버렸다. 나중에 적군이 이미 물러갔다는 소문을 듣고서야 비로소 다시 전진했다. 그의 군대가 도성으로 돌아오자 성대한 주연을 마련했는데, 장원일이 어전에서 무의종을 조롱하며 말했다.

"긴 활에 짧은 화살 들고, 촉마(蜀馬 : 촉 땅에서 나는 몸집이 작은 말)도 계단 딛고서야 올라타네. 적군에서 700리 떨어져, 으슥한 담벼락에서 혼자 싸웠다네. 갑옷과 무기 다 버리고, 돼지를 타고 남쪽으로 도망갔다네."

황상이 말했다.

"의종에게는 말이 있는데, 어찌하여 돼지를 탔단 말인가?"

장원일이 대답했다.

"돼지를 탔다는 것은 돼지를 끼고 도망갔다[97]는 뜻입니다."

황상이 크게 웃자 무의종이 말했다.

"이는 장원일이 이전에 이미 지어 놓았던 것이지 지금 갑자기 지은 글이 아닙니다."

황상이 말했다.

"그렇다면 그대가 장원일에게 운(韻)을 주도록 하라."

무의종이 말했다.

"'봉(葑)' 운을 쓰길 청합니다."

---

97) 돼지를 끼고 도망갔다 : 원문은 "협시주(夾豕走)". "시(豕)"는 "시(屎)"와 발음이 같으므로, 즉 똥을 싸며 도망갔다는 뜻이 된다.

장원일이 곧바로 말했다.

"싸맨 머리는 몹시 흐트러져 있고, 귀밑머리는 숱이 많지 않네. 복숭아꽃 같은 얼굴은 보이지 않고, 살구씨 같은 눈만 하고 있네."

측천무후는 크게 기뻐했지만 하내왕은 몹시 부끄러운 기색이었다. 무의종의 모습이 키가 작고 못생겼기 때문에 장원일이 "긴 활에 짧은 화살 들고"라고 한 것이었다.

무주의 정락 현주(靜樂縣主)는 무의종의 여동생이었는데, 키가 작고 못생겼으며 무씨 여자 중에서 가장 연장자였기에, 당시에 그녀를 "대가(大哥 : 큰형님)"라 불렀다. 한번은 정락 현주가 측천무후와 함께 말을 타고 갔는데, 측천무후가 장원일에게 시를 한 수 읊으라고 명하자 장원일이 말했다.

"말은 복숭아꽃 문양의 비단을 둘렀고, 치마는 비단 같은 푸른 풀에 끌리네. 위모(幃帽 : 망사를 늘어뜨린 여인의 모자) 아래의 얼굴을 정녕 알겠으니, 그 모습이 대가와 비슷하네."

측천무후는 크게 웃었지만 정락 현주는 몹시 부끄러웠다. 납언(納言) 누사덕(婁師德)은 키가 크고 얼굴이 검었으며 한쪽 다리를 절었기에, 장원일은 그를 "행철방상(行轍方相)"[98]이라 평했으며, 또 "위영공(衛靈公)"[99]이라 불렀는데, 이는 영구(靈柩)를 지키는 방상이라는 말이었다. 천관시랑(天官侍郎 : 이부시랑) 길욱(吉頊)은 키가 컸으며 고개를 높이 들고 다니면서 멀리 바라보길 좋아했기에, "망류낙타(望柳駱駝 : 버드나무를 바라보는 낙타)"라고 평했다. 가부낭중(駕部郎中) 주전의는 얼굴이 검고 뚱뚱하고 키가 작았으며 몸에 기름때가 끼었기에, "광록장선(光祿掌膳)"100)이라 평했다. 동방규(東方虬)는 키가 컸지만 작은 옷을 입었으며 얼굴이 울퉁불퉁하고 눈썹이 짙었기에, "외군교위(外軍校尉 : 외인부대의 교위)"라 평했다. 수문전학사(修文殿學士) 마길보는 한쪽 눈이 멀었기에 "단전사(端箭司)"101)라 평했다. 범수현령(氾水縣令) 소징(蘇徵)은 행동거지가 경박했기에 "실공노서(失孔老鼠 : 구멍을 잃어버린 쥐)"라 평했다.

98) 행철방상(行轍方相) : 상여가 지나갈 때 세우는 방상. 방상은 방상시(方相氏)를 말하는데, 귀신을 쫓기 위해 장례 행렬의 맨 앞에 세우는 신상(神像)으로 모습이 매우 험악하다.

99) 위영공(衛靈公) : 본래는 춘추 시대 위나라의 영공을 말하는데, 여기서는 글자 그대로 영구를 지켜 주는 사람을 뜻한다.

100) 광록장선(光祿掌膳) : 광록시(光祿寺)에서 음식을 담당하는 관리라는 뜻이다. "광(光)"은 살이 쪄서 번질거린다는 의미를 내포하고 있다.

101) 단전사(端箭司) : 활을 쏠 때 한쪽 눈을 감고 조준하는 것을 "단전"이라 한다.

예장현령(豫章縣令) 하약근(賀若瑾)은 눈꺼풀을 자주 깜박거리고 목덜미가 굵었는데, 장작(張鷟)이 그를 "포유독자(飽乳犢子 : 우유를 배불리 먹은 송아지)"라고 불렀다.

장원일은 배가 불룩하고 다리가 짧았으며 목이 움츠러들고 눈이 튀어나왔는데, 길욱이 그를 평해 "역류하마(逆流蝦蟆 : 물을 거슬러 올라가는 두꺼비)"라고 했다.

무주 때 소주(韶州) 곡강현령(曲江縣令) 주수후(朱隨侯)와 그의 사위 이적(李逖), 그리고 문객(門客) 이주구(爾朱九)는 모두 용모가 젊고 빼어났는데, 광주 사람들은 이들을 "삼초(三樵 : 세 명의 미남)"[102]라고 불렀다. 사람들이 노래했다.

"칙명을 받들어 삼초를 뒤쫓으니, 주수후는 옆길로 도망가며, 고개 돌려 이랑(李郞 : 이적)에게, 이주구를 불러오라 말하네."

예부상서(禮部尙書) 축흠명(祝欽明)은 머리가 크고 살이 쪘으며 완고하고 의심이 많았기에, 상서성의 하급 관리들이 그를 "온(媼)"이라 불렀다. 온은 일곱 구멍이 없는 고깃덩어리로 진(秦)나라 목공(穆公) 때 시골 사람이 그것을 얻었다고 한다.

---

102) 삼초(三樵) : "초(樵)"는 본래 나무꾼이라는 뜻인데, 여기서는 아름답다·어여쁘다는 뜻의 "초(俏)"와 발음이 같아서 그렇게 말한 것이다.

병부상서(兵部尙書) 요원숭(姚元崇 : 요숭)은 키가 크고 걸음걸이가 빨랐기에, 위광승(魏光乘)이 그를 "간사관작(趕蛇鸛鵲 : 뱀을 쫓는 황새)"이라고 평했다. 황문시랑(黃門侍郎) 노회신(盧懷愼)은 늘 땅만 보고 다녔기에, "처서묘아(覷鼠猫兒 : 쥐를 노리는 고양이)"라고 평했다. 전중감(殿中監) 강교(姜皎)는 뚱뚱하고 까무잡잡했기에, "포심모저(飽椹母猪 : 오디를 실컷 먹은 암돼지)"라고 평했다. 사인 제처충(齊處冲)은 늘 눈을 가늘게 뜨고 보았기에, "암촉저멱슬노모(暗燭底覓虱老母 : 어두운 촛불 아래서 이 잡는 노파)"라고 평했다. 사인 여연사(呂延嗣)는 키가 크고 머리카락이 적었기에, "일본국사인(日本國使人 : 일본국 사신)"이라고 평했다. 또 사인 정면(鄭勉)은 "취고려(醉高麗 : 취한 고구려 사람)"라고 했으며, 양신사(楊伸嗣)는 "열오상호손(熱鏊上猢猻 : 뜨거운 번철 위의 원숭이)"이라고 했다. 원외랑(員外郎) 위염(魏恬)은 "기우바라문(祈雨婆羅門 : 기우제를 지내는 바라문)"이라고 평했고, 황문시랑 이광(李廣)은 "포수하마(飽水蝦蟆 : 물을 실컷 먹은 두꺼비)"라고 평했다. 위광승은 이렇게 조정 인사들을 품평한 일로 말미암아 좌습유(左拾遺)에서 신주(新州) 신흥현위(新興縣尉)로 폄적되었다.

則天朝著人上封事, 多加官賞, 有爲右臺御史者. 因則天嘗問郎中張元一曰 : "在外有何可笑事?" 元一曰 : "朱前疑着綠, 逯仁傑着朱. 閻知微騎馬, 馬吉甫騎驢. 將名作姓李千里,將姓作名吳栖悟². 左臺胡御史,右臺御史胡." 胡御史,元禮也,御史胡,蕃人爲御史者. 尋改他官. 周革命,舉人貝州趙廓眇小,起家監察,李昭德詈之爲"中霜穀束",元一目爲"梟坐鷹架". 時同州魯孔丘爲拾遺,有武夫氣,時人謂之"外軍主帥",元一目爲"鷔入鳳池". 蘇味道才學識度,物望攸歸,王方慶體質鄙陋,言詞魯鈍,智不逾俗,才不出凡,俱爲鳳閣侍郎. 或問元一曰:"蘇、王孰賢?" 答曰:"蘇九月得霜鷹,王十月被凍蠅." 或問其故,答曰:"得霜鷹俊捷,被凍蠅頑怯." 時人服其能體物. 契丹賊孫萬榮之寇幽,河内王武懿宗爲元帥,引兵至趙州,聞賊從北來,王乃棄兵甲,南走邢州,軍資器械遺於道路. 聞賊已退,方更向前. 軍回至都,置酒高會,元一於御前嘲懿宗曰:"長弓短度箭,蜀馬臨階騙. 去賊七百里,隈牆獨自戰. 甲仗總抛卻,騎猪正南竄." 上曰:"懿宗有馬,何因騎猪?" 對曰:"騎猪,夾豕走也." 上大笑,懿宗曰:"元一宿構,不是卒辭." 上曰:"爾付韻與之." 懿宗曰:"請以'摹'韻." 元一應聲曰:"裹頭極草草,掠鬢不摹摹. 未見桃花面皮,漫作杏子眼孔." 則天大悅,王極有慚色. 懿宗形貌短醜,故曰"長弓短度箭". 周静樂縣主,懿宗妹也,懿宗³短醜,武氏最長,時號"大哥". 縣主與則天並馬行,命元一詠,曰:"馬帶桃花錦,裙銜⁴綠草羅. 定知幃帽底,儀容似大哥."則天大笑,縣主極慚. 納言婁師德長大而黑,一足蹇,元一目爲"行轍方相",亦號爲"衛靈公",言防靈柩方相也. 天官侍郎吉頊長大,好昂頭行,視高而望遠,目爲"望柳駱駝". 駕部郎中朱前疑粗黑肥短,身體垢膩,目爲"光祿掌膳". 東方虬身長衫短,骨面粗眉,目爲"外軍校尉". 修文學士馬吉甫眇一目,目爲"端箭司". 汜水令蘇徵舉止輕薄,目爲"失孔老鼠". 豫章令賀若瑾眼皮急,項轅粗,張鷟目爲"飽乳犢子".
張元一腹粗而脚短,項縮而眼趺,吉頊目爲"逆流蝦蟆".

周韶州曲江令朱隨侯, 女夫李㴔, 遊客爾朱九, 並姿相少媚, 廣州人號爲"三樵". 人歌之曰: "奉敕追三樵, 隨侯傍道走. 回頭語李郎, 喚取爾朱九."

禮部尙書祝欽明, 博碩肥腯, 頑滯多疑, 臺中小吏號之爲"媼". 媼者肉塊, 無七竅, 秦穆公時野人得之.

兵部尙書姚元崇長大行急, 魏光乘目爲"趁蛇鸛鵲". 黃門侍郎盧懷愼好視地, 目爲"覷鼠猫兒". 殿中監姜皎肥而黑, 目爲"飽椹母猪". 舍人齊處冲好眇目視, 目爲"暗燭底覓虱老母". 舍人呂延嗣長大少髮, 目爲"日本國使人". 又有舍人鄭勉爲"醉高麗", 楊仲嗣爲"熱鏉上猢猻". 目員外郎魏恬爲"祈雨婆羅門", 目黃門侍郎李廣爲"飽水蝦蟆". 坐此品題朝士, 自左拾遺貶新州新興縣尉.

* 이 고사는 《태평광기》 권254 〈조초·장원일〉, 권255 〈조초·장작(張鷟)〉, 권254 〈조초·길욱(吉頊)〉과 〈주수후(朱隨侯)〉, 권255 〈조초·축흠명(祝欽明)〉과 〈위광승(魏光乘)〉에 실려 있다.

1 염(閻): 《조야첨재》 권4와 《대당신어(大唐新語)》 권12에는 "여(閭)"라 되어 있는데, 다음 구절의 "여(驢)"와 호응해야 하므로 타당하다.

2 오(悟): 《태평광기》와 《조야첨재》에는 "오(梧)"라 되어 있는데, 문맥상 보다 타당하다.

3 의종(懿宗): 《태평광기》에는 "의매(懿妹)"라 되어 있는데, 문맥상 타당하다. 《조야첨재》 권4에는 이 2자가 없는데, 역시 문맥이 통한다.

4 함(銜): 《조야첨재》에는 "타(拖)"라 되어 있는데, 문맥상 보다 타당하다.

37-46(1037) 황번작

황번작(黃幡綽)

출《개천전신기(開天傳信記)》

 안서도호부(安西都護府)의 아장(牙將 : 무관) 유문수(劉文樹)는 언변이 좋고 주대(奏對)에 뛰어났으므로, [당나라] 명황(明皇 : 현종)이 매번 그를 칭찬했다. 유문수는 수염이 아래턱 밑에까지 자라서 그 모습이 원숭이 같았다. 그래서 황상이 황번작에게 그를 조롱하게 했는데, 유문수는 원숭이라 불리는 것을 몹시 싫어했기에 황번작에게 은밀히 뇌물을 주어 그 말을 하지 말라고 했다. 황번작은 그렇게 하겠다고 허락한 뒤 유문수를 조롱하는 시를 지어 바쳤다.

 "가련하게도 유문수는, 수염이 아래턱 밑에서도 따로 자라네. 유문수의 얼굴이 원숭이 닮은 게 아니라, 원숭이의 얼굴이 유문수를 너무 닮았네."

 황상은 유문수가 황번작에게 뇌물을 준 것을 알고 크게 웃었다.

安西牙將劉文樹口辯, 善奏對, 明皇每嘉之. 文樹髭生頷下, 貌類猴. 上令黃幡綽嘲之, 文樹切惡猿猴之號, 乃密賂幡綽不言之. 幡綽許而進嘲曰:"可憐好個劉文樹, 髭鬚共頰頤別住. 文樹面孔不似獼猴, 獼猴面孔强似文樹." 上知其遺賂, 大笑.

* 이 고사는 《태평광기》 권255 〈조초·황번작〉에 실려 있다.

37-47(1038) 피일휴

피일휴(皮日休)

출《피일휴문집(皮日休文集)》

피일휴는 일찍이 귀인소(歸仁紹)를 뵈러 갔는데, 여러 번 찾아갔지만 만날 수 없자 〈영귀(詠龜)〉라는 시 한 수를 지었다.

"딱딱한 뼈만 남은 껍질로 몇 년의 세월을 살았나, 죽은 껍데기는 바람에도 휩쓸려 가지 않네. 딱딱한 껍질이 죽은 뒤에 [거북점 치느라] 꼬챙이에 두루 뚫리는 것은, 모두 살아 있는 동안에 머리를 내밀지 않았기 때문이라네."

귀인소가 그 일을 듣고 그가 다시 찾아오기를 기다렸다가 그의 명함의 '피(皮)' 자 아래에 시를 적어 그에게 주었다.

"여덟 조각의 가죽 끝을 마름질해서 대충 공을 만들고, 불 속에서 말리고 물속에서 문지르네. 그 속에 가득 공기가 차 있어서, 화나면 발로 차고 주먹으로 때리면서 쉬지를 않네."

皮日休嘗謁歸仁紹, 數往而不得見, 因作〈詠龜〉一詩 : "硬骨殘形知幾秋, 尸骸終不是風流. 頑皮死後鑽須遍, 都爲平生不出頭." 仁紹聞之, 因伺其復至, 乃於刺字皮姓之下, 題詩授之曰 : "八片尖裁浪作球, 火中爆了水中揉. 一包閑氣如長在, 惹踢招拳卒未休."

* 이 고사는《태평광기》권257〈조초·피일휴〉에 실려 있다.

37-48(1039) 설능

설능(薛能)

출《서정시(抒情詩)》

 당(唐)나라의 조인(趙璘)은 용모가 잗다랗고 보잘것없었는데, 그가 명성을 이룬 후 장가들었을 때 설능이 들러리가 되었다. 설능이 시를 지어 [키가 작은] 그를 놀렸는데 대략 이러했다.

 "관(關)을 순시할 때마다 저포국(樗蒲局 : 도박장)을 기웃거리고, 달을 바라보며 걸교루(乞巧樓)103)에 올랐네. 첫째로 부인의 키가 너무 크지 않기를 빌었는데, 부인의 허리띠가 자기 머리 위에 있을까 걱정해서라네."

 또 말했다.

 "본래 말안장에 앉아 있는 줄도 모르고, 부질없이 삿갓만 태우고 돌아간다 생각했네."

 또 말했다.

 "화로 탁자 위에서 몸을 펴고 서야만, 부인의 경대(鏡臺)

---

103) 걸교루(乞巧樓) : 음력 7월 칠석날 밤에 부녀자들이 바느질을 잘하게 해 달라고 직녀성(織女星)에 빌던 민간 풍속이 있었는데, 이것을 '걸교'라 했고 빌던 곳을 '걸교루' 또는 '걸교대'라 했다.

노릇을 할 수 있다네." 미 : 왜소함을 조롱한 멋진 시구다.

唐趙璘儀質瑣陋, 成名後爲婿, 薛能爲儐相. 乃爲詩嘲譴, 其略曰 : "巡關每傍樗蒲局, 望月還登乞巧樓. 第一莫敎嬌太過, 緣人衣帶上人頭." 又曰 : "不知元在鞍轎裏, 將爲空馱席帽歸." 又曰 : "火爐床上平身立, 便與夫人作鏡臺." 眉 : 嘲矮佳句.

* 이 고사는 《태평광기》 권257 〈조초·설능〉에 실려 있다.

37-49(1040) 이 주부

이주부(李主簿)

출《척언》

당(唐)나라의 방간(方干)은 모습이 촌스럽고 또한 언청이였는데, 본디 다른 사람을 능멸하길 좋아했다. 용구현(龍丘縣)의 이 주부라는 사람이 우연히 방간을 만나 그와 함께 술잔을 주고받았다. 이 주부의 눈에는 허옇게 백태가 끼어 있었는데, 방간이 그것을 보고 주령(酒令)을 바꿔서 그를 놀리며 말했다.

"조대(措大 : 서생에 대한 비칭)는 술 마시며 소금 찍어 먹고, 군장(軍將)은 술 마시며 간장 찍어 먹네. 문밖에 쳐져 있는 울타리는 보았지만, 눈 속에 들어 있는 병풍은 보지 못했네."

그러자 이 주부가 되받았다.

"조대는 술 마시며 소금 찍어 먹고, 하인은 술 마시며 젓갈 찍어 먹네. 반팔 옷에 난삼(襴衫) 걸친 건 보았지만, 입술이 가랑이처럼 갈라진 건 보지 못했네."

온 좌중의 사람들이 크게 웃었다.

唐方干委態山野, 且又兔缺, 然性好凌侮人. 有龍丘李主薄者, 偶見干, 與之傳杯. 龍丘目有翳, 干改令譏之曰 : "措大喫酒點鹽, 軍將喫酒點醬. 祇見門外著籬, 未見眼中安障."
龍丘答曰:"措大喫酒點鹽, 下人喫酒點鮓. 祇見牛臂著襴,
未見口唇開跨." 一座大笑.

* 이 고사는《태평광기》권257〈조초·이주부〉에 실려 있다.

37-50(1041) 봉포일

봉포일(封抱一)

출《계안록》

 당(唐)나라의 봉포일이 역양현위(櫟陽縣尉)를 맡고 있을 때 어떤 손님이 찾아왔는데, 그 사람은 키가 작은 데다가 눈병이 있고 코가 막혀 있었다. 그래서 봉포일이 〈천자문(千字文)〉의 말을 가지고 그를 놀리면서 시를 지었다.

 "얼굴은 '천지현(天地玄)'[104]이요, 코엔 '안문자(雁門紫)'[105]가 있도다. 이미 '좌달승(左達承)'[106]이 없는데, 어찌 수고롭게 '망담피(罔談彼)'[107]하나?"

---

104) 천지현(天地玄) : 본래 끝에 '황(黃)'이 붙어 한 구절이 된다. 일부러 언급하지 않은 이 글자가 바로 손님을 조롱하는 내용이다. 다음에서도 마찬가지다. 이 구절은 얼굴이 누렇다는 뜻이다.

105) 안문자(雁門紫) : 본래 끝에 '색(塞)'이 붙어 한 구절이 된다. 이 구절은 코가 막혔다는 뜻이다.

106) 좌달승(左達承) : 본래 끝에 '명(明)'이 붙어 한 구절이 된다. 이 구절은 눈이 잘 보이지 않는다는 뜻이다.

107) 망담피(罔談彼) : 본래 끝에 '단(短)'이 붙어 한 구절이 된다. 이 구절은 키가 작다는 뜻이다.

唐封抱一任櫟陽尉, 有客過之, 旣短, 又患眼及鼻塞. 抱一用〈千字文〉語嘲之, 詩曰 : "面作'天地玄', 鼻有'雁門紫'. 旣無'左達承', 何勞'罔談彼'?"

* 이 고사는 《태평광기》 권256 〈조초·봉포일〉에 실려 있다.

37-51(1042) **최애**

최애(崔涯)

출《운계우의(雲溪友議)》

당(唐)나라의 최애는 오초(吳楚) 지방의 미치광이 선비로, 장호(張祜)와 이름을 나란히 했다. 그가 매번 기루(妓樓)에서 시를 지으면 그 시를 읊조리지 않는 사람이 없었다. 그의 칭송을 받은 기녀는 찾아오는 거마(車馬)가 줄을 이었으나, 그의 비난을 받은 기녀는 술잔과 접시가 쓸모가 없었다. 한번은 그가 한 기녀를 조롱해 시를 지었다.

"겉에 걸친 두루마기는 불타는 듯 빨간 모직이고, 종이 덧댄 공후(箜篌)는 삼줄로 현을 맸네. 게다가 가죽 나막신 신고, 헐거덕거리며 문 앞을 나서네."

그는 또 이단단(李端端)이라는 기녀를 조롱해 시를 지었다.

"[얼굴이 검어서] 어둑해진 뒤론 말 없으면 어디로 갔는지 알 수 없으며, 코는 굴뚝 같고 귀는 솥단지 같네. 유독 상아 빗을 귀밑머리에 꽂으니, 곤륜산(崑崙山) 위에 뜬 초승달 같네."

이단단은 시를 받아 보고 근심하며 병이 날 것 같았다. 그녀는 사원(使院 : 절도사의 관서)에서 술을 마시고 돌아오다가 최애와 장호 두 사람을 멀리서 보고는 나막신을 끌고 달려가서 길옆에서 거듭 절하며 말했다.

"소첩 단단은 삼랑(三郞) 님과 육랑(六郞) 님을 삼가 기다렸습니다. 엎드려 바라건대 저를 불쌍히 여겨 주십시오!"

그러자 최애는 다시 절구(絕句) 한 수를 지어 그녀를 치켜세웠다.

"누런 명마의 가슴걸이와 수놓인 안장 찾아내고, 선화방(善和坊)에서 단단이를 얻었네. 양주(揚州)엔 요즘 온통 이상한 일이 벌어지니, 한 송이 흰 모란꽃이 걸어서 돌아다닌다네."

그러자 부호들이 다시 그녀의 문전에 몰려들었다. 어떤 사람이 이 일을 비꼬았다.

"이씨 낭자는 막 묵지(墨池)에서 나오자마자 곧바로 설령(雪嶺)에 올랐으니, 어떻게 하루에도 흑백이 고르지 않단 말인가?"

唐崔涯, 吳楚狂士也, 與張祜齊名. 每題詩倡肆, 無不誦之. 譽之則車馬繼來, 毀之則杯盤失措. 嘗嘲一妓曰:"布袍披襖火燒氈, 紙補筀篌麻接弦. 更着一雙皮屐子, 紇梯紇榻出門前." 又嘲李端端:"黃昏不語不知行, 鼻似煙窗耳似鐺. 獨把象牙梳挿鬢, 昆侖山上月初生." 端端得詩, 憂心如病. 使院飮回, 遙見二子, 躡屐而行, 乃道傍再拜, 曰:"端端祗候三郞·六郞. 伏望哀之!" 乃重贈一絕句以飾之云:"覓得黃騮鞁繡鞍, 善和坊裏取端端. 揚州近日渾成差, 一朵能行白牡丹." 於是豪富之士, 復臻其門. 或戲之曰 : "李家娘子, 纔出墨池, 便登雪嶺, 何爲一日黑白不均?"

* 이 고사는《태평광기》권256〈조초·최애〉에 실려 있다.

37-52(1043) 이선고

이선고(李宣古)

출《운계우의》

 당(唐)나라 때 예주(澧州)의 연회 석상에서 파리하게 야윈 몸매의 주규(酒糾 : 주령을 감독하는 기녀) 최운낭(崔雲娘)은 놀이를 할 때마다 여러 손님들에게 벌주를 안기곤 했으며, 게다가 노래를 잘 부른다고 자부해 영인(郢人)의 오묘함[108]을 지녔다고 스스로 생각했다. 이선고가 연회 석상에서 시 한 수를 읊어 마침내 그녀의 입을 다물게 했는데 그 시는 이러했다.

 "무슨 일이 가장 슬픈가? 운낭의 머리가 기이하게 생긴 것이라네. 야윈 손으로 던지는 주령(酒令)은 급하지만, 기다란 입에서 나오는 노래는 느려 터졌네. 단지 어깨가 귀밑머리까지 올라간 것만 보이니, 오직 뼈가 살갗을 뚫고 나올까 봐 걱정이네. 문에는 서 있지 말아야 하니, 머리 위에 종

---

108) 영인(郢人)의 오묘함 : 옛날 영(郢) 땅의 어떤 사람이 자신의 코에 백토를 아주 얇게 발라 놓고 석공(石工)에게 도끼로 그것을 벗겨 내게 했는데, 석공은 그의 코는 전혀 다치게 하지 않고 백토만 벗겨 냈다고 한다. 절묘한 기예를 뜻한다.

규(鍾馗 : 역귀를 쫓아낸다는 험상궂은 신)가 있으니까."

唐澧州宴, 酒糾崔雲娘形貌瘦瘠, 每戲調, 擧罰衆賓, 兼恃歌聲, 自以爲郢人之妙. 李宣古當筵一咏, 遂至箝口, 詩曰 : "何事最堪悲? 雲娘祗首奇. 瘦拳抛令急, 長嘴出歌遲. 祗見肩侵鬢, 唯憂骨透皮. 不須當戶立, 頭上有鍾馗."

* 이 고사는 《태평광기》 권256 〈조초·이선고〉에 실려 있다.

37-53(1044) 두목

두목(杜牧)

출《운계우의》

    당(唐)나라의 두목은 선주(宣州)에서의 막료 생활을 그만두고 섬주(陝州)를 지나가다가 그곳에 몸집이 비대한 주규(酒糾: 주령을 감독하는 기녀)가 있자 그녀에게 시를 지어 주었다.

    "반고(盤古) 당시에 먼 후손이 있었으니, 그 후손으로 하여금 지금 가문을 흥성하게 했네. 한 수레의 백토(白土)를 목덜미에 바르고, 열 폭의 붉은 깃발로 해진 속곳을 기웠네. 와관사(瓦官寺) 안에서 발자국 만나고, 화악산(華岳山) 앞에서 손자국 보았네. 시집가기 어렵다고 울며불며 근심하지 말지니, 기다리면 내가 화악신에게 편지 보내 [그녀와 결혼할 건지] 물어볼 테니."

唐杜牧罷宣州幕, 經陝, 有酒糾, 肥碩, 牧贈詩云: "盤古當時有遠孫, 尙令今日逞家門. 一車白土將泥項, 十幅紅旗補破裩. 瓦官寺裏逢行迹, 華岳山前見掌痕. 不須啼哭愁難嫁, 待與將書問岳神."

* 이 고사는 《태평광기》 권256 〈조초·두목〉에 실려 있다.

37-54(1045) 정계명

정계명(程季明)

출《계안록》

진(晉)나라의 정계명[程季明 : 정효(程曉)]이 〈조열객(嘲熱客)〉이라는 시를 지었다.

"평소 삼복(三伏) 때가 되면, 길에는 수레도 다니지 않네. 문을 닫고 더위 피해 누워 있을 뿐, 서로 지나가며 드나들지 않는 법이네. 오늘날 어떤 바보, 더위에도 불구하고 남의 집을 찾아가네. 주인은 손님이 왔다는 말 듣고, 눈살 찌푸리지만 이를 어찌겠나? 주인은 마땅히 일어나 가야 한다고 생각하지만, 손님은 편히 앉아서 열변을 토하네. 하는 말마다 긴요한 것은 하나도 없는데, 주저리주저리 말이 어찌 그리도 많은지? 부채질하느라 손목은 아프고, 땀은 비 오듯 흘러내리네. 사소한 일이라고 말하지 마라, 역시 사람의 결점 중 하나라네. 여러 친구들에게 주의를 전하노니, 무더운 날 나돌아 다니면 욕먹어도 싸다고."

晉程季明〈嘲熱客〉詩曰 : "平生三伏時, 道路無行車. 閉門避暑臥, 出入不相過. 今代愚癡子, 觸熱到人家. 主人聞客來, 嚬蹙奈此何? 謂當起行去, 安坐正咨嗟. 所說無一急, 嗒嗒吟何多? 搖扇腕中疼, 流汗正滂沱. 莫謂爲小事, 亦是人一瑕. 傳誠諸朋友, 熱行宜見呵."

* 이 고사는 《태평광기》 권253 〈조초·정계명〉에 실려 있다.

37-55(1046) 왕유
왕유(王維)
출《노씨잡설》

 당(唐)나라의 재상 왕여(王璵)는 남에게 비문과 묘지명을 지어 주길 좋아했다. 한번은 어떤 사람이 그에게 윤필료(潤筆料)[109]를 보내면서 착오로 우승(右丞) 왕유의 집 문을 두드리자 왕유가 말했다.
 "대작가의 집은 저쪽에 있소."

唐宰相王璵, 好與人作碑誌. 有送潤毫者, 誤扣右丞相[1]王維門, 維曰 : "大作家在那邊."

* 이 고사는《태평광기》권255〈조초·왕유〉에 실려 있다.
1 상(相) :《태평광기》명초본에는 이 자가 없는데 타당하다.

109) 윤필료(潤筆料) : 글값. 시문이나 서화의 보수로 주던 돈을 말한다.

37-56(1047) 교임

교임(喬琳)

출《대당신어》

[당나라의] 주차(朱泚)가 처음 난을 일으켰을 때, 원휴(源休)와 요영언(姚令言) 등은 도서를 거두어 창고에 보관함으로써 [한나라 때의] 소하(蕭何)110)와 같은 공적을 세웠다. 원휴가 퇴조하면서 위황문시랑(僞黃門侍郎) 장연(蔣鍊)에게 말했다.

"만약 그 재능을 헤아린다면, 나는 바로 소하와 같고 요영언은 조삼(曹參)111)과 같을 뿐이오."

식자들은 모두 원휴가 관직을 감당하지 못하리라 생각했다. 교임은 본디 해학을 좋아했는데 옛 동료에게 말했다.

"원 공(源公 : 원휴)은 정말 '화박찬후(火迫酇侯 : 화급한

---

110) 소하(蕭何) : 진(秦)나라 말에 유방(劉邦)을 도와 공을 세움으로써, 한나라가 건국된 뒤 재상을 지내고 찬후(酇侯)에 봉해졌다. 유방이 함양성(咸陽城)에 입성하기 전에 소하는 미리 수많은 도서와 전적을 거두어 보관했다가 유방에게 바쳤다.

111) 조삼(曹參) : 진나라 말에 유방을 따라 기의(起義)해 여러 차례 전공(戰功)을 세움으로써, 한나라가 건국된 뒤 제상(齊相)을 지내고 평양후(平陽侯)에 봉해졌으며, 소하를 뒤이어 재상이 되었다.

찬후[소하])'라고 이를 만하오."

朱泚始亂, 源休·姚令言等收圖書, 貯倉廩, 作蕭何事業. 休退語僞黃門侍郞蔣鍊曰 : "若度其才, 卽吾爲蕭, 姚爲曹耳." 識者皆謂休不奈官職. 喬琳性好諧謔, 因語舊僚曰 : "源公眞可謂火迫酇侯爾."

* 이 고사는《태평광기》권255〈조초·교임〉에 실려 있다.

37-57(1048) 이경현

이경현(李敬玄)

출《조야첨재》

　당(唐)나라의 중서령(中書令) 이경현은 원수(元帥)가 되어 토번(吐蕃) 토벌에 나섰는데, 수돈성(樹敦城)에 이르렀을 때 유 상서[劉尚書 : 유심례(劉審禮)]가 토번에 사로잡혔다는 소식을 듣고 신도 챙겨 신지 못한 채 허겁지겁 달아났다. 당시 장군 왕고(王杲)와 부총관(副總管) 조회순(曹懷舜) 등도 놀라서 퇴각했는데, 떠나면서 버린 보리밥이 앞뒤로 1000리나 이어졌고 땅 위로 1척 남짓이나 덮일 정도였다. 당시 군대 안에서 이런 노래가 떠돌았다.

　"조하(洮河)의 이(李) 할머니[이경현], 선주(鄯州)의 왕(王) 큰어머니[왕고]. 적을 보고도 감히 싸우지 못했던 건, 모두 조(曹) 며느리[조회순] 때문이라네."

唐中書令李敬玄爲元帥, 討吐蕃, 至樹敦城, 聞劉尚書沒蕃, 着韡不得, 狼狼而走. 王杲・副總管曹懷舜等驚退, 遺却麥飯, 首尾千里, 地上尺餘. 時軍中謠曰: "洮河李阿婆, 鄯州王伯母. 見賊不敢鬪, 總由曹新婦."

* 이 고사는 《태평광기》 권255 〈조초・이경현〉에 실려 있다.

37-58(1049) 최신유

최신유(崔愼由)

출《북몽쇄언》

 당(唐)나라 대중(大中) 연간(847~860)에서 함통(咸通) 연간(860~874)에 이르는 동안, 먼저 백민중(白敏中)이 재상이 되었고 다음으로 필함(畢諴)·조확(曹確)·나소(羅劭)가 임시로 사상(使相: 동평장사 직함을 더해 받은 절도사)이 되었다가 뒤이어 암랑(巖廊: 조정)에 올랐다. 그러자 재상 최신유가 말했다.

 "이제 나는 돌아가야 되겠다. 근자에 중서령(中書令)은 모두 오랑캐들이니."

 이는 대개 필(畢)·백(白)·조(曹)·나(羅)가 변방 이민족의 성씨였기에 한 말이었다. 대부(大夫) 조숭(趙崇)이 죽자 시랑(侍郞) 오웅(吳雄)이 탄식했다.

 "본래 필함과 백민중에 대한 예로 그를 대우하려고 했는데 어찌하여 나의 바람을 저버렸단 말인가!"

 이는 조숭이 재상에 임명되지 못한 것을 안타까워한 말로, 역시 당시 조정을 조롱한 것이었다.

 唐自大中洎咸通, 白敏中入相, 次畢諴·曹確·羅劭權使相, 繼升岩廊. 宰相崔愼由曰: "可以歸矣. 近日中書盡是蕃人." 蓋以畢·白·曹·羅爲蕃姓也. 大夫趙崇罕, 侍郎吳雄嘆曰: "本以畢·白待之, 何乃乖於所望!" 惜其不大拜, 而亦譏當時也.

* 이 고사는 《태평광기》 권256 〈조초·최신유〉에 실려 있다.

37-59(1050) 당오경

당오경(唐五經)

출《북몽쇄언》

 당(唐)나라 함통(咸通) 연간(860~874)에 "당오경"이라 불리는 형주(荊州)의 서생은 학식이 정밀하고 해박했으며 뜻한 바가 매우 고상했다. 그의 문하에는 500명의 학생이 모여들었기에 속수(束脩 : 제자가 스승을 처음 찾아뵐 때 드리던 예물)만으로도 스스로 생활할 수 있었다. 그는 서하(西河 : 자하)112)와 제남(濟南 : 복생)113)의 기풍을 지니고 있었으므로, 형주부(荊州府)의 막료들이 대부분 그와 교유했다. 그는 늘 사람들에게 말했다.

 "못난 자제에게는 세 가지 변화가 있다. 첫째는 누리[蝗蟲]로 변하는 것인데, 집안의 전답을 팔아 먹고사는 것을 말한다. 둘째는 좀벌레[蠹魚]로 변하는 것인데, 책을 팔아 먹고

---

112) 서하(西河) : 자하(子夏)를 말한다. 공자가 죽은 뒤 자하는 서하에서 제자를 가르치며 위 문후(魏文侯)의 스승이 되었다.

113) 제남(濟南) : 복생(伏生)을 말한다. 한나라 효문제(孝文帝) 때 천하에 《상서(尙書)》를 연구하는 자가 없었는데, 옛 진(秦)나라의 박사(博士)였던 제남의 복생만이 《상서》를 연구했다고 한다.

사는 것을 말한다. 셋째는 호랑이[大蟲]로 변하는 것인데, 노비를 팔아 먹고사는 것을 말한다."

이 삼식(三食)의 무리는 어느 시대인들 없겠는가?

唐咸通中, 荊州書生號"唐五經", 學識精博, 旨趣甚高. 聚徒五百, 以束修自給. 有西河·濟南之風, 幕寮多與之遊. 常謂人曰:"不肖子弟有三變. 第一變爲蝗蟲, 謂鬻莊而食也. 第二變爲蠹魚, 謂鬻書而食也. 第三變爲大蟲, 謂賣奴婢而食也." 三食之輩, 何代無之?

* 이 고사는 《태평광기》 권256 〈조초·당오경〉에 실려 있다.

37-60(1051) 청룡사의 객

청룡사객(靑龍寺客)

출《계원총담(桂苑叢談)》

[당나라] 건부(乾符) 연간(874~879) 말에 어떤 객이 청룡사로 주지 스님을 찾아갔는데, 때마침 주지 스님에게 급한 일이 생기는 바람에 객은 그곳에 머물 겨를이 없었다. 다음 날 객이 다시 찾아갔는데 이번에도 주지 스님은 중요한 조정 손님을 만나고 있었다. 나중에 객이 다시 찾아갔지만 역시 다른 일 때문에 주지 스님을 만날 수 없자, 몹시 화난 기색을 띠며 청룡사의 문에 이렇게 써 놓고 가 버렸다.

"감실(龕室)의 용이 동해로 떠나니[龕龍去東海], 때마침 해가 서쪽으로 숨네[時日隱西斜]. 공경스런 문장은 지금 남아 있지 않고[敬文今不在], 부서진 돌은 유사로 흘러들어 가네[碎石入流沙]."

청룡사의 스님들은 모두 무슨 뜻인지 알 수 없었는데, 어떤 사미승(沙彌僧)이 말했다.

"감(龕)에서 용(龍)이 떠나면 '합(合)' 자만 남고, 시(時)에서 일(日)이 숨으면 '사(寺)' 자가 되며, 경(敬)에서 문(文)이 없어지면 '구(苟)' 자가 되고, 쇄(碎)에서 석(石)이 모래로 들어가면 '졸(卒)' 자가 됩니다. [남는 글자만 모으면 '합사구

졸(合寺苟卒 : 온 절의 구차한 졸개)'이 됩니다.] 이것은 불손한 말이니 우리를 모욕한 것입니다."

乾符末, 有客於靑龍寺訪知事僧, 屬其忽遽, 不暇留連. 翌日至, 又遇要地朝客. 後時復來, 亦阻他事, 頗有怒色, 題其門而去曰 : "龕龍去東海, 時日隱西斜. 敬文今不在, 碎石入流沙." 僧皆不解, 有沙彌曰 : "龕龍去, 有'合'字存焉, 時日隱, 有'寺'字焉, 敬文不在, 有'苟'字焉, 碎石入沙, 有'卒'字焉. 此不遜之言, 辱我曹矣."

* 이 고사는 《태평광기》 권256 〈조초·청룡사객〉에 실려 있다.

37-61(1052) 곽소

곽소(郭素)

출《운계우의》

당(唐)나라의 왕헌(王軒)은 어렸을 때부터 시를 지었으며 재사(才思)가 자못 뛰어났다. 한번은 서소강(西小江)을 유람하다가 저라천(苧蘿川)에 배를 정박하고 서시석(西施石 : 춘추 시대 월나라의 미인 서시가 빨래하던 돌)에 이렇게 적었다.

"산마루 위의 수많은 봉우리 빼어나고, 강가의 작은 풀에 봄이 왔네. 오늘 비단 빨래하던 돌은 만났으나, 비단 빨래하던 사람은 보이지 않네."

그때 별안간 옥귀걸이를 딸랑거리면서 석순(石筍)을 든 한 여자가 나타나더니 머리를 숙이고 배회하다가 인사하며 말했다.

"신첩은 오궁(吳宮)에서 월국(越國)으로 돌아가는 길인데, 저의 깨끗한 절개를 천년 동안 알아주는 이 없네요. 당시 저의 마음은 금석(金石)처럼 굳건했는데, 오늘 당신을 보니 그 굳건함을 지킬 수 없네요."

두 사람은 사랑을 나눈 뒤 다시 이별을 원망하는 시를 지었다. 후에 소산(蕭山) 사람 곽응소(郭凝素)는 왕헌이 여인을 만난 이야기를 듣고 완사계(浣紗溪)를 지나갈 때마다 아침저녁으로 길게 시를 읊기도 하고 여러 차례 서시석에 시를 적기도 했으나, 사방은 조용하기만 할 뿐 인적이라곤 없었기에 결국 울적해하며 돌아갔다. 진사(進士) 주택(朱澤)이 그를 조롱하는 시를 지었는데, 그 시를 들은 사람들은 모두 곽응소를 비웃었다. 주택의 시는 이러했다.

"봄날의 복숭아꽃과 오얏꽃은 본래 말이 없는데, 애써 석양빛 받으며 새들만 시끄럽게 지저대네. 묻노니 동쪽 이웃 여자가 서자(西子 : 서시)를 흉내 냈다고 하던데, 곽소(郭素 : 곽응소)가 왕헌을 따라 한 것은 어떠한가?"

평 : 《궁괴록(窮怪錄)》에 기재된 바에 따르면, 패국(沛國)의 유도(劉導)가 친구 이사연(李士烟)과 함께 경구(京口)에서 두 여자를 만났는데, 붉은 비단옷을 입은 사람은 서시였고 자색 비단옷을 입은 사람은 이광(夷光)이었으며, 유도와 이사연은 두 여자와 나누어 동침했다. 이는 양(梁)나라 천감(天監) 11년(512)의 일이었다. 또 《박물지(博物志)》에 기재된 바에 따르면, 소사우(蕭思遇)는 자가 망명(望明)이었는데, 선도(仙道)를 흠모했기 때문에 신명(神明)을 만나길 바란다는 뜻이었다. 그는 호구(虎丘)에서 또한 완사계에서 오던 서시를 만나 그녀의 집을 찾아가서 동침했다. 이는 진(陳)나라 천가(天嘉) 원년(560)의 일이었다. 그렇다면 서

시에게는 또한 많은 배필이 있었으니, 시인이 왕헌을 오왕(吳王)의 후신이라고 여긴 것은 견강부회함이 너무 심한 게 아닌가?

唐王軒少爲詩, 頗有才思. 遊西小江, 泊舟苧蘿川, 題西施石曰:"嶺上千峰秀, 江邊細草春. 今逢浣紗石, 不見浣紗人." 俄見一女子, 振瓊瑤, 扶石筍, 低徊而謝曰:"妾是吳宮還越國, 素衣千載無人識. 當時心比金石堅, 今日與君堅不得." 旣歡會, 復有恨別之辭. 後蕭山郭凝素, 聞王軒之遇, 每過浣紗溪, 日夕長吟, 屢題歌詩於石, 寂爾無人, 乃鬱怏而返. 進士朱澤嘲之, 聞者莫不嗤笑. 詩云:"三春桃李本無言, 苦被殘陽鳥雀喧. 借問東鄰效西子, 何如郭素學王軒?"

評:《窮怪錄》載: 沛國劉導, 與同志李士烟於京口遇二女, 衣紅絹者西施也, 衣紫絹者夷光也, 二人分寢. 此梁天監十一年事. 又《博物志》亦載: 蕭思遇, 字望明, 以慕道故思望遇神明也. 於虎丘亦遇西施從浣溪來, 叩門就寢. 此陳天嘉元年事. 然則西施亦多匹矣, 而詩家乃謂王軒是吳王後身, 附會不已甚乎?

* 이 고사는 《태평광기》권257 〈조초·주택(朱澤)〉, 권326 〈귀(鬼)·유도(劉導)〉, 권327 〈귀·소사우(蕭思遇)〉에 실려 있다.

37-62(1053) 요계
요계(姚洎)
출《척언》

배정유(裴廷裕)는 자가 용여(庸餘)다. [당나라] 건녕(乾寧) 연간(894~898)에 조정에서 벼슬했는데, 글을 민첩하게 잘 지었기 때문에 "하수선(下水船)"[114]이라 불렸다. 후량(後梁) 태조(太祖)가 제위를 선양받은 후 요계가 한림학사(翰林學士)가 되었는데, 태조가 한번은 그에게 배정유의 행방을 조용히 물었더니 요계가 말했다.

"근년에 좌천되었다가 지금은 형양(衡陽)과 영주(永州) 일대에서 기거하고 있다고 들었습니다."

태조가 말했다.

"그 사람의 재사(才思)가 매우 민첩함을 익히 들었소."

요계가 대답했다.

"그는 이전에 한림원(翰林院)에서 '하수선'이라 불렸습니다."

그러자 태조가 곧바로 요계에게 말했다.

---

114) 하수선(下水船) : 물의 흐름을 따라 내려가는 배로, 문재가 뛰어난 사람을 비유한다.

"그러면 경은 '상수선(上水船)'115)이겠구려."

요계는 몹시 부끄러운 기색이었다. 논자들은 요계를 세찬 여울의 상수선이라고 여겼다.

裴廷裕, 字庸餘. 乾寧中, 在內庭, 文書敏捷, 號爲"下水船". 梁太祖受禪, 姚洎爲學士, 太祖嘗從容問及廷裕行止, 洎曰 : "頃歲左遷, 今聞旅寄衡永水¹." 太祖曰 : "頗聞其人才思甚捷." 洎對曰 : "向在翰林, 號爲'下水船'." 太祖應聲謂洎曰 : "卿便是'上水船'也." 洎深有慚色. 議者以洎爲急灘頭上水船也.

* 이 고사는《태평광기》권257 〈조초・요계〉에 실려 있다.
1 형영수(衡永水) :《태평광기》에는 "형영(衡永)"이라 되어 있고,《당척언(唐摭言)》권13에는 "형수(衡水)"라 되어 있는데, 지리상 "형영"이 타당한 것으로 보인다. 형양(衡陽)과 영주(永州)는 모두 지금의 후난성(湖南省)에 있다.

115) 상수선(上水船) : 물을 거슬러 올라가는 배로, 문학적 사색이나 영감이 굼뜬 것을 비유한다.

37-63(1054) 비단 짜는 사람

직금인(織錦人)

출《노씨잡설》

　당(唐)나라 때 한 노씨(盧氏)가 과거에 낙방하고 걸어서 도성문 동쪽에 이르렀다. 그날은 바람이 몹시 차가웠기에 일단 여관에 투숙했다. 잠시 뒤에 한 사람이 뒤이어 들어와서 한참 동안 불을 쬐더니 갑자기 시를 읊었다.

　"요릉(繚綾: 특수하게 비틀어 짠 고운 비단) 짜는 법 익혔지만 일을 많이 해 보지 않아, 어지러이 베틀 놀리다 북을 잘못 던졌네. 궁금(宮錦: 궁중에서 사용하는 화려한 비단) 짜는 전문가에게 보이지 말지니, 이 무늬를 보면 웃겨 죽을 테니."

　또 읊었다.

　"지금은 문장(文章: 무늬)의 일을 중시하지 않으니, 문장을 다른 사람에게 자랑하지 마시라."

　노씨는 깜짝 놀라며 그것이 백거이(白居易)의 시임을 기억하고는 성명을 물었더니 그 사람이 말했다.

　"성은 이씨(李氏)이고 대대로 무늬 비단을 짰습니다. 난리를 만나기 전에는 동도(東都: 낙양)의 관금방(官錦坊)에서 궁금을 짜는 교아(巧兒: 관부의 최고 기술자)였습니다.

보잘것없는 재주로 지금의 일을 하고 있는데, 사람들이 모두 '지금의 문양은 이전과는 다르다'고 말하면서 솜씨 좋은 사람으로 여기지 않습니다. 문채(文彩)로 명성을 얻고자 하는 자가 세상에서 중시받지 못하므로 장차 동쪽으로 돌아가려 합니다."

唐盧氏子不中第, 徒步及都城門東. 其日風寒甚, 且投逆旅. 俄有一人續至, 附火良久, 忽吟詩曰: "學織繚綾功未多, 亂投機杼錯抛梭. 莫敎宮錦行家見, 把此文章笑殺他." 又云: "如今不重文章事, 莫把文章誇向人." 盧愕然, 憶是白居易詩, 因問姓名, 曰: "姓李, 世織綾錦. 離亂前, 屬東都官錦坊織宮錦巧兒. 以薄藝投本行, 皆云'如今花樣與前不同', 不謂伎倆兒. 以文彩求售者不重於世, 且東歸去."

* 이 고사는 《태평광기》 권257 〈조초·직금인〉에 실려 있다.

권38 회해부(詼諧部)

회해(詼諧)

38-1(1055) 안영

안영(晏嬰)

출《안자(晏子)》

 제(齊)나라의 안영은 키가 작고 왜소했는데, 그가 초(楚)나라에 사신으로 갔더니 초나라에서는 큰 문 옆에 작은 문을 만들어 놓고 안자(晏子 : 안영)를 맞이했다. 그러자 안영이 들어가지 않으면서 말했다.

 "개 나라에 사신으로 왔으면 개구멍으로 들어가겠지만, 지금 신은 초나라에 사신으로 왔으니 개구멍으로 들어가는 것은 마땅치 않습니다."

 초나라 왕이 말했다.

 "제나라엔 인재가 없나 보오?"

 안영이 대답했다.

 "제나라에서는 현명한 자를 현명한 왕에게 사신으로 보내고, 못난 자를 못난 왕에게 사신으로 보냅니다. 저는 못난 사람이므로 왕께 사신으로 온 것입니다."

 초나라 왕이 좌우 신하들에게 말했다.

 "안영은 말주변이 뛰어난데, 내가 그를 곯려 주고 싶다."

 사람들이 좌정하자 한 사람을 포박해서 끌고 왔다. 초나라 왕이 물었다.

"뭐 하는 사람이냐?"

좌우 신하들이 대답했다.

"제나라 사람인데 도둑질을 했습니다."

초나라 왕이 안영을 보며 말했다.

"제나라 사람들은 도둑질을 잘하는가 보오?"

안영이 대답했다.

"제가 듣기에 귤나무는 강남에서 자라는데 그것이 강북으로 가면 탱자가 된다고 했습니다. 가지와 잎은 서로 비슷하지만 열매와 맛이 다른 것은 수질과 토양이 다르기 때문입니다. 지금 이 사람은 제나라에서 자랄 때는 도둑질을 할 줄 몰랐는데 초나라에 들어와서는 도둑질을 했으니, 아마도 초나라의 수질과 토양이 그를 도둑질하게 만든 것 같습니다."

초나라 왕이 웃으며 말했다.

"과인이 도리어 사서 욕을 먹었구려!"

齊晏嬰短小, 使楚, 楚爲小門於大門側, 乃延晏子. 嬰不入, 曰 : "使狗國, 狗門入, 今臣使楚, 不當從狗門入." 王曰 : "齊無人耶?" 對曰 : "齊使賢者使賢王, 不肖者使不肖王. 嬰不肖, 故使王耳." 王謂左右曰 : "晏嬰辭辯, 吾欲傷之." 坐定, 縛一人來. 王問 : "何謂者?" 左右曰 : "齊人坐盜." 王視嬰曰 : "齊人善盜乎?" 對曰 : "嬰聞橘生於江南, 至江北爲枳. 枝葉相似, 實味不同, 水土異也. 今此人生於齊, 不解爲盜, 入楚則爲盜, 殆水土使之然也." 王笑曰 : "寡人反取病焉!"

* 이 고사는 《태평광기》 권245 〈회해·안영〉에 실려 있는데, 출전이 "《계안록(啓顔錄)》"이라 되어 있다.

38-2(1056) 원차양

원차양(袁次陽)

출《본전(本傳)》

후한(後漢)의 원차양[袁次陽 : 원외(袁隗)]의 부인은 부풍(扶風) 사람 마계장[馬季長 : 마융(馬融)]의 딸이다. 처음 결혼했을 때 혼수로 보내온 물건이 매우 성대하자 원차양이 말했다.

"부인은 쓰레받기와 비만 받들 따름이니 어찌 이리 과도하게 화려한 것이오?"

부인이 대답했다.

"자애로우신 부모님께서 저를 아껴서 내리신 것이라 감히 명을 거스를 수 없었습니다. 당신이 만약 포선(鮑宣)116)과 양홍(梁鴻)117)의 고결한 품행을 본받고자 한다면, 소첩도 역시 소군(少君)118)과 맹광(孟光)119)의 일을 따르길 청

---

116) 포선(鮑宣) : 전한 때 사람으로, 경학에 밝았으며 애제(哀帝) 초에 간의대부(諫議大夫)로 천거되었다. 나중에 왕망(王莽)이 집권했을 때 그를 따르지 않아 해를 당했다.

117) 양홍(梁鴻) : 전한 때 사람으로, 여러 전적을 두루 섭렵했으면서도 벼슬에 나아가지 않고 은거했다. 장제(章帝)가 그를 찾자 성명을 바꾸고 숨었다.

합니다."

원차양이 또 물었다.

"동생이 언니보다 먼저 결혼하는 것은 세상에서 웃음거리로 여기오. 지금 당신의 언니가 아직 시집가지 못했는데 당신이 먼저 가는 것이 옳소?"

부인이 말했다.

"소첩의 언니는 고상한 품행이 아주 빼어나서 아직 좋은 배필을 만나지 못했으니, 비천한 저처럼 덤벙대지 않을 뿐입니다."

원차양은 잠자코 있었다.

後漢袁次陽妻, 扶風馬季長女. 初婚, 裝遣甚盛, 次陽曰: "婦奉箕帚而已, 何乃過珍麗乎?" 對曰: "慈親垂愛, 不敢逆命. 君若欲慕鮑宣・梁鴻之高者, 妾亦請從少君・孟光之事矣." 次陽又問曰: "弟先兄擧, 世以爲笑. 今處姊未適, 先行可乎?" 曰: "妾姊高行殊邈, 未遭良匹, 不如鄙薄苟然

---

118) 소군(少君) : 포선의 부인. 포선의 스승의 딸로 역시 시집갈 때 많은 예물을 가져왔으나 포선이 싫어하자 곧바로 예물을 집으로 돌려보낸 뒤 짧은 베옷 차림으로 남편을 섬겼다.

119) 맹광(孟光) : 양홍의 부인. 많은 예물을 가지고 시집갔으나 양홍이 7일 동안 대답도 하지 않자 부인이 머리를 동여매고 베옷을 입고 나갔더니 양홍이 그제야 자신의 부인이라며 기뻐했다.

而已." 次陽黙然.

* 이 고사는 《태평광기》 권245 〈회해·원차양〉에 실려 있다.

38-3(1057) 이적

이적(伊籍)

출《삼국지(三國志)》

촉(蜀)나라의 이적이 오(吳)나라에 사신으로 갔는데, 손권(孫權)은 그의 재주와 언변이 뛰어나다는 소문을 듣고 먼저 그의 말을 꺾어 보고자 했다. 이적이 막 입조해서 배알하자 손권이 말했다.

"무도한 군주를 섬기느라 수고하오."

이적이 곧바로 대답했다.

"한 번 절하고 한 번 일어나는 것은 수고롭지 않습니다."

오주(吳主 : 손권)는 크게 부끄러워했다.

蜀伊籍使吳, 孫權聞其才辨, 欲逆折其辭. 籍適入拜, 權曰 : "勞事無道之君." 籍應聲對曰 : "一拜一起, 未足爲勞." 吳主大慙.

* 이 고사는 《태평광기》 권245 〈회해·이적〉에 실려 있다.

38-4(1058) 제갈각

제갈각(諸葛恪)

출《계안록》

손권(孫權)이 태자에게 제갈각을 조롱하게 하자 태자가 말했다.

"제갈원손(諸葛元遜 : 제갈각)은 말똥 한 섬을 드시오."

제갈각이 대답했다.

"신하가 군주를 희롱할 수 있고 자식이 부친을 희롱할 수 있다면, 태자에게 계란 300개를 먹게 하길 청합니다."

손권이 제갈각에게 물었다.

"남이 그대에게 말똥을 먹으라고 했는데 그대는 남에게 계란을 먹으라고 하니 무슨 까닭인가?"

제갈각이 대답했다.

"나오는 것은 같을 뿐입니다."

오주(吳主 : 손권)가 크게 웃었다.

孫權使太子嘲恪, 曰:"諸葛元遜食馬矢一石." 恪答曰:"臣得戱君, 子得戱父, 乞令太子食鷄卵三百枚." 上問恪曰:"人令君食馬矢, 君令人食鷄卵, 何也?" 恪答曰:"所出同耳." 吳主大笑.

* 이 고사는 《태평광기》 권245 〈회해 · 제갈각〉에 실려 있다.

38-5(1059) 등애

등애(鄧艾)

출《세설》

등애는 말을 더듬어서 말할 때면 "애… 애…"라고 했다. 진(晉)나라 문왕(文王)이 그를 놀리며 말했다.

"경은 '애… 애…'라고 하는데 그 애가 몇이나 되오?"

등애가 대답했다.

"'봉황이여, 봉황이여'[120]라고 하지만 봉황은 본래 한 마리입니다."

鄧艾口吃, 語稱"艾艾". 晉文王戲之曰 : "'艾艾'爲是幾艾?" 對曰 : "'鳳兮鳳兮', 故是一鳳."

* 이 고사는《태평광기》권245〈회해·등애〉에 실려 있다.

---

120) 봉황이여, 봉황이여 : 원문은 "봉혜봉혜(鳳兮鳳兮)".《논어(論語)》〈미자(微子)〉편에 나오는 구절이다.

38-6(1060) 채모

채모(蔡謨)

출《진사(晉史)》

 진(晉)나라 왕도(王導)의 부인은 투기가 심했다. 그래서 왕도는 여러 첩들을 별채에 두었는데, 부인이 그 사실을 알고는 식칼을 들고 그곳으로 가려 했다. 그러자 왕도는 황급히 수레 채비를 명해 달려갔는데, 소가 더디 가는 것을 걱정한 나머지 손으로 주미(麈尾)[121]를 들고 그 자루로 수레 모는 자의 채찍질을 거들었다. 채모는 그 이야기를 듣고 나중에 왕도를 찾아가서 말했다.

 "조정에서 공에게 구석(九錫)[122]을 내리고자 합니다."

 왕도는 [그 말이 정말인 줄 알고] 스스로 겸양의 뜻을 피력했더니 채모가 말했다.

 "다른 물건에 대해서는 듣지 못했고, 오직 짧은 끌채의

---

121) 주미(麈尾) : 청담가나 스님 등이 즐겨 사용하던, 사슴 꼬리로 만든 총채.
122) 구석(九錫) : 큰 공훈을 세운 제후(諸侯)에게 하사하는 아홉 가지 물품. 즉, 거마(車馬)·의복(衣服)·악기(樂器)·주호(朱戶)·납폐(納陛)·호분(虎賁)·부월(鈇鉞)·궁시(弓矢)·거창(秬鬯)을 말한다. 이것을 하사하는 것은 천자의 지위를 넘겨준다는 것을 전제로 한다.

소달구지와 긴 자루의 주미에 대해서만 들었습니다."

왕도는 크게 부끄러워했다.

晉王導妻妒. 導有衆妾在別館, 妻知之, 持食刀將往. 公遽命駕, 患牛遲, 手捉麈尾, 以柄助打牛. 蔡謨聞之, 後詣王謂曰: "朝廷欲加公九錫." 王自敍謙志, 蔡曰: "不聞餘物, 唯聞短轅犢車, 長柄麈尾." 導大慚.

* 이 고사는 《태평광기》 권246 〈회해·채모〉에 실려 있다.

38-7(1061) 제갈회

제갈회(諸葛恢)

출《계안록》

진(晉)나라의 제갈회와 승상(丞相) 왕도(王導)가 함께 성족(姓族)의 선후에 대해 다투었다. 왕도가 말했다.

"어찌하여 '갈왕(葛王)'이라 말하지 않고 '왕갈(王葛)'이라 하는 것이오?"

제갈회가 대답했다.

"비유하자면 흔히 '여마(驢馬)'라고 말하지만 그렇다고 해서 나귀[驢]가 어찌 말[馬]보다 낫겠습니까?"

晉諸葛恢與丞相王導, 共爭姓族先後. 王曰 : "何以不言'葛王', 而言'王葛'?" 答曰 : "譬如言'驢馬', 驢寧勝馬也?"

* 이 고사는 《태평광기》 권246 〈회해·제갈회〉에 실려 있다.

38-8(1062) 학륭

학륭(郝隆)

출《세설》

  진(晉)나라의 학륭이 [환온의] 남만참군(南蠻參軍)으로 있을 때, 삼월 삼짇날[123]에 시 한 구절을 지었다.

  "추우(娵隅)가 맑은 연못에서 뛰노네."

  환온(桓溫)이 물었다.

  "추우가 무엇인가?"

  학륭이 대답했다.

  "남만에서는 물고기를 추우라고 합니다."

  환공이 물었다.

  "어찌하여 남만의 말을 쓰는가?"

  학륭이 말했다.

  "1000리 길을 달려와서 공께 의탁해 비로소 만부(蠻府)의 참군이 되었으니, 어찌 남만의 말을 쓰지 않을 수 있겠습

---

[123] 삼월 삼짇날 : 음력 3월 3일에는 1년 동안 쌓인 심신의 때를 털어내기 위해 흐르는 물가에서 수계(修禊)를 하면서 동시에 주연과 시회(詩會)를 열고 굽이진 물길에 술잔을 띄우는 곡수유상(曲水流觴)을 즐겼다.

니까?"

晉郝隆爲南蠻參軍, 三月三日作詩曰 : "娵隅躍淸池." 桓溫問 : "何物?" 答曰 : "蠻名魚爲娵隅." 桓曰 : "何爲作蠻語?" 隆曰 : "千里投公, 始得一蠻府參軍, 那得不作蠻語?"

* 이 고사는 《태평광기》 권246 〈회해·학릉〉에 실려 있다.

38-9(1063) 장융

장융(張融)

출《담수》

  송(宋 : 유송)나라의 장융이 한번은 휴가를 청해 집으로 돌아가고자 했는데, 황제가 그에게 사는 곳을 물었더니 그가 대답했다.

  "신은 육지에서 살지만 집은 아니며 배에서 살지만 물은 아닙니다."

  황제가 그 말을 이해하지 못해 장서(張緒)에게 물었더니 장서가 말했다.

  "장융은 동산(東山) 근처에 있지만 일정한 거처가 없으며, 임시로 작은 배를 강 언덕 위로 끌어다 놓고 그곳에서 살고 있습니다."

  황제는 크게 웃었다. [제(齊)나라] 태조(太祖 : 고제)가 일찍이 면전에서 장융을 사도장사(司徒長史)에 임명하겠다고 해 놓고는 끝내 임명 칙서를 내리지 않았다. 한번은 장융이 말라비틀어진 말 한 마리를 타고 있기에 태조가 물었다.

  "경의 말은 어찌 그리 말랐소? 먹이를 얼마나 주는 게요?"

  장융이 말했다.

  "하루에 한 섬을 줍니다."

태조가 물었다.

"그런데도 어찌하여 이처럼 말랐소?"

장융이 말했다.

"신은 말로만 주겠다고 하고 실제로는 주지 않았습니다."

태조는 다음 날 즉시 장융을 사도장사에 제수했다. 장융이 동생 장보적(張寶積)과 함께 태조를 알현했는데, 장융이 어전(御前)에서 방귀를 뀌자 장보적이 일어나 사죄하며 말했다.

"신의 형이 성전(聖殿)을 더럽혔습니다."

태조는 웃으며 그 일을 문제 삼지 않았다. 잠시 후 식사가 나오자 장융은 장보적을 밀쳐 내며 함께 식사하지 않았다. 태조가 물었다.

"어찌하여 동생과 함께 식사하지 않는 것이오?"

장융이 말했다.

"신은 방귀 뀐 것을 사죄하는 놈하고는 음식을 함께 먹을 수 없습니다."

태조는 크게 웃었다.

宋張融嘗乞假還, 帝問所居, 答曰 : "臣陸居非屋, 舟居非水." 上未解, 問張緖, 緖曰 : "融近東山, 未有居止, 權牽小船上岸, 住在其間." 上大笑. 太祖嘗面許融爲司徒長史, 敕竟不出. 融乘一馬甚瘦, 太祖曰 : "卿馬何瘦? 給粟多少?" 融曰 : "日給一石." 帝曰 : "何瘦如此?" 融曰 : "臣許而不與." 明日,卽除司徒長史. 融與弟寶積俱謁太祖, 融於御前放氣, 寶積起謝曰 : "臣兄觸忤宸扆." 上笑而不問. 須臾食至, 融排寶積, 不與同食. 上曰 : "何不與賢弟同食?" 融曰 : "臣不能與謝氣之口同盤." 上大笑.

* 이 고사는 《태평광기》 권246 〈회해·장융〉에 실려 있다.

38-10(1064) 하승천

하승천(何承天)

출《담수》

송(宋 : 유송)나라의 동해(東海) 사람 하승천은 서광(徐廣)의 외조카다. 그가 저작좌랑(著作佐郞)에 제수되었을 때 나이가 이미 많았는데, 다른 좌랑들은 모두 명문가의 젊은 이들이었다. 그래서 영천(潁川) 사람 순백자(荀伯子)가 그를 조롱해 "내모(嬭母 : 유모)"라고 부르자 하승천이 말했다.

"그대는 마땅히 봉황이 새끼 아홉 마리를 데리고 있다는 사실을 알아야지, 어찌 내모라고 말하는 것이오?"

宋東海何承天, 徐廣之甥也. 除著作佐郞, 年已邁, 諸佐郞並名家少年. 潁川荀伯子嘲之, 嘗呼爲"嬭母", 承天曰 : "卿當知鳳凰將九子, 何言嬭母耶?"

* 이 고사는 《태평광기》 권246 〈회해·하승천〉에 실려 있다.

38-11(1065) 하욱

하욱(何勖)

출《인화록》

송(宋 : 유송)나라의 강하왕(江夏王) 유의공(劉義恭)은 천성적으로 골동품을 좋아해서 늘 조정 관리들에게 두루 요구했다. 시중(侍中) 하욱은 이미 보냈지만 강하왕이 계속해서 요구하자 몹시 불만이었다. 하욱이 한번은 외출했다가 길에서 개 목걸이와 소코뚜레를 발견하고 시종에게 그것을 주워 오라고 명해 집으로 돌아온 뒤 그것을 상자에 잘 담아 강하왕에게 보내면서 편지를 썼다.

"골동품이 더 필요하시다는 뜻을 받들어 지금 [진나라] 이사(李斯)의 개 목걸이와 [한나라] 사마상여(司馬相如)의 소코뚜레를 바칩니다."

宋江夏王義恭, 性愛古物, 常遍就朝士求之. 侍中何勖已有所送, 而王徵索不已, 何甚不平. 嘗出行, 於道中見狗枷·犢鼻, 乃命左右取之, 還, 以箱擎送之, 牋曰 : "承復須古物, 今奉李斯狗枷, 相如犢鼻."

* 이 고사는 《태평광기》 권246 〈회해·하욱〉에 실려 있다.

38-12(1066) 유회

유회(劉繪)

출《담수》

 제(齊:남제)나라의 유회가 남강군(南康郡)의 태수로 있을 때, 질류(郅類)라는 군민이 사는 곳의 이름이 예리(穢里)였다. 그래서 유회가 그를 놀리며 말했다.

 "그대는 무슨 더러움[穢]이 있기에 예리에 사는가?"

 그러자 질류가 대답했다.

 "공구(孔丘:공자)는 무슨 빠진 것[闕]이 있었기에 궐리(闕里)에서 살았는지 모르겠습니다."

 유회는 그의 답변에 감탄했다.

齊劉繪爲南康郡, 郡人郅類所居, 名穢里. 繪戲之曰 : "君有何穢, 而居穢里?" 答曰 : "未審孔丘何闕, 而舍闕里." 繪嘆其辯.

* 이 고사는 《태평광기》 권246 〈회해·유회〉에 실려 있다.

38-13(1067) 서효사

서효사(徐孝嗣)

출《담수》

　제(齊: 남제)나라의 복야(僕射)였던 동해(東海) 사람 서효사는 고좌사(高座寺)를 보수하고서 대부분 그곳에서 쉬었으며, 법운 법사(法雲法師)는 소사(蕭寺)에 있었다. 두 사람은 하루 종일 각자 노닐었는데, 두 절이 인접해 있었지만 서로 왕래하지 않았다. 한번은 서효사가 법운 법사에게 말했다.

　"법사께서는 늘 고좌(高座)에 계시면서도 어찌하여 고좌사에 놀러 오지 않으십니까?"

　법운 법사가 대꾸했다.

　"단월(檀越: 시주)은 기왕에 소씨(蕭氏) 가문[제나라의 황실]을 섬기면서도 어찌하여 소사에 오지 않습니까?"

齊僕射東海徐孝嗣修輯高座寺, 多在彼宴息, 法雲師亦蕭寺. 日夕各遊, 二寺鄰接, 而不相往來. 孝嗣嘗謂法雲曰: "法師嘗在高座, 而不遊高座寺?" 答曰: "檀越旣事蕭門, 何不至蕭寺?"

* 이 고사는 《태평광기》 권246 〈회해·서효사〉에 실려 있다.

38-14(1068) 심소략

심소략(沈昭略)

출《담수》

제(齊 : 남제)나라의 황문랑(黃門郎)이었던 오흥(吳興) 사람 심소략은 성품이 지나치게 자유분방하고 술주정을 하면서 제멋대로 행동했다. 한번은 술에 취해 지팡이를 짚고 무호(蕪湖)의 원림(苑林)에 갔다가, 낭야(琅琊) 사람 왕약(王約)을 만나 눈을 부릅뜨고 노려보면서 말했다.

"너는 왕약이지? 어찌하여 뒤룩뒤룩 살만 쪄 가지고 멍청하냐?"

그러자 왕약이 말했다.

"너는 심소략이지? 어찌하여 비쩍 말라 가지고 미쳐 날뛰느냐?"

심소략이 박장대소하며 말했다.

"마른 것은 살찐 것보다 훨씬 낫고 미친 것도 멍청한 것보다 낫지!"

齊黃門郎吳興沈昭略, 性狂, 使酒任氣. 嘗醉, 負杖至蕪湖苑, 遇琅琊王約, 張目視之曰 : "汝王約耶? 何肥而癡?" 約曰 : "汝是沈昭略耶? 何瘦而狂?" 昭略撫掌大笑曰 : "瘦已勝肥, 狂又勝癡!"

* 이 고사는 《태평광기》 권246 〈회해·심소략〉에 실려 있다.

38-15(1069) 호해지

호해지(胡諧之)

출《담수》

제(齊 : 남제)나라의 예장(豫章) 사람 호해지가 처음 강주(江州)의 치중종사(治中從事)가 되었을 때, 태조(太祖 : 고제)가 그를 신임했다. 그의 집안사람들이 혜어(傒語)[124]를 사용해 발음이 정확하지 않았기에, 궁인 몇 사람을 호해지의 집으로 보내 그의 자녀들을 가르쳐 주도록 했다. 2년 뒤에 태조가 호해지에게 물었다.

"경의 가족들은 발음이 교정되었는가?"

호해지가 대답했다.

"궁인은 적고 신의 가족은 많은지라, 발음을 교정할 수 없는 것은 물론이고 오히려 궁인들이 혜어에 물들어 버렸습니다."

태조는 크게 웃었다.

齊豫章胡諧之初爲江州治中, 太祖委任之. 以其家人傒語不正, 乃遣宮內數人, 至諧之家, 敎其子女. 二年, 上問之 : "卿

---

124) 혜어(傒語) : 강서(江西) 지방에 살던 혜족(傒族)의 방언.

家語音正未?" 答曰 : "宮人少, 臣家人多, 非惟不能正音, 遂使宮人頓傒語." 上大笑.

* 이 고사는 《태평광기》 권246 〈회해·호해지〉에 실려 있다.

38-16(1070) 서릉

서릉(徐陵)

출〈담수〉

양(梁)나라의 서릉이 위(魏 : 북위)나라에 사신으로 갔는데, 그때 날이 몹시 더웠다. 그래서 위나라의 주객낭중(主客郎中) 위수(魏收)가 말했다.

"오늘 날씨가 더운 것은 당연히 남쪽에서 서 상시(徐常侍 : 서릉)가 오셨기 때문이지요."

서릉이 응수했다.

"예전엔 [제나라의] 왕숙(王肅)이 이곳에 와서 위나라를 위해 처음으로 예의를 제정해 주었는데, 오늘은 내가 사신으로 와서 경에게 또 추위와 더위를 알게 하는구려."

위수는 대꾸할 수 없었다.

북제(北齊)의 사신이 양나라에 왔을 때 동해(東海) 사람 서릉을 찾아가서 그의 나이를 물었더니 서릉이 말했다.

"여래(如來 : 석가모니)보다는 다섯 살 적고 공자(孔子)보다는 세 살 많습니다."

즉, 75세라는 말이었다.

梁徐陵聘魏, 是日甚熱. 魏主客魏收曰:"今日之熱, 當由徐常侍來." 陵答曰:"昔王肅至此, 爲魏始制禮儀, 今我來聘,使卿復知寒暑." 收不能對.

北齊使來聘梁, 訪東海徐陵, 問其齒, 曰 : "小如來五歲, 大孔子三年." 謂七十五也.

* 이 고사는 《태평광기》 권246 〈회해 · 서이(徐摛)〉와 〈서릉〉에 실려 있다.

38-17(1071) 양 무제
양무(梁武)
출《담수》

 양나라 고조(高祖 : 무제)가 한번은 오언 첩운시(疊韻詩)125) 한 구절을 지었다.

"뒤창엔 석류나무와 버드나무 있네(後牖有榴柳)."126)

그러고는 조정 신하들에게 모두 이를 따라 지으라고 명하자, 유효작(劉孝綽)이 지었다.

"양왕께선 길이 강녕하고 강건하소서(梁王長康强)."127)

심약(沈約)이 지었다.

"뱃머리 가에서 새우잠 자네(偏眠船舷邊)."128)

유견오(庾肩吾)가 지었다.

---

125) 첩운시(疊韻詩) : 같은 운부(韻部)에 속하는 글자들로 지은 시를 말한다.

126) 뒤창엔 석류나무와 버드나무 있네(後牖有榴柳) : 다섯 자 모두 상성(上聲) 제25 '유(有)' 운부에 속한다.

127) 양왕께선 길이 강녕하고 강건하소서(梁王長康强) : 다섯 자 모두 하평성(下平聲) 제7 '양(梁)' 운부에 속한다.

128) 뱃머리 가에서 새우잠 자네(偏眠船舷邊) : 다섯 자 모두 하평성 제1 '선(先)' 운부에 속한다.

"비수를 차고 매양 수중보를 가로막네(載匕每礙埭)."[129]

서리(徐摛)가 지었다.

"신이 어제 우묘(禹廟)에 제사 지내고(臣昨祭禹廟), '6곡의 삶은 사슴 고기'를 남겼나이다(殘六斛熟鹿肉)."[130]

하손(何遜)이 조만[曹瞞 : 조조(曹操)]의 고사를 이용해 지었다.

"해 질 녘 소주의 고소대(姑蘇臺)는 황폐하구나(暯蘇姑枯廬)."[131] 미 : 조만의 고사는 미상이다.

오균(吳均)은 한참 동안 깊이 생각했지만 끝내 아무 말도 하지 못했다. 고조는 얼굴에 불쾌한 표정을 짓고 있다가 잠시 후 조서를 내렸다.

"오균은 불균(不均)하고 하손은 불손(不遜)하니, 정위(廷尉)에게 회부해 죄를 묻는 것이 합당하다."

[129] 비수를 차고 매양 수중보를 가로막네(載匕每礙埭) : 다섯 자 모두 거성(去聲) 제11 '대(隊)' 운부에 속한다.

[130] 6곡의 삶은 사슴고기(六斛熟鹿肉) : 다섯 자 모두 입성(入聲) 제1 '옥(屋)' 운부에 속한다.

[131] 해 질 녘 소주의 고소대(姑蘇臺)는 황폐하구나(暯蘇姑枯廬) : '막(暯)'은 '모(暮)'와 통한다. 다섯 자 모두 상평성(上平聲) 제7 '우(虞)' 운부에 속한다.

梁高祖嘗作五字疊韻曰:"後牖有榴柳." 命朝士並作, 劉孝綽曰:"梁王長康強." 沈約曰:"偏眠船舷邊." 庾肩吾曰:"載匕每礙埭." 徐摛曰:"臣昨祭禹廟, 殘'六斛熟鹿肉'." 何遜用曹瞞故事曰:"暯蘇姑枯廬." 眉:曹瞞故事未詳. 吳均沉思良久, 竟無所言. 高祖愀然不悅, 俄有詔曰:"吳均不均, 何遜不遜, 宜付廷尉."

* 이 고사는 《태평광기》 권246 〈회해·양무〉에 실려 있다.

38-18(1072) 스님 중공

승중공(僧重公)

출《담수》

사문(沙門) 중공이 한번은 [양나라] 고조(高祖 : 무제)를 알현했는데 고조가 물었다.

"사성(四聲)132)이 무엇이오?"

중공이 곧바로 대답했다.

"천보사찰(天保寺刹)133)입니다."

중공이 물러 나와 유효작(劉孝綽)을 만났는데, 그 일을 말해 주면서 스스로 잘했다고 여기자 유효작이 말했다.

"어찌 '천자만복(天子萬福)'134)이라고 말한 것만 하겠소?"

沙門重公嘗謁高祖, 問曰 : "四聲何者爲是?" 重公應聲答曰 :

---

132) 사성(四聲) : 육조(六朝) 시대 양나라의 심약(沈約) 등이 만든 한어(漢語)의 네 가지 성조. 즉, 평성(平聲)·상성(上聲)·거성(去聲)·입성(入聲)을 말한다.

133) 천보사찰(天保寺刹) : '천(天)'은 평성, '보(保)'는 상성, '사(寺)'는 거성, '찰(刹)'은 입성이다.

134) 천자만복(天子萬福) : '천(天)'은 평성, '자(子)'는 상성, '만(萬)'은 거성, '복(福)'은 입성이다.

"天保寺刹" 既出, 逢劉孝綽, 說以爲能, 綽曰 : "何如道'天子萬福'?"

* 이 고사는 《태평광기》 권247 〈회해·승중공〉에 실려 있다.

38-19(1073) 손소

손소(孫紹)

출《계안록》

후위(後魏 : 북위)의 손소는 내직과 외직을 두루 거친 다음 늘그막에 비로소 태부소경(太府少卿)에 임명되었다. 조정에 나아가 감사의 예를 올리던 날 영 태후(靈太后 : 선무제의 황후)가 말했다.

"공은 [이 관직을 맡기에] 나이가 너무 많은 것 같소."

그러자 손소가 거듭 절하며 말했다.

"신이 비록 늙기는 했으나 신이 맡은 경(卿)이란 직책은 너무 젊습니다[少]."

영 태후가 크게 웃으며 말했다.

"그렇다면 공을 정경(正卿)에 임명해야겠소!"

後魏孫紹歷職內外, 垂老始拜太府少卿. 謝日, 靈太后曰 : "公年似太老." 紹重拜曰 : "臣年雖老, 卿年太少." 后大笑曰 : "是將正卿!"

* 이 고사는《태평광기》권247〈회해·손소〉에 실려 있다.

38-20(1074) 북위 저잣거리의 사람
위시인(魏市人)
출《계안록》

후위(後魏 : 북위) 효문제(孝文帝) 때 황실의 친왕(親王)과 고관들은 대부분 석약(石藥)[135]을 복용했는데, 모두 석발(石發)[136] 증세가 나타난다고 했다. 몸에서 열이 나는 어떤 사람이 역시 석약을 먹고 열이 난다고 말하자, 당시 사람들은 대부분 그가 부자인 척하는 것을 싫어했다. 한번은 어떤 사람이 저잣거리의 문 앞에 드러누워 이리저리 뒤척이며 열이 난다고 하자, 사람들이 다투어 가서 구경했다. 그의 동료가 이상해했더니 그 사람이 말했다.

"나는 석발 증세가 나타나는 것이네."

그의 동료가 말했다.

"자네가 언제 석약을 먹었는가?"

---

135) 석약(石藥) : 광물류를 배합해서 만든 마약의 일종으로, 위진 시대에 명사들이 즐겨 복용했던 오석산(五石散)과 같은 약물을 말한다. 당시에는 석약의 값이 매우 비싸서 왕공(王公)이나 귀족이 아니면 복용할 수 없었다.

136) 석발(石發) : 석약을 먹고 몸에서 열이 나는 증세를 말한다.

그 사람이 말했다.

"내가 어제 산 쌀 속에 돌이 들어 있었는데, 그것을 먹고 났더니 지금 석발 증세가 나타나네."

사람들은 박장대소했다. 미 : 절묘한 해학이다. 그 후로 석발 증세를 호소하는 사람이 드물어졌다.

後魏孝文帝時, 諸王及貴臣多服石藥, 皆稱石發. 乃有熱者, 亦云服石發熱, 時人多嫌其詐作富貴體. 有一人於市門前臥, 宛轉稱熱, 因衆人競看. 同伴怪之, 報曰 : "我石發." 同伴人曰 : "君何時服石?" 曰 : "我昨市米, 中有石, 食之, 今發." 衆人大笑. 眉 : 妙謔. 自後少人稱患石發者.

* 이 고사는 《태평광기》 권247 〈회해·위시인〉에 실려 있다.

38-21(1075) 위언연

위언연(魏彦淵)

출《담수》

 북제(北齊)의 제주장사(濟州長史) 이저(李翥)가 한번은 잔치의 주인이 되자 조정의 관리들이 모두 모였는데, 유주장사(幽州長史) 육인혜(陸仁惠)가 오지 않았기에 이저는 이를 마음에 깊이 담아 두었다. 그러자 저작랑(著作郞)인 거록(鉅鹿) 사람 위언연이 말했다.

 "눈이 하나인 그물로 어찌 새를 잡을 수 있겠습니까?"

 이저는 한쪽 눈이 멀었고 육인혜는 별명이 각치(角鴟 : 부엉이)였기 때문에 그렇게 말한 것이었다. 또 최표(崔儦)가 위언연에게 말했다.

 "내가 글씨에 서툴러 '표(儦)' 자를 잘 쓸 수 없으니, 어떻게 하면 좋겠소?"

 그러자 위언연이 말했다.

 "사람 '인(人)' 자의 다리 부분을 길게 잡아끌고 사슴의 꼬리를 바람에 비껴 날리면 됩니다."

北齊濟州長史李翥嘗爲主人, 朝士咸集, 幽州長史陸仁惠不來, 翥甚銜之. 著作郞鉅鹿魏彦淵曰 : "一目之羅, 豈能獲鳥?" 翥眇一目, 陸號角鴟, 故云. 又崔儦謂彦淵曰 : "我拙於書, 不能'儤'字, 使好?" 彥淵曰: "正可長牽人脚, 斜飄鹿尾."

* 이 고사는《태평광기》권247〈회해・위언연〉에 실려 있다.

38-22(1076) 이서

이서(李庶)

출《유양잡조(酉陽雜俎)》

 세상에서는 몸이 비쩍 마르는 병을 "최가질(崔家疾 : 최씨 집안의 질병)"이라 불렀다. 북제(北齊)의 이서는 수염이 없었기 때문에 당시 사람들이 그를 "천암(天閹 : 타고난 내시)"이라 불렀다. 최심(崔諶)이 이서에게 말했다.

 "동생에게 수염 심는 방법을 가르쳐 줄 테니, 송곳으로 턱을 두루 찔러 구멍을 낸 다음에 말꼬리 털을 박아 넣게."

 그러자 이서가 말했다.

 "그 방법을 귀댁의 사람들에게 사용해 눈썹을 심어서 효험이 있으면, 그런 연후에 수염을 심겠습니다."

 최씨 집안에는 대대로 악질(惡疾 : 나병과 같은 고치기 힘든 병)이 있었기 때문에 이서는 그것으로 최심을 놀렸던 것이다.

世呼病瘦爲"崔家疾". 北齊李庶無鬚, 時人呼爲"天閹". 崔諶謂之曰 : "敎弟種鬚法, 以錐遍刺作孔, 揷以馬尾." 庶曰 : "持此還施貴族, 藝眉有驗, 然後樹鬚." 崔氏世有惡疾, 故庶以此嘲之.

* 이 고사는 《태평광기》 권247 〈회해·이서〉에 실려 있다.

38-23(1077) 노순조

노순조(盧詢祖)

출《북사》

　제(齊 : 북제)나라의 주객랑(主客郎)인 돈구(頓丘) 사람 이서(李恕)는 키가 작았고, 노순조는 허리가 굵었다. 이서가 말했다.

　"노랑(盧郎 : 노순조)은 허리가 굵어서 허리띠를 두르기 어렵겠소."

　노순조가 대답했다.

　"어르신은 키가 작아서 도포가 길어지기 쉽습니다."

　이서가 또 노순조에게 말했다.

　"노랑은 총명하나 필시 오래 살지 못할 것이오."

　노순조가 대답했다.

　"어르신의 귀밑머리가 허옇게 센 것을 보니, 그래도 조금은 스스로 안심이 됩니다."

齊主客郎頓丘李恕身短, 盧詢祖腰粗. 恕曰 : "盧郎腰粗帶難匝." 答曰 : "丈人身短袍易長." 恕又謂詢祖曰 : "盧郎聰明必不壽." 答曰 : "見丈人蒼蒼在鬢, 差以自安."

* 이 고사는 《태평광기》 권247 〈회해·노순조〉에 실려 있다.

38-24(1078) 북해의 왕희

북해왕희(北海王晞)

출《담수》

제(齊 : 북제)나라의 북해 사람 왕희는 자가 숙랑(叔朗)으로, 대승상부(大丞相府)의 사마(司馬)가 되었다. 한번은 승상부의 좨주(祭酒) 노사도(盧思道)와 함께 계제(禊祭)[137]를 지내며 술을 마시다가 왕희가 시를 지었다.

"날이 저물어 응당 돌아가야 하는데, 물고기와 새가 더 머물라고 붙잡네."

그때 중사(中使 : 황궁 사신)가 와서 왕희를 부르자 왕희는 급히 말을 타고 떠났다. 이튿날 노사도가 왕희에게 물었다.

"어제 불그레한 얼굴로 불려 갔는데, 물고기와 새 때문에 늦게 왔다고 꾸지람이나 듣지 않았습니까?"

왕희가 말했다.

"어제 저녁에 기분 좋게 술을 마셨으나, 그 술 때문에 자못 꾸지람을 들었습니다. 경들 또한 나를 붙잡은 무리이니,

---

[137] 계제(禊祭) : 음력 3월 삼짇날 맑은 물가에서 겨우내 묵은 심신(心身)의 때를 씻어 내고 술을 마시며 시회(詩會)를 즐기던 의식.

어찌 물고기와 새뿐이겠습니까?"

왕희는 문장과 술을 좋아하고 산수를 즐겼기에 승상부의 관료들이 그를 "방외사마(方外司馬: 속세 밖의 사마)"라고 불렀다. 효소제(孝昭帝)가 즉위하고 나서 그에 대한 대우가 더욱 융숭해졌지만, 왕희는 매번 스스로 멀리하고 물러나 사람들에게 말했다.

"내가 열관(熱官)[138]을 좋아하지 않는 것은 아니지만, 너무 익어 흐물흐물해질까 걱정일 뿐이오."

齊北海王晞, 字叔朗, 爲大丞相府司馬. 嘗共相府祭酒盧思道禊飮, 晞賦詩曰: "日暮應歸去, 魚鳥見留連." 時有中使召晞, 馳馬而去. 明旦, 思道問晞: "昨被召以朱顔, 得無以魚鳥致責?" 晞曰: "昨晚陶然, 頗以酒漿被責. 卿等亦是留連之一物, 何獨魚鳥?" 晞好文酒, 樂山水, 府寮呼爲"方外司馬". 及昭孝[1]立, 待遇彌隆, 而晞每自疏退, 謂人曰: "非不愛熱官, 但思之爛熟耳."

* 이 고사는 《태평광기》 권247 〈회해·북해왕희〉에 실려 있다.

1 소효(昭孝): "효소(孝昭)"의 착오다.

138) 열관(熱官): 권세가 대단한 관리. 한관(閑官)이나 냉관(冷官)에 대한 상대어다.

38-25(1079) 서지재

서지재(徐之才)

출《담수》

제(齊 : 북제)나라의 고평(高平) 사람 서지재는 박식하고 말재주가 있었다. 부친 서웅(徐雄)과 조부 서성백(徐成伯)은 모두 의술에 뛰어났으며, 대대로 가업으로 전해졌다. 납언(納言 : 어명의 출납을 관장하는 관리) 조효징(祖孝徵)이 그를 놀리며 "사공(師公 : 주방장)"이라 부르자 서지재가 말했다.

"이미 그대의 스승[師]이 되었는데 또 그대의 아버지[公]까지 되었으니, 삼존[三尊 : 군(君)·사(師)·부(父)]의 예법 가운데 졸지에 그 둘을 차지하게 되었소이다."

서지재가 한번은 즐겁게 담소하다가 복야(僕射) 위수(魏收)를 조롱하자, 위수가 그를 자세히 보며 말했다.

"얼굴이 민간의 방상(方相)139)과 같소."

그러자 서지재가 대답했다.

"만약 그렇다면 바로 경의 장례용품이군요."

---

139) 방상(方相) : 방상시(方相氏)를 말한다. 귀신을 쫓기 위해 장례 행렬의 맨 앞에 세우는 신상(神像)으로 모습이 매우 험악하다.

齊高平徐之才博識, 有口辨. 父雄, 祖成伯, 並善術[1], 世傳其業. 納言祖孝徵戲之, 呼爲"師公", 之才曰:"旣爲汝師, 復爲汝公, 在三之義, 頓居其兩." 之才嘗以劇談調僕射魏收, 收熟視之曰:"面似小家方相." 之才答曰:"若爾, 便是卿之葬具."

* 이 고사는 《태평광기》 권247 〈회해·서지재〉에 실려 있다.

1 술(術) : 《태평광기》 명초본에는 이 앞에 한 글자가 비어 있는데, 《북제서(北齊書)》 〈서지재전(徐之才傳)〉에 따르면 서지재의 부친과 조부가 의술에 뛰어났다고 하므로, "의술(醫術)"이라고 하는 것이 문맥상 타당해 보인다.

38-26(1080) 후백

후백(侯伯)

출《계안록》

 수(隋)나라의 후백은 주(州)에서 수재(秀才)로 추천되어 도성에 갔는데, 기지가 예리하고 언변이 민첩했다. 한번은 월국공(越國公) 양소(楊素)와 나란히 말을 타고 가면서 얘기를 나누었는데, 길가의 홰나무가 말라 죽어 있자 양소가 말했다.

"후 수재(侯秀才 : 후백)는 식견이 보통 사람을 뛰어넘으니, 이 나무를 살아나게 할 수 있겠는가?"

후백이 말했다.

"할 수 있습니다."

양소가 말했다.

"무슨 방법으로 살려 낼 수 있는가?"

후백이 말했다.

"홰나무[槐]의 열매[子]를 가져다가 나뭇가지 위에 걸어 놓으면 즉시 저절로 살아날 것입니다."

양소가 말했다.

"어떻게 살아날 수 있단 말인가?"

후백이 대답했다.

"선생님[子 : 공자]께서 살아 계신데 회(回 : 안회)가 어찌 감히 죽겠습니까?'140)라는 《논어(論語)》의 말씀을 들어 보지 못하셨습니까?"

그러자 양소가 크게 웃었다. 개황(開皇) 연간(581~600)에 성이 출(出)이고 이름이 육근(六斤)이라는 사람이 있었다. 그는 양소를 뵙고 싶어서 명함 종이를 가지고 상서성(尙書省)의 문에 갔다가 후백을 만나 자신의 성명을 써 달라고 부탁했더니, 후백이 "육근반(六斤半)"이라고 써 주었다. 명함이 전해지고 나서 양소가 그를 불러 그의 성명을 거듭 물었더니 그가 대답했다.

"출육근입니다."

양소가 말했다.

"그런데 어째서 육근반이라고 했는가?"

출육근이 말했다.

"아까 후 수재에게 성명을 적어 달라고 부탁했는데 틀림없이 잘못 적었을 겁니다."

---

140) 선생님[子 : 공자]께서 살아 계신데 회(回 : 안회)가 어찌 감히 죽겠습니까? : 《논어》〈선진(先進)〉편에 나오는 구절. 홰나무의 '괴(槐)'와 안회의 '회(回)'는 옛 음이 같고, 공자를 가리키는 '자(子)'는 열매를 의미한다. 즉, 이 구절은 "열매가 살아 있는데 홰나무가 어찌 감히 죽겠습니까?"라는 뜻이 된다.

양소가 즉시 후백을 불러오게 해서 말했다.

"그대는 어찌하여 남의 성명을 잘못 적어 주었는가?"

후백이 대답했다.

"잘못 적지 않았습니다."

양소가 말했다.

"만약 틀림이 없다면 어찌하여 성이 출이고 이름이 육근인 사람이 그대에게 성명을 적어 달라고 부탁했는데 육근반이라고 적어 주었는가?"

후백이 대답했다.

"아까 상서성의 문에서 갑자기 저울을 찾을 곳이 없었는데, 그가 6근이 넘는다[出六斤]고 말하는 것을 들었지만 짐작해 보니 틀림없이 6근 반[六斤半]일 것 같았습니다."

그러자 양소가 크게 웃었다. 양소는 관중(關中) 사람이고 후백은 산동(山東) 사람이었다. 관중의 일반백성은 "수(水)"를 "패(霸)"로 발음하고, 산동에서는 "경장거(擎將去 : 들고 가다)"를 "걸도거(揨刀去)" 미 : 걸(揨)은 음이 기(其)와 열(列)의 반절(反切)이다. 로 발음했다. 양소가 한번은 장난으로 후백에게 말했다.

"산동에는 진실로 어질고 의로운 사람이 많아서 하나를 빌려 달라고 하면 둘을 얻게 되네."

후백이 말했다.

"어떻게 둘을 얻게 됩니까?"

양소가 대답했다.

"어떤 사람이 아무개에게 활을 빌려 달라고 하면 '칼도 들고 가시오[搩刀去]'라고 말하니, 어찌 하나를 빌려 달라고 해서 둘을 얻는 것이 아니겠는가?"

그러자 후백이 곧바로 응수했다.

"관중 사람들은 또한 매우 총명해서 하나를 물어보면 둘을 알게 됩니다."

양소가 말했다.

"어떻게 그것을 아는가?"

후백이 말했다.

"어떤 사람이 '요즘 비가 많이 왔는데 위수(渭水)의 물이 불었소[水漲]?'라고 물으면 '파수(灞水)도 불어났다[灞漲]'[141]고 대답하니, 어찌 하나를 물어보아 둘을 알게 되는 것이 아니겠습니까?"

양소는 후백의 민첩한 언변에 탄복했다. 양소는 극담(劇談 : 유쾌한 이야기)을 좋아해서 매번 당직을 서는 날이면 후백에게 우스갯소리를 하게 했는데, 어떤 때는 아침부터 시작해서 저녁이 되어서야 겨우 돌아갈 수 있었다. 후백이 막

---

141) 파수(灞水)도 불어났다[灞漲] : 관중 지방에서는 '수(水)'를 '패(霸)'로 발음하는데, '패(霸)'와 '파(灞)'가 음이 통하기 때문에 '물이 불어났다'는 뜻으로 '파창(灞漲)'이라고 말한 것이다.

상서성의 문을 나오다가 양소의 아들 양현감(楊玄感)과 만났는데 양현감이 말했다.

"후 수재, 나에게 재미있는 이야기 하나만 해 주시오."

후백은 그에게 붙들려서 어쩔 수 없이 이야기를 하게 되었다.

"호랑이 한 마리가 들판에서 먹이를 찾다가 마침 고슴도치 한 마리가 배를 위로 향하고 누워 있는 것을 보고 고깃덩어리인 줄 알고 그것을 물려고 했지요. 그런데 갑자기 고슴도치가 몸을 웅크려 호랑이의 코에 달라붙자, 호랑이는 깜짝 놀라 쉬지 않고 달려서 곧장 산속에 이르렀는데, 피곤하고 졸려서 자기도 모르게 깊이 잠들자, 그제야 고슴도치가 호랑이의 코를 놔주고 떠났지요. 호랑이는 문득 깨어나 기뻐하면서 도토리나무 아래까지 달려갔는데, 머리를 숙여 [고슴도치처럼 생긴] 도토리의 깍정이를 보고는 몸을 기울이며 말하길, '아침에 그대의 아버님을 만났으니 이번에는 그대가 잠시 길을 비켜 주길 바라오'[142]라고 했답니다."

후백이 당(唐)나라에서 벼슬할 때[143] 한번은 사람들과

---

142) 아침에 그대의 아버님을 만났으니 이번에는 그대가 잠시 길을 비켜 주길 바라오 : 후백이 아침에 양소를 만나 힘이 빠지도록 우스갯소리를 해 주었으니 그의 아들인 양현감은 제발 자기를 그냥 보내 달라는 뜻으로 한 말이다.

함께 어울려 저마다 수수께끼를 냈는데, 후백이 말했다.

"반드시 실제로 존재하는 사물이어야 하고 근거 없는 풀이로 사람들을 함부로 현혹해서는 안 되오. 만약 풀이가 끝난 다음에 그러한 사물이 없으면 반드시 벌을 받아야 하오."

그러고는 곧바로 문제를 냈다.

"등은 집채만 하고 배는 주발만 하며 입은 등잔만 한 것은?"

사람들이 알아맞히지 못하고 모두 말했다.

"천하에 그런 사물은 절대 없으니 반드시 함께 내기를 해 봅시다."

후백이 사람들과 내기를 하고 난 후에 답을 말해 주었다.

"그것은 바로 호연(胡燕)의 둥지[144]요."

그러자 사람들이 모두 크게 웃었다. 또 한번은 후백이 많은 사람들이 모인 연회에 참석했는데, 후백이 늦게 도착하자 사람들이 그에게 수수께끼를 내라고 하면서, 너무 아리

---

143) 후백이 당(唐)나라에서 벼슬할 때 : 《수서》〈후백전〉에 따르면, 그는 수나라 문제(581~604 재위) 때 죽은 게 확실하므로, 이 고사는 후대 사람이 찬입(竄入)한 것이 분명하다.

144) 호연(胡燕)의 둥지 : 호연은 제비의 일종으로 가슴에 검은 무늬가 있고 울음소리가 크다. 그 둥지는 길쭉하게 생겼으며 명주 두 필이 들어갈 정도의 크기다.

송해서 알기 어렵거나 괴상하고 기이한 것을 내면 안 된다고 하자, 후백이 곧바로 말했다.

"크기는 개만 하고 생김새는 소와 아주 닮았는데 이것은 무엇이오?"

어떤 이는 노루라 하고 어떤 이는 사슴이라 했지만 모두 아니라고 하자, 사람들이 그에게 답을 말하라고 했더니 후백이 말했다.

"그것은 바로 송아지요."

처음에 후백이 아직 이름이 알려지지 않았을 때, 그가 살던 고을에 현령이 새로 부임해 오자 후백이 현령을 배알하고 나서 지인들에게 말했다.

"나는 명부(明府 : 현령)에게 개 짖는 소리를 내게 할 수 있네."

사람들이 말했다.

"어찌 그럴 리가 있겠는가? 만약 정말 자네 말대로 된다면 우리가 자네에게 한턱내겠지만, 만약 허튼소리라면 마땅히 자네가 우리에게 한턱내야 하네."

후백이 현령을 뵈러 들어가자 지인들이 모두 문밖에서 기다렸다. 후백이 현령에게 말했다.

"공께서 막 부임해 오셨는데, 민간에 불편한 일이 있어서 공께 의논을 드리고자 합니다. 공께서 이곳에 오시기 전부터 도적이 아주 많으니, 청컨대 집집마다 개를 기르도록 명하셔서 개 짖는 소리로 도적을 놀라게 한다면 자연히 도적질이 멈추게 될 것입니다."

현령이 말했다.

"만약 그렇다면 우리 집에도 잘 짖는 개를 길러야 할 텐데, 어떻게 하면 그런 개를 구할 수 있겠는가?"

후백이 말했다.

"저의 집에 한 무리의 개를 새로 들여왔는데, 그 개들이 짖는 소리는 여느 개들과는 다릅니다."

현령이 말했다.

"그 소리가 어떠한가?"

후백이 대답했다.

"'유유(㕠㕠)' 하고 짖습니다."

현령이 말했다.

"그대는 좋은 개가 짖는 소리를 전혀 모르고 있네. 좋은 개는 마땅히 '호호(號號)' 하고 짖네."

밖에서 기다리고 있던 사람들은 모두 입을 막고 웃었다. 후백은 자기가 이긴 것을 알고 말했다.

"만약 공께서 그처럼 잘 짖는 개를 찾고자 하신다면 마땅히 제가 나가서 찾아보도록 하겠습니다."

후백은 마침내 인사를 하고 나갔다.

隋侯白, 州擧秀才, 至京, 機鋒辯捷. 嘗與越公楊素並馬言話, 路傍有槐樹枯死, 素乃曰:"侯秀才理道過人, 能令此樹活否?"曰:"能." 素云:"何計得活?"曰:"取槐樹子於樹枝上懸著,卽當自活." 素云:"因何得活?"答曰:"可不聞《論語》云:'子在,回何敢死?'"素大笑. 開皇中,有人姓出,名六斤. 欲參素,賫名紙至省門,遇白,請爲題其姓,乃書曰"六斤牛". 名旣入,素召其人,重詢姓名,答曰:"是出六斤." 曰:"何爲六斤牛?"曰:"向請侯秀才題之,當是錯矣." 卽召白至,謂曰:"卿何爲錯題人姓名?"對云:"不錯." 素曰:"若不錯,何因姓出名六斤,請卿題之,乃言六斤牛?"對曰:"向在省門,倉卒無處得稱,旣聞道是出六斤,斟酌祇應是六斤牛." 素大笑. 素關中人,白山東人. 關中下俚人言音,謂"水"爲"霸",山東亦言"擎將去"爲"㩙 眉:㩙,其列反. 刀去". 素嘗戲白曰:"山東固多仁義,借一而得兩." 白曰:"何爲得兩?"答曰:"有人從某借弓者,乃曰'㩙刀去',豈非借一而得兩?"白應聲曰:"關中人亦甚聰明,問一知二." 素曰:"何以得知?"白曰:"有人問:'比來多雨,渭水漲否?',答曰:'霸長',豈非問一知二?"素於是伏其辯捷. 素愛劇談,每上番日,卽令白談戲,或從旦至晚,始得歸. 纔出省門,卽逢素子玄感,乃云:"侯秀才,可與玄感說一個好話?"白被留連,不獲已,乃云:"有一大蟲,欲向野中覓肉,見一刺猬仰臥,謂是肉臠,欲銜之. 忽被猬捲着鼻,驚走不休,直至山中,睏乏,不覺昏睡,刺猬乃放鼻而去. 大蟲忽起歡喜,走至橡樹下,低頭見橡斗,乃側身語云:'旦來遭見賢尊,願郎君且避道.'"白仕唐,嘗與人各爲謎,白云:"必須是實物,不得虛作解釋,浪惑衆人. 若解訖,無有此物,卽須受罰." 白卽云:"背共屋許大,肚共碗許大,口共盞許大." 衆人射不得,皆云:"天下並無此物,必須共賭." 白與衆賭訖,解云:"此是胡燕窠." 衆皆大笑. 又逢衆宴,白後至,衆令作謎,必不得幽隱難識,及詭譎希奇,白卽應聲云:"有物大如狗,面貌極似牛,此是何物?"或云是犛,或云是鹿,皆云不是, 卽令白解, 云:"此是犢子." 白初未知名, 在本邑, 令宰初至, 白卽謁, 謂知識曰:"白能令明府作狗吠." 曰:"何有此理? 誠如言, 我輩輸一會飮食, 若妄, 君當輸." 於是入謁, 知識俱門外伺之. 白謂令曰:"公初至, 民間有不便事, 望吝公. 公到前, 甚多賊盜, 請命各家養狗, 令吠驚, 自然賊盜止息." 令曰:"若然, 我家亦須養能吠之狗, 若爲可得?" 白曰:"家中新有一群犬, 其吠聲與餘狗不同." 曰:"其聲如何?" 答曰:"其吠聲'㤰㤰'者." 令曰:"君全不識好狗吠聲. 好狗吠聲, 當作'號號'." 伺者聞之, 莫不掩口而笑. 白知得勝, 乃云:"若覓如此能吠者, 當出訪之." 遂辭出.

* 이 고사는《태평광기》권248〈회해·후백〉에 실려 있다.

38-27(1081) 수나라의 말 더듬는 사람
수조흘인(隋朝吃人)
출《계안록》

 수(隋)나라에 어떤 사람이 있었는데 영민하고 총명했지만 말을 더듬었다. 양소(楊素)는 매번 한가해 무료할 때면 그를 불러서 농담을 나누었다. 양소가 한번은 세밑에 할 일이 없어서 그와 마주 앉아 그에게 농담을 했다.

 "깊이가 1장(丈)이고 둘레 역시 1장인 커다란 구덩이가 있는데, 그대가 그 안에 빠졌다면 무슨 방법으로 나오겠는가?"

 그 사람은 한참 동안 머리를 숙이고 있다가 물었다.

 "나나낮인가요? 바바밤인가요?"

 양소가 말했다.

 "낮인지 밤인지는 왜 말하는가? 그대는 어떻게 나올 것인가?"

 그 사람이 말했다.

 "만약 밤이 아니라면 누눈도 멀지 않았는데 왜 구덩이 안에 빠빠지겠습니까?"

 그러자 양소가 크게 웃었다. 양소가 또 물었다.

 "갑자기 그대를 장군에 임명했을 때, 작은 성에 병사는

1000명 이하에 불과하고 양식은 며칠 분량뿐이며 성 밖은 수만 명의 적군에게 포위되어 있는데, 그대를 성안으로 들여보내면 어떤 계책을 세우겠는가?"

그 사람은 한참 동안 머리를 숙이고 있다가 물었다.

"구구원병이 이있습니까?"

양소가 말했다.

"물론 구원병이 없으니까 그대에게 묻는 것이네."

그 사람은 한참 동안 깊이 생각하다가 머리를 들어 양소에게 말했다.

"마만일 공께서 말씀하신 그그대로라면 반드시 패할 수밖에 없겠군요."

그러자 양소가 크게 웃었다. 양소가 또 물었다.

"내 생각에 그대는 다재다능해서 해결하지 못할 게 없을 것 같으니, 오늘 집 안에서 어떤 사람이 뱀에게 발을 물렸다면 어떻게 치료하겠는가?"

그 사람이 곧바로 대답했다.

"5월 5일에 남쪽 담 아래에 있는 누눈을 가가져다가 바바르면 즈즉시 나을 것입니다."

양소가 말했다.

"5월에 어디에 눈이 있을 수 있겠는가?"

그 사람이 대답했다.

"만약 5월 5일에 눈이 없다면 섣달에 사람을 무는 뱀이 어디에 있겠습니까?"

隋朝有人敏慧, 然而口吃. 楊素每閑悶, 卽召與劇談. 嘗歲暮無事對坐, 因戲之云: "有大坑深一丈, 方圓亦一丈, 遣公入其中, 何法得出?" 此人低頭良久, 問曰: "白白白日? 夜夜夜地?" 素云: "何須云白日夜地? 若爲得出?" 乃云: "若不是夜地, 眼眼不瞎, 爲甚物入入裏許?" 素大笑. 又問云: "忽命公作軍將, 有小城, 兵不過一千已下, 糧食唯有數日, 城外被數萬人圍, 若遣公向城中, 作何謀計?" 低頭良久, 問云: "有有救救兵否?" 素云: "祗緣無救, 所以問公." 沉吟良久, 擧頭向素云: "審審如如公言, 不免須敗." 素大笑. 又問云: "計公多能, 無種不解, 今日家中有人蛇咬足, 若爲醫治?" 此人應聲云: "取取五月五日南牆下雪雪塗塗, 卽卽治." 素云: "五月何處得有雪?" 答云: "若五月五日無雪, 臘月何處有蛇咬?"

* 이 고사는 《태평광기》 권248 〈회해·흘인〉에 실려 있다.

38-28(1082) 유작

유작(劉焯)

출《계안록》

　수(隋)나라의 하간(河間) 사람 유작과 그의 사촌 유현(劉炫)은 모두 유학자였는데, 함께 법을 어겨 감금당했다. 현(縣)의 관리는 그들이 대유학자인 것을 모르고 그들 모두에게 칼[枷]을 씌웠다. 그러자 유작이 말했다.

　"하루 종일 칼을 쓰고[枷中] 앉아 있으나[145] 집은 보이지 않는구나."

　유현이 말했다.

　"나 역시 하루 종일 칼을 쓰고[負枷] 앉아 있으나[146] 아내는 보이지 않는구나."

隋河間劉焯與從侄炫並有儒學, 俱犯法被禁. 縣吏不知其大儒也, 咸與枷著. 焯曰 : "終日枷中坐, 而不見家." 炫曰 : "亦

---

[145] 하루 종일 칼을 쓰고[枷中] 앉아 있으나 : '가(枷)'는 '가(家)'와 음이 같다. 즉 "하루 종일 집 안에 앉아 있으나"라는 뜻이 된다.

[146] 하루 종일 칼을 쓰고[負枷] 앉아 있으나 : '부가(負枷)'는 '부가(婦家)'와 음이 같다. 즉 "하루 종일 처가에 앉아 있으나"라는 뜻이 된다.

終日負枷坐, 而不見婦."

* 이 고사는 《태평광기》 권248 〈회해·유작〉에 실려 있다.

38-29(1083) 장손무기

장손무기(長孫無忌)

출《국조잡기》

당(唐)나라 태종(太宗)이 측근 신하들에게 연회를 베풀면서 장난삼아 서로를 조롱하고 놀렸다. 미 : 당시에는 군신(君臣)이 집안의 부자(父子)와 같았음을 짐작할 수 있다. 조국공(趙國公) 장손무기가 구양순(歐陽詢)을 조롱하며 말했다.

"위팔은 솟아 '산(山)' 자 모양이고, 머리는 어깨에 파묻혀 나오지 않네. 어느 왕조의 기린각(麒麟閣)147)에, 이 원숭이148)[구양순을 가리킴]를 그리겠는가?"

그러자 구양순이 응수했다.

"머리를 움츠리는 건 등까지 따뜻하게 하기 위함이고, 배자를 입는 건 배가 추울까 걱정해서라네. 오직 마음이 혼돈스럽기[溷溷]149) 때문에, 얼굴이 동글동글하다네."

---

147) 기린각(麒麟閣) : 한나라 무제(武帝)가 기린을 얻었을 때 기린각을 세웠으며, 선제(宣帝)가 공신들의 초상을 그곳에 그리게 했다.

148) 원숭이 : 구양순은 얼굴이 원숭이 같았다고 전해진다. 그의 어머니가 흰 원숭이에게 잡혀가서 그를 낳았다고 하는 전기 소설(傳奇小說)《보강총백원전(補江總白猿傳)》이 있다.

태종이 엄숙한 얼굴빛으로 말했다.

"구양순 그대는 어찌 황후(皇后)가 알게 될 것을 두려워하지 않는가?"

조국공은 장손 황후(長孫皇后)의 오라비였다.

唐太宗宴近臣, 戲以嘲謔. 眉: 想見當時君臣如家人父子. 趙公長孫無忌嘲歐陽詢曰: "聳膊成'山'字, 埋肩不出頭. 誰家麟閣上, 畫此一獼猴?" 詢應曰: "縮頭連背暖, 裲當畏肚寒. 祗因心溷溷, 所以面團團." 帝斂容曰: "歐陽詢, 汝豈不畏皇后聞?" 趙公, 皇后之兄也.

* 이 고사는 《태평광기》 권248 〈회해·장손무기〉에 실려 있다.

149) 혼돈스럽기[溷溷]: '혼(溷)'은 '혼(混)'과 통하는데, 혼돈(混沌)은 천지가 개벽하기 전에 한데 엉겨 있는 모양을 가리킨다.

38-30(1084) 장손현동

장손현동(長孫玄同)

출《계안록》

　　장손현동이 처음 벼슬길에 올랐을 때 관부에서 음식을 차려 냈다. 그때 창조(倉曹)150)는 오(吳) 지방 사람이었는데, "분죽(粉粥 : 가루 죽)"을 "분죽(糞粥 : 똥 죽)"이라 발음했다. 안주와 반찬이 다 차려지고 찐 음식과 구운 음식이 모두 나오자 창조가 말했다.

　　"어찌하여 분죽(糞粥)을 먼저 내오지 않는가?"

　　온 좌중의 사람들이 모두 웃음을 터뜨리자 장손현동이 말했다.

　　"창조는 바로 공후(公侯)151)의 자손인지라 필시 그 조상에게 돌아가고자 그리한 것인데 제군들은 어찌하여 웃으십니까?"

　　장손현동이 형왕[荊王 : 이원경(李元景)]의 측근으로 있

---

150) 창조(倉曹) : 창곡(倉穀)의 일을 주관하던 관리.

151) 공후(公侯) : '공후(恭候 : 공손히 기다린다)'와 음이 같다. 장손현동은 '공(恭)'을 '출공(出恭 : 대변을 보다)'의 뜻으로 해석해서 '대변을 보려고 기다리는 사람'이라고 놀린 것이다.

을 때, 담당 관청에서 섭제관(攝祭官 : 제사를 주관하는 관리)을 파견해 토지신에게 제사 지내기 위해 제단 주변을 청소하고 있었다. 그때 장손현동은 장막 안에 앉아 있었는데, 개 한 마리가 오더니 담장에다 똥을 쌌다. 이에 장손현동은 제사상을 받쳐 놓았던 벽돌을 집어 들어 그 개를 직접 때렸다. 옆에 있던 사람이 그의 경솔함을 탓하며 물었다.

"어찌하여 제사상을 받쳐 놓았던 벽돌을 직접 빼내 개를 때렸습니까?"

그러자 장손현동이 말했다.

"'만약 사직에 이롭다면 독단을 해도 괜찮다[苟利社稷, 專之亦可]'152)는 말도 들어 보지 못했습니까?"

長孫玄同初上, 府中設食. 其倉曹是吳人, 喚"粉粥"爲"糞粥". 時餚饌畢陳, 蒸炙俱下, 倉曹曰 : "何不先將糞粥來?" 擧坐咸笑, 玄同曰 : "倉曹乃是公侯之子孫, 必復其始, 諸君何爲笑也?" 玄同任荊王友, 所居¹差攝祭官祠社, 於壇所淸齋. 玄同在幕內坐, 有犬來, 遺穢於牆上. 玄同乃取支床磚, 自擊

152) 만약 사직에 이롭다면 독단을 해도 괜찮다[苟利社稷, 專之亦可 : 《삼국지(三國志)》권32 〈촉서(蜀書)·선주유비전(先主劉備傳)〉에 "구리사직(苟利社稷), 전지가야(專之可也)"라는 구절이 있다. 장손현동은 '전(專)'을 해음자(諧音字)인 '전(磚)'으로 바꿔서 '만약 사직에 이롭다면 벽돌도 또한 괜찮다'는 뜻으로 말한 것이다.

之. 傍人怪其率, 問曰 : "何爲自徹支床磚打狗?" 玄同曰 : "可不聞'苟利社稷, 專之亦可'?"

* 이 고사는 《태평광기》 권249 〈회해·장손현동〉에 실려 있다.

1 거(居) : 《태평광기》에는 "사(司)"라 되어 있는데, 문맥상 보다 타당하다.

38-31(1085) 허경종

허경종(許敬宗)

출《국조잡기》

 당(唐)나라의 이부시랑(吏部侍郞) 양사현(楊思玄)은 외척의 권세를 믿고 대부분의 관리 선발 대기자에게 예를 갖추지 않았는데, 관리 선발 응시자 하후표(夏侯彪)에게 소송당하자 어사중승(御史中丞) 낭여경(郎餘慶)이 그를 파면시켜야 한다고 탄핵 상주했다. 그러자 중서령(中書令) 허경종이 말했다.

 "본디 양 이부(楊吏部 : 양사현)가 낭패당할 줄 알았다."

 어떤 사람이 그 까닭을 묻자 허경종이 말했다.

 "표범[彪 : 하후표] 한 마리와 이리[狼 : 낭여경] 한 마리가 함께 양(羊 : 양사현) 한 마리를 잡고 있으니, 낭패당하지 않을 재간이 있겠나?"

 허경종은 성품이 경솔하고 오만했으며, 만난 사람을 대부분 기억하지 못했다. 어떤 사람이 그를 총명하지 못하다고 여기자 허경종이 말했다.

 "그대는 본래 기억하기 어렵지만, 만약 하(何)·유(劉)·심(沈)·사(謝)153)와 같은 사람을 만났다면, 어둠 속에서 더

듣어 찾더라도 알 수 있었을 것이오."

唐吏部侍郎楊思玄恃外戚之貴, 待選流多不以禮. 爲選人夏侯彪之所訟, 御史中丞郞餘慶彈奏免. 中書令許敬宗曰 : "固知楊吏部之敗也." 或問之, 宗曰 : "一彪一狼, 共着一羊, 不敗何待?" 敬宗性輕傲, 見人多忘之. 或謂其不聰, 曰 : "卿自難記, 若遇何・劉・沈・謝, 暗中摸索著, 亦可識."

* 이 고사는 《태평광기》 권249 〈회해・허경종〉에 실려 있다.

153) 하(何)・유(劉)・심(沈)・사(謝) : 각각 남조의 문인 하손(何遜)・유효작(劉孝綽)・심약(沈約)・사조(謝朓)를 가리킨다. 즉, '만약 그들처럼 문장에 뛰어난 사람을 만났다면'이라는 뜻이다.

38-32(1086) 고최외

고최외(高崔嵬)

출《조야첨재》

 당(唐)나라의 산악(散樂 : 민간 예인) 고최외는 바보짓을 하며 웃기기를 좋아했다. 태종(太宗)이 급사(給使)에게 그의 머리를 눌러 물속을 향하게 했다가 한참 후에 그를 꺼내며 웃었다. 태종이 물었다.

 "물속에서 무엇을 보았느냐?"

 고최외가 대답했다.

 "삼려대부(三閭大夫) 굴원(屈原)을 만났는데, 신에게 이르길, '나는 무도한 초(楚) 회왕(懷王)을 만나 멱라강(汨羅江)에 빠졌지만, 너는 성명(聖明)하신 군주를 만났는데 어찌하여 이곳에 왔느냐?'라고 했습니다."

 태종이 크게 웃으며 그에게 비단 100단(段)을 하사했다.

唐散樂高崔嵬喜弄癡. 太宗令給使捺頭向水下, 良久, 出而笑之. 帝問曰 : "水中見何物?" 對曰 : "見三閭大夫屈原, 向臣云 : '我逢楚懷王無道, 乃沉汨羅水, 汝逢聖明主, 何爲來?'" 帝大笑, 賜帛百段.

* 이 고사는《태평광기》권249〈회해·고최외〉에 실려 있다.

38-33(1087) 배현본

배현본(裴玄本)

출《대당신어》

    당(唐)나라의 배현본은 해학을 좋아했다. 그가 호부낭중(戶部郎中)으로 있을 때 좌복야(左僕射) 방현령(房玄齡)의 병이 심해지자 성랑(省郎)들이 병문안을 가려 했는데, 배현본이 농담으로 말했다.

    "복야께서 병이 나셨으니 모름지기 위문해야 하지만, 이미 병이 심해지셨으니 굳이 위문할 필요가 있겠습니까?"

    어떤 사람이 그 말을 발설했다. 얼마 후에 배현본이 관례에 따라 방현령을 병문안했더니 방현령이 웃으며 말했다.

    "배 낭중(裴郎中 : 배현본)이 왔으니 내가 죽지는 않겠구먼!"

唐裴玄本好諧謔. 爲戶部郎中, 時左僕射房玄齡疾甚, 省郎將問疾, 玄本戱曰 : "僕射病, 可須問之, 旣甚矣, 何須問也?" 有洩其言者. 旣而隨例看玄齡, 玄齡笑曰 : "裴郎中來, 玄齡不死也!"

* 이 고사는 《태평광기》 권249 〈회해 · 배현본〉에 실려 있다.

38-34(1088) 임괴
임괴(任瓌)
출《어사대기》

 당(唐)나라의 관국공(管國公) 임괴는 부인을 매우 무서워했다. 태종(太宗)이 임괴의 공을 치하하며 시첩(侍妾) 두 명을 하사했는데, 임괴는 감사의 절을 올렸지만 감히 그녀들을 데리고 돌아가지 못했다. 그러자 태종이 그의 부인을 불러 술을 내리며 말했다.
 "부인의 투기는 칠거지악(七去之惡)에 해당하오. 만약 행실을 고쳐서 투기하지 않을 수 있다면 이 술을 마시지 않아도 되지만, 고칠 수 없다면 이 술을 마시도록 하오."
 임괴의 부인이 대답했다.
 "소첩은 투기를 고칠 수 없으니 이 술을 마시겠습니다."
 그러고는 마침내 술을 마셨는데, 취할 즈음에 돌아와서 집안사람들과 죽음의 작별을 나누었다. 그런데 사실 그 술은 짐주(鴆酒 : 짐새의 깃을 담가 우려낸 독주)가 아니었으므로 그녀는 죽지 않았다. 다른 날에 두정륜(杜正倫)이 그 일로 임괴를 놀리자 임괴가 말했다.
 "부인을 마땅히 두려워해야 할 이유가 세 가지 있소. 처음 시집왔을 때는 단정하게 기거함이 보살과 같으니 어찌

보살을 두려워하지 않는 사람이 있겠소? 자식을 낳아 기를 때는 새끼를 기르는 호랑이와 같으니 어찌 호랑이를 두려워하지 않는 사람이 있겠소? 늙어서 얼굴이 쪼글쪼글해지면 구반다(鳩盤茶 : 사람을 잡아먹는 흉악한 악귀) 귀신과 같으니 어찌 귀신을 두려워하지 않는 사람이 있겠소? 이 때문에 부인을 두려워하는 것이니 또한 무엇이 이상하단 말이오?"

唐管國公任瓌酷怕妻. 太宗以功賜二侍子, 瓌拜謝, 不敢以歸. 太宗召其妻, 賜酒, 謂之曰 : "婦人妒忌, 合當七出. 若能改行無妒, 則無飲此酒, 不能改, 可飲之." 對曰 : "妾不能改妒, 請飲酒." 遂飲之, 比醉歸, 與其家死訣. 其實非鴆也, 旣不死. 他日, 杜正倫譏弄瓌, 瓌曰 : "婦當怕者三. 初娶之時, 端居若菩薩, 豈有人不怕菩薩耶? 旣長生男女, 如養兒大蟲, 豈有人不怕大蟲? 年老面皺, 如鳩盤茶鬼, 豈有人不怕鬼耶? 以此怕婦, 亦何怪焉?"

* 이 고사는 《태평광기》 권248 〈회해·임괴〉에 실려 있다.

38-35(1089) 배담

배담(裴談)

출《본사시(本事詩)》

[당나라] 중종(中宗) 때 어사대부(御史大夫) 배담은 불교를 신봉했다. 그의 처는 사납고 질투심이 강해서 배담은 마치 엄한 부친처럼 처를 무서워했다. 당시 위 서인(韋庶人 : 중종의 황후 위후)은 측천무후(則天武后)의 기풍을 자못 이어받았기에 중종은 그녀를 점점 두려워했다. 한번은 궁궐에서 연회를 열고 함께 〈회파사(回波詞)〉를 불렀는데, 한 악공이 부른 가사가 이러했다.

"돌고 도는 물결 이번에는 고리버들 그릇, 아내 두려워하는 것도 좋은 점이 많다네. 궁 밖에는 배담이 있고, 궁 안에서는 이노(李老 : 중종)만 한 이가 없다네."

위후(韋后)는 만족한 기색을 보이며 비단 한 묶음을 악공에게 하사했다.

中宗朝, 御史大夫裴談崇釋氏. 妻悍妒, 談畏之如嚴君. 時韋庶人頗襲武后之風, 中宗漸畏之. 內宴, 共唱〈回波詞〉, 有優人詞曰: "回波爾時栲栳, 怕婦也是大好. 外邊祗有裴談, 內裏無如李老." 韋后意色自得, 以束帛賜之.

* 이 고사는 《태평광기》 권249 〈회해·배담〉에 실려 있다.

38-36(1090) 이진악

이진악(李鎭惡)

출《전재(傳載)》

　당(唐)나라의 이진악은 조국공(趙國公) 이교(李嶠)의 부친이다. 그는 재주(梓州) 처현령(郪縣令)으로 제수되자 친구에게 편지를 보내 말했다.

　"주(州)에는 자(子)의 호칭이 달려 있고,154) 현(縣)에는 처(郪)의 명칭이 달려 있으니,155) 이는 본디 나에게 속한 것이 아니라 모두 처와 아들의 관직인가 보오."

唐李鎭惡, 卽趙公嶠之父. 選授梓州郪縣令, 與友人書云 : "州帶子號, 縣帶郪名, 由來不屬老夫, 並是婦兒官職."

* 이 고사는 《태평광기》 권249 〈회해·이진악〉에 실려 있다.

---

154) 주(州)에는 자(子)의 호칭이 달려 있고 : 재주(梓州)의 '재' 자는 아들 '자(子)' 자와 음이 통한다.
155) 현(縣)에는 처(郪)의 명칭이 달려 있으니 : 처현(郪縣)의 '처' 자는 아내 '처(妻)' 자와 음이 같다.

38-37(1091) 노이
노이(盧廙)
출《어사대기》

 당(唐)나라의 전중내공봉(殿中內供奉) 노이는 법을 매우 치밀하게 집행해, 비록 친척이나 권문귀족이라 할지라도 두려워 피하는 경우가 없었다. 그는 행동거지가 우아했고, 매사를 면밀히 관찰한 후에 행동에 옮겼다. 한번은 그가 경룡관(景龍觀)에서 행향(行香) 의식[156]을 감독하게 되었는데, 우대(右臺 : 우어사대)의 여러 어사들도 참석했다. 어사대에서는 이전부터 우대어사를 "고려 승(高麗僧)"이라 불렀는데, 그때 한 호승(胡僧)이 경룡관의 앞뜰에서 서성거리자 우대시어사(右臺侍御史) 황수례(黃守禮)가 그를 가리키며 말했다.
 "웬 호승이 여기에 왔는가?"
 그러자 노이가 천천히 말했다.
 "고려 승도 있는데 왜 호승만 이상히 여깁니까?"
 모두들 일시에 즐겁게 웃었다. 노이와 이여(李畬)는 모

---

156) 행향(行香) 의식 : 문관과 무관들이 문묘(文廟)와 무묘(武廟)에서 향을 사르면서 절을 하던 의식.

두 활을 잘 쏘지 못했는데, 한번은 삼원(三元 : 정월 초하루)157)을 맞아 예사(禮射)158)를 거행할 때, 두 사람은 비록 활시위를 힘껏 당겨 활을 쏘았지만 둘 다 화살이 과녁에 미치지 못하고 땅에 떨어졌다. 서로 우열을 논하던 중에 이여가 농담으로 말했다.

"나와 노이의 화살은 모두 30보다."

주위 사람들이 무슨 말인지 이해하지 못하자 이여가 말했다.

"내 화살은 과녁에서 30보 떨어졌고 노이의 화살은 몸에서 30보 떨어졌다는 말이오."

모두들 한참 동안 즐겁게 웃었다.

唐殿中內供奉盧虔持法細密, 雖親貴無所畏避. 舉止閑雅, 必翔而後集. 嘗於景龍觀監官行香, 右臺諸御史亦預焉. 臺中先號右臺爲"高麗僧", 時有一胡僧徙倚於前庭, 右臺侍御史黃守禮指之曰 : "何胡僧而至此?" 虔徐謂之曰 : "亦有高麗僧, 何獨怪胡僧爲?" 一時歡笑. 虔與李畬俱非善射者, 嘗三元禮射, 虔・畬雖引滿射, 俱不及垛而墜. 互言其工拙, 畬戲

---

157) 삼원(三元) : 음력 정월 초하루. 이날은 연(年)・월(月)・일(日)의 시작이 된다 해서 '삼원'이라 한다.

158) 예사(禮射) : 정해진 격식을 갖추고 음악에 맞춰 활을 쏘는 의식. 대사(大射)・빈사(賓射)・연사(燕射)・향사(鄕射) 등이 있었다.

曰:"畲與盧箭俱三十步." 左右不曉, 畲曰:"畲箭去垛三十步, 盧箭去身三十步." 歡笑久之.

* 이 고사는《태평광기》권249 〈회해·노이〉에 실려 있다.

38-38(1092) 송수

송수(松壽)

출《계안록》

당(唐)나라의 위경본(韋慶本)은 딸이 비빈으로 간택되자 조정으로 가서 감사를 드리려 했는데, 위경본은 두 귀가 모두 말려 있었다. 그때 장안공(長安公) 송수가 위경본을 보고 경하하며 말했다.

"저는 당신의 따님이 비빈으로 간택될 것을 진작부터 알고 있었습니다."

위경본이 말했다.

"어떻게 아셨습니까?"

그러자 송수가 자기의 귀를 만져 말면서 말했다.

"〈권이(卷耳)〉는 후비의 덕을 노래한 것이니까요."159)

---

159) 〈권이(卷耳)〉는 후비의 덕을 노래한 것이니까요 : 〈권이〉는 《시경》〈국풍(國風)·주남(周南)〉의 편명이다. 이 구절은 〈모시서(毛詩序)〉에 나오는데, "후비지지야(后妃之志也)"라 되어 있다. 여기서는 일부러 '지(志)'를 '덕(德)'으로 바꾸고 다시 '덕'과 음이 통하는 '득(得)'을 빌려서 '후비로 간택되다'라는 뜻을 암시했다. 또한 '권이'는 본래 도꼬마리라는 식물 이름인데, 송수는 '권(卷)'이 '권(捲)'과 통하므로 일부러 '권이(捲耳)', 즉 귀를 말았던 것이며, 아울러 본래 귀가 말려 있던 위경

唐韋慶本女選爲妃, 詣朝堂欲謝, 慶本兩耳皆捲. 時長安公松壽見慶本而賀之, 因曰 : "僕固知足下女得妃." 慶本曰 : "何以知之?" 松壽乃自摸其耳而捲之曰 : "〈卷耳〉, 后妃之德也."

* 이 고사는 《태평광기》 권249 〈회해·송수〉에 실려 있다.

본을 조롱했던 것이다.

38-39(1093) 두연업

두연업(杜延業)

출《계안록》

　　당(唐)나라의 화원현령(華原縣令) 최사회(崔思誨)는 말을 더듬었는데, 매번 외사촌 동생인 두연업과 서로 장난을 치며 놀곤 했다. 두연업이 한번은 최사회에게 말했다.

　　"제가 형님에게 닭 소리를 내게 할 것이니, 묻기만 하면 형님은 바로 대답해야 합니다."

　　옆에 있던 사람이 말했다.

　　"남의 입은 그 사람 마음대로 하는 것인데 어떻게 다른 사람에게 [자기가 원하는 소리를 내도록] 시킬 수 있겠소? 만약 그가 하려고 하지 않는다면 어떻게 하게 만들 수 있겠소?"

　　두연업이 말했다.

　　"할 수 있습니다."

　　잠시 후 옆에 있던 사람이 두연업과 몰래 내기를 했다. 두연업이 곡식[穀] 한 줌을 쥐고 최사회 앞으로 가서 말했다.

　　"이것이 무엇입니까?"

　　최사회가 말했다.

　　"곡…곡….."

옆에 있던 사람은 크게 웃었고 결국 두연업에게 지고 말았다.

唐華原令崔思誨口吃, 每共表弟杜延業遞相戲弄. 杜嘗語崔云:"延業能遣兄作雞鳴, 但有所問, 兄卽須報." 旁人云:"他口應須自由, 何處遣人驅使? 若不肯作, 何能遣之?" 杜卽云:"能得." 旣而旁人卽共杜私賭. 杜將一把穀來崔前云:"此是何物?" 崔云:"穀穀." 旁人大笑, 因輸延業.

* 이 고사는 《태평광기》 권250 〈회해 · 두연업〉에 실려 있다.

38-40(1094) 조겸광

조겸광(趙謙光)

출《담빈록》

당(唐)나라의 여러 낭관(郎官) 중 원외랑(員外郎)에서 임명되지 않은 사람들은 "토산두과의(土山頭果毅)"라고 불렀다. 이는 갑자기 높은 관품에 제수되는 것이 마치 장정(長征)을 나선 병사가 갑자기 먼 변방의 과의(果毅 : 과의도위)에 제수되는 것과 유사함을 말한 것이다. 조겸광은 팽주사마(彭州司馬)에서 대리정(大理正)이 되었다가 호부낭중(戶部郎中)으로 승진했다. 이를 두고 호부원외랑 하수섭(賀遂涉)이 시를 지었다.

"원외는 예로부터 훌륭했지만, 낭중의 명망은 뛰어나지 않았네. 어찌 알았으리 분서(粉署 : 상서성의 별칭)160) 안에, 갑자기 토산두가 생길 줄을."

이에 대해 조겸광이 답시를 지었다.

"금장(錦帳 : 낭관의 비유)을 맘대로 설치하고, 금로(金爐) 또한 제멋대로 지피네. 다만 근심스러운 건 원외의 부서

---

160) 분서(粉署) : 호분(胡粉)을 벽에 바른 관서라는 뜻으로, 상서성(尙書省)의 별칭이다. 분성(粉省)이라고도 한다.

이니, 성문(星文 : 검을 찬 무장)과 나란히 해서는 안 된다네."

사람들은 이를 뛰어난 시구라 여겼다.

唐諸郎中, 不自員外郎拜者, 謂之"土山頭果毅". 言便拜崇品, 有似長征兵士, 便授邊遠果毅. 趙謙光自彭州司馬入爲大理正, 遷戶部郎中. 戶部員外賀遂涉詠曰 : "員外由來美, 郎中望不優. 寧知粉署裏, 翻作土山頭." 謙光答曰 : "錦帳隨情設, 金爐任意薰. 唯愁員外署, 不應列星文." 人以爲奇句.

* 이 고사는 《태평광기》 권249 〈회해・조겸광〉에 실려 있다.

38-41(1095) 유조하

유조하(劉朝霞)

출《개천전신기》

[당나라] 천보(天寶) 연간(742~756) 초에 현종(玄宗)이 화청궁(華淸宮)으로 행차했을 때, 유조하가 〈가행온천부(駕幸溫泉賦)〉를 지어 바쳤는데, 글의 격조가 대범하면서도 빼어났으며 해학적인 표현이 섞여 있었다. 문장이 길어 다 신지는 않으나 그 첫머리는 이러했다.

"천보 2년(743), 10월이 지나고 섣달이 되기 전, 담당 관리에게 필요한 물품 마련케 하고, 어가를 명해 온천궁으로 행차하시네."

또 이러했다.

"푸른 한 무리와 노란 한 무리, 곰이 가슴을 치고 표범이 등을 비비는 듯하네. 구슬 한 뭉치와 수놓은 비단 한 뭉치, 옥으로 말굴레를 조각하고 금으로 안장을 아로새겼네."

그 뒤에는 황제의 성덕(聖德)을 기술했다.

"황상께서는 반고(盤古)의 정수(精髓)를 얻으셨고, 여와씨(女媧氏)를 어머니로 두시었네. 설령 고래로 수많은 제왕들이 있다 해도, 어찌 지금의 우리 삼랑(三郎 : 현종은 예종의 셋째 아들임)만 하겠는가!"

그는 스스로를 이렇게 서술했다.

"유달리 비틀거리는 궁기(窮奇)161)처럼, 길을 잃고 미친 듯이 사납게 날뛰었네. 체격은 비록 작지만, 기량은 뛰어나다네. 꿈속에서 몇 차례 부귀해져도 봤지만, 깨고 나면 예전처럼 마음이 쓰리고 아프도다. 오직 천년에 한 번 천자께 머리 조아릴 기회를 만났으니, 이젠 순조롭지 못한 일[五角六張]162)은 없으리라."

황상은 글을 읽고 그를 뛰어나다고 여겨 장차 특별한 상을 내리려 하면서, 그에게 "오각육장(五角六張)"이라는 글자를 고치라고 했다. 그러자 유조하가 아뢰었다.

"신이 이 부를 지은 것은 아마도 신령의 도움을 받은 듯합니다. 스스로 생각하기에 문장에는 더 손볼 곳이 없으며 붓을 멈추지 않고 단숨에 썼으므로 고치기를 바라지 않습니다."

현종이 그 말을 듣고 좌우를 돌아보며 말했다.

"참으로 천박한 사람이다."

---

161) 궁기(窮奇) : 중국 서쪽에 있다는 전설 속 괴수로 사흉(四凶) 가운데 하나다. 호랑이처럼 생겼고 두 날개가 달렸다고 한다.
162) 순조롭지 못한 일[五角六張] : '각(角)'과 '장(張)'은 각각 28수(宿) 중 하나로 이때를 만나면 일이 잘 풀리지 않는다는 데서 순조롭지 못하다는 뜻으로 쓰인다.

그러고는 그를 궁위좌(宮衛佐)에 제수하는 것으로 그쳤다.

天寶初, 玄宗遊華淸宮, 劉朝霞獻〈駕幸溫泉賦〉, 詞調倜儻, 雜以俳諧. 文多不載, 首云:"若夫天寶二年, 十月後兮臘月前, 辦有司之供具, 命駕幸於溫泉." 又云:"靑一隊兮黃一隊, 熊蹋胸兮豹挐背. 珠一團兮繡一團, 玉鏤前¹兮金釵鞍." 其後述聖德云:"直獲得盤古髓, 招得女媧氏娘. 遮莫你古來千帝, 豈如我今代三郞!" 其自敍云:"別有窮奇蹭蹬, 失路猖狂. 骨撞雖短, 伎倆能長. 夢裏幾回富貴, 覺來依舊凄惶. 祇是千年一遇扣頭, 莫五角而六張." 上覽而奇之, 將加殊賞, 命改去"五角六張"字. 奏云:"臣草此賦, 若有神助, 自謂文不加點, 筆不停綴, 不願改之." 上聞, 顧左右曰:"眞窮薄人也." 遂授宮衛佐而止焉.

* 이 고사는 《태평광기》 권250 〈회해·유조하〉에 실려 있다.
1 전(前):《태평광기》와 《개천전신기(開天傳信記)》에는 "가(珂)"라 되어 있는데, 문맥상 보다 타당하다.

38-42(1096) 배도
배도(裴度)
출《노씨잡설》

　[당나라의] 진국공(晉國公) 배도가 재상으로 있을 때 어떤 사람이 홰나무 옹이 하나를 보내왔는데, 배도는 그것을 깎아서 목침으로 만들려고 했다. 당시 낭중(郞中) 유위(庾威)가 세간에서 만물박사로 알려졌기에 배도는 그를 불러서 홰나무 옹이를 감별해 달라고 했다. 유위가 한참 동안 그것을 살펴보더니 아뢰었다.

　"이 홰나무 옹이는 자수생(雌樹生 : 암나무에서 생긴 것이라는 뜻)이니, 아마도 쓰지 못할 것 같습니다." 협 : 고루함이 심하다.

　배도가 말했다.

　"낭중은 나이가 얼마나 되는가?"

　유위가 말했다.

　"저는 영공(令公 : 배도)과 같은 갑진생(甲辰生)입니다."

　그러자 배 공이 웃으며 말했다.

　"낭중은 바로 자갑진생(雌甲辰生)[163]이네."

裴晉公度在相位日, 有人寄槐癭一枚, 欲削爲枕. 時郎中庾威, 世稱博物, 召請別之. 庾捧玩良久, 白曰 : "此槐癭是雌樹生者, 恐不堪用." 夾: 腐甚. 裴曰: "郎中甲子多少?" 庾曰: "某與令公同是甲辰生." 公笑曰: "郎中便是雌甲辰."

* 이 고사는 《태평광기》 권250 〈회해·배도〉에 실려 있다.

163) 자갑진생(雌甲辰生): '자(雌)'는 본래 60이 넘은 동갑 중에서 생일이 늦은 사람을 의미하는 말이지만, 여기서는 글자 그대로 '암 갑진이 낳았다'는 뜻으로 말한 것이다. 앞에서 유위가 "자수생(雌樹生)"이라고 했기 때문에 "자갑진생"이라고 한 것이다.

38-43(1097) 요현

요현(姚峴)

출《인화록》

 당(唐)나라의 요현은 문학에 뛰어나고 해학을 좋아해서 기회만 있으면 우스갯소리를 했다. 복야(僕射) 요남중(姚南仲)이 섬주(陜州)를 염찰(廉察)할 때, 막 친상(親喪)을 마친 요현이 종친이라는 친분으로 그를 찾아갔는데, 요남중은 요현을 중당(中堂)으로 맞이해 조문을 끝내고 미처 다른 일은 말하지 못하고 있었다. 섬주는 양경(兩京 : 장안과 낙양)의 길목에 있어서 빈객이 수시로 찾아왔는데, 문밖에서 갑자기 명함을 전하며 "이과정(李過庭)"이라고 하자 요남중이 말했다.

 "과정이라는 이름은 정말 처음 들어 보는데, 뉘 집 자제인지 모르겠다."

 주변의 사람들도 모두 모르겠다고 말했다. 요남중이 다시 요현에게 물었다.

 "그를 아는가?"

 요현은 처음에 고개를 숙이고 눈썹을 찌푸리더니 잠시 뒤에 스스로 참을 수 없어서 손을 모으고 말했다.

 "아마도 이추(李趨)의 아들164)인가 봅니다."

요남중은 한참 뒤에야 깨닫고서 크게 웃었다.

唐姚峴有文學而好滑稽, 遇機卽發. 僕射姚南仲, 廉察陝郊, 峴初罷艱服候見, 以宗從之舊, 延於中堂, 吊罷, 未語及他事. 陝當兩京之路, 賓客謁無時, 門外忽投刺云"李過庭", 南仲曰: "過庭之名甚新, 未知誰家子弟." 左右皆稱不知. 又問峴: "知之乎?" 峴初猶俯首嚬眉, 頃之, 自不可忍, 斂手言曰: "恐是李趨兒." 南仲久方悟而大笑.

* 이 고사는 《태평광기》 권250 〈회해·요현〉에 실려 있다.

164) 이추(李趨)의 아들 : 《논어》 〈계씨(季氏)〉 편에 공자의 아들 공리(孔鯉)가 종종걸음으로 마당을 지나가고 있을 때[鯉趨而過庭] 공자로부터 시(詩)와 예(禮)에 대해 훈계를 받는 구절이 있다. '이추이과정(鯉趨而過庭)'이란 구절에 근거해 '이과정'을 '이추의 아들'이라고 한 것이다.

38-44(1098) 주원

주원(周願)

출《인화록》

　당(唐)나라의 주원은 해학을 좋아했는데, 일찍이 상서(尙書) 이손(李巽)을 찾아뵈러 갔다. 이손은 평소 성품이 근엄했기에 미리 종사(從事)들을 경계시키며 엄숙한 태도로 그를 대하라고 했으므로 주원은 우스갯소리를 할 방법이 없었다. 하루는 이손이 친한 손님들을 연회에 초청했는데, 주원도 그 자리에 참석했다. 그때 이손에게 한 친구의 아들이 찾아왔는데, 그는 실의에 빠져 하는 일 없이 빈둥거리며 살고 있었다. 이손이 그의 집안의 별장과 가동(家童)과 이름난 도서에 대해 두루 물어보았더니, 그가 모두 팔아 치웠다고 대답했다. 이손은 한참을 한탄하다가 그에게 다시 물었다.

　"우영흥[虞永興 : 우세남(虞世南)]의 친필본《상서(尙書)》는 있는가?"

　그 사람은 부끄럽고 두려워서 감히 팔았다고 말하지 못하고 그저 이렇게 말했다.

　"잠시 저당 잡히고 돈을 빌렸습니다."

　이때 주원이 불쑥 말했다.

　"이건《상서》의 큰 재액입니다!"

이손은 이전에 경계시킨 것을 까맣게 잊고 마침내 물었다.

"《상서》가 무슨 재액을 당했단 말인가?"

주원이 말했다.

"이미 요가 저당 잡고[堯典] 순이 저당 잡았는데[舜典],165) 또 이 젊은이에게 저당 잡혔군요."

이손은 얼굴을 활짝 펴고 웃으면서 이후로는 더 이상 주원을 멀리하지 않았다.

唐周願好諧謔, 嘗謁尙書李巽. 巽素性嚴毅, 預戒從事, 莊以待之, 願無由得發. 一日, 饌親賓, 願亦預焉. 李適有故人子來投, 落拓不事. 遍問別墅·家童及圖書有名者, 悉云貨却. 李惆悵久之, 復問: "有一本虞永興手書《尙書》在否?" 此子慚懼, 不敢言貨, 但云: "暫將典錢." 願忽言曰: "此《尙書》大迍厄!" 李都忘先戒, 遂問曰: "《尙書》何迍?" 願曰: "已遭堯典·舜典, 又被此兒郎典." 李大開顔, 自此更不拒周.

* 이 고사는《태평광기》권251〈회해·주원〉에 실려 있다.

165) 요가 저당 잡고[堯典] 순이 저당 잡았는데[舜典] : 본래〈요전(堯典)〉과〈순전(舜典)〉은《상서》의 편명인데, 여기서는 글자 그대로 풀이해서 농담한 것이다.

38-45(1099) 육장원

육장원(陸長源)

출《국사보》

　　육장원은 선대의 공덕으로 선무군(宣武軍)의 행군사마(行軍司馬)가 되었고 한유(韓愈)는 순관(巡官)이 되어 함께 절도사의 막부에 있었다. 어떤 사람이 그들의 연배가 너무 차이 난다고 조롱하자, 육장원이 말했다.

　　"호랑이와 쥐는 모두 12띠에 들어 있으니 무슨 이상할 게 있겠소?"

陸長源以舊德爲宣武軍行軍司馬, 韓愈爲巡官, 同在使幕. 或譏年輩相懸, 陸曰 : "大蟲老鼠, 俱爲十二屬, 何怪之有?"

*　이 고사는 《태평광기》 권251 〈회해 · 주원(周顗)〉에 실려 있다.

38-46(1100) 원덕사

원덕사(袁德師)

출《가화록》

 당(唐)나라의 여남(汝南) 사람 원덕사는 옛 급사중(給事中) 원고(袁高)의 아들이었다. 그는 일찍이 동도(東都 : 낙양)에서 누사덕(婁師德)의 옛 동산 땅을 사서 서루(書樓)를 지었는데, 낙양(洛陽) 사람들이 말했다.

 "옛날 누사덕의 동산[婁師德園]이 지금은 원덕사의 서루[袁德師樓][166]가 되었다네."

唐汝南袁德師, 故給事高之子. 嘗於東都買得婁師德故園地, 起書樓, 洛人語曰 : "昔日婁師德園, 今乃袁德師樓."

* 이 고사는《태평광기》권251〈회해 · 원덕사〉에 실려 있다.

---

[166] 누사덕의 동산[婁師德園], 원덕사의 서루[袁德師樓] : '원덕사루(袁德師樓)'를 거꾸로 하면 '누사덕원(婁師德園)'이 된다. '누(樓)'와 '누(婁)', '원(袁)'과 '원(園)'은 각각 음이 같다.

38-47(1101) 양우경

양우경(楊虞卿)

출《본사시》

 당(唐)나라의 낭중(郎中) 장우신(張又新)과 건주사마(虔州司馬) 양우경은 이름을 나란히 하면서 우의가 돈독했다. 양우경의 부인 이씨(李氏)는 부상(鄜相)[167]의 딸로, 덕성은 갖췄지만 예쁘지는 않았는데, 양우경은 이를 전혀 개의치 않고 그녀를 매우 공대했다. 장우신이 한번은 양우경에게 말했다.

 "나는 젊어서 훌륭한 명성을 이루었고 벼슬하는 것도 걱정하지 않네. 다만 아리따운 부인을 얻기만 한다면 평생의 바람이 바로 충족되겠네."

 양우경이 말했다.

 "반드시 그런 부인을 얻고자 한다면, 좋아하는 것을 나와 똑같이 하면 반드시 그대의 마음에 들 것이네."

 장우신은 그 말을 굳게 믿었다. 그러나 결혼하고 났더니 부인이 별로 마음에 흡족하지 않았다. 양우경이 홀(笏)을 들

---

167) 부상(鄜相) : 부주절도사(鄜州節度使)로 재상을 겸했다는 뜻. 부방관찰사(鄜坊觀察使)를 지낸 이섬(李銛)으로 추정한다.

고서 장우신을 건드리며 말했다.

"그대는 어찌 이리도 멍청한가!"

양우경이 이 말을 서너 번 하자 장우신은 분을 이기지 못하고 대꾸했다.

"나는 그대와 막역한 사이라고 생각해서 내 진심을 그대에게 말했는데, 그대는 나를 이처럼 망쳐 놓고는 어찌하여 멍청하다 하는가?"

양우경은 명성을 얻고 벼슬길에 오른 자초지종을 차례대로 손꼽으면서 말했다.

"어찌 모든 것이 그대와 같지 않겠는가?"

장우신이 말했다.

"모두 같네."

[양우경이 말했다.]

"그렇다면 내가 못생긴 부인을 얻은 것이 어찌 그대와 다르겠는가?"

그러자 장우신이 화난 기색을 풀며 물었다.

"그대의 부인을 내 부인과 비교하면 어떤가?"

양우경이 말했다.

"굉장히 심하지."

장우신은 크게 웃었으며 마침내 처음처럼 사이가 좋아졌다. 장우신은 화목한 가정을 이루고 나서 이런 시를 지었다.

"모란 한 송이 천금이나 나가니, 예로부터 그 빛깔 가장 짙다고 했네. 오늘 난간 가득 눈처럼 하얗게 피었으니, 평생 꽃구경할 마음은 접어야겠네."

唐郎中張又新與虔州楊虞卿, 齊名友善. 楊妻李氏, 卽鄭相之女也, 有德無容, 楊未嘗介意, 敬待特甚. 張嘗語楊曰 : "我年少成美名, 不憂仕矣. 唯得美室, 平生之望斯足." 楊曰 : "必欲求是, 但與我同好, 定諧君心." 張深信之. 旣成婚, 殊不愜心. 楊秉笏觸之曰 : "君何太癡?" 言之數四, 張不勝其忿, 回應之曰 : "與君無間, 以情告君, 君惧我如是, 何爲癡?" 楊於是歷數求名從宦之由, 曰 : "豈不與君皆同耶?" 曰 : "然." "然則我得醜婦, 君詎不同耶?" 張色解, 問 : "君室何如我?" 曰 : "特甚." 張大笑, 遂如初. 張旣成家, 乃爲詩曰 : "牡丹一朶直千金, 將謂從來色最深. 今日滿欄開似雪, 一生辜負看花心."

* 이 고사는 《태평광기》 권251 〈회해·양우경〉에 실려 있다.

38-48(1102) 심아지

심아지(沈亞之)

출《척언》

당(唐)나라의 심아지가 일찍이 객지에서 기거할 때, 어떤 후배가 그를 시험해 보려고 말했다.

"제가 주령(酒令)을 바꾸겠으니, 아어(雅語)와 속어(俗語) 각 두 구씩을 짓도록 합시다. '나무 찍는 소리 떠엉! 떠엉! 새 우는 소리 찌륵! 찌륵!'[168] 동쪽 서쪽 다니며, 밥 먹고 국 마시네."

그러자 심아지가 응답했다.

"'자른 듯 다듬은 듯, 쫀 듯 간 듯.'[169] 손님 속이고 부녀자 후려치지만, 영리한[170] 건 아니라네."

---

168) 나무 찍는 소리 떠엉! 떠엉! 새 우는 소리 찌륵! 찌륵! : 이상 두 구절은 《시경(詩經)》〈소아(小雅)·벌목(伐木)〉에 나온다.

169) 자른 듯 다듬은 듯, 쫀 듯 간 듯 : 이상 두 구절은 《시경》〈위풍(衛風)·기욱(淇奧)〉에 나온다.

170) 영리한 : 원문은 "누라(嘍囉)". '누라(婁羅)'·'누라(僂儸)'라고도 하며, 영리하다·민첩하다·약삭빠르다는 뜻이다.

唐沈亞之嘗客遊, 爲小輩所試, 曰:"某改令, 書俗各兩句. '伐木丁丁, 鳥鳴嚶嚶.' 東行西行, 遇飯遇羹." 亞之答曰:"'如切如磋, 如琢如磨.' 欺客打婦, 不當嘍囉."

* 이 고사는《태평광기》권251〈회해·심아지〉에 실려 있다.

38-49(1103) 소미도

소미도(蘇味道)

출《본사시》

 소미도와 장창령(張昌齡)은 함께 명성이 있었는데, 한가한 날에 만나 서로 자랑하면서 조롱했다. 장창령이 말했다.

 "제 시가 상공(相公 : 소미도)의 시에 미치지 못하는 것은 '은화합(銀花合 : 은꽃으로 장식한 함)'이 없기 때문입니다."

 소미도에게 〈관등(觀燈)〉이라는 시가 있었는데 이러했다.

 "등불처럼 환한 나무엔 은꽃이 모여 있고[銀花合], 별처럼 반짝이는 다리엔 쇠사슬이 걸려 있네. 검은 흙먼지는 말을 따라가고, 밝은 달은 사람을 쫓아오네."

 그러자 소미도가 말했다.

 "그대의 시에는 비록 '은화합'은 없지만 '금동정(金銅釘 : 금동 못)'은 있소."

 장창령이 일찍이 [형] 장창종(張昌宗)에게 시를 보내 주었는데 이러했다.

 "옛날엔 부구백(浮丘伯 : 주나라 때의 신선 부구공)이었고, 지금엔 정영위(丁令威 : 한나라 때의 신선)와 같네[今同丁令威]171)."

마침내 두 사람은 함께 박장대소했다.

蘇味道與張昌齡俱有名, 暇日相遇, 互相誇誚. 昌齡曰 : "某詩所以不及相公者, 爲無'銀花合'故也." 蘇有〈觀燈〉詩曰 : "火樹銀花合, 星橋鐵鏁開. 暗塵隨馬去, 明月逐人來." 味道云 : "子詩雖無'銀花合', 還有'金銅釘'." 昌齡贈張昌宗詩曰 : "晉[1]日浮丘伯, 今同丁令威." 遂與撫掌而笑.

* 이 고사는 《태평광기》 권250 〈회해 · 소미도〉에 실려 있다.

1 진(晉) : 《태평광기》와 《본사시(本事詩)》 〈조희(嘲戲)〉에는 "석(昔)"이라 되어 있는데, 문맥상 타당하다.

171) 지금엔 정영위(丁令威)와 같네[今同丁令威] : '금동정(今同丁)'이 앞에서 말한 '금동정(金銅釘)'과 음이 같다.

38-50(1104) 장호

장호(張祜)

출《척언》

 장호가 회남절도사(淮南節度使)의 막부에 있을 때 연회에 참석했는데, 당시 중서사인(中書舍人) 두목(杜牧)이 어사(御史)로 있었다. 그 자리에서 어떤 기녀가 주사위를 달라고 해서 술 내기를 하자, 두목이 가만히 읊었다.

 "감춘 손으로 주사위 집어 들고 머뭇거리니, 섬섬옥수를 볼 길이 없네."

 장호가 곧바로 응답했다.

 "금비녀가 떨어졌다고만 말하면, 틀림없이 뾰족한 손가락을 내놓을 것 같네."

 장호는 이전에 백거이(白居易)와 면식이 없었는데, 백거이가 소주자사(蘇州刺史)가 되었을 때 장호가 처음 그를 찾아가서 비로소 서로 만나게 되었다. 백거이가 장호에게 말했다.

 "오래토록 명성을 흠모해 왔으며, 일찍이 당신의 〈관두시(款頭詩)〉172)를 기억하고 있소이다."

 장호가 깜짝 놀라며 말했다.

 "사인(舍人 : 백거이)께서는 무얼 말씀하십니까?"

백거이가 말했다.

"'원앙새 새겨진 허리띠는 어느 곳에 버렸고, 공작새 수놓은 비단 적삼은 누구에게 주었나?'173)라고 했으니, 이것이 〈관두시〉가 아니고 무엇이오?"

그러자 장호가 미소 지으며 응답했다.

"저도 일찍이 사인의 〈목련변(目連變)〉174)을 기억하고 있습니다."

백거이가 말했다.

"무엇이오?"

장호가 말했다.

"'위로는 까마득한 창공까지 아래로는 끝없는 황천까지 뒤졌으나, 두 곳 모두 아득해 보이질 않네'175)라고 했으니,

---

172) 〈관두시(款頭詩)〉: '관두'는 관부에서 죄인을 심문할 때 종이에 적어 놓는 사안을 말한다.

173) 원앙새 새겨진 허리띠는 어느 곳에 버렸고, 공작새 수놓은 비단 적삼은 누구에게 주었나? : 장호의 〈감왕장군자지기몰(感王將軍柘枝妓歿)〉에 나오는 구절이다.

174) 〈목련변(目連變)〉: 돈황변문(敦煌變文) 가운데 하나인 〈대목건련명간구모변문(大目乾連冥間救母變文)〉을 말한다.

175) 위로는 까마득한 창공까지 아래로는 끝없는 황천까지 뒤졌으나, 두 곳 모두 아득해 보이질 않네 : 백거이의 〈장한가(長恨歌)〉에 나오는 구절이다.

이것이 〈목련변〉이 아니고 무엇입니까?" 미 : 〈목련변〉은 〈목련심모(目連尋母)〉를 말한다. 당나라 사람의 그림 중에 〈지옥변상도(地獄變相圖)〉가 있다.

마침내 기뻐하며 온종일 연회를 즐겼다. 조국공(趙國公) 영호도(令狐綯)가 유양(維揚 : 양주)을 진수하고 있을 때 장호가 한번은 격식을 차리지 않는 연회에 참석했는데, 조국공이 장호를 자세히 보더니 주령(酒令)을 바꾸어 말했다.

"물을 거슬러 올라가는 배, 게다가 풍랑도 급하네. 돛 아래에 있는 사람, 모름지기 잘 서 있어야 하리."

그러자 장호가 응답했다.

"물을 거슬러 올라가는 배, 게다가 배 바닥마저 부서졌네. 구경 좋아하는 손님, 키에 기대지 마시라."

張祜客淮南幕中, 赴宴, 時舍人杜牧爲御史. 座有妓人索骰子賭酒, 牧微吟曰 : "骰子逡巡裹手拈, 無因得見玉纖纖." 祜應聲答曰 : "但知報道金釵落, 仿佛還應露指尖." 祜未識白居易, 白刺史蘇州, 始來謁, 纔相見. 白謂曰 : "久欽藉甚, 嘗記得有〈款頭詩〉." 祜愕然曰 : "舍人何所謂?" 白曰 : "'鴛鴦鈿帶抛何處, 孔雀羅衫付阿誰?' 非〈款頭〉何耶?" 張微笑答曰 : "祜亦嘗記得舍人〈目連變〉." 白曰 : "何也?" 曰 : "'上窮碧落下黃泉, 兩處茫茫皆不見.' 非〈目連變〉何耶?" 眉 : 〈目連變〉謂〈目連尋母〉. 唐人畫有〈地獄變相〉. 遂歡宴竟日. 趙公令狐綯鎭維揚, 祜常預狎宴, 公因熟視祜, 改令曰 : "上水船, 風太急, 帆下人, 須好立." 祜答曰 : "上水船, 船底破. 好看客, 莫倚柁."

* 이 고사는《태평광기》권251〈회해·장호〉에 실려 있다.

38-51(1105) 교주와 광주의 유람객
교광객(交廣客)

출《노씨잡설》

교주(交州)와 광주(廣州) 일대를 유람하는 객들은 각각 관첩(館帖)[176]을 요구해서 가는 곳마다 아주 후한 대접을 받았는데, 각 처마다 전별 비용이 만 냥이나 들었다. 광수(廣帥 : 광주절도사) 노균(盧鈞)은 그 폐단을 잘 알고 있었기에 관첩을 요구하는 자들에게 모두 이렇게 써 주었다.

"여러 사람이 이 관역(館驛)을 거쳐 가므로 나물과 밥만[菜飯而已] 대접하라."

어떤 객이 관첩을 가지고 역참에 도착했는데, 역리(驛吏)가 관첩에 의거해 대접을 마쳤으나 객이 떠나지 않자 역리가 말했다.

"아무래도 뒤에 또 다른 손님이 올 것이고 앞으로 가셔야 할 역참 또한 멀리 있으니, 여기는 머물 곳이 아닌 듯합니다."

객이 말했다.

---

[176] 관첩(館帖) : 역참의 관사에서 머물고 대접받을 수 있도록 허락하는 증명서.

"식첩(食帖)은 어떻게 처리했소?"

역리가 말했다.

"나물과 밥만 대접했을 따름입니다[供菜飯而已]."

그러자 객이 말했다.

"채반(菜飯)은 대접받았으니 다시 나에게 '이이(而已)'를 가져오시오."

역리들은 서로 돌아보며 어떻게 해야 할지 몰랐다. 객이 또 재촉하자 역리는 어찌할 방법이 없어서 물었다.

"'이이'가 무엇인지 모릅니다."

객이 말했다.

"나귀보다는 크고 노새보다는 작소. 만약 그것을 대접할 수 없다면 나에게 그 값을 돌려주시오."

역리가 말했다.

"'이이' 하나당 그 값이 얼마나 됩니까?"

객이 말했다.

"3000~5000냥은 될 것이오."

역리는 결국 돈을 추렴해 그 객을 전송했다.

交廣間遊客, 各求館帖, 所至迎接甚厚, 贐路每處十千. 廣帥盧鈞深知其弊, 凡求館帖者, 皆云 : "累路館驛, 供菜飯而已." 有客賫帖到驛, 驛司依帖供訖, 客不發, 驛吏曰 : "恐後更有使客, 前驛又遠, 此非宿處." 客曰 : "食帖如何處分?" 吏曰 : "供菜飯而已." 客曰 : "菜飯供了, 還我'而已'來." 驛吏相顧, 莫知所爲. 客又迫促, 無計, 吏問曰:"不知'而已'何物."
客曰:"大於驢, 小於騾. 若無可供, 但還我價直." 驛吏問:
"每一'而已', 其價幾何?" 客曰:"三五千." 驛吏遂斂送之.

* 이 고사는《태평광기》권251〈회해·교광객〉에 실려 있다.

38-52(1106) 양무직
양무직(楊茂直)
출《어사대기》

 양무직이 습유(拾遺)로 있을 때 왕씨(王氏) 성의 보궐(補闕)이 있었는데, 그는 구경(九經)에는 정통했지만 시사(時事)에는 익숙하지 못했으며 늘 자신이 삼교(三敎 : 유교·불교·도교)에 밝다고 떠벌렸다. 그때 도유(道儒)라는 이름의 스님이 있었는데, 사악한 술수로 세상을 어지럽혔기에 [당나라] 측천무후(則天武后)는 그를 황급히 체포하라는 명을 내렸다. 그래서 곳곳에 "승 도유(僧道儒)를 찾는다"는 방문이 붙었다. 양무직이 왕 보궐(王補闕)을 놀리며 말했다.

 "지금 승 도유를 체포하라는 칙령이 내려왔는데 그대는 어찌 그리도 태연하오?"

 왕 보궐이 대답했다.

 "그게 나와 무슨 상관이 있소?"

 양무직이 말했다.

 "그대는 삼교에 밝다고 했는데, '승(僧)'은 불교이고 '도(道)'는 도교이니 어떻게 그대와 상관이 없겠소?"

 그러자 왕 보궐은 놀라고 두려워서 불안하게 지내다가 결국 감히 집으로 돌아가지도 못한 채 관아에서 며칠을 잤으며, 계속 근심하고 두려워하면서 만나는 사람마다 이렇게 말했다.

"사실 나는 삼교의 일을 잘 알지 못합니다."

그러자 양무직이 그를 안심시키며 말했다.

"따로 [승 도유라는] 사람을 찾고 있으며 삼교가 아니오."

왕 보궐은 그제야 감히 밖으로 나왔다.

楊茂直任拾遺, 有補闕姓王, 精九經, 不練時事, 每自言明三敎. 時有僧名道儒, 妖訛, 則天捕逐甚急. 所在題云: "訪僧道儒." 茂直戲謂王曰: "敕捕僧道儒, 足下何以安閑?" 云: "何關吾事?" 茂直曰: "足下明三敎, 僧則佛敎, 道則老敎, 何不關吾事?" 乃驚懼, 興寢不安, 遂不敢歸, 寓於曹局數宿, 憂懼不已, 遇人但云: "實不明三敎事." 茂直方寬慰云: "別訪人, 非三敎也." 乃敢出.

* 이 고사는 《태평광기》 권254 〈조초(嘲誚)·양무직〉에 실려 있다.

38-53(1107) 노조와 정능
노조 · 정능(盧肇 · 丁稜)
출《척언》·《옥천자》

 당(唐)나라의 노조가 강서(江西)에서 해시(解試)를 보았는데, 시험관이 그를 꼴찌로 해송(解送)하자 노조가 계사(啓事)를 올려 감사하며 말했다.
 "거대한 자라가 끙끙대며177) 머리에 봉래산(蓬萊山)을 이고 있습니다."
 시험관이 그에게 말했다.
 "내가 어제는 인원수에 제한이 있어서 그대를 배제했네. 지금은 비록 인원수를 확대했지만 심히 부끄럽게도 그대의 석차가 맨 마지막인데 어찌하여 도리어 '머리에 이고 있다'는 말을 하는가?"
 노조가 말했다.
 "틀림없이 명공께서 그런 질문을 하실 줄 알았습니다. 위에 있는 크고 평범한 막돌178)을 거대한 자라179)가 떠받치고

---

177) 끙끙대며 : 원문은 "희비(屓贔)"로, 힘을 쓰는 모양이다.
178) 크고 평범한 막돌 : 노조보다 높은 석차로 해송된 사람을 비유한다.

있으니, 이것이 어찌 '머리에 이고 있는 것'[180]이 아니겠습니까?"

온 좌중이 크게 웃었다.

관례에 따르면, 과거 급제자의 방이 발표된 후에 급제자들은 반드시 재상을 배알해야 했는데, 나서서 인사말을 하는 사람은 장원 급제자로 그 예의 절차를 특히 빈틈없이 행해야 했다. 당시 장원인 노조가 일이 있어서 도착하지 않자 차석인 정능이 대신해야 했는데, 정능은 말을 더듬었고 또 모습도 왜소하고 볼품이 없었다. 정능은 인도받아 재상을 배알하고 곧바로 몸을 숙이며 인사말을 했다. 정능은 본래 "능등등과(稜等登科 : 정능 등이 과거에 급제했습니다)"라고 말하려 했으나, 얼굴이 벌겋게 달아오르고 땀을 뻘뻘 흘리면서 한참 동안 몸을 구부리고 있다가 말했다.

"능등등(稜等登), 능등등."

정능이 결국 그 뒷말을 잇지 못하고 그만두자 좌우의 사람들이 모두 웃었다. 이튿날 어떤 사람이 그를 놀리며 말했다.

---

179) 거대한 자라 : '오(鰲)'는 바닷속에서 산을 짊어질 수 있다고 하는 전설 속 거대한 자라로, 노조 자신을 비유한다.
180) 머리에 이고 있는 것 : 원문은 "수관(首冠)". 일등이란 속뜻을 담고 있다.

"그대가 쟁(箏)을 잘 탄다고 들었는데 한번 들어 볼 수 있겠는가?"

정능이 말했다.

"그런 일 없네."

그러자 친구가 말했다.

"어제 릉등등, 릉등등 하는 소리를 들었는데, 그것이 바로 쟁을 타던 소리가 아니었는가?"

唐盧肇江西解試, 爲試官末送, 肇有啓事謝曰 : "巨鰲贔屭, 首冠蓬山." 試官謂之曰 : "某昨限以人數擠排. 雖獲申展, 深慚名第奉浼, 焉得翻有'首冠'之句?" 肇曰 : "必知明公垂問. 大凡頑石處上, 巨鰲戴之, 豈非'首冠'耶?" 一座大笑.
故事, 放榜訖, 則須謁宰相, 其導啓詞語, 一出榜元者, 俯仰疾徐, 尤宜精審. 時狀元盧肇, 有故不至, 次丁稜也, 稜口吃, 又形體小陋. 迨引見, 卽俯而致詞. 意本言"稜等登科", 而稜頮然發汗, 鞠躬移時, 乃曰 : "稜等登, 稜等登." 竟不能發其後語而罷, 左右皆笑. 翌日, 有人戲之曰 : "聞君善箏, 可得聞乎?" 稜曰 : "無之." 友人曰 : "昨日聞稜等登稜等登, 非箏聲耶?"

* 이 고사는 《태평광기》 권251 〈회해·노조〉, 권182 〈공거(貢擧)·정능〉에 실려 있다.

38-54(1108) 이환

이환(李寰)

출《인화록》

당(唐)나라의 이환이 진주(晉州)를 진수하고 있었는데, 그의 외사촌 형 무공(武恭)은 성격이 터무니없고 황당무계했으며 또한 도술과 골동품 수집을 좋아한다고 말했다. 무공은 이환의 생일이 되었으나 선물할 것이 없자, 오래된 검은 도포 한 벌을 상자에 잘 담아 이환에게 보내면서 말했다.

"이것은 이 영공(李令公 : 이성)181)이 도성을 수복할 때 입었던 옷이니, 상서(尙書 : 이환)의 공적이 서평왕(西平王 : 이성)처럼 되길 바라오."

이환은 그것을 받고 감사를 드렸다. 나중에 이환은 무공의 생일을 들어 알게 되자 망가지고 해진 두건 하나를 상자에 잘 담아 무공에게 선물하며 말했다.

"형님께서 진인(眞人)을 깊이 앙모하고 계신 것을 알고

---

181) 이 영공(李令公) : 이성(李晟). 당나라 덕종(德宗) 때 주차(朱泚)의 난을 평정하고 도성 장안(長安)을 수복했으며, 그 공으로 서평왕(西平王)에 봉해졌다. 일찍이 중서령(中書令)을 지냈기에 '영공'이라 했다.

홍애 선생(洪崖先生 : 전설 속 신선)이 처음 득선(得仙)했을 때 썼던 두건 하나를 구해서 보내 드리니, 형님께서 홍애 선생처럼 득도하시길 바랍니다."

빈객과 막료 중에 크게 웃지 않는 사람이 없었다.

唐李寰鎭晉州, 表兄武恭性誕妄, 又稱好道, 及蓄古物. 遇寰生日, 無餉遺, 乃箱擎一故皁襖與寰云:"此是李令公收復京師時所服, 願尙書功業, 一似西平." 寰謝之. 後聞知恭生日, 箱擎一破弊幞頭餉恭曰:"知兄深慕高眞, 求得一洪崖先生初得仙時幞頭, 願兄得道如洪崖." 賓僚無不大笑.

* 이 고사는 《태평광기》 권256 〈조초·이환〉에 실려 있다.

38-55(1109) 배휴
배휴(裴休)
출《송창잡록(松窓雜錄)》

  곡강지(曲江池)는 본래 진(秦)나라 때 풍주(豐州)였는데, 당(唐)나라 개원(開元) 연간(713~741)에 뚫고 파내서 명승지로 만들었다. 곡강지의 남쪽으로는 자운루(紫雲樓)와 부용원(芙蓉苑)이 있고, 서쪽으로는 행원(杏園)과 자은사(慈恩寺)가 있었으며, 화초가 그 주위를 빙 둘러 피어 있고 안개 낀 물이 맑고 고왔다. 그래서 도성 사람들이 구경하러 놀러 왔는데, 중화절(中和節 : 음력 2월 초하루)과 상사절(上巳節 : 3월 삼짇날)에 특히 성대했다. 이날에 황제는 신료들에게 연회를 베풀면서 산의 정자에 모여 태상시(太常寺)의 교방악(敎坊樂)을 연주하게 했다. 또한 곡강지에 화려한 배를 마련해 놓았는데, 재상・삼사(三使 : 어사중승・형부시랑・대리경)・북성관(北省官 : 내시성의 관리)・한림학사(翰林學士)만이 그 배에 오를 수 있었다. 이날은 온 도성이 떠들썩해 장관을 이루었다. 당시 배휴는 선성염찰사(宣城廉察使 : 선주관찰사)를 제수받고 아직 도성을 떠나지 않고 있었는데, 마침 곡강지의 연꽃이 만발했다기에 성각(省閣 : 상서성・문하성・중서성)의 명사들과 함께 구경하러 갔다. 그들은 자은사에서 출발해 각자 수행원을 물리치고 어린 시동만 데리고 걸어서 자운루로 갔는데, 몇 사람이 물가에 앉아 있는 것을 보고 배휴와 조정 관원들은 그들 옆에 앉아서 쉬었다. 먼저 도착해 있던 자들 중에서 누런 옷을 입고 반쯤 취한 사람이 한껏 득의만만해서 다른 사람들을 가리키며 경박하게 우스갯소리를 했다. 배휴는 내심 약간 불쾌해하며 그에게 읍(揖)하고 물었다.

"당신은 무슨 관직을 맡고 있소이까?"

그 사람이 대뜸 대답했다.

"예. 정말 감당할 수는 없지만 새로 선주(宣州) 광덕현령(廣德縣令)에 제수되었소이다."

그러고는 배휴에게 반문했다.

"압아(押衙 : 의장과 시위를 맡은 하급 무관)는 무슨 직분을 맡고 있소이까?"

배휴는 그 사람의 말투를 흉내 내서 말했다.

"예. 정말 감당할 수는 없지만 새로 선주관찰사(宣州觀察使)에 제수되었소이다."

그 사람은 허겁지겁 달아났으며, 미 : 경박한 후배들은 이것을 보고 경계할 만하다. 같은 자리에 있던 자들도 모두 꽁무니를 빼서 도망쳤다. 며칠 되지 않아서 그 이야기는 도성에 쫙 퍼졌다. 나중에 배휴가 전사(銓司 : 이부)에 그 사람을 수소문하게 했더니 전사에서 아뢰었다.

"그 사람은 광덕현령으로 있다가 나강현(羅江縣)으로 전임을 청했습니다."

선종(宣宗) 황제는 번왕(藩王)으로 있을 때 그 이야기를 듣고 여러 번왕들과 함께 매번 농담거리로 삼곤 했다. 그 후에 선종이 황제로 등극했을 때 배휴가 재상이 되었는데, 조서를 작성하면서 측근 대신을 돌아보며 말했다.

"예. 정말 감당할 수는 없지만 새로 중서문하평장사(中書門下平章事 : 재상에 해당함)에 제수되었소이다."

曲江池, 本秦時豐州, 唐開元中, 疏鑿爲勝境. 南卽紫雲樓・芙蓉苑, 西卽杏園・慈恩寺, 花卉環周, 烟水明媚. 都人遊賞, 盛於中和・上巳節. 卽錫宴臣僚, 會於山亭, 賜太常敎坊樂. 池備彩舟, 唯宰相・三使・北省官・翰林學士登焉. 傾動皇州, 以爲盛觀. 裴休廉察宣城, 未離京, 值曲江池荷花盛發, 同省閣名士遊賞. 自慈恩寺各屛左右, 隨以小僕, 步至紫雲樓, 見數人坐於水濱, 裴與朝士憩其旁. 中有黃衣半酣, 軒昂自若, 指諸人笑語輕脫. 裴意稍不平, 揖而問之 : "吾賢所任何官?" 率爾對曰 : "喏. 郞不敢, 新授宣州廣德令." 反問裴曰 : "押衙所任何職?" 裴效之曰 : "喏. 郞不敢, 新授宣州觀察使." 於是狼狽而走, 眉 : 輕薄後生視此可戒. 同座亦皆奔散. 不數日, 布於京華. 後於銓司訪之, 云 : "有廣德令請換羅江矣." 宣皇在藩邸聞是說, 與諸王每爲戲談. 其後龍飛, 裴入相, 因書麻制, 回謂樞近曰 : "喏. 郞不敢, 新授中書門下平章事."

* 이 고사는 《태평광기》 권251 〈회해・배휴〉에 실려 있다.

38-56(1110) 공위

공위(孔緯)

출《북몽쇄언》

당(唐)나라의 재상 공위가 일찍이 관직에 임명되자 교방(敎坊)의 악공들이 잇달아 와서 하사품을 요구했다. 석야저(石野猪)라는 자가 혼자 먼저 찾아오자, 공위는 그에게 하사품을 주면서 말했다.

"우리 집이 몹시 가난해서 후하게 줄 수 없으니, 만약 다른 멧돼지[野猪]를 만나거든 부디 말하지 말게."

또 한 악공이 찾아오자 공위는 그에게 피리를 달라고 하더니 피리 구멍을 가리키며 물었다.

"어느 것이 〈완계사(浣溪沙 : 당나라의 교방곡명)〉가 나오는 구멍인가?"

그러자 그 악공이 크게 웃었다.

唐宰相孔緯嘗拜官, 敎坊伶人繼至求利市. 有石野猪獨行先到, 有所賜, 乃謂曰:"宅中甚闕, 不得厚致, 若見諸野猪, 幸勿言也." 復有一伶至, 乃索其笛, 指竅問曰:"何者是〈浣溪沙〉孔子?" 伶大笑之.

* 이 고사는 《태평광기》 권252 〈회해·공위〉에 실려 있다.

38-57(1111) 우문한

우문한(宇文翰)

출《북몽쇄언》

당(唐)나라의 도사 정자소(程子宵)가 화산(華山)의 꼭대기에 올랐다가 우연히 뒤로 나자빠졌는데, 낭중(郎中) 우문한이 그에게 서신을 보내 놀리며 말했다.

"산에 올라갔는지 못 올라갔는지[上得不得] 알 수 없으며, 또 벼랑에 매달리고 또 매달렸는지[懸之又懸][182] 의심스럽습니다."

唐道士程子宵登華山上方, 偶有顚仆, 郎中宇文翰致書戲之曰 : "不知上得不得, 且怪懸之又懸."

* 이 고사는 《태평광기》 권252 〈회해·우문한〉에 실려 있다.

---

182) 올라갔는지 못 올라갔는지[上得不得], 매달리고 또 매달렸는지[懸之又懸] : "상득부득(上得不得)"과 "현지우현(懸之又懸)"은 《노자(老子)》 제38장의 "상덕부덕(上德不德)"과 제1장의 "현지우현(玄之又玄)"을 빗대서 한 말이다.

38-58(1112) 왕탁

왕탁(王鐸)

출《북몽쇄언》

당(唐)나라의 낭중령(郞中令) 왕탁은 지위와 명망이 높고 품행이 고아했지만, 난을 평정할 인재는 아니었다. 왕탁은 조정을 나와 저궁(渚宮 : 강릉)을 진수하면서 도통(都統)이 되어 황소(黃巢)를 막았다. 왕탁은 첩을 데리고 진(鎭)으로 갔는데, 투기가 심한 그의 부인이 뜻밖에도 도성을 떠나 지금 오고 있다는 보고가 갑자기 전해지자, 왕탁이 종사(從事)에게 말했다.

"황소는 점점 남쪽에서 올라오고 부인은 또 북쪽에서 내려오고 있으니, 아침저녁으로 내 마음이 어찌 편할 수 있겠는가?"

막료가 그를 놀리며 말했다.

"차라리 황소에게 항복하는 편이 낫겠습니다."

그러자 왕탁도 크게 웃었다.

唐郎中令王鐸, 位望崇顯, 率由文雅, 然非定亂才. 出鎭渚宮爲都統, 以禦黃巢. 携姬妾赴鎭, 而妻妒忌, 忽報夫人離京在道, 鐸謂從事曰 : "黃巢漸似南來, 夫人又自北至, 旦夕情味, 何以安處?" 幕僚戱曰 : "不如降黃巢." 王亦大笑.

* 이 고사는 《태평광기》 권252 〈회해·왕탁〉에 실려 있다.

38-59(1113) 노연양

노연양(盧延讓)

출《북몽쇄언》

당(唐)나라의 노연양은 시 짓는 일에 전념했는데, 25번 과거에 응시한 끝에 비로소 급제했다. 그의 시권(試卷)에 "여우는 관도(官道)를 가로질러 지나가고, 개는 가게 문을 들이받아 여네"라는 시구가 있었는데, 조용사(租庸使) 장준(張濬)은 그런 일을 직접 보았기 때문에 매번 그 시구를 칭찬했다. 또 "굶주린 고양이는 쥐구멍 앞에 있고, 게걸스런 개는 어침(魚砧 : 물고기를 손질할 때 사용하는 도마)을 핥고 있네"라는 시구가 있었는데, 이것은 중서령(中書令) 성예(成汭)의 칭찬을 받았다. 또 "밤은 터져 양탄자를 태워 망가뜨리고, 고양이는 펄쩍 뛰어 솥을 들이받아 뒤집네"라는 시구가 있었는데, 이것은 촉(蜀 : 전촉)의 왕건(王建)의 칭찬을 받았다.

노연양이 사람들에게 말했다.

"평생 공경(公卿)들에게 명함을 보내고 만나 뵙기를 청했는데, 뜻밖에도 고양이·쥐·개의 도움을 받게 될 줄은 생각지도 못했소!" 협 : 공경을 꾸짖음이 아주 독하다.

唐盧延讓業詩, 二十五擧方登第. 卷中有"狐衝官道過, 狗觸店門開"之句, 租庸調張濬親見此事, 每稱賞之. 又有"餓猫臨鼠穴, 饞犬舐魚砧", 爲中書令成汭所賞. 又有"栗爆燒氈破, 猫跳觸鼎翻", 爲蜀王建所賞. 盧謂人曰: "平生投謁公卿, 不意得力於猫鼠狗子也!" 夾: 罵得忒毒.

* 이 고사는 《태평광기》 권252 〈회해·노연양〉에 실려 있다.

38-60(1114) 고형

고형(顧夐)

출《북몽쇄언》

위촉(僞蜀 : 전촉)의 왕 선주[王先主 : 왕건(王建)]는 이주(利州)와 낭주(閬州)에서 군대를 일으켰는데, 친기군(親騎軍) 400명은 모두 힘세고 용맹한 병사들이었다. 그들은 자색 깃발을 들었고 각각 칭호가 있었는데, "흑운도(黑雲都)"[183]라는 명칭을 붙여 준 것과 같았다. 무릇 전세가 불리해지면 이들이 자색 깃발을 흔들며 도와주었는데, 그때마다 적군이 초목처럼 쓰러지지 않은 적이 없었다. 이 무리의 장졸(將卒)들은 대부분 현달했는데, 어떤 이는 절장(節將 : 절도사)에 이른 자도 있었다. 당시 고형도 일찍이 군(郡)을 다스렸는데, 장난삼아 무거첩(武擧牒 : 무과 시험 공문서)을 지어 말했다.

"대순(大順) 연간(890~891)에 시랑(侍郎) 이타질(李吒叱)이 주고관이 되어 진사 30여 명을 급제시켰는데, 강나자

---

183) 흑운도(黑雲都) : 오대(五代) 양행밀(楊行密)의 친위군의 호칭으로, 흑운장검도(黑雲長劍都)라고도 했다. 당나라 말에 번진(藩鎭)들의 친위군은 대부분 '도(都)'로 명칭을 삼았다.

(姜癩子) · 장타흉(張打胸) · 이합저(李嗑岨) · 이파륵(李破肋) · 이길아(李吉丫) · 번홀뢰(樊忽雷) · 일유신(日遊神) · 왕제타(王跿馳) · 학우시(郝牛屎) · 진파사(陳波斯) · 나만자(羅蠻子) 등이었으며, 시제는 〈망명산택부(亡命山澤賦)〉와 〈도처불생초시(到處不生草詩)〉였다."

僞蜀王先主起自利 · 閬, 親騎軍四百人, 皆拳勇之士. 執紫旗, 各有名號, 加"黑雲都"之類. 凡戰不利, 麾紫旗以副之, 莫不披靡. 此團將卒多達, 或至節將. 時顧敻亦嘗典郡, 戱造武擧牒曰:"大順年, 侍郎李吒叱下進士及第三餘人, 姜癩子 · 張打胸 · 李嗑岨 · 李破肋 · 李吉丫 · 樊忽雷 · 日遊神 · 王跿馳 · 郝牛屎 · 陳波斯 · 羅蠻子等,　試〈亡命山澤賦〉·〈到處不生草詩〉."

* 이 고사는 《태평광기》 권252 〈회해 · 고형〉에 실려 있다.

38-61(1115) 석동통

석동통(石動筒)

출《계안록》미 : 이하는 모두 배우다(以下皆優).

북제(北齊) 고조(高祖)가 한번은 측근 신하들에게 연회를 베풀어 즐기면서 말했다.

"내가 그대들에게 수수께끼를 낼 터이니 함께 맞혀 보게. 졸률갈답(卒律葛答)."

사람들이 모두 알아맞히지 못하고 있을 때 석동통이 말했다.

"신은 이미 알아냈으니 바로 전병(煎餠)184)입니다."

고조가 웃으면서 말했다.

"맞았네."

고조가 또 말했다.

"그대들도 수수께끼를 하나씩 내면 내가 맞혀 보겠네."

사람들이 아직 수수께끼를 내지 못하고 있을 때 석동통이 수수께끼를 내며 다시 말했다.

"졸률갈답."

---

184) 전병(煎餠) : "졸률갈답"을 전병을 튀길 때 나는 소리로 보아 이렇게 말한 것이다.

고조가 알아맞히지 못하고 물었다.

"그것이 어떤 물건인가?"

석동통이 대답했다.

"전병입니다."

고조가 말했다.

"내가 처음 만들어 낸 것인데 어째서 그것을 다시 내는가?"

석동통이 말했다.

"대가(大家)185)께서 솥을 달구는 동안에 다시 하나 만들었습니다."

고조는 크게 웃었다. 고조가 한번은 사람을 시켜《문선(文選)》을 읽게 했는데, 곽박(郭璞)의 〈유선시(遊仙詩)〉에 대해 감탄하면서 훌륭하다고 칭찬했다. 그러자 여러 학사들이 모두 말했다.

"이 시는 지극히 훌륭해서 진실로 성지(聖旨)와 같습니다."

석동통이 곧장 일어나 말했다.

"이 시가 뭐 그리 대단합니까? 만약 신에게 지어 보라 하신다면 당장에 그것보다 배나 뛰어난 시를 짓겠습니다."

---

185) 대가(大家) : 옛날 궁중에서 시종관이 황제나 황후를 부르던 호칭.

고조가 언짢아하다가 한참 뒤에 말했다.

"그대는 어떤 사람이기에 스스로 곽박의 시보다 배나 좋은 시를 짓겠다고 하는가? 설마 죽고 싶어서 그런 것은 아니겠지?"

석동통이 곧장 말했다.

"대가께서 신에게 시를 지으라고 하셨는데, 만약 그보다 배나 뛰어난 시를 짓지 못한다면 죽음을 달게 받겠습니다."

고조가 즉시 시를 지으라고 하자 석동통이 말했다.

"곽박의 〈유선시〉를 보면 '천여 길 되는 청계(靑溪)에 도사 한 명이 있네'라는 구절이 있는데, 신은 이 구절을 '이천여 길 되는 청계에 도사 두 명이 있네'라고 짓겠으니, 어찌 그보다 배나 뛰어나지 않겠습니까?"

고조는 비로소 크게 웃었다. 석동통이 또 한번은 국학(國學)에서 박사들이 논의하는 것을 보았는데, 그들이 이렇게 말했다.

"공자(孔子)의 제자 가운데 사리에 통달한 사람은 72명이다.[186]"

---

186) 사리에 통달한 사람은 72명이다 : 공자는 3000명의 제자를 두었는데 그중에서 사리에 통달한 사람이 70여 명이었다고 한다. 《맹자(孟子)》 〈공손추(公孫丑)〉에는 70명, 《사기(史記)》 〈공자세가(孔子世家)〉에는 72명, 《사기》 〈중니제자열전(仲尼弟子列傳)〉에는 77명이라 되어 있다.

그러자 석동통이 질문했다.

"그 72명 가운데 몇 사람이 갓[冠]을 쓰고[187] 몇 사람이 갓을 쓰지 않았습니까?"

박사가 말했다.

"경전에 그런 문장은 없소."

석동통이 말했다.

"선생은 경서를 읽었을 텐데 어찌 그것을 모를 수 있단 말입니까? 갓을 쓴 사람은 30명이고 갓을 쓰지 않은 사람은 42명입니다."

박사가 말했다.

"어떤 문장에 근거해 그것을 판별했소?"

석동통이 말했다.

"《논어(論語)》에서 '갓을 쓴 사람은 5~6명'[188]이라 했으니 5 곱하기 6은 30이고, '동자는 6~7명'이라 했으니 6 곱하

---

187) 갓[冠]을 쓰고 : 20세 이상을 성인을 가리킨다. 옛날에는 스무 살이 되면 관례(冠禮)를 치르고 갓을 쓰기 시작했다.

188) 갓을 쓴 사람은 5~6명 : 다음 문장의 "동자는 6~7명"과 함께 《논어》〈선진(先進)〉편에 나오는 구절이다. 공자가 제자들에게 평소 하고 싶은 일에 대해 물었더니 증석(曾晳)이 대답했다. "늦봄에 봄옷이 이미 지어졌거든 갓을 쓴 자 대여섯 명과 동자 예닐곱 명을 데리고 기수에서 목욕하고 무우에서 바람을 쐬다가 시를 읊조리며 돌아오고 싶습니다(莫春者, 春服旣成, 冠者五六人, 童子六七人, 浴乎沂, 風乎舞雩, 詠而歸)."

기 7은 42입니다. 그러니 어찌 72명이 아니겠습니까?"

좌중의 사람들이 모두 크게 웃었다.

北齊高祖嘗宴近臣爲樂, 高祖曰:"我與汝等作謎, 可共射之. 卒律葛答." 諸人皆射不中, 石動筒云:"臣已射得, 是煎餠." 高祖笑曰:"是也." 又曰:"汝等作一謎, 我爲汝射之." 諸人未作, 動筒爲謎, 復云:"卒律葛答." 高祖射不得, 問曰:"此是何物?" 答曰:"煎餠也." 高祖曰:"我始作之, 何因更作?" 動筒曰:"承大家熱鐺, 更作一個." 高祖大笑. 高祖嘗令人讀《文選》, 有郭璞〈遊仙詩〉, 嗟嘆稱善. 諸學士皆云:"此詩極工, 誠如聖旨." 動筒卽起云:"此詩有何能? 若令臣作, 卽勝伊一倍." 高祖不悅, 良久語云:"汝是何人, 自言作詩勝郭璞一倍? 豈不合死?" 動筒卽云:"大家卽令臣作, 若不勝一倍, 甘心合死." 卽令作之, 動筒曰:"郭璞〈遊仙詩〉云'靑溪千餘仞, 中有一道士', 臣作云'靑溪二千仞, 中有兩道士', 豈不勝伊一倍?" 高祖始大笑. 又嘗於國學中看博士論云:"孔子弟子達者七十二人." 動筒因問:"七十二人, 幾人已著冠, 幾人未著冠?" 博士曰:"經傳無文." 動筒曰:"先生讀書, 豈合不解? 冠者三十人, 未冠四十二人." 博士曰:"據何文以辨之?" 曰:"《論語》云'冠者五六人', 五六三十也, '童子六七人', 六七四十二也. 豈非七十二人?" 坐中皆大笑.

* 이 고사는 《태평광기》 권247 〈회해·석동통〉에 실려 있다.

38-62(1116) 황번작

황번작(黃繙綽)

출《송창잡록》·《인화록》

　당(唐)나라 현종(玄宗)이 황번작과 농담을 하다가 말했다.
　"나는 오랫동안 좋은 말을 가지고 싶어 했는데, 마경(馬經)에 정통한 사람이 누구인가?"
　그러자 황번작이 아뢰었다.
　"세 승상(丞相)이 모두 마경에 뛰어납니다."
　황상이 말했다.
　"나는 세 승상과 더불어 정사를 논하는 것 이외에 다른 학문들도 모두 궁구했으나 마경에 정통한 사람이 있다고는 들어 보지 못했는데, 그대는 어떻게 그 사실을 아는가?"
　황번작이 말했다.
　"신이 날마다 모랫둑 위에서 승상들이 타고 있는 말을 보았는데 모두 좋은 말이었습니다. 그래서 그들이 마경에 정통했음을 분명히 알게 되었습니다."
　황상은 크게 웃었다. 또 황상이 한번은 어원(御苑)의 북쪽 누각에 올라 위수(渭水)를 바라보다가 어떤 술 취한 사람이 물가에 누워 있는 것을 보고, 좌우 신하들에게 누구인지 물었으나 아무도 알지 못했다. 그래서 장차 사자를 보내 물어보려고 했는데 황번작이 말했다.

"신은 그가 누구인지 알고 있으니, 그는 임기가 만료된 영사(令史)입니다."

황상이 물었다.

"그대가 어떻게 아는가?"

황번작이 대답했다.

"한 번만 더 구르면 물속으로 들어가기[入流]189) 때문입니다."

또 황상이 여러 왕들과 모여 수라를 들고 있을 때, 영왕[寧王 : 현종의 형 이헌(李憲)]이 [재채기를 하다가] 어좌를 향해 입 속의 밥을 뿜어 곧장 용안(龍顔)까지 튀자 황상이 말했다.

"영왕 형님은 어쩌다가 사례들리셨습니까[錯喉]?"

그러자 황번작이 말했다.

"이는 사례들린 것[錯侯]190)이 아니고 재채기한 것[噴

---

189) 물속으로 들어가기[入流] : 9품 이상의 관직은 '유내(流內)', 9품 이하의 관직은 '유외(流外)'라고 불렀는데, 유외에서 유내로 들어가는 것을 '입류(入流)'라고 했다. 당나라 때의 영사(令史)는 문서를 담당하는 관직으로 품계가 없었는데, 영사에서 한 단계만 더 올라가면 정식 관리인 낭(郎)으로 승진하는 동시에 품계도 주어졌기에 이렇게 말한 것이다.

帝]191)입니다."

唐玄宗與黃繙綽戲語, 因曰: "吾欲良馬久之, 誰能通於馬經者?" 繙綽奏曰: "三丞相悉善馬經." 上曰: "吾與三丞相語政事外, 悉究其旁學, 不聞有通馬經者, 爾焉得知之?" 繙綽曰: "臣自日日沙堤上, 見丞相所乘, 皆良馬也. 是以必知通馬經." 上因大笑. 又嘗登苑北樓, 望渭水, 見一醉人臨水臥, 問左右是何人, 左右不知. 將遣使問之, 繙綽曰: "臣知之, 此是年滿令史." 上曰: "你何以知?" 對曰: "更一轉入流." 又與諸王會食, 寧王對御座, 噴一口飯, 直及龍顔, 上曰: "寧哥何以錯喉?" 繙綽曰: "此非錯侯, 是噴帝."

* 이 고사는 《태평광기》 권250 〈회해·황번작〉에 실려 있다.

190) 사레들린 것[錯侯]: '착후(錯侯)'는 사레들린다는 뜻의 '착후(錯喉)'와 같지만, 여기서는 실수한 왕후라는 속뜻이 담겨 있다.
191) 재채기한 것[噴帝]: '분제(噴帝)'는 재채기한다는 뜻의 '분체(噴嚏)'와 같지만, 여기서는 황제에게 밥알을 뿜는다는 속뜻이 담겨 있다.

38-63(1117) 이가급

이가급(李可及)

출《당궐사(唐闕史)》

　　당(唐)나라 함통(咸通) 연간(860~874)에 배우 이가급은 골계와 해학이 동료들 중에서 특출했다. 한번은 연경절(延慶節 : 의종의 탄생일)을 맞아 스님과 도사들의 강론이 끝난 뒤에 배우들이 잡희(雜戱)를 공연할 차례가 되었다. 이가급은 품이 넓은 옷과 폭이 넓은 띠를 두르고 있었는데, 옷자락을 가지런히 들어 올리고 자리에 올라 자칭 유불도 삼교의 이론에 대해 논평할 수 있다고 했다. 그와 짝하고 앉아 있던 사람이 물었다.

　　"삼교에 대해 두루 통달했다고 말했으니 그럼 석가여래(釋迦如來)는 어떤 사람이오?"

　　이가급이 대답했다.

　　"부인이지요."

　　질문한 사람이 깜짝 놀라며 말했다.

　　"어째서요?"

　　이가급이 말했다.

　　"《금강경(金剛經)》에서 '자리를 깔고 자리에 앉는다[敷座而座]'라고 했는데, 만약 부인이 아니라면 어째서 번거롭게 남편[夫]이 앉고 난 뒤에 자기[兒]가 앉겠다고 했겠소?192)"

또 물었다.

"태상노군(太上老君 : 노자)은 어떤 사람이오?"

이가급이 말했다.

"역시 부인이지요."

질문한 사람이 더욱 깨닫지 못하자 이가급이 말했다.

"《도덕경(道德經)》에서 '내게 큰 근심이 있는 것은 내게 몸이 있기[有身] 때문이니 내게 몸이 없다면 내게 무슨 근심이 있겠는가?'라고 했는데, 만약 부인이 아니라면 무엇 때문에 임신할[有娠] 것을 걱정했겠소?193)"

또 물었다.

"문선왕(文宣王 : 공자)194)은 어떤 사람이오?"

이가급이 말했다.

"부인이지요."

---

192) 남편[夫]이 앉고 난 뒤에 자기[兒]가 앉겠다고 했겠소? : "부좌이좌(敷座而座)"에서 '부(敷)'는 '부(夫)'와 발음이 같고, '이(而)'는 '아(兒)'와 발음이 같다. 당나라 때는 부인이 자신을 가리키는 1인칭 대명사로 '아(兒)'를 사용했다.

193) 임신할[有娠] 것을 걱정했겠소? : "유신(有娠)"의 '신(娠)'과 '신(身)'이 발음이 같아서 그렇게 말한 것이다.

194) 문선왕(文宣王) : 공자(孔子). 당나라 현종(玄宗) 개원(開元) 27년(739)에 공자를 문선왕에 추봉(追封)했다.

질문한 사람이 말했다.

"어떻게 그것을 알 수 있소?"

이가급이 말했다.

"《논어(論語)》에서 '팔아야지! 팔아야지! 그러나 나는 좋은 값[價]을 기다리는 사람이다'라고 했는데, 만약 부인이 아니라면 무엇 하러 시집가기[嫁]를 기다렸겠소?195)"

황상은 몹시 기뻐하며 그에게 아주 후한 상을 내렸다.

唐咸通中, 俳優人李可及滑稽諧戲, 獨出輩流. 嘗因延慶節, 緇黃講論畢, 次及倡優爲戲. 可及褎衣博帶, 攝齊以升座, 自稱三敎論衡. 偶坐者問曰: "旣言博通三敎, 釋迦如來是何人?" 對曰: "婦人." 問者驚曰: "何也?" 曰: "《金剛經》云'敷座而座', 使非婦人, 何煩夫坐然後兒坐也?" 又問: "太上老君何人?" 曰: "亦婦人也." 問者益不諭, 乃曰: "《道德經》云'吾有大患, 爲吾有身, 及吾無身, 吾有何患?', 倘非婦人, 何患於有娠乎?" 又問: "文宣王何人也?" 曰: "婦人也." 問者曰: "何以知之?" 曰: "《論語》云'沽之哉! 沽之哉! 我待價者也', 向非婦人, 待嫁奚爲?" 上意極歡, 寵錫頗厚.

* 이 고사는 《태평광기》 권252 〈회해·배우인(俳優人)〉에 실려 있다.

---

195) 시집가기[嫁]를 기다렸겠소?: '가(嫁)'와 '가(價)'의 발음이 같기 때문에 그렇게 말한 것이다.

38-64(1118) 안비신

안비신(安轡新)

출《북몽쇄언》

[당나라] 천복(天復) 원년(901)에 봉상절도사(鳳翔節度使) 이무정(李茂貞)이 입조하자, 소종(昭宗)이 안복루(安福樓)에서 그를 접견했다. 이튿날 소종이 수춘전(壽春殿)에서 연회를 베풀자 이무정은 견여(肩輿)를 타고 베옷을 입고 금란문(金鑾門)으로 들어와 옷을 갈아입고 연회에 참석했는데, 전대에 제멋대로 발호한 자 중에 그와 같은 자는 없었다. 그 전에 이무정이 동관(潼關)으로 들어와 도성을 불태운 바람에 사람들이 거의 죽었다. 그날 연회에서 교방(教坊)의 배우 안비신이 이무정을 "화룡자(火龍子)"[196]라고 부르자, 이무정은 부끄럽고 두려워서 머리를 숙이고 있다가 몰래 화를 내며 말했다.

"훗날 저놈을 죽이고 말 테다!"

안비신은 그 말을 듣고 말미를 청해 기주(岐州)로 가서 이무정을 배알했다. 이무정은 그를 보자마자 마구 욕을 해

---

196) 화룡자(火龍子) : 화염에 쌓인 신룡(神龍). 여기서는 도성을 불태운 이무정을 가리킨다.

댔다.

"도적놈이 무슨 염치로 감히 나를 찾아왔느냐? 틀림없이 구걸하려고 왔으렷다!"

안비신이 말했다.

"그저 한번 찾아뵙겠다는 생각에 왔지 감히 구걸할 생각은 없습니다."

이무정이 말했다.

"곤궁함이 이와 같은데 어찌하여 구걸하지 않느냐?"

안비신이 말했다.

"근자에 도성에 깔려 있는 부탄(麩炭 : 목탄)[197]만 팔아도 한평생 살아가기에 충분한데 무엇 때문에 구걸하겠습니까?"

이무정은 크게 웃으면서 그에게 후한 상을 내렸다.

天復元年, 鳳翔李茂貞入朝, 昭宗安福樓見之. 翌日, 宴於壽春殿, 茂貞肩輿披褐, 入金鑾門, 易服赴宴, 前代跋扈, 未之有也. 先是茂貞入關, 放火燒京闕, 居人殆盡. 是宴也, 敎坊優人安轡新, 號茂貞爲"火龍子", 茂貞慚惕俯首, 仍竊怒曰: "他日會殺此豎子!" 安聞之, 因請告, 往岐下謁茂貞. 茂貞見之, 大詬曰: "此賊胡顔敢來耶? 當求乞耳!" 安曰: "祇思上

---

197) 부탄(麩炭) : 목탄. 화재로 타고 남은 건물의 목재를 말한다.

謁, 非敢有干也." 茂貞曰 : "貧儉若斯, 胡不求乞?" 安曰 : "京城近日但賣麩炭, 便足一生, 何在求乞?" 茂貞大笑, 厚賜之.

* 이 고사는 《태평광기》 권252 〈회해·배우인(俳優人)〉에 실려 있다.

38-65(1119) 목조릉
(穆刁綾)
출《북몽쇄언》

 [당나라] 광화(光化) 연간(898~901)에 주박(朱朴)은 모시박사(毛詩博士)198)로 있다가 재상에 임명되었다. 주박은 본디 자신의 말재주를 믿고 당장에 태평성대를 이룰 수 있을 것이라 생각했는데, 번왕(藩王)들의 추천으로 그 명성이 소종(昭宗)에게 알려져서 마침내 재상에 임명되었던 것이다. 대양(對敭)199) 의식이 있던 날 그는 몇 가지 사안을 진언하면서 말끝마다 "신이 반드시 폐하를 위해 일을 이루겠습니다"라고 말했다. 그러나 주박은 대권을 잡은 뒤로 이룬 일이 전혀 없었다. 그때부터 주박에 대한 소종의 은택은 날로 줄어들었고 조정의 안팎에서 의론이 분분했다. 궁중에서 연회가 열리던 날 배우 목조릉이 불경을 염송하는 행자(行者)로 분장하고 앞으로 나아가 낭랑한 목소리로 읊었다.

---

198) 모시박사(毛詩博士) : 국자감(國子監)에서 《모시》를 강의하는 박사.
199) 대양(對敭) : 대양(對揚). 관리가 관직을 제수받은 뒤에 황제께 올리는 감사 의식 가운데 하나.

"만약 주 상(朱相 : 주박)을 보면 바로 재상감이 아니라네."200)

이튿날 주박은 파면되어 궁을 나갔다.

光化中, 朱朴自毛詩博士拜相. 而朴恃其口辯, 謂可安致太平, 由藩王引導, 聞於昭宗, 遂有此命. 對敭之日, 而陳言數條, 每言"臣必爲陛下致之". 洎操大柄, 殊無所成. 自是恩澤日衰, 中外騰沸. 內宴日, 俳優穆刁綾作念經行者, 至前朗諷曰 : "若見朱相, 卽是非相." 翌日出宮.

* 이 고사는 《태평광기》 권252 〈회해·배우인(俳優人)〉에 실려 있다.

200) 만약 주 상(朱相)을 보면 바로 재상감이 아니라네 : 원문은 "약견주상(若見朱相), 즉시비상(卽是非相)".《금강경(金剛經)》의 "무릇 상(相)이 있는 것은 모두 허망하니, 만약 모든 상이 상이 아님을 보면 곧 바로 여래를 보게 된다(凡所有相, 皆是虛妄, 若見諸相非相, 卽見如來)"는 구절에서 "약견제상비상(若見諸相非相)"을 가지고 주박을 조롱한 것이다. 재상 주박을 뜻하는 '주상(朱相)'은 '제상(諸相)'과 발음이 같다.

38-66(1120) 호찬
호찬(胡趲)
출《옥당한화》

구우태사(九優太史) 호찬은 바둑 두기를 좋아했다. 그는 늘 혼자 나귀 한 마리를 타고 날마다 친구 집에 가서 바둑을 두었는데, 아침에 갔다가 저녁에 돌아오는 경우가 많았다. 매번 호찬이 그 집에 도착하면 친구는 반드시 가동에게 당부했다.

"도지(都知 : 호찬)201)를 위해 후원에서 나귀에게 꼴을 먹여라."

호찬은 매우 감사하면서 저녁이 되어서야 나귀를 타고 집으로 돌아가곤 했다. 하루는 갑자기 황제의 부름을 받고 호찬이 황급히 나귀를 찾았는데, 앞으로 끌고 왔을 때 보았더니 숨을 헐떡이면서 온몸에 땀을 줄줄 흘리고 있었다. 다름이 아니라 그 집에서 맷돌을 돌리고 있었던 것이었다. 호찬은 그제야 나귀가 지금까지 그 집을 위해 맷돌을 돌려 줬

---

201) 도지(都知) : 본래 내시(內侍)의 관명인데, 당나라 말기에는 교방(敎坊)의 배우들을 '도지' 혹은 '도도지(都都知)'라 불렀다. 여기서는 호찬을 가리킨다.

다는 사실을 알게 되었다. 다음 날 아침에 호찬이 걸어서 친구 집에 갔더니 친구가 또 말했다.

"도지를 위해 나귀를 잘 돌봐 주겠네."

호찬이 말했다.

"나귀는 오늘 올 수 없네."

친구가 말했다.

"어째서인가?"

호찬이 말했다.

"어제 자네 집에서 돌아온 후로 갑자기 머리가 아프고 또 심장이 안 좋다고 하면서 일어나지도 못하더니 잠시 휴가를 청해 쉬겠다고 하더군."

친구가 또한 크게 웃었다.

九優太史胡趙好博弈. 嘗獨跨一驢, 日到故人家棋, 多早去晚歸. 每到其家, 主人必戒家僮曰: "與都知於後院喂驢." 趙甚感之, 夜則跨歸. 一日非時宣召, 趙倉忙索驢, 及牽前至, 則覺喘氣, 通體汗流. 乃正與主人拽磑耳. 趙方知自來與其家拽磨. 明早, 復展步而至, 主人亦曰: "與都知擡擧驢子." 曰: "驢子今日偶來不得." 主人曰: "何也?" 趙曰: "祇從昨回, 便患頭旋惡心, 起止未得, 且乞假將息." 主人亦大笑.

* 이 고사는 《태평광기》 권252 〈회해·배우인(俳優人)〉에 실려 있다.

권39 휼지부(譎智部) 궤사부(詭詐部) 무뢰부(無賴部)

휼지(譎智)

39-1(1121) 위 태조

위태조(魏太祖)

출《소설(小說)》

　　위나라 무제(武帝 : 조조)는 젊었을 때, 원소(袁紹)와 함께 유협(遊俠) 짓을 하길 좋아했다. 그들은 일찍이 남이 결혼하는 것을 살펴보다가 주인집 정원으로 몰래 들어가서 밤중에 소리를 질렀다.

　　"도둑이야!"

　　사람들이 모두 나와서 살피는 사이에 무제는 칼을 빼 들고 신부를 겁탈했다. 그러고는 원소와 함께 나오다가 길을 잃어 가시나무 속에 떨어졌는데, 원소가 움직일 수 없게 되자 무제가 다시 크게 소리쳤다.

　　"도둑놈이 지금 여기에 있다!"

　　원소가 다급한 나머지 스스로 뛰어나옴으로써 둘 다 붙잡힘을 면했다. 미 : 앞의 두 가지 일은 모두 반드시 사실은 아닐 것이며, 또한 아만(阿瞞 : 조조)의 큰 능력을 보여 주는 것도 아니다. 또 원소가 젊었을 때, 밤중에 사람을 보내 위 무제에게 검을 던지게 했는데 조금 낮아서 맞히지 못했다. 무제는 그다음 칼은 틀림없이 높게 날아올 것을 알고 침상 위에 납작 엎드렸는데, 검이 과연 높게 날아왔다. 협 : 왜 피하지 않았나? 위 무제가 또 말했다.

"내가 잘 때는 함부로 접근해서는 안 된다. 가까이 오면 나도 모르는 사이에 베어 버리니, 좌우 사람들은 마땅히 이것을 조심해야 할 것이다!"

나중에 무제가 자면서 추위에 떠는 척하자, 총애하던 시종이 몰래 이불을 덮어 주었더니 무제가 곧바로 그를 베어 죽였다. 이후로는 아무도 무제에게 감히 접근하지 못했다.

魏武少時, 與袁紹好爲遊俠. 嘗觀人新婚, 因潛入主人園中, 夜叫呼云:"有偸兒!"人皆出觀, 帝乃抽刃劫新婦. 與紹還出, 失道, 墜枳棘中, 紹不能動, 帝復大呼:"偸兒今在此!"紹惶迫, 自擲出, 俱免. 眉:前二事俱未必實, 亦未見阿瞞大手段. 又紹年少時, 曾夜遣人以劍擲魏武, 少下不著. 帝揆其後來必高, 因帖臥床上, 劍果高. 夾:何不避之? 魏武又云:"我眠中不可妄近. 近輒斫人, 亦不自覺, 左右宜愼之!"後乃佯凍, 所幸小人竊以被覆之, 因便斫殺. 自爾莫敢近之.

* 이 고사는 《태평광기》 권190 〈잡휼지(雜譎智)·위태조〉에 실려 있다.

39-2(1122) 진 명제

진명제(晉明帝)

출《세설》

진나라 명제는 혼자 말을 타고 몰래 숨어들어 가서 왕돈(王敦)의 군영을 엿보았는데, 왕돈이 이를 알아차리고 기마병을 시켜 명제를 추격하게 했다. 명제는 도망치다가 칠보 채찍으로 객점의 노파를 매수해 그녀에게 말똥에 부채질을 하게 했다. 왕돈의 명을 받고 추격하던 사람들은 말똥이 이미 말라 있는 것을 보고 명제가 이미 멀리 갔을 것이라고 생각했다. 그러고는 돌아가며 칠보 채찍을 감상하면서 더 이상 명제를 추격하지 않았다.

晉明帝單騎潛入, 窺王敦營, 敦覺, 使騎追之. 帝奔, 仍以七寶鞭顧逆旅嫗, 扇馬屎. 王敦追之人見馬屎已乾, 謂帝已去遠. 仍傳玩寶鞭, 不復前追.

* 이 고사는 《태평광기》 권403 〈보(寶)·칠보편(七寶鞭)〉에 실려 있다.

39-3(1123) 최사긍
최사긍(崔思兢)
출《대당신어》

[당나라] 측천무후(則天武后) 때 어떤 사람이 최사긍의 육촌 형 최선(崔宣)이 모반했다고 무고하자, 측천무후는 어사 장행급(張行岌)에게 그 사건을 회부해 조사하게 했다. 밀고자는 미리 최선의 첩을 꾀어내 숨겨 놓고 말했다.

"최선의 첩이 그의 모의를 발설하려고 하자, 최선이 그녀를 죽여 시체를 낙수(洛水)에 던져 버렸습니다."

장행급이 조사해 보았지만 아무런 증거가 없었다. 측천무후가 노해서 다시 조사하게 했지만, 장행급이 처음과 같이 아뢰자 측천무후가 말했다.

"최선이 모반한 정황이 분명하거늘 너는 그에게 관용을 베풀고 있다. 내가 내준신(來俊臣)에게 다시 조사하게 할 것이니 너는 후회하지 마라."

장행급이 말했다.

"폐하께서 신에게 사건을 맡기셨으니 반드시 그 실상을 밝혀낼 것입니다. 만약 성지(聖旨)만을 따라 함부로 일족들을 죽인다면 그 어찌 법관이 지킬 도리이겠습니까?"

측천무후는 엄한 기색으로 말했다.

"최선이 만약 정말로 첩을 죽였다면 그가 모반한 것은 자명해진다. 첩을 찾지 못한다면 어떻게 스스로 해명하겠느냐?"

장행급은 두려워하면서 최선의 집안사람들에게 첩을 찾으라고 다그쳤다. 그래서 최사궁은 중교(中橋)의 남북에서 돈을 많이 걸고 첩을 숨긴 자를 찾아낼 사람을 모집했지만, 며칠이 지나도 아무런 소식이 없었다. 최선의 집에서 매번 몰래 일을 의논하면 밀고자는 곧바로 그 사실을 알았다. 이에 최사궁은 집안에 공모자가 있다고 생각해서 거짓으로 최선의 처에게 말했다.

"명주 300필로 자객을 고용해 밀고자를 죽이겠습니다."

그러고는 동틀 무렵에 어사대 앞에 숨어 있었다. 최선의 집에 성이 서씨(舒氏)인 무주(婺州) 출신의 식객이 있었는데, 최선의 집을 위해 일을 하면서 말과 행동에 실수가 없었기에 미 : 말과 행동에 실수가 없는 자는 정작 믿을 수 없다. 최선은 그를 자식처럼 믿었다. 그런데 잠시 뒤에 보았더니 그가 어사대에 이르러 문지기에게 뇌물을 주고 밀고자와 내통했다. 밀고자가 마침내 말했다.

"최씨 집에서 사람을 고용해 나를 죽이려고 하니 아뢰길 청합니다."

최사궁은 은밀히 그 식객을 따라가서 천진교(天津橋)에 도착하자, 그가 어사대에 갈 이유가 없다고 생각하고 곧장 그에게 욕하며 말했다.

"무뢰한 오랑캐 같으니! 최씨 집안을 망하게 하려고 틀림없이 너를 끌어들여 함께 일을 꾸몄을 것이니, 어떻게 스스로 해명할 것이냐? 네가 만약 최씨 집의 첩을 내놓는다면 내가 너에게 비단 500필을 줄 테니, 이것이면 고향으로 돌아가서 100년 동안 살 가업을 충분히 일굴 수 있을 것이다."

그 사람은 뉘우치고 사죄하면서 곧장 최사긍을 데리고 밀고자의 집으로 가서 그 첩을 찾아냈다. 그리하여 최선은 죄를 면할 수 있었다.

崔思兢, 則天朝, 或稱其再從兄宣反, 付御史張行岌按之. 告者先誘藏宣家妾, 而云: "妾將發其謀, 宣乃殺之, 投尸於洛水." 行岌按, 略無狀. 則天怒, 令重按, 行岌奏如初, 則天曰: "崔宣反狀分明, 汝寬縱之. 我令俊臣勘, 汝母悔." 行岌曰: "陛下委臣, 須實狀. 若順旨妄族人, 豈法官所守?" 則天厲色曰: "崔宣若實曾殺妾, 反自明矣. 不獲妾, 如何自雪?" 行岌懼, 逼宣家令訪妾. 思兢乃於中橋南北, 多置錢帛, 募匿妾者, 數日略無所聞. 而其家每竊議事, 則告者輒知之. 思兢揣家中有同謀者, 乃佯謂宣妻曰: "須絹三百匹, 顧刺客殺告者." 而侵晨伏於臺前. 宣家有館客姓舒, 婺州人, 言行無缺, 眉: 言行無缺者正不可信. 爲宣家服役, 宣委之同於子弟. 須臾, 見其人至臺, 賂閽人, 以通於告者. 告者遂稱云: "崔家顧人刺我, 請以聞." 思兢密隨其人, 到天津橋, 料其無由至臺, 乃罵之曰: "無賴險獠! 崔若破家, 必引汝同謀, 何路自雪? 汝幸能出崔家妾, 我遺汝五百縑, 歸鄕足成百年之業."

其人悔謝, 乃引思兢於告者之家, 搜獲其妾. 宣乃得免.

* 이 고사는 《태평광기》 권494 〈잡록(雜錄) · 최사긍〉에 실려 있다.

39-4(1124) 유현좌

유현좌(劉玄佐)

출《국사보》

변주(汴州) 상국사(相國寺)에는 땀을 흘리는 불상이 있다는 말이 전해졌다. 절도사(節度使) 유현좌는 급히 수레 채비를 명해 직접 황금과 비단을 가져가서 보시하고 그날 정오에는 그의 부인도 상국사로 가서 불공을 드리는 재장(齋場)을 다시 세웠다. 그렇게 되자 관리와 상인들이 모두 길을 분주히 달려가면서 오직 보시할 재물을 제때에 보내지 못할까 걱정했다. 유현좌는 속관에게 장부를 작성하게 해서 들어온 재물을 거두었다. 그렇게 열흘이 지나자 유현좌는 절을 닫으면서 말했다.

"불상이 땀 흘리는 것을 멈추었다!"

그는 이렇게 해서 엄청난 돈을 거둬들여 군자금을 넉넉히 확보했다.

汴州相國寺, 言佛有汗流. 節度使劉玄佐遽命駕, 自持金帛以施, 日中其妻亦至, 復起齋場. 由是將吏商賈奔走道路, 唯恐輸貨不及. 因令官爲簿書, 以籍所入. 十日乃閉寺, 曰 : "佛汗止矣!" 得錢巨萬, 以贍軍資.

* 이 고사는 《태평광기》 권238 〈궤사 · 유현좌〉에 실려 있다.

39-5(1125) 이포정

이포정(李抱貞)

출《상서고실(尙書故實)》

이포정이 노주(潞州)를 진수할 때 군자금이 부족했으나 조달할 방법이 없었다. 그때 한 노승이 군(郡)의 사람들에게 크게 신망을 얻고 있었기에 이포정은 그에게 부탁하며 말했다.

"스님의 도를 빌려 군대를 구제하고자 하는데 괜찮겠습니까?"

스님이 말했다.

"안 될 것 없지요."

이포정이 말했다.

"그저 날짜를 택해 축국장(蹴鞠場)에서 분신한다고만 말하면, 제가 사택(使宅 : 절도사의 관저)에 지하도를 파서 축국장과 통하게 만들어 놓은 다음 불길이 일면 스님을 구해 내도록 하겠습니다."

스님이 흔쾌히 그렇게 하겠다고 하자, 마침내 문서를 작성해 공표했다. 이포정은 명을 내려 축국장에 땔나무를 쌓고 기름을 담아 놓은 뒤 칠일 도량(七日道場)을 설치하고 밤낮으로 향등(香燈)을 피우며 갖가지 범패(梵唄 : 재를 올릴 때 부르는 노래)를 부르라고 했다. 이포정은 또한 스님을 데리고 지하도로 들어가서 그에게 의심하지 않게 했다. 스님이 재단(齋壇)에 올라 화로를 들고 대중에게 설법하자, 이포정은 감군(監軍)의 속관과 장리(將吏)를 이끌고 그 밑에 엎드려 절하고, 자신의 녹봉을 재단에 보시해 옆에 쌓아 두었다. 그러자 남녀들이 우르르 몰려들어 억만금의 재물을 희사했다. 이렇게 꼬박 이레가 지나자 스님은 마침내 장작더미에 기름을 부어 불을 붙이고 종을 치며 염불했다. 하지만 이포정은 은밀히 미리 사람을 보내 지하도를 메워 버리게 했다. 잠깐 사이에 스님은 장작과 함께 재가 되고 말았다. 미: 대중에게 속여서 보여 줄 수 없었기 때문에 차라리 스님 한 명을 속여서 대중을 믿게 만들었다. 하지만 이 스님은 또한 큰 공덕을 쌓은 것이다. 이포정은 며칠 뒤에 얻은 재물을 장부에 기록하고 싣고 가서 군대 물자 창고에 넣었다. 따로 이른바 사리(舍利)라는 것을 수십 알 찾아내서 탑을 만들어 보관했다.

李抱貞鎭潞州, 軍資匱缺, 計無所爲. 有老僧, 大爲郡人信服, 抱貞因請之曰: "假和尙之道, 以濟軍中, 可乎?" 僧曰: "無不可." 抱貞曰: "但言擇日鞠場焚身, 某當於使宅鑿一地道通連, 俟火作, 卽潛相出." 僧喜從之, 遂陳狀聲言. 抱貞命於鞠場積薪貯油, 因爲七日道場, 晝夜香燈, 梵唄雜作. 抱貞亦引僧入地道, 使之不疑. 僧乃升壇執爐, 對衆說法, 抱貞率監軍僚屬及將吏, 膜拜其下, 以俸入壇施, 堆於其傍. 由是士女駢塡, 捨財億計. 滿七日, 遂送柴積, 灌油發焰, 擊鐘念佛.

抱貞密已遣人塡塞地道. 俄頃之際, 僧薪並灰. 眉 : 衆不可以欺示, 故寧欺一僧以成衆信. 然此僧亦大有功德矣. 數日, 籍所得貨財, 輂入軍資庫. 別求所謂舍利者數十粒, 造塔貯焉.

* 이 고사는 《태평광기》 권495 〈잡록·이포정〉에 실려 있다.

39-6(1126) 마 태수

마태수(馬太守)

출《포박자(抱朴子)》

　흥고태수(興古太守) 마씨가 관직에 있을 때 어떤 친구가 그에게 의탁하며 도와주길 청했다. 마씨는 그 사람을 바깥으로 나가 머물게 하면서 이렇게 거짓말을 했다.

　"이 사람은 신인(神人)이고 도사이니, 병을 치료하면서 손만 대면 그 즉시 낫지 않는 경우가 없다."

　마씨는 또 말솜씨가 좋은 사람에게 돌아다니면서 그 사람에 대해 허풍을 떨게 했다.

　"눈먼 자를 보게 할 수 있고 앉은뱅이를 즉시 걷게 할 수 있다."

　그러자 사방에서 사람들이 시장에 가듯 구름처럼 모여들었고, 돈과 비단이 정말 금세 산처럼 쌓였다. 마씨는 또 병을 고치러 온 사람들에게 주의를 주었다.

　"비록 바로 낫지 않는다 하더라도 반드시 사람들에게 이미 나았다고 말해야 한다. 이렇게 하면 반드시 나을 것이지만, 만약 사람들에게 낫지 않았다고 말하면 나중에 끝내 낫지 않을 것이다. 도법(道法)은 바른 것이니 믿지 않으면 안 된다."

그래서 나중에 온 사람이 먼저 왔던 사람에게 물어보면, 번번이 이미 나았다고 말했으며 감히 낫지 않았다고 말하는 사람이 없었다. 마씨의 친구는 한 달 사이에 엄청난 부자가 되었다.

興古太守馬氏在官, 有親故人投之, 求恤焉. 馬乃令此人出住外, 詐云:"是神人道士, 治病無不手下立愈." 又令辯士遊行, 爲之虛聲云:"能令盲者明, 躄者卽行." 於是四方雲集, 赴之如市, 而錢帛固已山積矣. 又敕諸來治病者:"雖不便愈, 當告人已愈. 如此則必愈也, 若告人言未愈, 則後終不愈. 道法正爾, 不可不信." 於是後人問前來者, 輒云已愈, 無敢言未愈者. 旬月之間, 乃致巨富.

* 이 고사는 《태평광기》 권288 〈요망(妖妄)·마태수〉에 실려 있다.

39-7(1127) 진무의 씨름꾼
진무각저인(振武角抵人)
출《옥당한화》

[당나라] 광계(光啓) 연간(885~888)에 왕변(王卞)이 진무(振武)를 진수할 때, 연회를 열어 음악과 놀이가 끝나자 각저(角抵 : 씨름)를 하게 했다. 매우 우람한 체격의 한 사내가 이웃 주(州)에서 와서 힘을 겨루었는데, 군중(軍中)의 사람들은 모두 그를 상대할 수 없었다. 주수(主帥 : 절도사 왕변)는 마침내 세 사람을 뽑아 차례로 대적하게 했지만 우람한 체격의 사내가 모두 승리하자, 주수와 좌객들은 한참 동안 그를 칭찬했다. 그때 자리에 앉아 있던 한 수재(秀才)가 갑자기 일어나서 주수에게 말했다.

"제가 저 사람을 넘어뜨리겠습니다."

주수는 그의 말을 듣고 매우 놀랐으나 그가 한사코 청하기에 결국 허락했다. 수재는 계단을 내려가 먼저 주방으로 들어갔다가 잠시 후에 나왔는데, 왼쪽 주먹을 꽉 쥔 채 앞으로 나아갔다. 우람한 체격의 사내가 미소 지으며 말했다.

"이자는 한 손가락이면 필시 넘어질 것이다."

우람한 체격의 사내가 점점 다가오자 수재가 급히 왼손을 펴서 보여 주었더니, 사내가 갑자기 정신을 잃고 쓰러져 온 좌중이 크게 웃었다. 수재는 천천히 걸어 나와 손을 씻고 자리로 올라갔다. 주수가 그에게 물었다.

"무슨 기술이오?"

수재가 대답했다.

"근자에 객지를 돌아다니다가 한번은 길가 객점에서 이 사람을 만났는데, 밥상에 가까이 가자마자 비틀거리면서 쓰러졌습니다. 그의 동료가 말하길, '된장을 무서워해서 그것을 보면 바로 쓰러진다'라고 했습니다. 저는 그 말을 듣고 기억해 두었습니다. 아까 주방에 가서 된장을 조금 얻어 손에 쥐고 있었는데, 이 사람은 된장을 보더니 과연 스스로 쓰러졌습니다. 그저 즐겁게 웃는 데 도움을 주고자 했을 뿐입니다."

光啓中, 王卞鎭振武, 置宴, 樂戲旣畢, 乃命角抵. 有一夫甚魁岸, 自鄰州來此較力, 軍中悉不能敵. 主帥遂選三人, 相次而敵之, 魁岸者俱勝, 帥及座客稱善久之. 時有一秀才坐於席上, 忽起告主帥曰: "某撲得此人." 主帥頗駭其言, 所請旣堅, 遂許之. 秀才降階, 先入廚, 少頃而出, 握左拳而前. 魁梧者微笑曰: "此一指必倒矣." 及漸相逼, 急展左手示之, 魁岸者憒然而倒, 合座大笑. 秀才徐步而出, 盥手而登席. 主帥詰之: "何術也?" 對曰: "頃年客遊, 曾於道店逢此人, 纔近食案, 踉蹡而倒. 有同伴曰: '怕醬, 見之輒倒.' 某聞而志之. 適詣設廚, 求得少醬握之, 此人見之, 果自倒. 聊助歡笑耳."

* 이 고사는 《태평광기》 권500 〈잡록·진무각저인〉에 실려 있다.

궤사(詭詐)

39-8(1128) 곽순과 왕수

곽순 · 왕수(郭純 · 王燧)

출《조야첨재》

동해(東海)의 곽순이라는 효자가 모친상을 당했는데, 매번 그가 곡을 하면 까마귀 떼가 크게 모이자, 관아에서 사람을 보내 그게 사실인지 확인하고 정려문을 세워 표창하도록 했다. 나중에 조사해 보았더니 효자가 곡을 할 때마다 땅에 떡을 흩뜨려 놓았기에 까마귀 떼가 그것을 먹으러 다투어 온 것이었다. 그 후에도 자주 이렇게 하자 까마귀들이 곡소리만 들으면 먹을 것을 주는 것이라 생각하고 모두 다투어 몰려들었으며, 신령스러움이 있었던 것은 아니었다.

하동(河東)의 효자 왕수의 집에서 고양이와 개가 서로 상대방의 새끼에게 젖을 먹였는데, 주현(州縣)에서 이 일을 상부에 알려 왕수는 마침내 표창을 받았다. 그런데 사실은 고양이와 개가 동시에 새끼를 낳았는데, 그가 고양이 새끼를 가져다가 개집 안에 놔두고 개의 새끼를 가져다가 고양이 집 안에 놔뒀던 것이었다. 뒤바뀐 새끼들이 뒤바뀐 어미의 젖을 먹는 데 익숙해졌고 마침내 그것이 일상적인 일이 되었던 것일 뿐이었다. 그래서 연리목(連理木)[202] · 합환과(合歡瓜)[203] · 맥분기(麥分岐)[204] · 화동수(禾同穗)[205] 등도 같은 부류가 맞닿아 자라는 것으로, 이러한 사례들이 정말 많지만 모두 사람이 만들어 낸 것이므로 기이하다고 여기기엔 부족함을 알겠다.

東海孝子郭純喪母, 每哭則群烏大集, 使驗有實, 旌表門閭. 後訊乃是孝子每哭, 即撒餠於地, 群烏爭來食之. 其後數如此, 烏聞哭聲以爲度, 莫不競湊, 非有靈也.
河東孝子王燧家, 猫犬互乳其子, 州縣上言, 遂蒙旌表. 乃是猫犬同時產子, 取猫兒置犬窠中, 取犬子置猫窠內. 飮慣其乳, 遂以爲常耳. 是知連理木・合歡瓜・麥分岐・禾同穗, 觸類而長, 實繁有徒, 並是人作, 不足怪焉.

* 이 고사는 《태평광기》 권238 〈궤사・곽순〉과 〈왕수〉에 실려 있다.

202) 연리목(連理木) : 뿌리가 서로 다른 나무의 줄기가 붙어서 하나로 자라는 나무.

203) 합환과(合歡瓜) : 서로 다른 넝쿨이 합쳐져 하나의 열매가 열리는 오이.

204) 맥분기(麥分岐) : 한 줄기에서 이삭이 갈라져 많이 열리는 보리.

205) 화동수(禾同穗) : 서로 다른 줄기가 합쳐져 하나의 이삭이 열리는 벼.

39-9(1129) 고양이와 앵무새를 길들이다
조묘아앵무(調猫兒鸚鵡)
출《조야첨재》

[당나라] 측천무후(則天武后) 때 고양이와 앵무새를 길들여서 같은 그릇에서 먹이를 먹게 했는데, 어사 팽선각(彭先覺)에게 명해 백관에게 그것을 두루 보여 주었다. 그런데 사람들이 미처 다 보기 전에, 고양이가 배가 고픈 나머지 결국 앵무새를 물어 죽여서 먹어 버리자 측천무후는 매우 무안해했다. 무(武)는 국성(國姓)이므로 [앵무새가 잡아먹힌 것은] 상서롭지 못한 징조였다.

則天時, 調猫兒與鸚鵡同器食, 命御史彭先覺遍示百官. 傳看未遍, 猫兒饑, 遂咬殺鸚鵡食之, 則天甚愧. 武者國姓, 殆不祥之徵也.

* 이 고사는《태평광기》권288〈요망·조묘아앵무〉에 실려 있다.

39-10(1130) 당동태와 호연경

당동태 · 호연경(唐同泰 · 胡延慶)

출《국사보》

당동태는 낙수(洛水)에서 자줏빛 글씨가 새겨진 흰 돌을 얻었는데, 이렇게 새겨져 있었다.

"성모(聖母 : 측천무후)께서 물가에 임하셨으니 제업(帝業)이 영원히 창성할[永昌] 것이다."

그가 그것을 바치자 황제는 그를 5품의 과의도위(果毅都尉)에 제수하고 영창현(永昌縣)을 설치했다. 그런데 사실은 돌에 글자를 파고 자줏빛 돌가루에 약을 섞어서 판 글자에 메워 넣은 것이었다. 후에 병주(幷州) 문수현(文水縣)의 골짜기에서 돌 하나를 얻은 것도 역시 이와 같은 경우였는데, 돌에 "무흥(武興 : 무씨가 흥한다는 뜻)"이라는 글자가 있었기 때문에 문수현을 무흥현(武興縣)으로 바꾸었다. 이로부터 종종 그런 일이 생겨났는데, 나중에는 그것이 거짓임을 알게 되어 더 이상 받아들이지 않자 그런 일이 멈추었다.

양주(襄州) 사람 호연경은 거북 한 마리를 잡아서 붉은 옻칠로 거북의 배에 "천자만만세"라고 써서 바쳤다. 그런데 봉각시랑(鳳閣侍郞 : 중서시랑) 이소덕(李昭德)이 칼로 글자를 긁어냈더니 모두 지워졌기에, 법에 따라 처벌하길 주청했더니 측천무후(則天武后)가 말했다.

"이는 악의가 아니오."

결국 그를 놓아주고 죄를 묻지 않았다.

唐同泰於洛水得白石紫文, 云 : "聖母臨水, 永昌帝業." 進之, 授五品果毅, 置永昌縣. 乃是將石鑿作字, 以紫石末和藥嵌之. 後并州文水縣於谷中得一石還如此, 有"武興"字, 改文水爲武興縣. 自是往往作之, 後知其僞, 不復採用, 乃止. 襄州胡延慶得一龜, 以丹漆書其腹曰"天子萬萬年", 以進之. 鳳閣侍郎李昭德以刀刮之並盡, 奏請付法, 則天曰 : "此非惡心也." 捨而不問.

* 이 고사는 《태평광기》 권238 〈궤사·당동태〉와 〈호연경〉에 실려 있다.

39-11(1131) 측천무후의 상서로운 징조
측천정상(則天禎祥)
출《조야첨재》·《당국사(唐國史)》

[당나라] 측천무후(則天武后)는 상서로운 징조를 좋아했는데, 주전의(朱前疑)가 상서(上書)해 말했다.

"신이 꿈에서 폐하께서 800세까지 살아 계신 것을 보았는데, 흰머리가 다시 검어지고 빠진 이가 다시 돋아났습니다."

그는 즉시 습유(拾遺)에 제수되었다가 얼마 후에 낭중(郎中)으로 승진했다. 주전의는 지방에 사신으로 갔다가 돌아와서 또 상서해 말했다.

"숭산(嵩山)에서 만세(萬歲)를 부르는 소리를 들었습니다."

그는 곧바로 붉은색 어대(魚袋)[206]를 하사받았는데, 아직 5품에는 들지 않았으므로 녹색 관복에 그것을 달았기에 조야(朝野)에서 그를 비웃지 않는 사람이 없었다. 후에 거란(契丹)이 반란을 일으키자, 경관(京官 : 도성에서 근무하는

---

206) 어대(魚袋) : 당나라 때 5품 이상의 관원이 차고 다니던 물고기 모양의 주머니로, 지위를 구별하는 신표로 쓰였다.

관리) 중에서 말 한 필을 군에 바치는 자에게 즉시 5품 벼슬을 하사하겠다는 칙명이 내려졌다. 그래서 주전의가 말을 사서 바친 다음 붉은색 관복207)을 달라는 표문을 올렸더니, 황상이 화를 내며 그의 표문에 비답(批答)을 내렸다.

"즉시 내쫓아 고향으로 돌려보내라." 미 : 통쾌한 일이다.

주전의는 분해하다가 죽었다.

사형시(司刑寺)에 300여 명이 갇혀 있었는데, 추분 이후에 죄수들은 달리 할 만한 방법이 없자 감옥 바깥을 두른 담장 귀퉁이에 5척 길이의 성인(聖人)의 발자국을 만들어 놓았다. 한밤중이 되어 죄수들이 일시에 크게 소리치자, 내사(內使)가 캐물었더니 죄수들이 대답했다.

"어젯밤에 성인께서 나타나셨는데, 키가 3장(丈)이나 되고 얼굴은 황금빛이었으며, '너희들은 모두 억울하게 죄를 받고 있으니 두려워할 필요가 없느니라. 만년 동안 사실 천자께서 은전(恩典)을 베푸셔서 너희들을 풀어 주실 것이다'라고 말씀하셨습니다."

내사가 횃불을 들고 비춰 보았더니 거대한 발자국이 보였다. 측천무후는 즉시 천하에 대사면령을 내리고 연호를

---

207) 붉은색 관복 : 원문은 "비(緋)". 당나라 때는 4품과 5품의 관원이 붉은색 관복을 입었다.

대족(大足) 원년(701)으로 바꾸었다.

則天好禎祥, 朱前疑上書云:"臣夢見陛下八百歲, 頭白更黑, 齒落更生." 卽授拾遺, 俄遷郞中. 出使回, 又上書云:"聞嵩山唱萬歲聲." 卽賜緋魚袋, 未入五品, 於綠衫上帶之, 朝野莫不怪笑. 後契丹反, 有敕京官出馬一匹供軍者, 卽酬五品. 前疑買馬納訖, 表索緋, 上怒, 批其狀:"卽放歸丘園." 眉:快事. 憤恚而卒.
司刑寺繫三百餘人, 秋分後無計可作, 乃於內獄外羅牆角邊作聖人迹, 長五尺. 至夜半, 衆人一時大叫, 內使推問, 對云:"昨夜有聖人見, 身長三丈, 面作金色, 云:'汝等並寃枉, 不須憂慮. 天子萬年, 卽有恩赦放汝.'" 把火照視, 見有巨迹. 卽大赦天下, 改爲大足元年.

* 이 고사는 《태평광기》 권238 〈궤사·주전의〉, 권258 〈치비(嗤鄙)·주전의〉에 실려 있다.

39-12(1132) 스님 호초

호초승(胡超僧)

출《조야첨재》

[당나라] 성력(聖曆) 연간(698~700)에 홍주(洪州)에 호초라는 승려가 있었는데, 그는 출가해서 도를 배우며 백학산(白鶴山)에 은거했으나 터득한 법술이 없었다. 그가 스스로 수백 살이라고 말하자 측천무후(則天武后)가 그에게 불로장생약을 만들게 했는데, 엄청난 비용을 들여 3년 만에 비로소 완성했다. 그는 직접 삼양궁(三陽宮)에 그 약을 바쳤는데, 측천무후는 그 약을 먹고 신묘하다고 여기며 팽조(彭祖)[208]처럼 오래 살기를 바라면서 연호를 구시(久視) 원년(700)으로 바꾸었다. 측천무후는 호초를 산으로 돌려보내면서 매우 후한 상을 하사했다. 약을 먹은 지 2년 후에 측천무후는 붕어했다.

聖曆年中, 洪州有胡超僧, 出家學道, 隱白鶴山, 微有法術.

---

208) 팽조(彭祖) : 전설 속 인물. 육종씨(陸終氏)의 아들이자 전욱(顓頊)의 현손이라고 한다. 전하는 말에 따르면, 요(堯)임금 때 등용되어 하(夏)나라를 거쳐 은(殷)나라 말까지 800여 년을 넘게 살았다고 한다.

自云數百歲, 則天使合長生藥, 所費巨萬, 三年乃成. 自進藥於三陽宮, 則天服之, 以爲神妙, 望與彭祖同壽, 改元爲久視元年. 放超還山, 賞賜甚厚. 服藥之後, 二年而則天崩.

* 이 고사는 《태평광기》 권288 〈요망・호초승〉에 실려 있다.

39-13(1133) 안녹산

안녹산(安祿山)

출《담빈록》

[당나라] 현종(玄宗)이 황태자에게 안녹산과 서로 만나보게 했는데, 안녹산은 황태자에게 절하지 않으면서 아뢰었다.

"신은 호인(胡人)이라 국법에 어두워서 태자가 어떤 관직인지 모릅니다."

현종이 말했다.

"저군(儲君 : 태자)이네. 짐이 죽으면 짐을 대신해 그대의 군주가 될 사람이네."

안녹산이 말했다.

"신이 어리석었습니다. 가까운 사람이라고는 그저 폐하만 계신 줄 알았지 태자가 있는 것은 몰랐습니다."

좌우에서 황태자에게 절하라고 하자 안녹산은 그제야 절을 올렸다. 현종은 그의 마음이 진실함을 가상히 여겨 더욱 그를 아꼈다. 미 : 설령 정말로 마음이 진실하다 한들 무슨 소용이 있겠는가?

玄宗命皇太子與安祿山相見, 安祿不拜, 因奏曰 : "臣胡人, 不閑國法, 不知太子是何官." 玄宗曰 : "是儲君. 朕萬歲後,代朕君汝者." 祿山曰 : "臣愚. 比者祇知有陛下, 不知有太子." 左右令拜, 祿山乃拜. 玄宗嘉其志誠, 尤憐之. 眉 : 便是眞志誠, 何有用?

* 이 고사는 《태평광기》 권239 〈첨녕(諂佞)·안녹산〉에 실려 있다.

39-14(1134) 이임보

이임보(李林甫)

출《국사》

이적지(李適之)가 막 재상에 임명되었을 때 사람됨이 소탈하고 치밀하지 못했는데, 이임보가 그를 속여 말했다.

"화산(華山) 아래에 금광이 있으니 채굴하기만 하면 나라가 부유해질 텐데 황상께서 아직 모르실 뿐입니다."

이적지는 그 말이 좋겠다 싶어서 다른 날에 조용히 상주했다. 황상이 기뻐하며 이임보를 돌아보고 물었더니 이임보가 말했다.

"신도 그 사실을 안 지 오래되었습니다. 그러나 화산은 폐하의 본명(本命)으로 왕기(王氣)가 서려 있는 곳이니, 그런 곳을 채굴해서는 안 되기 때문에 감히 말씀드리지 못한 것입니다."

황상은 마침내 이적지를 홀대하게 되었고 이로 인해 말했다.

"이제부터 상주할 일이 있거든 먼저 이임보와 의논하고 경거망동하지 말라." 미 : 과연 그런 일이 있었다면 이임보가 어찌 스스로 상주하지 않았겠는가? 이적지의 어리석음이 심하다.

이로부터 이적지는 손이 묶이게 되었다.

李適之初入相, 疏而不密, 林甫賣之, 乃曰:"華山之下有金礦焉, 探之可以富國, 上未知之耳." 適之善其言, 他日從容以奏. 上悅, 顧問林甫, 林甫曰:"臣知之久矣. 華山, 陛下本命也, 王氣所在, 不可發之, 故臣不敢言." 上遂薄適之, 因曰:"自今奏事, 先與林甫議之, 無輕脫." 眉:果有此事, 林甫何不自奏? 適之愚甚矣. 自是適之束手矣.

* 이 고사는 《태평광기》 권240 〈첨녕·이임보〉에 실려 있는데, 출전이 "《담빈록(譚賓錄)》"이라 되어 있다.

39-15(1135) 한전회

한전회(韓全誨)

출《북몽쇄언》

당(唐)나라 소종(昭宗)은 환관들이 권력을 믿고 교만 방자해 제어하기 어려웠기에 이들을 제거할 뜻을 늘 가지고 있었는데, 재상 최윤(崔胤)은 이들을 미워함이 특히 심했다. 황상은 최윤에게 칙명을 내려, 비밀리에 상주할 것이 있으면 주머니에 넣어 밀봉해 바치도록 하고 편전에서 얼굴을 마주하고 상주하지 말라고 해서 환관들이 알 수 없도록 했다. 그러자 [환관] 한전회 등은 도성의 미녀 수십 명을 찾아내 황상에게 바치고 궁중에서 암암리에 진행되고 있는 일을 캐내게 했다. 천자는 그 일을 알아차리지 못했으므로 최윤과의 모의가 점차 새어 나갔다. 미: 무릇 미녀와 아름다운 동복을 바친 경우는 모두 이와 같으니 이를 알지 않으면 안 된다.

唐昭宗以宦官怙權, 驕恣難制, 常有誅剪之意, 宰相崔胤嫉忌尤甚. 上敕胤, 凡有密奏, 當進囊封, 勿於便殿面奏, 以是宦官不能知. 韓全誨等乃訪京城美女數十以進, 密求宮中陰事. 天子不之悟, 胤謀漸洩. 眉: 凡進美女・美僮僕者, 皆此類也, 不可不知.

* 이 고사는 《태평광기》 권239 〈첨녕・한전회〉에 실려 있다.

39-16(1136) 이경원

이경원(李慶遠)

출《조야첨재》

    중랑(中郎) 이경원은 천성이 교활하고 음험했는데, 처음에 황태자(皇太子 : 현종 이융기)를 모시면서 궁중을 자주 출입하게 되자 위엄을 믿고 권세를 부렸기에, 재상 이하의 사람들은 모두 그를 요인(要人)이라 여겼다. 재상들이 한창 식사하고 있을 때 그가 오면 사람들이 그에게 같이 앉으라고 했는데, 그는 미리 한 사람을 문밖으로 보내 다급히 부르며 "전하께서 부르십니다!"라고 말하게 하고는, 황망히 먹던 밥을 뱉고 떠났다. 그래서 사람들이 그에게 태자 알현을 청하거나 일을 청탁하면 요구하는 바를 반드시 이루어 냈다. 동궁(東宮 : 태자)이 나중에 그를 점점 소원히 대하자, 그는 궁중 의장대가 머무는 곳에 몰래 들어가서 시관(侍官 : 궁중 숙위병)들의 밥을 먹었는데, 저녁에 궁 밖으로 나왔을 때 복통이 매우 심했지만 여전히 거짓말을 했다.

    "태자께서 하사하신 참외를 너무 많이 먹어서 이 탈이 났소."

    그는 잠시 후에 토사곽란을 일으켜 숙위병들이 먹는 현미밥과 누렇고 냄새나는 부추무침을 어지럽게 토해 냈다.

中郎李慶遠性狡險, 初事皇太子, 頗得出入, 卽恃威權, 宰相以下咸謂之要人. 宰執方食, 卽來, 諸人命坐, 卽遣一人門外急喚, 云"殿下見召!", 匆忙吐飯而去. 於是請謁囑事, 所求必遂焉. 東宮後稍稍疏之, 仍潛入仗內, 食侍官之飯, 晚出外, 腹痛大作, 猶詐云: "太子賜瓜, 啖之太多, 以致斯疾." 須臾霍亂, 吐出衛士所食粗米飯及黃臭韭虀狼藉.

* 이 고사는 《태평광기》 권238 〈궤사·이경원〉에 실려 있다.

39-17(1137) 장호

장호(張祜)

출《계원총담》

  진사(進士) 최애(崔涯)와 장호는 과거에 낙방한 후에 강회(江淮) 일대를 두루 유람하며 다녔다. 그들은 늘 술을 좋아했으며 당시 사람들을 깔보고 희롱했는데, 간혹 술을 마시다가 흥이 오르면 호협(豪俠)이라고 자칭했다. 두 사람은 좋아하는 것이 같았기 때문에 서로 매우 친밀하게 지냈다. 최애가 일찍이 〈협사시(俠士詩)〉를 지었다.

  "태항산(太行山) 봉우리 위엔 삼 척의 눈, 최애의 소매 속엔 삼 척의 무쇠. 어느 날 만약 뜻 있는 사람을 만난다면, 문을 나와 바로[便] 미 : '변(便)' 자에는 여전히 마음에 걸리는 것이 있으니, '불(不)' 자로 고치면 더 호쾌할 것 같다. 처자와 작별하리."

  이로 말미암아 그들은 종종 사람들의 입에 오르내리게 되었는데 사람들이 말했다.

  "최애와 장호는 진정한 협사다."

  후에 장호가 염철사(鹽鐵使)에게 시를 지어 올리자, 염철사는 장호의 아들에게 조거(漕渠 : 조운 수로)를 관리하는 낮은 관직을 주어, 그는 동과(冬瓜)라는 명칭의 보[209]를 관리하게 되었다. 그러자 어떤 사람이 장호를 놀리며 말했다.

"당신의 아들이 이 관직을 맡는 것은 옳지 않소."

장호가 말했다.

"동과가 장호의 아들[祜子]에서 나오는 것이 당연하지요."210)

그러자 장호를 놀리던 사람이 서로 더불어 크게 웃었다. 1년 남짓 지나자 장호의 집에는 재산이 조금 쌓이게 되었다. 어느 날 저녁에 어떤 비범한 사람이 찾아왔는데, 차림새가 매우 무인다웠고 허리에 검을 차고 손에 자루를 들고 있었다. 자루에는 어떤 물건이 담겨 있었는데, 검붉은 피가 자루 밖으로 흘러나왔다. 그 사람이 문을 들어서면서 장호에게 말했다.

"여기가 장 협사(張俠士 : 장호)의 집이 아닙니까?"

장호가 말했다.

"맞소."

장호는 아주 공손히 객에게 읍했다. 객이 자리에 앉고 나

---

209) 보 : 원문은 "언(堰)". 선박의 통행세를 받기 위해 강에 쌓은 보를 말한다.

210) 동과가 장호의 아들[祜子]에서 나오는 것이 당연하지요 : '동과(冬瓜)'는 본래 박과에 속하는 열매를 말하고, '호자(祜子)'의 '호(祜)'는 '호(瓠 : 박)'와 발음이 같으므로 '호자'는 박씨라는 뜻이 된다. 즉, 동과가 박씨에서 나오는 것이 당연하다는 뜻이다.

서 말했다.

"제가 한 원수에게 원한을 품은 지 10년이 되었는데, 오늘 밤 드디어 그를 붙잡았기에 기쁘기 그지없습니다."

그러면서 자루를 가리키며 말했다.

"이것이 바로 그 머리입니다."

그러고는 장호에게 물었다.

"술과 음식이 있습니까?"

장호가 술을 가져오라고 명해 객에게 마시게 하자, 객은 술을 다 마시고 나서 말했다.

"이곳에서 3~4리 떨어진 곳에 의로운 선비 한 분이 있는데 제가 그분께 은혜를 갚고자 합니다. 만약 오늘 밤 이러한 바람을 이루게 된다면 제 평생의 은원(恩怨)을 모두 갚게 됩니다. 공은 의기가 있다고 들었는데, 저에게 10만 냥의 돈꿰미를 빌려주실 수 있겠습니까? 당장 은인께 보답하고자 하니, 이는 저의 소원을 모두 이루는 것입니다. 이후에는 끓는 물이나 타오르는 불 속에 뛰어든다 하더라도 맹세코 꺼리지 않을 것입니다." 미 : 이미 의로운 선비라고 했는데 어찌 굳이 10만 냥의 돈꿰미로 은혜를 갚을 필요가 있겠는가? 잘못된 일임이 명백한데도 장호는 이를 간파하지 못했다.

장호는 그의 말에 매우 기뻐하며 조금도 아까워하지 않고 즉시 촛불 아래에서 주머니를 털고 겸소(縑素 : 서화에 사용하는 합사로 짠 흰 비단) 중에서 값이 나갈 만한 물건으로 골라 10만 냥의 액수에 맞춰서 객에게 주었다. 그러자 객이 말했다.

"호쾌하십니다! 이제 여한이 없습니다."

객은 마침내 머리가 든 자루를 남겨 두고 떠나가면서 돌아올 기일을 약속했다. 그러나 객은 떠난 뒤에 약속한 기일이 되어도 오지 않았으며, 오경(五更)을 알리는 북소리가 끊길 때까지도 종적이 묘연했다. 그러자 장호는 자루의 머리가 발각되어 자기가 연루될까 걱정했다. 객은 오지 않고 달리 방법도 없자 장호는 하인을 시켜 자루를 열어 살펴보게 했는데, 다름 아닌 돼지머리였다. 이로 말미암아 호협의 기상이 꺾이고 말았다. 미 : 어찌 되었건 장호의 호협이 손상된 건 아니다.

進士崔涯·張祜下第後, 多遊江淮. 常嗜酒, 侮謔時輩, 或乘飮興, 卽自稱豪俠. 二子好尙旣同, 相與甚洽. 崔嘗作〈俠士詩〉云:"太行嶺上三尺雪, 崔涯袖中三尺鐵. 一朝若遇有心人, 出門便 眉:'便'字尙有粘帶, 改'不'字更快. 與妻兒別." 由是往往傳於人口, 曰:"崔·張眞俠士也." 後張以詩上鹽鐵使, 授其子漕渠小職, 得堰名冬瓜. 或戱之曰:"賢郞不宜作此職." 張曰:"冬瓜合出祜子." 戱者相與大哂. 歲餘, 薄有資力. 一夕, 有非常人, 妝束甚武, 腰劍手囊. 囊中貯一物, 流血殷於外. 入門謂曰:"此非張俠士居也?" 曰:"然." 揖客甚謹. 旣坐, 客曰:"有一仇人, 恨之十年矣, 今夜獲之, 喜不能已." 因指囊曰:"此其首也." 問張曰:"有酒食否?" 命酒飮之, 飮訖, 曰 : "去此三四里, 有一義士, 予欲報之. 若濟此夕, 則平生恩仇畢矣. 聞公氣義, 能假予十萬緡否? 立欲酬之, 是予願畢. 此後赴蹈湯火, 誓無所憚." 眉 : 旣曰義士, 豈須十萬緡之酬? 明明破綻, 張看不透. 張深喜其說, 且不吝嗇, 卽傾囊燭下, 籌其縑素中品之物, 量而與焉. 客曰 : "快哉! 無所恨也." 遂留囊首而去, 期以却回. 旣去, 及期不至, 五鼓絶聲, 杳無踪迹. 又慮囊首彰露, 以爲己累. 客且不來, 計無所出, 乃遣家人開囊視之, 乃豕首也. 由是豪俠之氣頓衰. 眉 : 究竟不害張豪俠.

* 이 고사는《태평광기》권238 〈궤사 · 장호〉에 실려 있다.

39-18(1138) 대안사

대안사(大安寺)

출《옥당한화》

 당(唐)나라 의종(懿宗)은 문(文)으로 천하를 다스렸기에 세상이 안정되고 평화로웠다. 의종은 자주 변복을 하고 사원과 도관을 몰래 돌아다녔다. 당시 민간에 간특하고 교활한 자가 있었는데, 그는 강회진주관(江淮進奏官)이 보내온 오릉(吳綾 : 오 지방의 최고 품질의 무늬 비단) 1000필이 대안국사(大安國寺)의 승원(僧院)에 있다는 소식을 듣게 되었다. 그래서 몰래 패거리를 모아 그중에서 황상의 모습을 닮은 한 사람을 뽑아 황상이 사행(私行)할 때 입는 복장을 입게 했으며, 용뇌향(龍腦香) 등 여러 향이 옷에 배도록 한 다음에 동복 두세 명을 이끌고 비단이 있는 승원으로 몰래 들어가게 했다. 그때 마침 거지 한두 명이 오자 황상으로 변장한 자는 그들에게 돈을 주어 보냈다. 잠시 후에 각양각색의 거지들이 잇달아 왔는데, 그들에게 줄 돈이 모자라자 변장한 자가 승원의 스님에게 말했다.

"승원 안에 어떤 물건이 있다면 좀 빌릴 수 있겠소?"

스님이 승낙하지 않고 있을 때 동복이 스님에게 눈짓을 하자 스님이 깜짝 놀라며 말했다.

"궤짝 안에 어떤 사람이 보내온 비단 1000필이 있으니 명하신 대로 따르겠습니다."

그러고는 궤짝을 열어서 비단을 모두 변장한 자에게 주었다. 그러자 동복이 스님에게 말했다.

"내일 아침에 조정 문 앞에서 나를 찾으면, 당신을 모시고 궁중으로 들어가서 적지 않은 사례를 하겠습니다."

변장한 자는 마침내 나귀를 타고 떠났다. 스님은 하루가 지난 후에 궁궐 문으로 찾아갔는데, 보이는 사람이 아무도 없자 그제야 거지 무리가 모두 간사한 자의 패거리임을 알게 되었다.

唐懿宗用文理天下, 海內晏淸. 多變服私遊寺觀. 民間有奸猾者, 聞大安國寺有江淮進奏官寄吳綾千匹在院. 於是暗集其群, 就內選一人肖上之狀者, 衣上私行之服, 多以龍腦諸香薰裏, 引二三小僕, 潛入寄綾之院. 其時有丐者一二人至, 假服者遺之而去. 逡巡, 諸色丐求之人接迹而至, 給之不暇, 假服者謂院僧曰:"院中有何物, 可借之?" 僧未諾間, 小僕擲眼向僧, 僧驚駭曰:"櫃內有人寄綾千匹, 唯命是聽." 於是啓櫃, 罄而給之. 小僕謂僧曰:"來日早於朝門相覓, 可奉引入內, 所酬不輕." 假服者遂跨衛而去. 僧自是經日訪於內門, 杳無所見, 方知群丐並是奸人之黨.

* 이 고사는 《태평광기》 권238 〈궤사·대안사〉에 실려 있다.

39-19(1139) 배현지

배현지(裴玄智)

출《변의지》

 [당나라] 무덕(武德) 연간(618~626)에 신행(信行)이라는 스님은 선리(禪理)를 익혀서 삼계법(三階法)[211]으로 행업(行業)을 펼쳤다. 그는 화도사(化度寺)에 무진장(無盡藏)이라는 창고를 세웠는데, 사람들이 희사한 돈과 비단이 헤아릴 수 없을 정도로 많이 쌓였다. 그는 늘 한 스님을 골라 그 창고를 관장하게 했으며, 쌓인 재물을 세 부분으로 나누어 한 부분은 천하의 가람을 증축하거나 수리하는 비용으로 썼고, 한 부분은 천하의 굶주림과 곤궁함으로 고통받는 사람들[212]에게 보시했으며, 한 부분은 참회의 예불을 드리는 남녀 신도들에게 차별 없이 제공했다. 희사하려는 사람들이

---

211) 삼계법(三階法) : 신행 선사(信行禪師)가 창립한 교의(教義)로, 사람의 근기(根機)에 따라 현(賢)·우(愚)·중용(中庸)의 3등급으로 나누어 가르침을 펼쳤다.

212) 굶주림과 곤궁함으로 고통받는 사람들 : 원문은 "기뇌비전지고(饑餒悲田之苦)". '비전'은 가난한 사람에게 보시하는 것을 말한다. 당나라 때는 비전원(悲田院)을 설치해서 가난하고 병든 사람과 고아 등을 구제했다.

화도사를 가득 메웠기에 희사할 순서를 다투었으나 차례가 돌아오지 않을 정도였으며, 또 어떤 사람은 돈과 명주를 잇달아 수레에 싣고 와서 희사하고 성명도 알리지 않은 채 떠나기도 했다. 정관(貞觀) 연간(627~649)에 배현지라는 사람은 계율 수행에 정진해 화도사에 들어와 청소하면서 10여 년을 지냈는데, 화도사의 스님들은 그의 품행에 아무런 결점이 없었기 때문에 그에게 그 창고를 지키게 했다. 하지만 배현지가 전후로 무수한 황금을 남몰래 훔쳐 냈지만 화도사의 스님들은 그러한 사실을 알아차리지 못했다. 한번은 스님이 그를 심부름 보냈는데 결국 그가 돌아오지 않자 연유를 몰라 의아해하면서 그의 처소를 살펴보았더니 이런 시가 적혀 있었다.

"이리 턱 아래에 양을 놓아두고, 개 머리 앞에 뼈다귀를 놓아두었네. 나는 본디 아라한(阿羅漢)[213]이 아니니, 어찌 훔치지 않을 수 있으리!"

결국 배현지는 어디로 갔는지 알 수 없었다.

武德中, 有沙門信義[1]習禪, 以三階爲業. 於化度寺置無盡藏,

---

[213] 아라한(阿羅漢) : 소승 불교의 성문사과(聲聞四果) 가운데 최고 경지로, 온갖 번뇌를 끊고 사제(四諦)의 이치를 깨달아 존경받을 만한 공덕을 갖춘 성자를 말한다. 줄여서 '나한(羅漢)'이라고도 한다.

捨施錢帛, 積聚不可勝計. 常擇一僧監當, 分爲三分, 一分供養天下伽蘭[2]增修之備, 一分以施天下饑餒悲田之苦, 一分以充供養無礙士女禮懺. 闐咽捨施, 爭次不得, 更有載錢絹者, 連車捨去, 不知姓名. 貞觀中, 有裴玄智者, 戒行精勤, 入寺灑掃, 積十數年, 寺內徒衆以其行無玷缺, 使守此藏. 前後密盜黃金無數, 寺衆莫之覺也. 因僧使去, 遂便不還, 驚疑所以, 觀其寢處, 題詩云: "放羊狼頷下, 置骨狗前頭. 自非阿羅漢, 安能免得偸!" 更不知所之.

* 이 고사는 《태평광기》 권493 〈잡록·배현지〉에 실려 있다.

1 신의(信義): 《양경신기(兩京新記)》와 《속고승전(續高僧傳)》에는 "신행(信行)"이라 되어 있는데 타당하다.

2 가란(伽蘭): 《태평광기》에는 "가람(伽藍)"이라 되어 있는데 타당하다.

39-20(1140) 성도의 걸인
성도개자(成都丐者)
출《조야첨재》

성도에 거지가 있었는데, 자신을 몰락한 사대부라고 사칭하며 다녔다. 그는 해진 옷을 입고 남루한 차림으로 늘 성도의 시장 가게를 돌아다녔는데, 사람을 보면 손을 내밀어 한 푼을 구걸하면서 말했다.

"실수로 임직(任職) 문서를 떨어뜨리는 바람에 관직을 구하려다 이루지 못했습니다."

사람들은 모두 그를 불쌍히 여겼는데, 그의 말이 애처롭고 모습이 초췌했기 때문이었다. 그는 조천교(早遷橋) 옆에 살고 있었는데, 나중에 어떤 권세가가 그의 거처 옆에 정원 정자를 세우면서 지원(池苑)과 관사를 넓히고 싶어서 마침내 억지로 그의 거처를 사들였다. 그가 이사할 때 두 칸짜리 커다란 집이 보였는데, 그 안에 수천만 냥이나 되는 돈꿰미가 가득 들어 있었다. 이웃 중에서 그 사실을 아는 사람은 아무도 없었다. 그래서 성도 사람들은 관직을 구하려는 사람을 싸잡아서 "걸조대(乞撦大 : 거지 서생)"[214]라고 불렀다.

成都有丐者, 詐稱落泊衣冠, 弊服縕縷, 常巡成都市廛, 見人卽展手希一文, 云 : "失墜文書, 求官不遂." 人皆哀之, 爲其言語悲嘶, 形容憔悴. 居於早遷橋側, 後有勢家於所居旁起園亭, 欲廣其池館, 遂強買之. 及徙, 則見兩間大屋, 皆滿貯散錢, 計數千萬. 鄰里莫有知者. 成都人一概呼求事官人爲 "乞措大".

* 이 고사는 《태평광기》 권238 〈궤사 · 성도개자〉에 실려 있다.

214) 걸조대(乞措大): 거지 서생. '조대'는 당나라 때 서생을 조롱해 부른 말이다.

39-21(1141) 설씨의 아들
설씨자(薛氏子)
출《당국사》

설씨 집안의 두 아들이 교외의 이궐(伊闕)에 살고 있었는데, 선대(先代)에 일찍이 큰 군(郡)을 다스렸으므로 재산이 매우 풍요로웠다. 녹음이 무성해지기 시작하는 화창한 어느 봄날에 갑자기 누군가가 설씨네 문을 두드려서 문을 열고 보았더니 도사 한 명이 있었는데, 그 도사는 짚신을 신고 눈처럼 흰 구레나룻을 기르고 있었으며 기품이 청아하고 고풍스러워 보였다. 도사가 말했다.

"길을 가던 중에 갈증이 몹시 심하니 물 한 잔만 나눠 주시면 고맙겠습니다."

설씨네 두 아들은 그를 맞이해서 손님의 자리에 앉게 했는데, 그의 고상하고 심오한 담론은 도가적인 분위기가 물씬 풍겼다. 도사가 또 말했다.

"저는 갈증 때문에 물을 구하러 온 것이 아닙니다. 지팡이를 짚고 이곳을 지나가다 보니 아주 상서로운 기운이 있던데, 여기에서 동남쪽으로 100보 떨어진 곳에 소나무 다섯 그루가 교룡처럼 그 안에서 자라고 있지 않습니까?"

설씨네 아들이 말했다.

"그곳은 저희의 기름진 밭입니다."

도사는 더욱 기뻐하며 다른 사람들을 물리치게 하고서 말했다.

"그 아래에 황금 100근과 보검 두 자루가 있는데, 그것의 기운이 장수(張宿)와 익수(翼宿) 사이에 은은하게 떠 있습니다. 장수와 익수는 낙양(洛陽)에 해당하는 분야(分野)인데[215], 저는 그것을 찾아다닌 지 오래되었습니다. 황금은 친척 중에서 아주 가난한 이에게 나눠 주시고, [두 보검 중에서] 용천검(龍泉劍)은 직접 차고 다니면 틀림없이 신하로서 최고의 지위에 오르게 될 것입니다. 저도 보검 한 자루를 청하니 그것으로 마귀를 제거하는 도술을 행하고자 합니다."

설씨네 두 아들이 크게 놀라며 이상해하자 도사가 말했다.

"가동들에게 명해서 모두 삼태기와 삽을 준비하고 길일을 택하길 기다렸다가 땅을 파게 하면 확인할 수 있을 것입니다. 하지만 만약 법술(法術)로 제압하지 않으면 보물이 깊은 땅속으로 도망가 숨어 버려서 다시는 찾을 수 없게 될 것입니다. 그러니 맑게 갠 밤을 기다렸다가 사방을 정리하고

---

[215] 장수와 익수는 낙양(洛陽)에 해당하는 분야(分野)인데 : '분야'는 중국 전역을 28수(宿)에 배당해 나눈 것을 말한다.

제단을 만든 다음 법수(法水)216)를 그곳에 뿜으면 보물이 달아날 수 없을 것입니다. 또한 동복에게 이 일을 발설하지 말라고 주의를 주십시오."

두 아들이 제단을 만드는 데 필요한 것을 묻자 도사가 말했다.

"포승줄[徽纆] 미 : 휘묵(徽纆)은 검붉은 동아줄이다. 300척과 방위의 색깔에 따른 아주 많은 비단과 책상·향로·요 등의 물건이 필요합니다."

그러면서 또 말했다.

"저는 재물을 탐하는 자가 아니고 그것들을 빌려서 법술을 행하고자 하는 것입니다. 또 10개의 제상(祭床)에 올릴 음식과 그에 따른 술과 차가 필요하고, 그릇은 반드시 중금(中金 : 백은)으로 만든 것이어야 합니다." 미 : 일이 잘못되었다.

두 아들은 온 힘을 다해서 준비했으며, 모자라는 것은 친구에게서 빌렸다. 도사가 또 말했다.

"저는 점화술(點化術)217)에 능한지라 황금을 썩은 흙 보듯 하며, 항상 다른 사람의 위급함을 도와주는 것을 급선무

---

216) 법수(法水) : 도사나 무당이 병을 없애거나 사악한 기운을 쫓아낼 때 사용하는 신성한 물.
217) 점화술(點化術) : 도교에서 다른 물질을 황금으로 만드는 법술.

로 여기고 있습니다. 지금 저의 짐이 태미궁(太微宮 : 도관 이름)에 있는데 그것을 잠시 맡겨 두고자 합니다." 협 : 썩은 흙을 왜 맡길 필요가 있겠는가?

두 아들은 그렇게 하라고 하면서 사람들을 불러 도사의 짐을 지고 오게 했다. 커다란 책 상자가 네 개 있었는데 들 수 없을 정도로 무거웠으며 자물쇠가 아주 단단히 잠겨 있었다. 미 : 이미 금은을 썩은 흙처럼 여긴다면 뭐 하러 자물쇠를 단단히 채운단 말인가? 또 일이 잘못되었다. 곧 길일이 되자 도사는 소나무 다섯 그루 사이에 법구(法具)를 대대적으로 차려 놓고 두 아들에게 절하라고 했으며, 두 아들이 기도를 마치자 도사는 그들에게 급히 집으로 돌아가서 문을 닫고 기다리라고 하면서 당부했다.

"절대로 엿보아서는 안 됩니다. 제가 경순(景純 : 곽박)의 산발함검술(散髮銜劍術)218)을 행하고자 하는데, 만약 다른 사람이 엿본다면 재앙이 곧 닥칠 것입니다. 법술을 끝마치고 나면 횃불을 들어 부를 것이니, 그때 동복들을 데리고 삼태기와 삽을 가져와서 밤이 되면 땅을 파십시오. 마음을 조용히 가라앉히고 지극히 귀한 보물을 얻길 바랍니다."

---

218) 산발함검술(散髮銜劍術) : 머리를 풀어 헤치고 검을 입에 물고 행하는 법술.

두 아들은 도사가 시킨 대로 밤부터 단정히 앉아 불빛이 보이기만을 기다렸지만 아무것도 보이지 않았다. 기다리다 못해 문을 열고 엿보았지만 조용하기만 할 뿐 아무런 소리도 들리지 않았다. 나무 아래까지 걸어가서 보았더니, 잔은 내던져져 있고 그릇도 엎어져 있었으며 음식이 어지럽게 흩어져 있었다. 채색 비단과 백은 그릇은 이미 도사가 모두 가져가 버렸고, 그곳에 수레바퀴와 말발굽 자국만 어지러이 나 있었다. 두 아들은 도사가 물건들을 포승줄로 단단히 묶어서 달아난 것이라고 생각했다. 도사가 맡겨 놓은 상자를 열어 보았더니 기와와 조약돌이 그 안에 가득 차 있었다. 이후로 설씨네 집안은 곤궁해졌다.

有薛氏二子野居伊闕, 先世嘗典大郡, 資用甚豐. 一日, 木陰初盛, 淸和屆候, 偶有叩扉者, 啓關視之, 則一道士也, 草履雪鬢, 氣質淸古. 曰: "半途病渴, 幸分一杯漿." 二子延入賓位, 雅談高論, 深味道腴. 又曰: "某非渴漿者. 杖藜過此, 氣色甚佳, 自此東南百步, 有五松虬偃在疆內否?" 曰: "某之良田也." 道士愈喜, 因屛人曰: "此下有黃金百斤, 寶劍二口, 其氣隱隱浮張‧翼間. 張‧翼, 洛之分野, 某尋之久矣. 黃金可以分贈親屬甚困者, 其龍泉自佩, 當位極人臣. 某亦請其一, 效斬魔之術." 二子大驚異, 道士曰: "命家僮輩, 悉具畚鍤, 候擇日發土, 則可驗矣. 然若無術以制, 則逃匿黃壤, 不復能追. 令倿良宵, 剪方爲壇, 用法水噀之, 不能遁矣. 且戒僮僕無得泄者." 問其結壇所須, 曰: "徽纆 眉: 徽纆, 赤黑索也. 三百尺, 隨方色彩縑素甚多, 洎几案‧爐香‧裀褥之具."

且曰:"某非利財者, 假以爲法. 又用祭膳十座, 酒茗隨之, 器皿須以中金者." 眉:破綻. 二子則竭力經營, 尙有所缺, 貸於親友. 又言:"某善點化之術, 視黃金如糞土, 常以濟人之急爲務. 今有囊篋寓太微宮, 欲以暫寄." 夾:糞土何用寄? 二子許諾, 卽召人負荷而至. 巨笈有四, 重不可勝, 緘鐍甚嚴. 眉:旣視金銀如糞土, 何須嚴鐍? 又破綻. 旋至吉日, 因大設法具於五松間, 命二子拜, 祝訖, 亟令返居, 閉門以俟, 且戒:"無得窺隙. 某當效景純散髮銜劍之術, 脫爲人窺, 則禍立至. 俟行法畢, 當擧火相召, 可率僮僕備畚錘來, 及夜而發之. 冀得靜觀至寶也." 二子依敎, 自夜分危坐, 專望燭光, 杳不見擧. 不得已, 辟戶覘之, 默絶影響. 步至樹下, 則擲杯覆器, 飮食狼藉. 彩縷器皿, 悉已携去, 輪蹄之迹, 錯於其所. 疑用徽纆束固以遁. 因發所寄之笈, 瓦礫實中. 自此家産困頓.

* 이 고사는 《태평광기》 권238 〈궤사・설씨자〉에 실려 있다.

39-22(1142) 진중의 젊은이

진중자(秦中子)

출《결사(缺史)》

 진천(秦川)의 한 부유한 젊은이는 이익을 잘 도모해서 굉장히 많은 돈을 지니게 되었다. 어느 날 밤에 누군가가 그의 집 문에 편지를 던지자 하인이 집어서 그에게 올렸다. 젊은이가 봉투를 열어 보니 부들로 만든 종이에 밀랍이 발라져 있었는데, 붓으로 비스듬하게 쓴 글씨가 그 위에 까맣게 적혀 있었다. 그 편지는 젊은이의 선친이 보낸 것으로 이런 내용이었다.

 "네가 많은 이익을 얻을 수 있었던 것은 내가 저승에서 도왔기 때문이다. 이제 장차 너에게 큰 화가 닥칠 것이지만 내가 이미 저승에 부탁해 놓았다. 그러니 너는 초하룻날 아침이 되면 목욕재계하고 깨끗한 옷을 입고서 춘명문(春明門) 밖에 있는 여관으로 가거라. 비단을 준비하되 너의 나이에 맞춰서 35필을 준비해라. 그리고 밤이 되길 기다렸다가 파수교(灞水橋)로 가서 바위 언덕까지 걸어가면 누런 옷을 입은 사람이 보일 것이니, 그 사람 앞에 비단을 놓고 축원의 예(禮)를 올린 다음 돌아오면 분명 재앙을 면할 수 있을 것이다. 혹시 아무도 만나지 못하면 비단을 가지고 돌아와서 급히 집안일을 정리하고 도망갈 궁리를 해야 하니, 순식간에 화가 닥칠 것이다." 미 : [명나라] 만력(萬曆) 경인년(庚寅年 : 1590)에 오중(吳中)에서도 이런 일이 있었다.

젊은이는 편지를 받들고 크게 두려워했으며, 온 집안사람들이 소복을 입고 울었다. 오로지 초하룻날 아침이 되기만을 기다리며 다른 일들은 내버려두었다. 그날이 되자 젊은이는 갓과 옷의 먼지를 털고 춘명문 밖으로 가서 머물렀다. 그는 삼가 조심하며 졸지도 않고 밤이 되기를 공손히 기다렸다가, 하인 한 명을 데리고 말을 타고 파수교로 급히 달려가면서 오직 그 사람이 보이지 않을까만 걱정했다. 도착했더니 과연 한 사람이 있었는데, 생긴 모습이 괴상하고 흐트러진 머리에 누런 옷을 입고 있었으며 두 팔로 무릎을 감싼 채 다리 기둥에 기대앉아서 머리를 숙이고 잠들어 있었다. 젊은이는 놀라고 기뻐하면서 비단을 받들어 그 앞에 놓고 축원하며 절을 한 다음에 감히 돌아보지도 못하고 급히 말을 몰아 집으로 돌아왔다. 그가 말을 타고 돌아오자 집안 사람들이 서로 축하하며 다행히 화를 면했다고 생각했는데, 오직 한 하인만은 그 일을 이상하다고 의심했다. 그로부터 열흘도 지나지 않아서 누군가가 또 편지를 던졌는데, 하인이 즉시 그 사람을 붙잡았다. 봉해진 편지를 열어 보았더니, 이전처럼 밀랍을 바른 부들 종이에 까만 글씨가 적혀 있었는데 이런 내용이었다.

"너의 재앙이 너무 커서 지난번에 네 나이대로 바친 비단으로는 화를 막지 못했다. 그러니 35필의 비단을 더 준비해서 강의 다리에 다시 갖다 놓도록 해라."

젊은이의 집에서 그 일의 자초지종을 진술해 그 사람을 관아에 고발했다. 관아에서 그 사람을 심문하자 그는 죄를 모두 시인했고 마침내 법대로 처리되었다.

秦川富室少年有能規利者, 藏鏹巨萬. 一日逮夜, 有投書於其戶者, 僕執以進. 少年啓封, 則蒲紙加蠟, 昧墨斜翰. 爲其先考所遺者, 曰: "汝之獲利, 吾冥助也. 今將有大禍, 然吾已請於陰隲矣. 汝及朔旦, 宜齋躬潔服, 出於春明門外逆旅. 備縑帛, 隨其年, 三十有五. 俟夜分往灞水橋, 步及石岸, 見黃衣者, 卽置於前, 禮祝而退, 災當可免. 或無所遇, 卽挈縑以歸, 急理家事, 當爲竄計, 禍不旋踵矣." 眉: 萬曆庚寅年間, 吳中亦有此事. 少年捧書大恐, 合室素服而泣. 專志朔旦, 則捨棄他事. 彈冠振衣, 止於春明門外. 矜嚴不寐, 恭俟夜分, 乃從一僕乘一馬, 馳往灞橋, 唯恐無所睹. 至則果有一物, 形質詭怪, 蓬頭黃衣, 交臂束膝, 負柱而坐, 俯首以寐. 少年驚喜, 捧縑於前, 祈祝設拜, 不敢却顧, 疾驅而回. 返轅相慶, 以爲幸免矣, 獨有僕夫疑其不直. 曾未逾旬, 復有擲書者, 僕夫立擒之. 啓其緘札, 蒲蠟昧墨如初, 詞曰: "汝災甚大, 曩之壽帛, 禍未塞. 宜更以縑三十五, 重置河梁." 其家列狀始末, 訴於官司. 詰問具伏, 遂置於法.

* 이 고사는 《태평광기》 권238 〈궤사 · 진중자〉에 실려 있다.

무뢰(無賴)

39-23(1143) 한영규

한영규(韓令珪)

출《조야첨재》

  당(唐)나라의 영사(令史) 한영규는 수치심을 몰랐으며 낯짝이 두껍고 포악했다. 그는 왕공과 귀인조차도 모두 그들의 항렬로 불렀으며, 평소에 만나 본 적이 없는 사람과도 억지로 관계를 맺었다. 한번은 관리 선발이 육원방(陸元方)의 주도하에 이루어졌는데, 당시 사인(舍人) 왕거(王勮)가 탈정(奪情)219)해 육원방과 함께 관청에 앉아 있었다. 그때 한영규가 놀란 체하며 말했다.

  "미처 왕오(王五 : 왕거)를 보지 못했군요."

  왕거가 바로 계단을 내려가자, 한영규는 근심스러운 듯 눈썹을 찡그리며 왕거를 위로하고 떠났다. 육원방은 왕거와 오랜 친분이 있었으므로 왕거에게 아까 그 사람이 누구냐고 물었는데, 왕거는 모르는 사람이라고 했다. 나중에 한영규가 사람들을 협박했던 일이 들통나자 조정에서 그를 곤장형

---

219) 탈정(奪情) : 예법에 따르면 관리가 친상을 당하면 3년의 상기를 마친 후 직무에 복귀해야 하는데, 필요에 따라 상중에 있는 관리를 직무에 복귀시키는 일을 말한다.

에 처했는데, 한영규가 멀리서 하내왕(河內王 : 무의종)을 부르며 소리쳤다.

"큰형님께서는 어찌 저를 구해 주지 않으십니까!"

무의종(武懿宗)이 그를 응시하며 말했다.

"나는 너를 알지 못한다."

무의종이 호된 매질을 재촉하자 한영규는 곤장을 맞다가 죽었다.

唐令史韓令珪耐羞恥, 厚貌强梁. 王公貴人皆呼次第, 平生未面亦强干之. 曾選, 於陸元方下引銓, 時舍人王勮奪情, 與陸同廳而坐. 珪佯驚曰: "未見王五." 勮便降階, 令珪嚬眉蹙刺, 相慰而去. 陸與王有舊, 問勮是誰, 莫之識也. 後嚇人事敗, 於朝堂決杖, 遙呼河內王曰: "大哥何不相救!" 懿宗目之曰: "我不識汝." 催杖苦鞭, 杖下取死.

* 이 고사는 《태평광기》 권263 〈무뢰·한영규〉에 실려 있다.

39-24(1144) 왕 사군

왕사군(王使君)

출《남초신문(南楚新聞)》

시랑(侍郎) 왕응(王凝)이 장사(長沙)를 안찰(按察)하고 있을 때, 새로 유주자사(柳州刺使)에 제수된 왕(王) 아무개라는 자가 임지로 가다가 상천(湘川)에 이르러 왕응을 배알했다. 왕응은 속관들과 함께하는 연회에 그를 초대했다. 왕 아무개가 왕응에게 아뢰었다.

"저는 시랑의 조카뻘이니 마땅히 제 절을 받으셔야 합니다."

왕응이 급히 물었다.

"기왕 우리 일족이라고 하니 아명(兒名)이 무엇이오?"

왕 아무개가 대답했다.

"통랑(通郞)이라 합니다."

왕응이 좌우 사람에게 말했다.

"어서 낭군(郞君 : 왕응의 아들)을 불러오라."

잠시 후에 왕응의 아들이 오자 왕응이 물었다.

"집안 족보에 통랑이라는 자가 있느냐?"

왕응의 아들은 잠시 골똘히 생각하더니 말했다.

"있으니 분명 저의 형뻘에 해당합니다."

왕 군(王君 : 왕 아무개)이 말했다.

"어제 북해염원(北海鹽院)의 관직을 그만두고 바로 유주 자사에 제수되었습니다."

왕응은 그 말을 듣고 기쁘지가 않았다. 왕 군이 물러가고 나서 왕응이 다시 아들을 불러 말했다.

"방금 전에 온 왕 군은 경력이 자못 복잡하니 분명 우리 집안사람이 아닐 것이다."

왕응이 급히 족보를 가져오게 해서 파(派)를 찾아보니 통랑이라는 이가 있었는데, 그는 아무 해 아무 날에 이미 고인이 된 사람이었다. 그것을 본 왕응은 매우 화가 났다. 다음 날 왕응은 청사에 음식을 차려 놓고 왕 군을 불렀다. 왕 군은 왕응을 바라보며 무릎을 꿇고 절을 하려고 했는데, 갑자기 장사 두 명이 그의 팔을 붙드는 바람에 몸을 굽힐 수가 없었다. 왕응이 앞으로 다가가서 왕 군에게 말했다.

"사군(使君 : 자사에 대한 존칭)은 우리 종족이 아니오. 어제는 실수로 당신의 절을 받았으니 이제 삼가 받은 대로 돌려드려야겠소."

왕응은 마침내 왕 군이 절을 한 횟수만큼 그에게 절을 했다. 장사 두 명이 물러가자 왕응은 왕 군에게 앉아서 함께 식사를 하게 했다. 그러면서 또 그에게 말했다.

"지금은 태평한 시대이니 앞으로 다시는 남의 집에 멋대로 들어오지 마시오."

뜰에 있던 이졸(吏卒)들이 모두 웃자 왕 군은 부끄러워서 얼굴을 붉히며 음식을 넘기지 못했다. 왕 군은 잠시 후에 조심스레 나갔다.

王凝侍郞按察長沙日, 有新授柳州刺使王某者, 將赴所任, 抵於湘川, 謁凝. 凝召預宴於賓佐. 王啓凝云 : "某是侍郞諸從子侄, 合受拜." 凝遽問云 : "旣是吾族, 小名何也?" 答曰 : "名通郞." 凝乃謂左右曰 : "促召郞君來." 逡巡, 其子至, 凝詰曰 : "家籍中有通郞者乎?" 其子沉思少頃, 乃曰 : "有之, 合是兄矣." 王君曰 : "昨罷職北海鹽院, 旋有此授." 凝聞之不悅. 旣退, 凝復召其子謂曰 : "適來王君, 資歷頗雜, 的非吾枝葉也." 遽徵屬籍, 尋其派, 乃有通郞, 已於某年某日物化矣. 凝睹之怒. 翌日, 廳內備饌招之. 王君望凝, 欲屈膝, 忽被二壯士挾而扶之, 鞠躬不得. 凝前語曰 : "使君非吾宗也. 昨日誤受君之拜, 今謹奉還." 遂拜之如其數訖. 二壯士退, 乃命坐與餐. 復謂之曰 : "當今淸平之代, 此後不可更亂入人家也." 在庭吏卒悉笑, 王君慚赧, 飮食爲之不下. 斯須, 踧踖而出.

* 이 고사는《태평광기》권238〈궤사·왕사군〉에 실려 있다.

39-25(1145) 이 수재
이수재(李秀才)
출《인화록》

당(唐)나라의 낭중(郎中) 이파(李播)가 기주(蘄州)를 다스리고 있을 때, 이생(李生)이란 사람이 거자(擧子)[220]를 자칭하며 찾아왔다. 때마침 이파가 병중이라서 그의 자제가 이생을 만났는데, 이생이 가져온 시권(詩卷)을 읽어 보았더니 모두 이파가 옛날 과거에 응시할 때 행권(行卷)[221]했던 것이었다. 이생이 물러간 뒤에 그것을 이파에게 드렸더니, 이파도 깜짝 놀라며 의아해했다. 다음 날 이파는 아들을 보내 이생을 맞이해 오게 했는데, 아들이 조용히 그에게 따져 물었더니 이생은 얼굴빛을 바꾸며 말했다.

"이것은 내가 평생 고심하며 지은 것으로 가짜가 아니오."

---

220) 거자(擧子) : 각 주(州)에서 추천을 받아 도성에 와서 진사 시험에 응시하려는 사람을 말한다.
221) 행권(行卷) : 당나라 때는 과거 응시자가 시험 보기 전에 자신이 지은 문장을 관계의 요로에 있는 실력자에게 미리 보였는데, 처음 투고하는 것을 '행권'이라 하고, 재차 투고하는 것을 '온권(溫卷)'이라 했으며, 이러한 행위를 통틀어 '투권(投卷)'이라 했다.

아들이 또 말했다.

"이것은 부친께서 옛날에 지으신 것이니, 수재는 터무니 없는 말일랑 하지 마시오."

그러자 이생이 황급히 말했다.

"제가 사실은 속였습니다. 20년 전에 도성의 책방에서 이 시권을 100전에 샀는데, 낭중 어르신의 훌륭한 작품인 줄은 전혀 몰랐으니, 마음속에 황송함을 가누지 못하겠습니다."

아들이 다시 그 말을 이파에게 전하자 이파가 웃으며 말했다.

"이 사람은 무능한 무리이니 진실로 불쌍하구나!"

그러고는 아들에게 이생을 서재로 데리고 가서 식사를 대접하게 했다. 며칠 뒤에 이생이 다른 곳으로 떠나겠다고 인사하자, 이파는 그에게 비단을 주면서 그날 비로소 그를 불러 만났다. 이생은 이파에게 절을 하고 전에 있었던 일에 대해 사과한 뒤 또 말했다.

"제가 낭중 어르신의 훌륭한 시권을 들고 강회(江淮) 지역을 돌아다닌 지가 이미 20년이나 됩니다. 오늘 그것을 저에게 주시기를 바라는데 가능하겠습니까? 그 귀한 물건은 저의 여행길을 빛나게 해 줄 것입니다." 미 : 역시 대단한 사람이다.

이파가 말했다.

"이것은 내가 예전에 과거에 급제하지 못했을 때 가지고 다니던 것이었는데, 지금 나는 이미 늙었고 군목(郡牧 : 자사)이 되었으므로 더 이상 쓸모가 없으니, 당신에게 드리도록 하겠소."

이생은 역시 부끄러워하는 기색도 없이 시권을 소매 속에 집어넣었다. 이파가 또 말했다.

"수재는 지금 어디로 갈 작정이오?"

이생이 말했다.

"장차 강릉(江陵)으로 가서 외숙 어른인 노 상서(盧尙書)를 찾아뵈려 합니다."

이파가 말했다.

"당신의 외숙 어른은 무슨 관직을 맡고 계시오?"

이생이 말했다.

"지금 형남절도사(荊南節度使)로 계십니다."

이파가 말했다.

"그분의 이름이 무엇이오?"

이생이 대답했다.

"홍선(弘宣)이라 합니다."

이파가 박장대소하며 말했다.

"수재는 이번에도 잘못 짚었소! 형문(荊門)의 노 상서는 바로 나의 친외숙이오!"

이생은 부끄럽고 민망해 어쩔 줄 모르다가 이내 다시 한술 더 떠서 말했다.

"진실로 낭중 어르신의 말씀과 같다면, 이참에 형남의 외숙 어른까지 한꺼번에 얻어 가겠습니다."

그러고는 재배하고 도망쳐 나갔다. 이파가 탄식하며 말했다.

"세상에 이런 사람도 있다니!"

唐郎中李播典蘄州日, 有李生稱擧子來謁. 會播有疾病, 子弟見之, 覽所投詩, 咸播昔應擧時所行卷也. 旣退, 呈於播, 播亦驚疑. 明日, 遣其子邀李生, 從容詰之, 李生色已變, 曰: "是某平生苦心所著, 非謬也." 子又曰: "此是大人舊制, 請秀才不妄言." 遽曰: "某誠訛耳. 二十年前, 實於京輦書肆中, 以百錢贖得, 殊不知是賢尊郎中佳製, 下情不勝恐悚." 子復聞於播, 笑曰: "此無能之輩, 實可哀也!" 令子延食書齋. 數日後, 辭他適, 遺之縑繒, 是日播方引見. 李生拜謝前事訖, 又云: "某執郎中盛卷, 遊於江淮間, 已二十載矣. 今欲希見惠, 可乎? 所貴光揚旅寓." 眉: 亦是妙人. 播曰: "此乃某昔歲未成事所懷之者, 今日老爲郡牧, 無用處, 便奉獻可矣." 亦無愧色, 旋置袖中. 播又曰: "秀才今擬何之?" 生云: "將往江陵, 謁表丈盧尙書." 播曰: "賢表丈任何官?" 曰: "見爲荊南節度使." 播曰: "名何也?" 對曰: "名弘宣." 播拍手大笑曰: "秀才又錯也! 荊門盧尙書是某親表丈!" 生慚悸失次, 乃復進曰: "誠君郎中之言, 則並荊南表丈, 一時曲取." 於是再拜而走出. 播嘆曰: "世上有如此人!"

* 이 고사는 《태평광기》 권261 〈치비(嗤鄙)·이수재〉에 실려 있는데, 출전이 《대당신어(大唐新語)》라 되어 있다.

39-26(1146) 성이 엄씨인 사람
성엄인(姓嚴人)
출《인화록》

 당(唐)나라의 경조윤(京兆尹) 방엄(龐嚴)은 과거에 급제한 뒤, 수춘(壽春)에서 벼슬하고 있었다. 성이 엄씨(嚴氏)인 강회(江淮) 지방의 거인(擧人)이 방엄의 성명을 거꾸로 써놓은 잘못된 등과기(登科記)를 열람하고, 마침내 배를 세내어 걸식하며 그를 찾아가서, 명함을 내밀고 조카라고 칭했다. 방엄은 친족이 매우 적었기 때문에 그 명함을 보고 몹시 기뻐하면서 그를 정성껏 맞아들여 기쁜 마음으로 함께 식사했다. 이윽고 친족에 대해 얘기했지만 모두 방씨에 관한 일이 아니었기에 방엄은 그제야 의아해하면서 그에게 물었다.

"그대는 성이 무엇이오?"

엄씨가 말했다.

"제 성은 엄씨입니다."

방엄은 크게 웃으며 말했다.

"그대는 잘못 짚었소! 나는 본디 이름이 엄이니 그대와 무슨 상관이 있겠소?"

그러고는 손을 저어 가라고 했다.

唐京兆尹龐嚴及第後, 從事壽春. 有江淮擧人姓嚴者, 閱登科記誤本, 倒書龐嚴姓名, 遂賃舟丐食, 就謁, 投刺稱從侄. 龐之族人希少, 覽刺極喜, 延納殷勤, 款曲同食. 語及族人, 都非龐氏之事, 龐方訝之, 因問 : "郎君何姓?" 曰 : "某姓嚴." 龐大笑曰 : "君誤矣! 嚴自名嚴, 預君何事?" 揮之令去.

* 이 고사는 《태평광기》 권261 〈치비·성엄인〉에 실려 있다.

39-27(1147) 곽헌가

곽헌가(霍獻可)

출《어사대기》

당(唐)나라의 곽헌가는 귀향(貴鄕) 사람이다. 그는 문재(文才)가 있었고 해학을 좋아했으며, 여러 벼슬을 거쳐 시어사좌사원외(侍御史左司員外)에까지 이르렀다. 측천무후(則天武后) 때는 법이 준엄해서 사람들이 대부분 목숨을 부지하지 못했으므로, 결국 천자의 뜻에 영합함으로써 자신들의 충성심을 내보이려고 했다. 곽헌가는 머리로 궁전의 계단을 들이받으면서 적인걸(狄仁傑)과 배행본(裵行本)을 주살하라고 주청했는데, 배행본은 바로 곽헌가의 외당숙이었다. 그는 이마에 상처가 나자 녹색 비단으로 두건 아래를 싸매 늘 드러나 보이도록 함으로써 측천무후가 자신을 충성스럽다고 여겨 주길 바랐다. 당시 사람들은 그를 이자신(李子愼)에 비교했는데, 이자신은 측천무후 때 자신의 외숙을 무고해 유격장군(游擊將軍)의 직책을 더해 받았다. 이자신의 어머니는 그가 붉은 관복을 입은 것을 보고 얼굴을 침상에 묻은 채 흐르는 눈물을 가누지 못하며 말했다.

"그것은 바로 너의 외숙의 피로 물들인 것이다!"

唐霍獻可, 貴鄕人也. 有文學, 好詼諧, 累遷至侍御史左司員外. 則天法峻, 多不自保, 竟希旨以爲忠. 獻可頭觸玉階, 請殺狄仁傑・裴行本, 裴卽獻可堂舅也. 旣損額, 以綠帛裹於巾下, 常令露出, 冀則天以爲忠. 時人比之李子愼, 子愼, 則天朝誣告其舅, 加游擊將軍. 母見其著緋衫, 以面覆床, 涕泣不勝曰:"此是汝舅血染者耶!"

* 이 고사는《태평광기》권259〈치비・곽현가〉에 실려 있다.

39-28(1148) 송지손
송지손(宋之遜)
출《조야첨재》

 당(唐)나라 낙양현승(洛陽縣丞) 송지손은 처음에 장역지(張易之) 형제에게 아첨하며 붙었는데, 장역지가 주살되자 연주사창(兗州司倉)으로 나갔다가 죄를 두려워해 도망쳤다가 돌아왔다. 그는 부마(駙馬) 왕동교(王同皎)와 가까운 사이였기에 왕동교가 첩의 방에 그를 숨겨 주었다. 왕동교는 기개 높은 선비로, 역위(逆韋 : 위후)와 무삼사(武三思)가 나라를 어지럽히는 것에 분개했는데, 그 일을 말할 때마다 이를 갈았다. 송지손은 주렴 뒤에서 몰래 그 말을 엿듣고 조카 송담(宋曇)을 보내 상서해 고함으로써 위후(韋后)의 뜻에 영합했다. 과연 무삼사 등은 대노하며 왕동교의 무리를 주살할 것을 상주했다. 송씨 형제는 모두 5품관에 제수되었는데, 송지손은 광록승(光祿丞)이 되었고, 송지문(宋之問)은 홍려승(鴻臚丞)이 되었으며, 송담은 상의봉어(尙衣奉御)가 되었다. 천하의 사람들이 그들을 원망하면서 모두 서로 말했다.
 "송지문 등의 붉은 관복은 왕동교의 피로 물들인 것이다."

역위가 주살된 후에 그들은 모두 오랫동안 영남(嶺南)에 유배되었다.

唐洛陽丞宋之愻, 初諂附張易之兄弟, 易之敗, 出爲兗州司倉, 懼罪亡歸. 與駙馬王同皎善, 匿之於小房. 同皎, 慷慨士也, 忿逆韋與武三思亂國, 言之每至切齒. 之愻於簾下竊聽, 遣姪曇上書告之, 以希韋之旨. 武三思等果大怒, 奏誅同皎之黨. 兄弟並授五品官, 之愻爲光祿丞, 之問爲鴻臚丞, 曇爲尙衣奉御. 天下怨之, 皆相謂曰 : "之問等緋衫, 王同皎血染也." 逆韋誅後, 俱長流嶺南.

* 이 고사는 《태평광기》 권263 〈무뢰·송지손〉에 실려 있다.

39-29(1149) 악종훈
악종훈(樂從訓)
출《북몽쇄언》

왕탁(王鐸)은 도통(都統)222)의 직위를 잃은 뒤에 활주절도사(滑州節度使)에 제수되었으나 얼마 후에 또 파직되었다. 그는 하북(河北)이 안정되었기 때문에 장차 부양(浮陽)으로 피난하면서 그를 따르는 막객들과 함께 갔는데, 막객들은 모두 조정의 관리였다. 왕탁이 위(魏) 지방에 들렀을 때 악언정(樂彦禎)은 극진한 예로 그를 대했다. 왕탁의 짐은 매우 사치스러웠으며, 따르는 막객과 시중드는 희첩들에게는 태평 시절에 도성에서 지낼 때의 옛 모습이 있었다. 악언정에게는 악종훈이라고 하는 아들이 있었는데, 본디 무뢰하기 짝이 없었다. 그는 왕탁의 거마와 희첩들을 탐내 부친의 막객인 이산보(李山甫)와 상의했다. 이산보는 [당나라] 함통(咸通) 연간(860~874)에 여러 번 과거에 응시했으나 낙방했기에 조정 대신들에게 사적인 원한을 품고 있었으므로 악

---

222) 도통(都統) : 무관명(武官名). 번진을 토벌하고 농민 반란을 진압하기 위해 여러 도(都)에 '도통'을 두어 병사의 출정을 통솔하도록 했다.

종훈에게 일을 저지르라고 종용했다. 악종훈은 왕탁이 감릉(甘陵)으로 간 틈을 타 날랜 기병 수백 명을 이끌고 가서 왕탁의 집 보따리와 희첩과 노복 등을 모두 약탈해 돌아왔는데, 그때 왕탁의 막객들도 모두 죽임을 당했다. 그러고는 조정에 이렇게 상주했다.

"패주(貝州)에서 온 보고를 받았는데, 아무 날에 성이 왕(王)이고 이름이 영공(令公)인 한 사람을 죽였다고 합니다."

그의 흉악무도함이 이와 같았다. 악언정 부자는 얼마 후 반란군에게 살해되었다.

王鐸落都統, 除滑州節度, 尋罷鎭. 以河北安靜, 將避地浮陽. 與其幕客從行, 皆朝中士子. 及過魏, 樂彦禎禮之甚至. 鐸之行李甚侈, 從客侍姬有輦下升平之故態. 彦禎有子曰從訓, 素無賴. 愛其車馬姬妾, 謀於父之幕客李山甫. 李以咸通中數擧不第, 私憤中朝貴達, 因勸從訓圖之. 伺鐸至甘陵, 以輕騎數百, 盡掠其橐裝姬僕而還, 賓客皆遇害. 及奏朝廷, 云:"得貝州報. 某日殺却一人, 姓王名令公." 其凶誕也如此. 彦禎父子尋爲亂軍所殺.

* 이 고사는《태평광기》권264〈무뢰·악종훈〉에 실려 있다.

39-30(1150) 팽선각과 장덕

팽선각 · 장덕(彭先覺 · 張德)

출《조야첨재》

[당나라] 무주(武周) 때 어사(御史) 팽선각은 체면을 차릴 줄 몰랐다. 여의년(如意年 : 692)에는 도살을 매우 엄격히 금했는데, 팽선각은 순찰 업무를 맡고 있었다. 정정문(定鼎門)에서 풀을 실은 수레가 뒤집혔는데, 거기서 양 갈빗대 두 개가 나왔다. 문지기가 이 일을 어사에게 알리자 팽선각이 장계를 올려 주청했다.

"궁위(宮尉) 유면(劉緬)이 도살을 전담하고 있는데 이 일을 알아차리지 못했으니 한차례 곤장형에 처하고, 양고기는 남아(南衙)223)의 관리들에게 보내 먹게 하십시오."

유면은 황공해하며 새 옷을 지어 입고서 처벌을 기다렸다. 다음 날 측천무후(則天武后)가 비답(批答)을 내렸다.

"어사 팽선각이 유면을 곤장형에 처하라고 주청했는데 그럴 필요 없다. 그 고기는 유면에게 내주어 먹게 하라."

---

223) 남아(南衙) : 당나라 때의 재상부(宰相府), 또는 중서성 · 문하성 · 상서성을 가리키는데, 모두 황궁의 남쪽에 있었으므로 붙은 명칭이다.

온 조정이 통쾌해했으며 팽선각은 부끄러워했다.

같은 시기에 좌습유(左拾遺) 장덕의 부인이 아들을 낳자 사사로이 양 한 마리를 잡아서 여러 습유(拾遺)와 보궐(補闕)들을 초대했는데, 그중에서 두숙(杜肅)이 몰래 고기 한 점을 싸 가지고 와서 장계를 올려 그 일을 아뢰었다. 다음 날 측천무후가 장덕에게 말했다.

"경의 부인이 아들을 낳았다고 하니 매우 기쁜 일이오."

장덕이 감사의 절을 올리자 측천무후가 말했다.

"그런데 어디에서 고기를 얻었소?"

장덕이 머리를 조아리며 죽을죄를 지었다고 하자 측천무후가 말했다.

"짐이 도살을 금한 것은 길흉이 정해져 있지 않기 때문이오. 경은 손님을 초대할 때도 반드시 가려서 사귀어야 하니, 무뢰한 사람과는 함께 모이지 마시오."

그러고는 두숙의 장계를 꺼내 장덕에게 보여 주자, 미 : 통쾌한 일이다! 두숙은 등이 흥건하도록 땀을 흘렸다. 온 조정의 사람들이 두숙의 얼굴에 침을 뱉었다.

평 : 이 두 가지 일을 살펴보니 위압과 복덕은 예측할 수 없다. 소인의 주둥이에서 나온 말만을 전적으로 듣지는 않았기 때문에 한 여자가 역성혁명을 일으켰지만 천하가 안정되었던 것이다.

周御史彭先覺無面目. 如意年中, 斷屠極急, 先覺知巡事. 定鼎門草車翻, 得兩控羊. 門家告御史, 先覺進狀奏: "合宮尉劉緬專當屠, 不覺察, 決一頓杖, 肉付南衙官人食." 緬惶恐, 縫新待罪. 明日, 則天批曰: "御史彭先覺奏決劉緬, 不須. 其肉乞緬喫却." 舉朝稱快, 先覺於是乎慚.

同時左拾遺張德妻誕一男, 私宰一口羊, 命諸遺補, 杜肅潛囊一餕肉, 進狀告之. 至明日, 則天謂張德曰: "郎妻誕一男, 大歡喜." 德拜謝, 則天曰: "然則何處得肉?" 德叩頭稱死罪, 則天曰: "朕斷屠, 吉凶不在例. 命客, 亦須擇交, 無賴之人, 不須共聚." 出肅狀以示之, 眉: 快事! 肅流汗浹背. 舉朝唾其面.

評: 觀此二事, 威福不測. 全不聽小人搬嘴, 所以一女子革命而天下宴然也.

* 이 고사는《태평광기》권263〈무뢰·팽선각〉과〈장덕〉에 실려 있는데, 이 중〈장덕〉에는 출전이 없지만 조선간본《태평광기상절》에는 "《조야첨재》"라 되어 있다.

39-31(1151) 사리를 삼킨 선비
사자탄사리(士子吞舍利)
출《상서고사(尙書故事)》

  낙중(洛中 : 낙양)의 어떤 스님이 이른바 사리(舍利) 몇 알을 얻어서 유리그릇에 보관해 놓고 밤낮으로 향을 피우며 불공을 드렸는데, 단월(檀越 : 시주)들의 예불이 하루도 빠지는 날이 없었다. 추위와 굶주림에 시달리던 어떤 선비가 스님에게 사리를 한번 구경하고 싶다고 간청했다. 그래서 스님이 유리병에서 사리를 꺼내 선비에게 건네주었더니, 선비가 즉시 그것을 삼켜 버렸다. 스님은 당황하고 놀라서 미칠 것만 같았으며, 또한 이 일이 외부에 알려질까 걱정했다. 그러자 선비가 말했다.

  "저에게 돈을 주신다면 약을 먹고 그것을 나오게 하겠습니다."

  스님은 매우 기뻐하면서 마침내 선비에게 200민(緡 : 1민은 1000냥)을 주었다. 선비가 파두(巴豆)를 먹고 설사해서 사리를 배출하자, 스님은 그것을 가져다 깨끗이 씻어서 보관했다.

洛中有僧, 得數粒所謂舍利者, 貯於玻璃器中, 晝夜香火, 檀越之禮, 日無虛焉. 有士子迫於寒餒, 因請僧, 願得舍利一觀. 僧出瓶授與, 遽卽吞之. 僧惶駭如狂, 復慮聞之於外. 士子曰: "與吾錢, 當服藥出之." 僧喜甚, 遂贈二百緡. 乃服巴豆瀉下, 僧取濯而收之.

* 이 고사는 《태평광기》 권263 〈무뢰·사자탄사리〉에 실려 있다. 조선간본 《태평광기상절》에는 출전이 "《상서고실(尙書故實)》"이라 되어 있는데 타당하다.

39-32(1152) 장간 등

장간등(張幹等)

출《유양잡조》

도성 저잣거리의 불량배들은 대부분 머리를 빡빡 밀고 피부에 문신을 새겼는데, 문신에는 온갖 사물의 형상이 갖추어져 있었다. 그들은 무력을 믿고서 주먹을 휘두르며 강제로 재물을 빼앗았다. 경조윤(京兆尹) 설원상(薛元賞)은 부임한 지 사흘 만에 이장(里長)에게 불량배들을 몰래 잡아들이게 해서, 약 30여 명을 모두 곤장 쳐 죽이고 그 시신을 저잣거리에 버렸다. 저자 사람들 중에서 문신이 있던 자들은 모두 불로 지져서 그것을 없앴다. 당시 대녕방(大寧坊)의 역사(力士) 장간의 왼쪽 팔에는 이런 글이 새겨져 있었다.

"살아서는 경조윤이 무섭지 않고, 죽어서는 염라대왕이 두렵지 않다."

왕역노(王力奴)라는 자는 5000전(錢)을 주고 문신하는 장인을 불러 가슴과 배에 산과 연못, 정자와 정원, 초목과 조수 등을 새겼는데, 없는 것이 없었으며 세밀하게 색깔도 넣었다. 공(公 : 설원상)은 그들 모두를 때려죽이게 했다. 또 조무건(趙武建)이라는 도적은 106곳에 여러 도장 문양과 까치 등의 문신을 새겼는데, 오른쪽 팔에는 이런 글이 새겨져 있었다.

"꿩은 물가에서 자다가, 아침마다 송골매에게 잡히네. 갑자기 놀라서 날아올랐다가 물속으로 들어가, 오늘까지 목숨을 보존했다네."

또 고릉현(高陵縣)에서 몸에 문신을 새긴 송원소(宋元素)라는 자를 체포했는데, 그는 71곳에 문신을 새겼으며 왼쪽 팔에는 이런 글이 새겨져 있었다.

"그 옛날 집이 가난하지 않았을 때는, 천금도 아끼지 않고 친구를 사귀었지. 하지만 쓸쓸히 곤궁해졌을 때 지기(知己)를 찾았더니, 험준한 산까지 다 돌아다녀도 한 사람도 없다네." 미 : 이것은 이른바 누비시(鏤臂詩 : 팔에 새긴 시)인데, 지금은 와전되어 속되고 천하다고만 여길 뿐이다.

그의 오른쪽 팔에는 호로박이 새겨져 있었는데, 그 위로 괴뢰희(傀儡戲 : 인형극)에 나오는 곽공(郭公)처럼 생긴 사람 머리가 나와 있었다. 현리(縣吏)가 그게 무엇인지 몰라서 그에게 물었더니, "호로정(胡蘆精 : 호로박의 정령)"이라고 말했다.

上都市肆惡少, 率髡而膚札, 備衆物形狀. 恃諸軍, 張拳强劫. 京兆尹薛元賞, 上三日, 令里長潛捕, 約三十餘人, 悉杖殺, 而尸於市. 市人有點靑者, 皆炙滅之. 時大寧坊力者張幹, 札左膊曰 : "生不怕京兆尹, 死不怕閻羅王." 又有王力奴, 以錢五千, 召工札胸腹爲山池亭院·草木鳥獸, 無不悉具, 細若設色. 公悉杖殺之. 又賊趙武建, 札一百六處番印‧盤鵲等, 右膊刺言: "野雞灘頭宿, 朝朝被鶻捎. 忽驚飛入水, 留命到今朝." 又高陵縣捉得鏤身者宋元素, 札七十一處, 刺左臂曰: "昔日已前家未貧, 千金不惜結交親. 及至悽惶覓知己, 行盡關山無一人." 眉: 此所謂鏤臂詩也, 今訛傳爲俚鄙耳. 右膊上札瓠蘆, 上出人首, 如傀儡戲郭公者. 縣吏不解, 問之, 言"胡蘆精"也.

* 이 고사는 《태평광기》 권263 〈무뢰‧장간등〉에 실려 있다.

39-33(1153) 촉 사람 조고와 위소경
촉조고 · 위소경(蜀趙高 · 韋少卿)
출《유양잡조》

이이간(李夷簡)은 [당나라] 원화(元和) 연간(806~820) 말에 촉(蜀) 지방에 있었다. 촉의 시장 사람 조고는 싸움을 좋아해 일찍이 감옥에 들어갔는데, 등에 가득 비사문천왕(毗沙門天王)224)의 문신을 하고 있어서 옥리가 그의 등을 매질하려다가 그것을 보면 멈추었다. 그가 더욱 동네와 시장에 해를 끼치자, 주위 사람들이 이이간에게 고했더니 이이간이 대노해 그를 잡아들여 청사 앞으로 끌고 오게 했다. 이이간은 새로 만든 몽둥이를 가져오게 해서 형 집행자에게 조고의 비사문천왕을 치라고 호령하면서 죽거든 그만두라고 했는데, 30여 차례나 맞았으나 조고는 죽지 않았다. 그는 열흘이 지난 뒤에 웃통을 벗고 집집마다 돌아다니면서 망가진 공덕(功德 : 비사문천왕의 문신)을 수리할 돈을 구걸했다.

---

224) 비사문천왕(毗沙門天王) : 불법을 수호하는 사천왕(四天王) 중 하나로, 수미산(須彌山)의 북방을 수호하며 사천왕 중 가장 중심이 되는 신이다.

촉의 소장(小將) 위소경은 젊었을 때 문신 새기기를 좋아했다. 그의 숙부가 한번은 그에게 옷을 벗게 해서 살펴보았더니, 가슴 위에 나무 한 그루가 새겨져 있었고 나뭇가지 끝에는 수십 마리의 새가 모여 있었다. 그리고 그 아래에 거울이 매달려 있었는데, 거울 코에 줄을 묶어서 한 사람이 옆에서 그것을 잡아당기고 있었다. 숙부가 그 문신의 내용을 이해하지 못해 물었더니 위소경이 웃으며 말했다.

"숙부께서는 장연공(張燕公 : 장열)의 시를 읽어 보지 않으셨습니까? '거울을 끌어당기니 갈까마귀가 모여드네'[225]라고 했습니다."

李夷簡, 元和末在蜀. 蜀市人趙高好鬥, 嘗入獄, 滿背鏤毗沙門天王, 吏欲杖背, 見之輒止. 轉爲坊市害, 左右言於李, 李大怒, 擒廳前. 索新棒, 叱杖家打天王, 盡則已, 數三十餘不死. 經旬日, 袒而歷門, 乞修理破功德錢.
蜀小將韋少卿, 少嗜札靑. 其叔父嘗令解衣視之, 胸上札一樹, 樹杪鳥集數十. 其下懸鏡, 鏡鼻繫索, 有人止於側牽之.

---

225) 거울을 끌어당기니 갈까마귀가 모여드네 : 원문은 "만경한아집(挽鏡寒鴉集)". 본래 장열(張說)의 〈악양만경(岳陽晚景)〉이라는 5언율시의 첫 연은 "만경한아집(晚景寒鴉集), 추풍여안귀(秋風旅雁歸)"인데, 위소경이 '만경(晚景)'을 '만경(挽鏡)'으로 잘못 알고 그 내용을 문신으로 새겼던 것이다. 〈악양만경〉은 장열의 아들인 장균(張均)이 지었다고도 한다.

叔不解, 問焉, 少卿笑曰:"叔曾讀張燕公詩否?'挽鏡寒鴉集'也."

* 이 고사는《태평광기》권264〈무뢰·조고〉와〈위소경〉에 실려 있다.

39-34(1154) 형주의 문신한 자
형주찰자(荊州札者)
출《유양잡조》

　형주(荊州)의 가졸(街卒) 갈청(葛淸)은 용감했는데, 목 아래로 온몸에 백거이(白居易)의 시를 문신했다. 단성식(段成式 :《유양잡조》의 찬자)이 일찍이 형주 손님 진지(陳至)와 함께 갈청을 불러 그 문신을 보고 그에게 스스로 설명해 보게 했는데, 그는 등 위의 것도 암기할 수 있었다. 그는 손을 뒤로 해서 문신한 곳을 가리켰는데, "꽃 중에 국화만을 사랑하는 것은 아니네"226)에 이르면 한 사람이 술잔을 들고 국화 떨기 가까이에 있는 그림이 있었고, "누렇게 얼룩덜룩한 새집에 차가운 나뭇잎 있네"227)에 이르면 나무 한 그루의 그림을 가리켰는데 나무 위에는 얼룩덜룩한 새집이 걸려 있고 무늬가 매우 정교했다. 그는 모두 30여 수의 시를 [그림으로]

---

226) 꽃 중에 국화만을 사랑하는 것은 아니네 : 원문은 "불시화중편애국(不是花中偏愛菊)". 원진(元稹)의 〈국화(菊花)〉라는 시의 한 구절로, 본래 백거이의 시가 아니다.

227) 누렇게 얼룩덜룩한 새집에 차가운 나뭇잎 있네 : 원문은 "황협힐과한유엽(黃夾纈窠寒有葉)". 백거이의 〈범태호서사기미지(泛太湖書事寄微之)〉라는 시의 한 구절이다.

문신했는데, 몸에 온전한 피부가 남아 있지 않았다. 진지는 그를 "백 사인 행시도(白舍人行詩圖 : 백 사인[백거이]의 걸어 다니는 시 그림)"라고 불렀다.

[당나라] 정원(貞元) 연간(785~805)에 형주(荊州)의 시장에서 문신을 새겨 주고 돈을 받는 사람이 있었는데, 그가 제작한 문신용 도장 위에는 두꺼비·전갈·새·짐승과 같은 여러 동물의 형상대로 침이 박혀 있었다. 사람들이 원하는 바에 따라 도장을 찍고 나서 석묵(石墨 : 흑연)으로 문질렀다가 상처가 나은 후에 보면 그림보다 더 세밀했다.

荊州街子葛清, 勇, 自頸已下, 遍札白居易詩. 段成式嘗與荊客陳至, 呼觀之, 令其自解, 背上亦能暗記. 反手指其札處, 至"不是花中偏愛菊", 則有一人持杯臨菊叢, "黃夾纈窠寒有葉", 則指一樹, 樹上掛纈窠, 文絶細. 凡札三十餘首, 體無完膚. 陳至呼爲"白舍人行詩圖".
貞元中, 荊州市中有鬻札者, 製爲印, 上簇針爲衆物狀, 如蟾蝎鳥獸. 隨人所欲, 印之, 刷以石墨, 瘡愈後, 細於畫.

* 이 고사는 《태평광기》 권264 〈무뢰·갈청(葛淸)〉, 권263 〈무뢰·형주육차자(荊州鬻箚者)〉에 실려 있다.

39-35(1155) 한신

한신(韓伸)

출《왕씨견문》

　　거주(渠州) 사람 한신은 술과 도박을 잘했고 거북점에 능했다. 그는 왕후(王侯)의 집을 찾아다니면서 노닐었는데, 늘 거북 껍질 하나를 지니고 있다가 하룻밤 전에 그 껍질을 불에 지져 점을 쳐서 다음 날의 점괘가 길하면 도박을 하고 불길하면 그만두었다. 또 점괘에서 어느 방향으로 가는 것이 길하다고 나오면 즉시 그 방향으로 갔다. 그는 남의 돈을 마치 빚 받아 내듯이 챙겨 갔는데, 그 돈으로 대부분 화류계에서 죽치고 있었다. 그의 부인은 몹시 화가 나면 때때로 직접 찾아가서 그를 내몰아 함께 집으로 돌아갔다. 한번은 그가 동천(東川)에서 사람들을 찾아다니며 지내다가 1년이 넘도록 집에 돌아가지 않았다. 그러던 어느 날 그는 도박꾼들을 불러 모아 기녀들을 데리고 장차 은밀한 연회를 벌이려 했다. 그의 부인은 또 집에서 여종 한두 명을 데리고 몰래 그곳에 이르러 이웃집에 숨어서 밤에 연회가 열리기를 기다렸다가 마침내 몽둥이를 들고 어두운 곳에서 기회를 엿보고 있었다. 한신은 그런 사실도 모른 채 한창 〈지수청(池水淸)〉이란 노래를 불렀는데, 노래가 채 끝나기도 전에 몽둥이가 그의 뒤통수를 내리쳤고 그 바람에 그의 두건이 벗겨져 떨어지면서 촛불을 덮쳐 꺼 버렸다. 한신은 즉시 숨어서 엎드렸는데, 연회 자리에 함께 있던 한 손님이 어둠 속에서 한바탕 얻어맞고 아파서 어쩔 줄 몰랐다. 이어서 부인은 여종 둘을 보내 그 사람의 상투를 잡아끌고 다니게 하면서 한 걸음마다 한 대씩 내려치며 욕을 해 댔다. 얼마 후에 그 사람을 끌고 촛불 아래로 가서 비춰 보니 같은 자리에 있던 손님이었고, 정작 그녀의 남편은 여전히 밥상 밑에 숨어 있었다. 촉(蜀) 땅 사람들은 그 일을 크게 웃음거리로 삼았으며, 한신을 "지수청"이라 불렀다.

渠州人韓伸善飮博, 長於灼龜. 遊謁王侯之門, 常懷一龜殼, 隔宿先灼, 卜來日之兆吉, 卽博, 不吉, 卽已. 又或云某方位去吉, 卽往. 取人錢如徵債, 多於花柳間落魄. 其妻怒甚, 時復自來, 驅趁同歸. 嘗遊謁東川, 經年不歸. 忽一日, 聚其博徒, 挈飮妓, 將致幽會. 其妻又自家領女僕一兩人潛至, 匿於鄰舍, 俟其夜會筵合, 遂持棒伺於暗處. 伸不知, 方唱〈池水淸〉, 聲未絶, 腦後一棒, 打落幞頭, 撲滅燈燭. 伸卽竄伏, 有同坐客, 暗中遭鞭撻一頓, 不勝其苦. 復遣二靑衣, 把髻子牽行, 一步一棒, 且決且罵. 無何, 牽至燭下睹之, 乃是同坐客, 其良人尙潛於飯床之下. 蜀人大以爲笑, 因呼韓爲"池水淸".

* 이 고사는 《태평광기》 권264 〈무뢰·한신〉에 실려 있다.

권40 요망부(妖妄部) 무부(巫部)

요망(妖妄)

40-1(1156) 채탄

채탄(蔡誕)

출《포박자》

　　채탄은 도(道)를 좋아해 가업도 팽개치고 밤낮으로《황정경(黃庭經)》·《태청경(太淸經)》·《중경(中經)》을 암송했다. 그러더니 갑자기 집을 버리고 떠나면서 말했다.

　　"나의 선도(仙道)가 이루어졌습니다."

　　그러고는 깊은 산으로 들어가서 땔나무를 팔아 옷을 바꿔 입었다. 하지만 3년이 지나자 그는 고생을 견디지 못하고 집으로 돌아왔는데, 까맣고 앙상하게 야윈 몰골로 집안사람들에게 거짓말을 했다.

　　"나는 단지 지선(地仙)이 되었는데, 지위가 낮아서 노군(老君:노자)을 위해 수십 마리의 용을 돌보았습니다. 그중에 오색 빛깔의 반룡(斑龍) 한 마리가 있었는데, 내가 선인(仙人)과 내기 노름을 하다가 그 용을 잃었습니다. 이 때문에 벌을 받아 노군께서 나를 곤륜산(昆侖山) 아래로 보내 영지초가 자라는 3~4경(頃)이나 되는 밭을 김매라고 하셨는데, 영지초가 모두 작은 돌들 사이에서 자라는 데다가 잡초가 너무 많아서 몹시 고생했습니다. 10년이 지나야만 비로소 용서받을 수 있었는데, 마침 악전(偓佺)과 왕자교(王子

喬)가 살피러 왔기에 내가 그들에게 하소연했더니 모두 나를 위해 힘을 써 주어서 벌을 면하게 되었습니다."

蔡誕好道, 廢家業, 晝夜誦《黃庭》·《太淸》·《中經》. 忽棄家, 言:"我仙道成矣." 因走入深山, 賣薪以易衣. 三年, 不堪苦而還, 黑瘦骨立, 欺家云:"吾但爲地仙, 位卑, 爲老君牧數十龍. 有一斑龍五色, 吾與仙人博戲, 輸此龍. 爲此見謫, 送吾付昆侖下, 芸鋤芝草三四頃, 皆生細石中, 多莽穢, 甚苦. 當十年, 乃得原, 會偓佺·子喬來案行, 吾首訴之, 並爲吾作力, 得免也."

* 이 고사는《태평광기》권288〈요망·채탄〉에 실려 있다.

40-2(1157) 수만경

수만경(須曼卿)

출《포박자》

포판(蒲坂)의 수만경이라는 사람이 말했다.

"산속에서 3년 동안 정진했더니, 어떤 선인(仙人)이 나를 맞이하러 와서 용을 타고 하늘로 올라갔소. 용은 아주 빨리 내달리면서 머리를 위로 쳐들고 꼬리를 아래로 내렸기 때문에 그 위에 타고 있던 나는 너무 무서웠소. 천상에 이르러서 먼저 자부(紫府: 신선의 거처)에 들렀는데, 황금 평상과 옥 안석이 밝게 빛나는 것이 정말로 귀하신 분들의 거처였소. 선인이 나에게 유하주(流霞酒: 신선이 마신다는 술) 한 잔을 마시라고 했는데, 금세 배가 고프지도 목이 마르지도 않았소. 그런데 갑자기 집 생각이 나서 천제(天帝) 앞에서 배알하다가 실례를 범하는 바람에 폄적되어 돌아오게 되었소. 스스로의 잘못을 뉘우치며 수양한다면 다시 돌아갈 수 있다고 했소."

하동(河東)에서는 이 때문에 수만경을 "척선(斥仙: 폄적된 신선)"이라 불렀다.

蒲坂有須曼卿者曰:"在山中三年精思, 有仙人來迎我, 乘龍升天. 龍行甚疾, 頭昂尾低, 令人在上危怖. 及到天上, 先過紫府, 金床·玉几, 晃昱昱, 眞貴處也. 仙人以流霞一杯飮我, 輒不饑渴. 忽然思家, 天帝前謁拜失儀, 見斥來還. 令更自修責, 乃可更往." 河東因號曼卿爲"斥仙".

* 이 고사는 《태평광기》 권288 〈요망·수만경〉에 실려 있다.

40-3(1158) 강무 선생

강무선생(姜撫先生)

출《변의지》

당(唐)나라의 강무 선생은 어디 사람인지 알 수 없다. 그는 항상 도사의 의관을 착용하고서, 자기 나이가 이미 수백 살이나 되었으며 장생할 수 있는 약과 속세를 초탈할 수 있는 도술을 지니고 있다고 스스로 말했다. 현종(玄宗) 황제를 섬겨서 특별한 은택을 입었다. 그가 여러 주(州)에서 약초를 캐고 공덕(功德)을 닦으면, 주현(州縣)의 장관들이 흙먼지를 일으키며 재빨리 찾아왔다. 도(道)를 배우려는 사람들이 그의 문하에 받아들여지길 구했으나 그럴 수 없었다. 형암(荊巖)이라는 사람이 있었는데, 태학(太學)에서 40년 동안 있으면서 과거에 급제하지 못하자 숭산(嵩山)에 은거하면서 자칭 산인(山人 : 도사나 술사)이라고 했다. 그는 남북조(南北朝)의 역사에 꽤 통달했고 근대의 인물도 잘 알고 있었다. 한번은 형암이 강무 선생을 뵈러 갔는데, 강무 선생은 거만하게 굴면서 아무 반응도 하지 않았다. 그러자 형암이 나아가 물었다.

"선생께서는 연세가 어떻게 되십니까?"

강무 선생이 말했다.

"그대는 신사(信士 : 도교나 불교를 믿는 남자 신도)도 아닌데 왜 내 나이를 묻는 것이오?"

형암이 말했다.

"선생께서 나이를 말할 수 없다고 하시니, 그렇다면 선생께서는 어느 조대(朝代) 분이십니까?"

강무 선생이 말했다.

"양(梁)나라 때 사람이오."

형암이 말했다.

"양나라는 아주 가까운 시대이니 선생도 오래 산 사람은 아니군요. 선생이 양나라 때 벼슬살이를 했는지 아니면 은거했는지 모르겠군요."

강무 선생이 말했다.

"나는 서량주(西梁州)의 절도사(節度使)였소."

그러자 형암이 그를 꾸짖으며 말했다.

"어찌 터무니없는 말로 위로는 천자를 속이고 아래로는 세상 사람들을 미혹하는 것이오? 양나라는 강남에 있었는데, 강남 어디에 서량주가 있을 수 있단 말이오? 양나라에는 사평장군(四平將軍)·사안장군(四安將軍)·사진장군(四鎭將軍)·사정장군(四征將軍)만 있었으니, 어디에 절도사가 있을 수 있단 말이오?"

강무 선생은 부끄러워하고 한스러워하다가 며칠 뒤에 죽었다.

唐姜撫先生, 不知何許人也. 常着道士衣冠, 自云年已數百歲, 有長年之藥・度世之術. 事玄宗皇帝, 別承恩澤. 於諸州採藥及修功德, 州縣牧宰, 趨望風塵. 學道者乞容立於門庭, 不能得也. 有荊巖者, 於太學四十年不第, 退居嵩山, 自稱山人. 頗通南北史, 知近代人物. 嘗謁撫, 撫簡踞不爲之動. 荊巖因進而問曰:"先生年幾何?"撫曰:"公非信士, 何暇問年幾?"巖曰:"先生旣不能言甲子, 先生何朝人也?"撫曰:"梁朝人也."巖曰:"梁朝絕近, 先生亦非長年之人. 不審先生梁朝出仕, 爲復隱居."撫曰:"吾爲西梁州節度."巖叱之曰:"何得誑妄, 上欺天子, 下惑世人? 梁朝在江南, 何處得西梁州? 祇有四平・四安・四鎭・四征將軍, 何處得節度使?"撫慚恨, 數日而卒.

* 이 고사는《태평광기》권288〈요망・강무선생〉에 실려 있다.

40-4(1159) 장안의 도사

장안도사(長安道士)

출《옥당한화》

 장안이 가장 번성했을 때 한 도술사가 있었는데, 단사(丹砂)의 오묘한 도를 터득했다고 떠들었다. 그는 얼굴이 약관의 나이처럼 보였는데 이미 300여 살이나 되었다고 스스로 말했다. 도성 사람들은 그를 매우 흠모해서, 재물을 바치고 단사를 얻으려는 자와 경을 들고 와서 배움을 청하는 자들로 문 앞이 저잣거리처럼 북적댔다. 한번은 조정의 인사 몇 명이 그의 집을 찾아가서 한창 거나하게 술을 마시고 있었는데 문지기가 보고했다.

 "도련님이 시골에서 올라왔는데 뵙고 인사를 올리겠다고 합니다."

 도사가 정색하며 꾸짖자 좌중의 손님이 말했다.

 "아드님이 먼 곳에서 왔다는데 한번 만나 보신들 무슨 방해가 되겠습니까?"

 도사는 잠시 눈살을 찌푸리더니 이윽고 말했다.

 "들어오라고 해라."

 잠시 후 한 노인이 보였는데, 귀밑머리와 머리카락이 은처럼 희고 늙어서 정신이 흐릿하며 등이 굽은 사람이 앞으로 나와 절을 했다. 노인이 절을 마치자 도사는 어서 안으로 들어가라며 호통을 쳤다. 그러고는 좌중의 손님들에게 천천히 말했다.

"아들놈이 못나서 단사를 먹으려 하지 않더니 저 꼴이 되고 말았습니다. 아직 100살도 되지 않았는데 저렇게 고목처럼 메말라 버렸기에 촌구석으로 내쳤던 것이지요."

좌중의 손님들은 더욱 그를 신성시했다. 후에 어떤 사람이 도사의 친지에게 몰래 캐물었더니 그 사람이 말했다.

"등이 굽은 사람은 바로 그의 아버지입니다."

長安完盛之時, 有一道術人, 稱得丹砂之妙. 顏如弱冠, 自言三百餘歲. 京都人甚慕之, 至於輸貨求丹, 橫經請益者, 門如市肆. 時有朝士數人造其第, 飲啜方酣, 閽者報曰: "郎君從莊上來, 欲參觀." 道士作色叱之, 坐客或曰: "賢郎遠來, 何妨一見?" 道士頻蹙移時, 乃曰: "但令入來." 俄見一老叟, 鬢髮如銀, 昏耄傴僂, 趨前而拜. 拜訖, 叱入中門. 徐謂坐客曰: "小兒愚騃, 不肯服丹砂, 以至於是. 都未及百歲, 枯槁如斯, 常已斥於村墅間耳." 坐客愈更神之. 後有人私詰道者親知, 乃云: "傴僂者, 卽其父也."

* 이 고사는 《태평광기》 권289 〈요망·목노수위소아(目老叟爲小兒)〉에 실려 있다.

40-5(1160) 설회의

설회의(薛懷義)

출《조야첨재》

[당나라] 증성(證聖) 원년(695)에 설회의라는 법사가 1000척이나 되는 공덕당(功德堂)을 명당(明堂)의 북쪽에 세웠다. 공덕당 안의 커다란 불상은 높이가 900척이나 되고 코가 1000곡(斛)을 실을 수 있는 배처럼 컸으며 새끼손가락 안에는 수십 명이 함께 앉을 수 있을 정도로 넓었는데, 불상은 틀 위에 모시 베를 붙인 다음 옻칠한 것이었다. 5월 15일에 조당(朝堂)에서 무차 대회(無遮大會)228)가 열렸는데, 설회의는 땅을 5장(丈) 깊이로 파고 채색 비단으로 궁전과 대각(臺閣)을 만들되 대나무를 구부려 틀을 만들고 기둥과 지붕을 설치하게 했다. 그는 또 커다란 금강상(金剛像)229)을 만들게 해서 [궁전·대각과 함께 구덩이에 묻어 놓았다가]

---

228) 무차 대회(無遮大會) : 불교에서 여는 법회의 하나. 승려나 속인, 빈부, 노소, 귀천을 가리지 않고 누구나 자유롭게 참여해 법문을 들을 수 있다. '무차'는 일체의 모든 것을 관용하고 여러 악(惡)에서 벗어난다는 뜻이다.

229) 금강상(金剛像) : 금강은 불법을 수호하는 금강신(金剛神), 즉 금강역사(金剛力士)를 말한다.

그것들을 모두 구덩이에서 끌어내며 땅에서 솟아 나왔다고 거짓말했다. 또 소를 찔러서 나온 피로 머리의 높이가 200척이나 되는 커다란 불두(佛頭)를 그려 놓고는 설 법사의 무릎에서 나온 피로 그것을 그렸다고 거짓말했다. 미 : 아이들의 장난과 무엇이 다른가? 그것을 보려고 온 사람들이 성곽을 가득 메웠으며, 남녀가 구름처럼 모여들었다. 또 공덕당 안에서 돈을 싣고 와서 뿌리자 사람들이 [돈을 주우려고] 서로 밟고 밟히는 바람에 노인과 어린아이 중에 죽은 사람이 한둘이 아니었다. 16일이 되자 불상 그림을 천진교(天津橋) 남쪽에 걸어 두고서 재(齋)를 베풀었다. 이경(二更)에 공덕당에서 불이 나 명당까지 번졌는데, 치솟는 화염이 하늘을 찌를 듯해 낙양성(洛陽城) 전체가 대낮처럼 환했다. 당시 공덕당은 아직 반도 지어지지 않았는데, 그 높이가 이미 70여 척이나 되었다. 또 금은 창고까지 불길이 번지는 바람에 금과 은이 녹아서 흘러나와 평지에 1척 남짓 덮여 있었는데, 그것을 모르고 거기에 발을 잘못 들여놓은 사람은 즉시 데어 살이 문드러졌다. 공덕당은 재로 변해 1척의 나무토막도 남아 있지 않았다. 새벽이 되자 다시 법회를 열었는데, 폭풍이 갑자기 몰아치더니 소의 피로 그린 불상을 수백 조각으로 찢어 놓았다. 부휴자(浮休子 : 《조야첨재》의 찬자 장작의 별호)가 말했다.

"양(梁)나라 무제(武帝)가 동태사(同泰寺)230)에 자신의 몸을 바쳤는데, 백관이 궁궐 창고의 보물을 다 털어서 무제를 대속(代贖)했다. 그날 밤에 갑자기 천둥 번개가 울리고 비바람이 몰아치면서 캄캄해지더니, 절에 있던 불탑과 불전(佛殿)이 일시에 완전히 훼손되었다. 이치에 맞지 않는 일이 어찌 여래(如來)의 본뜻이겠는가!"

證聖元年, 薛師懷義造功德堂一千尺於明堂北. 其中大像高九百尺, 鼻如千斛船, 小指中容數十人並坐, 夾紵以漆之. 五月十五, 起無遮大會於朝堂, 掘地五丈深, 以亂彩爲宮殿臺閣, 屈竹爲胎, 張施爲楨蓋. 又爲大像金剛, 並坑中引上, 詐稱從地湧出. 又刺牛血畫作大像頭, 頭高二百尺, 誑言薛師膝上血作之. 眉:何異兒戲? 觀者塡城溢郭, 士女雲會. 內載錢抛之, 更相踏藉, 老少死者非一. 至十六日, 張像於天津橋南, 設齋. 二更, 功德堂火起, 延及明堂, 飛焰沖天, 洛城光如晝日. 其堂仍作未半, 已高七十餘尺. 又延燒金銀庫, 鐵汁流液, 平地尺餘, 人不知錯入者, 便卽焦爛. 其堂煨燼, 尺木無遺. 至曉, 乃更設會, 暴風歘起, 裂血像爲數百段. 浮休子曰:"梁武帝捨身同泰寺, 百官傾庫物以贖之. 其夜歘電

---

230) 동태사(同泰寺) : 양나라 무제 소연(蕭衍)이 수도 건강(建康 : 지금의 난징)에 세운 사원. 521년에 공사를 시작해 527년에 완성했다. 무제가 행차해 몸을 바치고 열심히 공양했으며,《열반경(涅槃經)》등을 친히 강론하고 우란분회(盂蘭盆會)를 열었는데, 법회가 열릴 때면 죄인을 크게 사면했다. 종묘의 제사에서도 혈식(血食)을 끊고 채소만을 썼다. 만년에는 이 사원에 12층탑을 세웠다.

霹靂, 風雨晦瞑, 寺浮圖佛殿一時盪盡. 非理之事, 豈如來本意哉!"

* 이 고사는 《태평광기》 권288 〈요망·설회의〉에 실려 있다.

40-6(1161) 송자현

송자현(宋子賢)

출《광고금오행기(廣古今五行記)》

　수(隋)나라 대업(大業) 9년(613)에 당현(唐縣) 사람 송자현은 환술(幻術)에 뛰어났다. 매일 밤 그가 머무는 누각에서는 빛이 났는데, 그는 부처의 모습으로 변해 자칭 미륵불(彌勒佛)이 세상에 나타났다고 했다. 또 당(堂) 안에 거울을 매달아 놓았고, 당 안의 벽은 짐승 모습으로 가득했다. 누군가 예불하러 찾아오면 그는 거울을 돌려서 그 사람에게 내생(來生)의 모습을 보게 했다. 간혹 뱀이나 짐승 모습이 나타난 사람이 있으면 송자현은 즉시 그 사람에게 죄업을 일러 주었고, 그 사람이 다시 예불하면 그제야 사람의 모습으로 바꾸어서 보여 주었다. 미 : 백련교(白蓮敎)가 사람들을 미혹할 때도 대개 이와 같았다. 원근에서 미혹되어 믿는 사람이 수백 수천에 달하자, 송자현은 마침내 몰래 난을 일으키려고 했다. 하지만 일이 누설되어 관아에서 그를 체포하려고 밤에 도착했는데, 그의 거처를 빙 둘러서 불구덩이만 보이자 병사들이 감히 앞으로 나아가지 못했다. 그러자 장군이 말했다.

　"이곳은 본래 구덩이가 없으니, 이는 요망한 짓거리일 뿐이다."

병사들이 앞으로 나아가자 과연 불이 없었으며, 마침내 송자현을 붙잡아서 참수했다. 미 : 사도(邪道)는 정도(正道)를 이기지 못하니 이를 법도로 삼을 만하다.

隋大業九年, 唐縣人宋子賢善幻術. 每夜樓上有光明, 能變作佛形, 自稱彌勒佛出世. 又懸鏡於堂中, 壁上盡爲獸形. 有人來禮謁者, 轉其鏡, 遣觀來生像. 或作蛇獸形, 子賢輒告之, 當更禮念, 乃轉人形示之. 眉 : 白蓮敎惑人, 大率如此. 遠近惑信, 聚數千百人, 遂潛作亂. 事洩, 官捕之, 夜至, 繞其所居, 但見火坑, 兵不敢進. 其將曰 : "此地素無坑, 止妖妄耳." 及進, 果無火, 遂擒斬之. 眉 : 邪不勝正, 可以爲法.

* 이 고사는 《태평광기》 권285 〈환술(幻術)・송자현〉에 실려 있다.

40-7(1162) 유용자와 백철여
유용자 · 백철여(劉龍子 · 白鐵余)
출《조야첨재》

[당나라] 고종(高宗) 때 유용자라는 자가 요사한 말로 대중을 현혹했다. 그는 금으로 용머리 하나를 만들어 소매 속에 감추고 양 창자에 꿀물을 담아 그것에 감아 묶었다. 그는 매번 군중을 모아 놓고 용두를 꺼내며 말하길, 신성한 용이 물을 토해 내는데 그것을 마시면 온갖 병이 모두 낫게 된다고 했다. 그는 양 창자를 돌려 물이 용의 입 속에서 나오게 해서 같은 패거리에게 마시게 했는데, 그들이 모두 병이 나았다고 거짓말을 하자 금품을 희사한 사람들이 셀 수 없이 많았다. 그는 마침내 역모를 일으켰다가 사건이 발각되자 도주해 숨었는데, 관아에서 수소문한 끝에 그를 체포해 그의 패거리 10여 명과 함께 저잣거리에서 처형했다.

백철여는 연주(延州)의 계호(稽胡)[231]로, 좌도(左道 : 사이비 도)로써 대중을 미혹했다. 처음에 그는 깊은 산중에 금동 불상 하나를 측백나무 아래에 묻어 놓았는데, 몇 년이 지

---

231) 계호(稽胡) : 흉노의 별종(別種)으로 산호(山胡) · 보락계(步落稽)라고도 했다.

난 후에 그 위에서 풀이 자라나자 마을 사람들을 속여 말했다.

"내가 어젯밤에 산 아래를 지나가다가 불광(佛光)이 있는 것을 보았소."

그러고는 길일을 점쳐 재회(齋會)를 열고 성불(聖佛)이 나타나길 빌었다. 기일이 되자 수백 명을 모아 놓고 사람들에게 불상을 숨겨 둔 장소가 아닌 곳을 파도록 했는데, 불상을 찾을 수 없자 사람들을 속여 말했다.

"여러분들이 지성으로 보시하지 않았기 때문에 부처께서 나타나시지 않는 것이오."

그날에 남녀가 다투어 보시한 것이 100여만 냥이나 되었다. 그는 다시 사람들에게 불상을 묻어 둔 곳을 파게 해 마침내 금동 불상을 찾아냈다. 마을 사람들이 그를 성인(聖人)이라 여기고 원근에 그 일을 전했더니, 불상을 보고 싶어 하지 않는 사람이 없었다. 그러자 그가 선포했다.

"성불을 보는 자는 온갖 병이 즉시 낫는다."

수백 리의 남녀노소가 모두 그를 찾아왔다. 그는 감색·자주색·분홍색·붉은색·노란색 비단으로 수십 겹의 자루를 만들어 불상을 담았다. 불상을 보러 온 사람들은 그것을 한 겹씩 벗길 때마다 한 번씩 보시를 했는데, 천만 냥이 걷혀야만 불상을 볼 수 있었다. 미 : 이와 같은 일은 담당 관리가 유의하지 않으면 안 된다. 그가 이렇게 1~2년을 속여 마을 사람들이 그에게 복종하자, 마침내 난을 일으켜 스스로 "광왕(光王)"이라 칭했으며, 관속을 배치하고 장리(長吏)를 설치해 수년 동안 우환거리가 되었다. 결국 장군 정무정(程務挺)이 그를 토벌해 참수했다.

唐高宗時, 有劉龍子妖言惑衆. 作一金龍頭藏袖中, 以羊腸盛蜜水繞繫之. 每聚衆, 出龍頭, 言聖龍吐水, 飮之百病皆差. 遂轉羊腸, 水於龍口中出, 與人飮之, 皆罔云病愈, 施捨無數. 遂起逆謀, 事發逃竄, 捕訪擒獲, 斬之於市, 並其黨十餘人.

白鐵余者, 延州稽胡也, 左道惑衆. 先於深山中埋一金銅佛像柏樹之下, 經數年, 草生其上, 紿鄕人曰: "吾昨夜山下過, 見有佛光." 於是卜日設齋, 以出聖佛. 及期, 集數百人, 命於非所藏處厲, 不得, 則詭曰: "諸人不至誠布施, 佛不可見." 是日, 男女爭施捨百餘萬. 卽於埋處厲之, 得其銅像. 鄕人以爲聖人, 遠近相傳, 莫不欲見. 宣言曰: "見聖佛者, 百病卽愈." 數百里老小士女皆就之. 乃以紺紫紅緋黃綾爲袋數十重盛佛像. 人來觀者, 去其一重, 一回布施, 獲千萬, 乃見其像. 眉: 此等事有司不可不留心. 如此矯僞一二年, 鄕人歸伏, 遂作亂, 自稱"光王", 署官屬, 設長吏, 爲患數年. 將軍程務挺討斬之.

* 이 고사는 《태평광기》 권238 〈궤사(詭詐)·유용자〉와 〈백철여〉에 실려 있다.

40-8(1163) 후원

후원(侯元)

출《삼수소독(三水小牘)》

  후원은 상당군(上黨郡) 동제현(銅鞮縣) 산골에 사는 나무꾼이었다. 그는 집이 가난해 땔나무를 팔아서 먹고살았다. 당(唐)나라 건부(乾符) 연간(874~879)에 후원은 산속에서 고생하며 땔나무를 베어 돌아오는 길에 계곡 입구에서 쉬다가 거대한 바위를 마주한 채 크게 탄식했다. 탄식 소리가 끝나기도 전에 바위가 쿠궁! 하며 마치 동굴처럼 활짝 열리더니, 그 안에서 깃털 옷에 검은 모자를 쓴 한 노인이 지팡이를 끌며 나왔다. 후원이 깜짝 놀라 엎드려 절을 했더니 노인이 말했다.

  "나는 신군(神君)이다."

  노인은 후원을 데리고 동굴로 들어갔는데, 동굴 안은 또 다른 세상이었다. 약 몇 리를 가서 한 정원에 도착한 뒤에 함께 식사를 했는데, 음식이 모두 진기한 것들이었다. 식사를 마치고 노인은 물러갔다. 잠시 뒤에 동자 두 명이 와서 후원에게 읍(揖)하고 그를 별실로 데리고 가서 목욕하게 했으며 새 옷 한 벌을 주었다. 후원이 갓을 쓰고 허리띠를 두르고 나자, 동자들이 후원을 데리고 작은 정자로 갔다. 노인이 나와서 정갈한 자리를 깔게 하고 후원에게 그 위에서 무릎을 꿇게 하더니 수만 언의 비결을 전수해 주었는데, 모두 변화술과 은현술(隱顯術 : 모습을 감추거나 드러나게 하는 법술)에 관한 것이었다. 후원은 본디 아주 어리석었으나, 이때에는 한번 들으면 잊어버리지 않았다. 노인이 후원에게 주의를 주며 말했다.

"너는 복덕은 적으나 지극한 법술에 헌신할 수는 있다. 그러나 얼굴에 드리운 패망의 기운을 아직 없애지 못했으니, 반드시 삼가 신중해야 한다. 만약 모반을 꾀한다면 화가 닥쳐 틀림없이 목숨을 잃게 될 것이다. 만약 나를 만나고자 한다면 그저 지극한 마음으로 바위를 두드리면 틀림없이 응답하는 자가 있을 것이다."

후원은 감사의 절을 올리고 동굴을 나왔다. 후원이 동굴을 나오자 동굴은 이전처럼 다시 닫혔고, 땔나무를 보았더니 이미 사라지고 없었다. 후원이 집에 도착하자, 부모와 형제들은 그가 실종된 지 이미 수십 일이 되었기에 그가 다시 살아 돌아온 것에 놀라며 기뻐했다. 후원은 동굴에 있었던 시간이 하루밖에 되지 않은 것 같았다. 가족들은 그의 화려하고 깨끗한 옷차림새와 격양된 정신을 보고 의아해했다. 후원은 사실을 감출 수 없어서 약간만 이야기해 주었다. 그는 마침내 정실(淨室)로 들어가서 법술을 익혔는데, 한 달 뒤에 법술이 완성되자 온갖 사물을 변화시킬 수 있고 귀신도 부릴 수 있었으며 초목과 흙과 돌로 보병과 기병, 갑옷과 무기를 만들 수 있었다. 그리하여 후원은 향리의 날쌔고 용감한 젊은이들을 모두 거두어 장졸(將卒)로 삼고, 출입할 때는 깃발과 당개(幢蓋)232)를 세웠으며, 고취대(鼓吹隊)가 풍악을 울렸는데, 그 의장이 국왕에 견줄 만했다. 후원은 스스로 "현성(賢聖)"이라 칭하고, 삼로(三老)·좌우필(左右弼)·좌우장군 등의 관직을 두었다. 그리고 매달 초하루와 보름날마다 반드시 화려하게 차려입고 신군을 찾아뵈러 갔는데, 신군은 그때마다 군대를 일으켜서는 안 된다고 주의를 주었다. 나중에 모인 군중이 더욱 많아지자, 현읍에서는 그들이 변란을 일으킬까 걱정해서 그 사실을 상부에 알렸다. 상당수[上黨帥 : 소의군절도사(昭義軍節度使)] 고 공(高公)이 곧 도장(都將 : 절도사의 휘하 장수)에게 군사를 거느리고 가서 토벌하라고 명하자, 후원이 급히 신군을 찾아가서 가르침을 청했더니 신군이 말했다.

"그저 깃발을 내리고 북소리를 멈춘 채 기다려야 한다. 저들이 이와 같은 군사의 위세를 보면 틀림없이 감히 공격

---

232) 당개(幢蓋) : 적당(赤幢)과 곡개(曲蓋). '적당'은 긴 막대기에 여러 가지 비단을 단 것으로, 각종 왕실 의례에서 왕을 따르는 호위병이나 장군이 병졸을 통솔할 때 사용했던 군기이고, '곡개'는 자루가 굽은 햇빛 가리개를 말한다.

하지는 못할 것이다. 삼가 함부로 교전하지 마라."

후원은 그렇게 하겠다고 대답은 했지만 마음속으로는 그렇게 생각하지 않았다. 후원은 돌아와서 그 무리에게 삼엄하게 경계를 서라고 했다. 그날 밤에 노주(潞州)의 병사들은 후원이 점거하고 있는 요새에서 30리 떨어진 곳에서 보병과 기병과 무기들이 산과 늪을 뒤덮고 있는 것을 보고 심히 꺼리다가, 날이 밝고 나서야 비로소 진영을 갖추어 전진했다. 후원은 자신의 법술을 믿고 1000여 명을 거느리고 곧장 돌진해 들어갔는데, 처음에는 승리했으나 나중에는 결국 패했다. 후원은 사로잡혀 상당군으로 가서 관부의 감옥에 갇혔는데, 병사들이 매우 삼엄하게 몇 겹으로 지켰다. 하지만 이튿날 보았더니 칼[枷]의 구멍에 등잔대만 꽂혀 있을 뿐 후원은 온데간데없었다. 후원은 한밤중에 이미 동제현에 도착해서 곧장 신군을 찾아가 사죄했는데, 신군이 화를 내며 말했다.

"용렬한 놈이 끝내 내 가르침을 어기다니! 오늘은 비록 요행히 화를 면했지만, 네 목을 벨 도끼가 곧 이를 것이다. 이제 너는 내 제자가 아니다!"

신군은 뒤도 돌아보지 않고 동굴 안으로 들어갔다. 후원은 울적해하며 그곳을 걸어 나왔다. 나중에 다시 신군을 찾아가서 경건한 마음으로 바위를 두드렸지만 바위는 열리지 않았다. 또한 법술도 이미 신통력이 점점 떨어져 결국 병주

(幷州)의 기병에게 포위당해 진영에서 참수되었다.

侯元者, 上黨郡銅鞮縣山村之樵夫也. 家貧, 鬻薪自給. 唐乾符中, 於山中伐薪勞苦, 回憩谷口, 對巨石而太息. 聲未絶, 石砉然谺開若洞, 中有一老叟, 羽服烏帽, 曳杖而出. 元驚愕下拜, 叟曰: "我神君也." 引元入洞, 洞中別一世界. 約行數里, 至一院, 與之飮食, 皆珍異. 食畢, 叟退. 少頃, 二童揖元詣便室, 具湯沐, 進新衣一襲. 冠帶竟, 導至小亭上. 叟出, 設淨席, 令元跪席上, 授以秘訣數萬言, 皆變化隱顯之術. 元素蠢戇, 至是一聽不忘. 叟誡曰: "汝有少福, 合於至法進身. 然面有敗氣未除, 切宜謹密. 若圖謀不軌, 禍必喪生. 如欲謁吾, 但至心扣石, 當有應者." 元因拜謝而出. 旣出洞, 泯然如故, 視其樵蘇已失. 至家, 其父母兄弟失元已數旬, 驚喜重生. 元在洞中, 如一日耳. 又訝其服裝華潔, 神氣激揚. 元不能隱, 乃稍言之. 遂入淨室中演習, 期月而術成, 能變化百物, 役召鬼魅, 草木土石, 皆可爲步騎甲兵. 於是悉收鄕里少年勇悍者爲將卒, 出入陳旌旂幢蓋, 鳴鼓吹, 儀比列國焉. 自稱曰"賢聖", 官有三老·左右弼·左右將軍等號. 每朔望, 必盛飾往謁神君, 神必戒以無稱兵. 後聚衆益多, 縣邑恐其變, 乃列上. 上黨帥高公尋命都將以旅討焉. 元馳謁神君請命, 神曰: "但偃旗臥鼓以應之. 彼見兵威若是, 必不敢攻. 愼勿輕接戰也." 元諾而心不然. 旣歸, 令其黨戒嚴. 是夜, 潞兵去元所據險三十里, 見步騎戈甲蔽山澤, 甚難之, 天明, 方陣以前. 元恃其術, 領千餘人直突之, 先勝後敗. 被擒至上黨, 縶之府獄, 嚴兵圍守. 旦視枷穿中, 唯燈臺耳, 失元所在. 夜分, 已達銅鞮, 徑詣神君謝罪, 君怒曰: "庸奴終違我敎! 今日雖幸免, 斧鑕亦行將及矣. 非吾徒也!" 不顧而入. 鬱悒趨出. 後復謁神君, 虔心扣石, 石不爲開矣. 術旣漸歇, 遂爲幷騎所圍, 斬之於陣.

* 이 고사는 《태평광기》 권287 〈환술·후원〉에 실려 있다.

40-9(1164) 공덕산

공덕산(功德山)

출《왕씨견문(王氏見聞)》

　도적 황소(黃巢)가 장차 중원(中原)을 어지럽히려 할 때 변주(汴州)의 공덕산에 요승(妖僧)이 있었는데, 원근의 승려들이 모두 그를 따랐다. 그는 종이 위에 귀신을 그려서 인가에 풀어놓아 재앙을 일으키게 함으로써 주민들을 미혹했다. 밤이 새고 낮에까지 사람들은 편안히 잠잘 수 없었고 때로는 병까지 나는 사람도 있었다. 사람들이 공덕산에 부탁하며 돈을 보내 술법을 부리게 하면 곧바로 근심거리가 없어졌다. 요승은 또 무장한 병사를 그렸는데, 병사들이 밤마다 거리와 동네에서 소리를 지르고 성곽을 오르내리다가 날이 밝으면 즉시 사라져 보이지 않았다. 또 그는 개를 많이 그려서 태우며 주문을 걸었는데, 개들이 밤만 되면 으르렁거리고 네거리에서 서로 물고 뜯는 통에 주민들이 편안히 잠잘 수가 없었다. 하지만 공덕산에 부탁하며 재물을 보내면 즉시 아무 소리도 나지 않고 고요해졌다. 사람들은 그의 술법을 신기해하며 그를 따르는 자들이 더욱 많아졌다. 또 활주(滑州)의 한 스님은 요사한 술법에 자못 뛰어났는데, 공덕산의 요승과 다를 바 없었기에 관아와 백성이 모두 매우 걱정했다. 당시 중서령(中書令) 왕탁(王鐸)이 활대(滑臺)를 진수하고 있었는데, 마침내 다음과 같은 영을 내렸다.

"남연(南燕) 땅에 재앙이 있으니 마땅히 푸닥거리를 잘 해야 한다."

그러고는 관아에서부터 여러 군영에 이르기까지 모두 도량(道場)을 열고 불공을 드릴 스님 수천 명을 모셨다. 스님의 수가 부족하자 공문서를 변주에 보내 공덕산의 스님 일행 모두를 그곳으로 초청했다. 그러고는 번화(幡花)233)를 세우고 나발(螺鈸)234)을 불고 치면서 그들을 관아로 영접했다. 그들이 도량에 도착하던 날 저녁에 왕탁은 높은 명성과 공덕을 지닌 스님들을 선별해 관아로 들게 하고, 나머지 스님들은 모두 여러 군영으로 분산시켜 보내서 예불하며 참회하게 했다. 스님들이 군영으로 들어가자 모두 문을 잠그고 구덩이에 파묻었는데, 그날 죽은 스님이 수천 명이나 되었다. 관아에는 공덕산 이하의 추장들만 남았는데, 그들을 심

---

233) 번화(幡花) : 불교 의식을 행할 때 사용하는 당번(幢幡)과 채화(彩花). '당번'은 불교를 상징하는 채색 직물에 글이나 문양, 그림 등을 그리거나 각종 구슬을 달아 사찰 경내에 걸어 불보살을 장엄하는 깃발을 말하고, '채화'는 각종 채색 꽃을 말한다.

234) 나발(螺鈸) : 불교 의식을 행할 때 사용하는 관악기인 법라(法螺 : 소라의 끝부분에 피리를 붙인 악기)와 타악기인 요발(鐃鈸 : 바라).

문했더니 모두 도적 황소의 무리로, 장차 변주와 활주 두 주에서 서로 호응해 난을 일으킬 작정이었다. 왕탁은 그들을 모두 주살하라 명했다.

평 : 어찌 반드시 황소의 무리뿐이겠는가? 황소의 무리가 아니더라도 스스로 황소가 될 수 없었겠는가? 상관들이 이러한 일에 대해 미리 방비할 생각을 전혀 하지 않은 것이 염려스럽다.

巢寇將亂中原, 汴中功德山有妖僧, 遠近桑門皆歸之. 能於紙上畫神鬼, 放入人家, 令作禍祟, 幻惑居人. 通宵繼畫, 不能安寢, 或致人疾苦. 及命功德山贈金作法, 則患止除. 又畫作甲兵, 夜夜於街坊嘶鳴, 騰踐城郭, 天明卽無所見. 又多畫犬, 焚祝之, 夜則鳴吠, 相咬嚙於街衢, 居人不得安眠. 命而贈之, 卽悄無影響. 人旣異其術, 趨者愈衆. 又滑州一僧, 頗善妖術, 與功德山無異, 公私頗患之. 時中書令王鐸鎭滑臺, 遂下令曰 : "南燕地分有災, 宜善禳之." 遂自公廨至於諸營軍, 開啓道場, 延僧數千人. 僧數不足, 遂牒汴州, 請功德山一行徒衆悉赴之. 遂以幡花螺鈸迎至廨. 赴道場之夕, 分選近上名德, 入於公廨, 其餘並令散赴諸營禮懺. 洎入營, 悉鍵門而坑之, 方袍而死者數千人. 廨中祇留功德山已下酋長, 訊之, 並是巢賊之黨, 將欲自二州相應而起. 咸命誅之. 許 : 何必巢黨? 卽非巢黨, 不能自爲巢耶? 上官於此等處, 全無預防之思, 可慮也.

* 이 고사는 《태평광기》 권287 〈환술·공덕산〉에 실려 있다.

40-10(1165) 한차

한차(韓佽)

출《유양잡조》

한차가 계주(桂州)에 있을 때 봉영(封盈)이라는 요적(妖賊)이 몇 리에 걸쳐서 안개를 일으킬 수 있었다. 그전에 봉영이 한번은 야외로 나갔다가 누런 나비 수십 마리를 보고 쫓아갔는데, 나비들이 커다란 나무 아래에 이르러 사라져 버렸다. 그래서 그곳을 파 보았더니 돌함이 나왔는데, 그 안에 팔뚝만 한 굵기의 소서(素書)235) 두루마리가 있었다. 봉영이 드디어 좌도[左道 : 사도(邪道)]를 완성하자 사람들이 시장에 모이듯 그에게 몰려들었다. 그는 마침내 소리쳤다.

"아무 날에 계주를 손에 넣을 것인데 자주색 기운이 생기면 나는 반드시 승리할 것이다!"

그날이 되자 과연 비단 같은 자주색 기운이 생겨나 계주성 위에까지 뻗쳤는데, 흰 기운이 곧장 그것과 맞부딪쳤더니 자주색 기운이 흩어져 버렸다. 그때 갑자기 짙은 안개가 끼더니 정오에 이르러서야 조금 개었다. 또 계주 관아의 여

---

235) 소서(素書) : 한나라의 개국 공신 장양(張良)의 스승인 황석공(黃石公)이 장양에게 주었다는 비결(秘訣)과 병서(兵書).

러 나무에서 보리알만 한 크기의 구리 부처가 셀 수 없을 정도로 많이 떨어졌다. 그해에 한차가 죽었다. 미 : 아마도 재앙의 징조였던 것 같다.

韓佽在桂州, 妖賊封盈, 能爲數里霧. 先是嘗行野外, 見黃蝶數十, 因逐之, 至大樹下而滅. 掘得石函, 素書大如臂. 遂成左道, 歸之如市. 乃聲言 : "某日收桂州, 有紫氣者, 我必勝!" 至期, 果有紫氣如匹帛, 亘於州城上, 白氣直冲之, 紫氣遂散. 忽大霧, 至午稍霽. 州宅諸樹, 滴下銅佛, 大如麥, 不知其數. 是年韓卒. 眉 : 疑是咎徵.

* 이 고사는 《태평광기》 권365 〈요괴·한차〉에 실려 있다.

40-11(1166) 호승

호승(胡僧)

출《국조잡기》

　[당나라] 정관(貞觀) 연간(627~649)에 서역에서 호승을 바쳤는데, 그 호승은 주술로 사람을 죽일 수도 살릴 수도 있었다. 태종(太宗)은 비기(飛騎 : 금군) 중에서 건장하고 용감한 자를 골라서 시험하게 했는데, 호승이 말하는 대로 죽기도 하고 살기도 하는 것이었다. 태종이 태상소경(太常少卿) 부혁(傅奕)에게 그 일을 말해 주자 부혁이 말했다.

　"이것은 사법(邪法)입니다. 신이 듣건대 바르지 못한 것은 바른 것을 범할 수 없다고 했으니, 만약 신에게 주술을 걸게 한다면 틀림없이 통하지 않을 것입니다."

　태종이 호승을 불러서 부혁에게 주술을 걸게 했는데, 부혁은 호승을 대면하고도 아무런 느낌이 없었다. 잠시 후에 호승은 마치 무엇에 얻어맞은 것처럼 갑자기 저절로 넘어지더니 다시는 깨어나지 못했다.

貞觀中, 西域獻胡僧, 咒術能死人, 能生人. 太宗令於飛騎中取壯勇者試之, 如言而死, 如言而生. 帝以告太常少卿傅奕, 奕曰 : "此邪法也. 臣聞邪不犯正, 若使咒臣, 必不能行." 帝召僧咒奕, 奕對之無所覺. 須臾, 胡僧忽然自倒, 若爲所擊, 便不復蘇矣.

* 이 고사는 《태평광기》 권285 〈환술·호승〉에 실려 있다.

40-12(1167) 진 복야

진복야(陳僕射)

출《북몽쇄언》

당(唐)나라의 군용사(軍容使) 전영자[田令孜 : 본래 성은 진(陳)]는 권력을 휘두르고 있을 때 세상을 좌지우지할 만한 힘이 있었다. 그는 일찍이 허창(許昌)에 편지를 보내 자신의 형 진경선(陳敬瑄)을 위해 병마사(兵馬使)직을 요청했는데, 그곳의 절장(節將 : 절도사)으로 있던 시중(侍中) 최안잠(崔安潛)이 거절하며 주지 않았다. 그 후에 최 공(崔公 : 최안잠)은 전임되어 서천(西川)을 진수했는데, 진경선이 양사립(楊師立)·우욱(牛勖)·나원고(羅元杲)와 함께 격구로 삼천(三川 : 검남서천·검남동천·산남서도)을 다투었다. 진경선이 일등을 하자 황제는 조서를 내려 그를 우촉절도사(右蜀節度使 : 검남서천절도사)에 제수해 최 공을 대신하도록 했다. 조정의 안팎이 크게 놀랐지만 무슨 연유인지 알지 못했다. 미 : 절도사직을 놓고 격구로 내기한 자는 없었다. 청성현(靑城縣)에서 요망한 사람이 미륵회(彌勒會)를 열다가 진 복야[진경선]의 권세가 대단한 것을 엿보고 가짜로 진 복야의 행색을 하며 말했다.

"산동(山東) 지방에 도적 떼가 일어나 어가가 반드시 촉

(蜀) 땅으로 행차해야 하니, 우선 진 공(陳公 : 진 복야)에게 먼저 말을 달려 부임지로 가라고 하셨습니다."

그러고는 우람한 사람 하나를 세워 놓고 함께 그를 보좌했다. 군부(軍府)에서는 이런 사실을 미처 알지 못하고 사람을 보내 그를 영접했다. 가까운 역에 이르렀을 때 그들의 지휘관이 백마 네 필을 달라고 하자, 일을 살피던 사람이 이상한 낌새를 느끼고 그들을 붙잡아 두었다. 얼마 지나지 않아 진짜 진 복야가 급히 말을 달려 도착해서, 그 요망한 자들을 모두 사로잡아 은밀히 주살하게 했다. 미 : 헤아리지 못하는 사이에 요망한 자가 이미 조정에 있으니, 어찌 청성현만 탓하겠는가!

唐軍容使田令孜擅權, 有回天之力. 嘗致書於許昌, 爲其兄陳敬瑄求兵馬使職, 節將崔侍中安潛拒而不與. 邇後崔公移鎭西川, 陳敬瑄與楊師立·牛勖·羅元杲, 以打球爭三川. 敬瑄獲頭籌, 制授右蜀節度, 以代崔公. 中外驚駭, 不知何由. 眉 : 未有節帥可以打球賭者. 青城縣妖人作彌勒會, 窺此聲勢, 僞作陳僕射行李, 云:"山東盜起, 車駕必幸蜀, 先以陳公走馬赴任." 乃樹一魁妖, 共翼佐之. 軍府未諭, 亦差迎候. 至近驛, 有指揮索白馬四匹, 察事者覺其非常, 乃羈縻之. 未及旋踵, 眞陳僕射速轡而至, 其妖人等悉就擒, 俾隱而誅之. 眉 : 不測之嘗, 妖已在朝廷矣, 何怪乎靑城!

* 이 고사는 《태평광기》 권289 〈요망 · 진복야〉에 실려 있다.

40-13(1168) 유원형

유원형(劉元逈)

출《집이기(集異記)》

유원형은 교활하고 요망한 사람이었다. 그는 수은을 정련해서 황금을 만들 수 있다고 스스로 말했으며, 또한 교묘하게 귀신의 도로 대중을 현혹해 부자가 되었다. 이사고(李師古)는 평로(平盧)를 진수할 때 전국의 선비를 초빙했는데, 비록 한 가지 재주만 있어도 후대해 주었다. 유원형은 마침내 그 술법을 가지고 이사고를 찾아갔는데, 이사고가 기이하게 여겨 면전에서 그 능력을 시험해 보았더니, 10수(銖 : 1수는 1냥의 24분의 1) 또는 5수의 수은을 모두 즉시 황금으로 만들었다. 그것은 미리 금가루를 수은 속에 넣어 두었기 때문이었다. 이사고가 말했다.

"이것은 진실로 지극한 보물이니 어디에 쓰면 좋겠는가?"

유원형은 자신의 간사한 계략을 빨리 달성하기 위해 후환을 걱정하지 않고 말했다.

"여기에 다른 약을 섞어 3년 동안 천천히 정련하면 신선이 되어 날 수 있고, 식기를 만들면 독을 피할 수 있으며, 노리개를 만들면 사악한 기운을 물리칠 수 있습니다."

이사고가 크게 신기해하며 말했다.

"그대는 일단 나를 위해 황금 10근을 만들어 내가 식사할 때 쓰는 그릇을 갖춰 놓도록 하라."

유원형은 본래 그 술법을 자랑해서 이사고의 재물을 뜯어낸 후에 곧 도망칠 계획이었는데, 이사고에게 붙들려 오로지 황금을 정련하게 되었다. 유원형은 그렇게 많은 황금을 만들어 낼 방법이 없었기에 이사고에게 거짓말을 했다.

"공께서는 선대를 이어 한 지방을 통치하신 지 30여 년이 되었습니다. 소유하신 군마와 창고는 천하에 견줄 자가 없습니다. 그러나 사방의 사람들로 하여금 공의 위엄과 덕을 우러러 귀복하게 하려면, 반드시 신명의 힘을 빌려야 합니다."

이사고가 매우 기뻐하며 그 방법을 묻자 유원형이 말했다.

"태악(泰嶽 : 태산)의 천제왕(天齊王)을 모셔야 합니다. 현종(玄宗)이 일찍이 동쪽을 순행해 봉선(封禪)을 행했는데, 그때 침향목(沉香木)에 그 신상(神像 : 천제왕상)을 새겼기 때문에 현종은 오랫동안 나라를 누릴 수 있었습니다. 공께서 다른 보물로 그 신상을 바꾸신다면, 누리게 될 복이 개원(開元) 연간 때와 같아질 것입니다."

이사고가 몹시 혹해서 정말로 그렇다고 여기자 유원형이 말했다.

"신상 전체를 만들려면 아마도 짧은 시간에는 해결할 수 없을 것이니, 일단 황금 15근으로 그 머리만 주조해 바꾸면 진실로 신명의 도움을 받게 될 것입니다."

이사고가 말했다.

"그대는 곧장 먼저 황금을 정련해 속히 그 일을 완성하도록 하라."

그러자 유원형이 크게 웃으며 말했다.

"천제왕이 비록 귀한 신이라고는 하지만 어디까지나 귀신의 부류일 따름입니다. 만약 제가 정련한 황금으로 그 머리를 만든다면, 어찌 감히 귀신이 그 지극히 영험한 물건에 깃들 수 있겠습니까? 산택(山澤)에 있는 순금으로 머리를 만들어 바꾸어야만 합니다."

이사고는 더욱 기이하게 여겨 보관하고 있던 황금 20근을 주면서 유원형이 하고 싶은 대로 하게 했으며, 그에게 명해 동악묘(東嶽廟: 태악묘)로 가서 신상의 머리를 바꾸도록 했다. 유원형은 납과 주석 같은 다른 금속을 섞어 그 겉만 녹여 머리를 만들어서 설치했다. 그러고는 진짜 황금을 품속에 넣고 돌아와서 이사고를 위해 식기를 만들었는데, 갖추지 않은 것이 없었다. 이사고는 유원형을 더욱 높이 예우하고 그를 형처럼 모시면서, 옥백(玉帛)·희첩(姬妾)·저택 등을 매우 후하게 제공했다. 이듬해에 이사고가 한창 막료와 관리들에게 연회를 베풀고 있었는데, 갑자기 요리사가 주방에서 곧장 이사고에게 나아가더니 여러 사람이 모여 있는 곳에서 한 장(丈) 남짓 몸을 솟구쳐 허공을 밟고 서서 크게 꾸짖으며 말했다.

"나는 오악(五嶽)의 신인데, 너는 어떤 도적놈이기에 나의 의용(儀容)을 손상했느냐? 나는 그 일을 천제께 상소하고 해가 지나서야 돌아왔는데, 돌아와서 보니 나의 무기와 군마와 창고의 재물을 황석공(黃石公)이 모두 털어가 버렸다." 미 : 신선도 도적질을 하는가? 허황하고 망령됨이 심하도다!

요리사는 또 마구 욕하며 다시 몸을 몇 장 솟구쳤다가 한참 후에 땅을 밟았다. 이사고는 요리사를 끌어내 가게 했는데, 그는 더 이상 정신을 차리지 못한 채 단지 심하게 술에 취한 사람처럼 며칠을 보냈다. 이사고는 곧 병거(兵車)와 전사, 무기와 깃발을 그리게 하고 지전(紙錢)과 능라 비단 수십 수레를 가지고 태산으로 가서 그것들을 불살랐다. 이사고는 그때까지도 유원형의 간계를 알아차리지 못했다. 장차 그 일을 처리하려고 하던 중에 이사고는 갑자기 악창이 생겨 며칠 되지 않아 머리가 썩어 문드러져 죽고 말았다. 이사고의 동생 이사도(李師道)가 그 사건을 처리하게 되었는데, 그는 곧 판관 이문회(李文會)와 우조(虞早) 등에게 그 사건을 조사하게 했다. 유원형은 변명도 하지 못한 채 저잣거리에서 처형되었다.

劉元逈者，狡妄人也。自言能煉水銀作黃金，又巧以鬼道惑衆，以是致富。李師古鎮平盧，招延四方之士，雖一藝亦厚給之。元逈遂以此術干師古，師古異之，面試其能，或十銖五銖，皆立成焉。蓋先以金屑置汞中也。師古曰："此誠至寶，宜何用？"元逈貴成其奸，不虞後害，乃曰："雜之他藥，徐燒三年，可以飛仙，爲食器，可以避毒，以爲玩用，可以辟邪。"師古大神之，因曰："子且爲我化十斤，將備吾所食之器也。"元逈本炫此術，規師古錢帛，逡巡則謀遯去，爲師古縻之，專令燒金。元逈無從而致，因以詭道說曰："公紹續一方，三十餘載。雖戎馬倉廩，天下莫儔。然欲遣四方仰歸威德，須假神祇之力。"師古甚悅，因而詢之，元逈則曰："泰嶽天齊王，玄宗東封，因以沉香刻製其像，所以玄宗享國永年。公能以他寶易其像，則受福與開元等矣。"師古狂悖，甚然之，元逈乃曰："全軀而致，或恐卒不能辦，且以黃金十五斤，鑄換其首，固當獲祐矣。"師古曰："君便先爲燒之，速成其事。"元逈大笑曰："天齊雖曰貴神，乃鬼類耳。若以吾金爲其首，豈冥鬼敢依至靈之物哉？但以山澤純金易之，則可矣。"師古尤異之，則以藏金二十斤，恣元逈所爲，乃命元逈就嶽廟而易焉。元逈乃以鉛錫雜類，熔其外而置之。懷其眞金以歸，爲師古作飲食器皿，靡不辦集矣。師古深加禮重，事之如兄，玉帛姬妾居第，資奉甚厚。明年，師古方宴僚屬將吏，忽有庖人自廚徑詣師古，於衆會中，因舉身丈餘，踏空而立，大詬曰："我五嶽之神，是何賊盜，殘我儀質？我上訴於帝，涉歲方歸，及歸，我之甲兵軍馬，帑藏財物，皆爲黃石公所掠去。"眉：神仙亦作賊耶？幻妄甚矣！則又極罵，復聳身數丈，良久履地。師古令曳去，庖人無復知覺，但若沉醉者數日。師古則令畫作戎車戰士，戈甲旌旗，及紙錢綾帛數十車，就泰山而焚之。尙未悟元逈之奸。方將理之，而師古暴瘍，不數日，腦潰而卒。其弟師道領事, 即令判官李文會‧虞早等按之. 元迥辭窮, 戮之於市.

* 이 고사는《태평광기》권308〈신(神)‧유원형〉에 실려 있다.

40-14(1169) 여용지와 제갈은 등
여용지 · 제갈은등(呂用之 · 諸葛殷等)
출《요란지(妖亂志)》

　여용지는 파양(鄱陽) 안인리(安仁里)의 비천한 백성이었다. 그는 천성이 간교했고 글도 약간 알았다. 그의 부친 여황(呂璜)은 광릉(廣陵)에서 차를 팔면서 많은 부상(富商)과 큰 장사꾼들과 교유했다. 여용지가 열세 살이 되자 그의 부친이 그를 데리고 다녔는데, 총명한 데다가 여러 상인들을 잘 섬겨 그들 모두의 환심을 얻었다. 몇 년이 지나서 여황이 집에서 죽었다. [당나라] 건부(乾符) 연간(874~879) 초에 도적 떼가 고을을 공격해 약탈하자 여용지는 마침내 다른 곳으로 갔는데, 이미 고아에 가난하기까지 했다. 그의 외숙 서노인(徐魯仁)이 그를 구제해 주었는데, 1년 남짓 만에 서노인의 첩실과 간통해서 서노인에게 쫓겨났다. 그래서 그는 구화산(九華山)의 도사 우홍휘(牛弘徽)를 섬겼는데, 우홍휘가 그에게 구역고소술(驅役考召術 : 귀신을 부리거나 불러올 수 있는 법술)을 전수해 주었다. 우홍휘가 죽고 나서 여용지는 다시 광릉을 떠돌면서 명주 두건에 베옷을 입고 부적과 약으로 입을 것과 먹을 것을 바꾸었다. 1년 남짓 지났을 때 회좌(淮左 : 회수 동쪽) 지방을 진수하고 있던 승상

(丞相) 유 공(劉公)이 고도(蠱道 : 저주술)의 법술을 행하는 자들을 매우 급히 잡아들이자, 여용지는 두려워서 남쪽으로 건너갔다. 당시 고병(高騈)은 경구(京口)를 진수하고 있었는데, 방술사들을 불러 모아 등선(登仙)과 불사의 비법을 구했다. 여용지는 자신의 도술을 객관에 통보했지만 한 달이 넘도록 부름을 받지 못하자, 발해군왕(渤海郡王 : 고병)과 가까운 사이인 유공초(兪公楚)를 찾아갔다. 유공초는 여용지를 훌륭하다고 여겨 그에게 유자(儒者)의 옷을 입게 하고 그를 강서(江西)의 여 순관(呂巡官)이라고 부르면서 기회를 틈타 발해군왕에게 천거했다. 발해군왕이 여용지를 불러 시험할 때, 유공초와 주변 사람들이 그의 도술을 견강부회해서 영험을 보이게 했다. 미 : 무릇 사술(邪術)의 영험함은 대부분 견강부회를 통해 이루어지므로 살펴보지 않으면 안 된다. 이에 발해군왕은 그를 관찰추관(觀察推官)으로 삼았으며 또 그의 이름을 지어 주고 그의 자를 "무가(無可)"라고 했는데, 이는 되는 것도 없고 되지 않는 것도 없다는 뜻이었다. 여용지는 이때부터 제약 없이 발해군왕의 처소를 드나들었는데, 처음에는 처방약과 제사 등의 일을 전문적으로 맡았다. 이듬해 발해군왕이 다른 방진(方鎭)으로 옮겨 가게 되었을 때 여용지가 무관직을 한사코 청하자, 발해군왕은 마침내 그를 우직(右職 : 중요한 무관직)에 임명했다. 여용지는 본디 장사를 하던 사람이었고 또 광릉에서 오랫동안 생활했기 때문에 공

사(公私) 방면의 이해관계에 대해 매우 상세히 알고 있었다. 그는 연단술을 연마하면서 한가할 때면 망령되이 시정(時政)의 득실에 대해 진언했는데, 발해군왕은 이를 더욱 기특하게 여겨 그에게 점점 많은 것을 위임했다. 이에 발해군왕의 옛 장수였던 양찬(梁鑽)·진공(陳拱)·풍수(馮綏)·동근(董僅) 등은 날마다 소외되어 물러났고 발해군왕은 고립되었다. 그러자 여용지는 자신의 무리를 곳곳에 심어 두어 동태를 살피게 했다. 제거할 수 없는 자가 있으면 금은보화를 후하게 주어 기쁘게 해 주었다. 그의 주변에 있는 소인배들은 모두 시정 사람들이어서 이익을 보면 의리를 잊어버렸다. 그들은 위아래로 서로를 감싸 주면서 요망한 짓을 크게 자행했다. 미 : 시정 사람들은 절대로 주변에 두어서는 안 된다. 그렇지만 사인(士人)과 시정잡배를 내가 어떻게 구별할 수 있겠는가? 신선의 책과 신령한 부적이 하루도 없는 날이 없었으며, 서로 주거니 받거니 하면서 부끄러워할 줄도 몰랐다. 이때부터 여용지는 뇌물을 공공연히 쓰고 규정을 날로 문란하게 했으며, 형벌을 번잡하게 하고 세금을 무겁게 부과하는 등 모든 일을 제멋대로 처리했다. 거리에는 원망과 한탄의 소리가 넘쳐 났고 사람들은 각자 난을 일으킬 계획을 도모했다. 여용지는 남몰래 발생할 변고를 두려워해서 순찰사(巡察使)를 두어 부성(府城)의 은밀한 일을 정탐할 수 있게 해 달라고 청했다. 발해군왕은 마침내 칙명을 받들어 어사대부(御

使大夫)에 제수되고 제군도순찰사(諸軍都巡察使)에 충임되었다. 그러자 여용지는 각 주현(府縣)에서 이전에 죄를 짓고 파직된 관리 중에서 음험하고 교활한 자들로 수백 명을 뽑아, 그들에게 후한 봉록을 주면서 자신의 지휘를 받게 했다. 그들은 각각 10여 명의 장정을 거느리고 골목골목을 누비고 다녔는데, 당시에 그들을 "찰자(察子)"라고 불렀다. 이렇게 되자 일반 백성의 집에서 처자식을 꾸짖거나 화내는 소리와 비밀스런 이야기까지 모르는 게 없었다. 이때부터 사람들은 길에서 만나도 눈짓만 했으며, 여용지를 반대하는 사람은 설령 조심스럽게 침묵하더라도 화를 면하기 어려워서 결국 파멸에 이른 경우가 수백 집이나 되었다. 그래서 장교(將校)들은 발을 옭아매고 숨을 죽이며 지냈다. 미 : 정치를 하는 도는 백성을 편안하게 하는 데 있음이 분명하도다!

고병이 총애한 관리 제갈은은 요망한 사람 여용지의 도당이었다. 그가 처음에 파양에서 광릉으로 고병을 배알하러 가려고 했을 때, 여용지가 미리 고병에게 말했다.

"옥황상제께서는 영공(令公 : 고병)께서 오랫동안 신하의 자리에 있으면서 중요한 업무를 약간 소홀히 하는 바람에 왕의 책망을 받게 되었다 생각하시고, 좌우의 존신(尊神) 한 명을 보내 영공의 앞길을 도와주도록 하셨습니다. 머지않아 곧 강림할 것이니 영공께서는 그를 잘 대우해 주십시오. 그를 떠나지 않게 하려면 인간 세상의 좋은 직책으로 그를 붙들면 됩니다."

 다음 날 과연 제갈은이 찾아왔다. 그는 두건에 베옷을 입고 벽균정(碧筠亭)에서 고병을 알현했는데, 요사스런 모습과 괴이한 자태를 하고 교묘한 거짓말을 마구 늘어놓으면서, 앉은 채로 신선을 부르고 선 채로 추위와 더위를 바꿀 수 있다고 떠벌렸다. 고병은 헤아릴 길이 없어 그저 신령처럼 그를 대우하면서 "제갈 장군(諸葛將軍)"이라 불렀다. 고병은 매번 조용한 술자리에서 그의 기괴한 이야기를 들을 때면 하루 종일 피곤한 것도 잊었다. 이때부터 제갈은은 여러 벼슬을 거쳐 염철관(鹽鐵官)의 요직을 지냈으며 수만 민(緡)의 돈을 긁어모았다. 그의 음험함과 요사스러움은 여용지는 저리 가라였다. 주사유(周師儒)라고 하는 큰 상인이 있었는데, 그의 거처는 꽃과 나무, 누각과 정자가 빼어나서 광릉의 제일가는 저택이었다. 제갈은이 그 저택을 갖고 싶어 했지만 주사유는 거절했다. 그러자 어느 날 제갈은이 고병에게 말했다.

 "부성(府城) 안에 요사스런 일이 일어날 것이니, 만약 그 요기(妖氣)가 뜻을 얻는다면 홍수나 가뭄이나 전쟁의 재앙은 비교도 안 될 것입니다."

 고병이 말했다.

 "어찌하면 좋겠는가?"

 제갈은이 말했다.

"마땅히 그 아래에 재단(齋壇)을 설치하고 영관(靈官)에게 그것을 억눌러 달라고 청해야 합니다."

제갈은이 즉시 주사유의 저택을 가리켜 그곳이라고 하자, 고병은 군후(軍候 : 군대의 기율을 담당하던 군관)에게 명해 그 집의 사람들을 쫓아내게 했다. 그날은 진눈깨비가 갑자기 쏟아져 온 땅이 진흙투성이였는데, 집행관이 채찍질하며 다그치자 주사유는 노인과 아이들을 이끌고 길거리를 기어다녔다. 이를 본 사람들은 경악하지 않는 이가 없었다. 제갈은은 자기 가족을 옮겨 그 집에서 살게 했다. 제갈은은 이전부터 다리에 부스럼이 생겨 가려움증을 앓고 있었는데 이때에 이르러 더욱 심해졌다. 한번 가렵기 시작하면 하인에게 두 손으로 박박 긁게 했는데 피가 나고서야 멈추었다. 고병은 결벽증이 있어서 조카들조차도 그의 옆에 앉아 시중들 수 없었다. 그는 오직 제갈은만 친근하게 대하면서 늘 침식을 잊곤 했으며, 무릎을 맞대고 가까이 앉거나 술잔과 그릇을 함께 사용하기도 했다. 제갈은은 가려움증이 갑자기 발병하면 즉시 거리낌 없이 긁어 대곤 했는데, 손톱 사이에 고름과 피가 묻었다. 그런데도 고병은 그와 함께 먹고 마시면서 난색을 표하지 않았다. 고병의 주위 사람들이 간혹 이 일을 가지고 말을 하면 고병은 말했다.

"신선은 자주 이런 것을 가지고 인간을 시험하니 그대들은 개의치 말라." 미 : 마음이 미혹되었다.

고병에게는 예전부터 기르던 개 한 마리가 있었는데, 매번 제갈은의 몸에서 나는 비린내를 맡으면 그에게 다가갔다. 고병은 그 개가 제갈은을 잘 따르는 것을 이상해하자 제갈은이 웃으며 말했다.

"제가 일찍이 대라궁(大羅宮)의 옥황상제 앞에서 저 개를 본 적이 있는데, 헤어진 지 수백 년이 되었는데도 여전히 저를 알아보는군요." 미 : 교묘하도다!

그의 망령된 허풍은 대부분 이와 같았다. 제갈은은 성격이 조급하고 난폭했는데, 그가 지양주원(知揚州院)으로 부임한 지 두 달 동안 관리 수백 명 중에서 등에 채찍을 맞은 자가 거의 절반이나 되었다. 광계(光啓) 2년(886)에 위조(僞朝 : 고병의 번진)에서 제갈은에게 어사중승(御史中丞)을 겸임하도록 제수하고 금인(金印)과 자수(紫綬)를 더해 주었다. 후에 [고병의 부장 필사탁이 난을 일으켜] 성이 함락되자 제갈은은 숨어서 만(灣)의 끝으로 갔다가 순라군에게 사로잡혔는데, 그의 허리 아래에서 황금 몇 근과 통천서대(通天犀帶) 두 개를 찾아냈다. 그를 포박해 성으로 들어가자 백성이 모여들어 구경하면서 그의 얼굴에 번갈아 침을 뱉었으며, 그의 귀밑털과 머리카락을 태우고 뽑아 삽시간에 모두 없어졌다. 미 : 선인(仙人)을 좋아하더니 이 꼴이다. 그에게 형구를 씌워 하마교(下馬橋) 남쪽에서 형을 집행했는데, 곤장을 100여 대나 치고 목을 옭아매도 숨이 끊어지지 않았다.

그때 마침 필사탁(畢師鐸)의 모친이 자성(子城 : 내성)에서 집으로 돌아가는 길에 형을 집행하는 곳을 지나가다가 제갈은을 부축해 일으켜서 피신시켰는데, 제갈은은 다리 아래에서 다시 깨어났으나 곤장을 치는 사람이 곧바로 커다란 몽둥이로 그를 때려 넘어뜨렸다. 제갈은은 다시 관부로 끌려가서 처음처럼 형벌을 받았다. 처음에 제갈은이 고병의 대우를 받았을 때, 그의 교만하고 난폭한 악명이 곧 원근에 퍼졌다. 그의 친족들이 그에게 겸손하라고 다투어 훈계하자 제갈은이 말했다.

"남자라면 뜻을 얻지 못할까 봐 걱정하니, 기왕 뜻을 얻었다면 모름지기 부귀를 누리며 살아야 합니다. 세상에 어찌 두 번 죽는 사람이 있겠습니까?"

그러나 이때에 이르러 그는 과연 두 번의 사형 집행을 당했다. 그의 시체는 길옆에 버려져 원한에 사무친 사람들에 의해 눈알이 파내지고 혀가 잘렸다. 아이들이 그의 시체에 기와 조각과 돌을 던져 금세 산더미를 이루었다. 미 : 입으로 함부로 떠벌려서는 안 되니, 하늘이 일부러 그 죽음을 잔혹하게 해서 후인들을 경계시킨 것이다.

고병은 말년에 여용지·장수일(張守一)·제갈은 등에게 미혹되어 정사를 그들에게 위임했다. 여용지 등은 패거리를 끌어들여 불법을 자행했는데, 그 후에 일이 누설될까 걱정해서 고병에게 말했다.

"고진(高眞)과 상성(上聖)을 강림하게 하는 것은 어려운 일이 아니지만, 걱정하는 바는 도를 배우는 사람의 진기(眞氣)가 조금이라도 이지러지면 신령한 주술이 결국 끊어진다는 것입니다."

고병은 그 말을 듣고 정말 그렇다고 여겨, 곧바로 인사를 사절하고 첩과 몸종을 물리쳤으며 빈객과 속관들도 더 이상 그를 만나지 못했다. 미 : 이는 바로 [진(秦)나라의] 조고(趙高)가 이세(二世) 황제를 유혹해 깊숙한 거처에서 소식을 듣게 한 것과 같다. 소인이 천고의 일술(一術)인 권력을 훔치면 어리석은 자는 그 속에 저절로 빠지게 된다. 부득이한 일이 있으면 사람을 보내 먼저 목욕재계하고 자극궁(紫極宮)의 도사를 찾아가서 불길한 것을 없애게 했는데, 이를 "해예(解穢)"라고 불렀다. 그런 연후에 그 사람을 만났는데, 절하고 일어나서 일을 마치자마자 곧바로 다시 밖으로 끌어냈다. 이때부터 고병은 안팎이 격리되었고 기강이 나날이 문란해졌다. 여용지 등은 크게 위세를 부리면서 마치 옆에 아무도 없는 듯이 제멋대로 굴었다. 세월이 지날수록 이러한 일이 고착화했다. 여용지는 스스로를 "반계 진군(磻谿眞君)"이라 불렀고, 장수일을 "적송자(赤松子)"라 했으며, 제갈은을 "장군"이라 칭했다. 또 소승(蕭勝)이라는 자가 있었는데 그를 "진 목공 부마(秦穆公駙馬)"라고 부르면서, 자신들은 모두 상제께서 내려보내 영공의 도반(道伴)이 되게 했다고 말했다. 그들의 천속함과 황당무계함이 대개 모두 이와 같았다. 중화(中和) 원년(881)에 여용지는 신선이 누대에 기거하길 좋아한다면서 관청 청사 북쪽에 강을 가로질러 영선루(迎仙樓)를 짓겠다고 청했다. 도끼 찍는 소리가 밤낮으로 끊이지 않았고 수만 민(緡)의 돈을 들여 반년 만에 비로소 완공되었다. 그러나 이 누각이 완공되어 허물어질 때까지 여용지는 한 번도 이곳에서 노닌 적이 없었으며, 잿더미로 변할 때까지 빗장이 굳게 닫혀 있었다. 여용지는 그해 겨울에 청사 서쪽에 연화각(延和閣)을 또 세웠는데, 총 7칸에 높이는 8장이었으며 모두 주옥으로 장식하고 창문을 비단으로 치장했다. 거의 사람의 솜씨가 아닌 것 같았다. 매일 아침이면 이름난 향을 사르고 기이한 보물을 늘어놓고 서왕모(西王母)의 강림을 기원했다. 필사탁의 난이 일어났을 때 그 누각에 올라간 사람이 있었는데, 연꽃이 그려진 천정에서 다음과 같은 28자 7언 절귀의 시를 발견했다.

"높다란 연화각은 위로 구름을 찌를 듯하니, 작은 소리로 속삭여도 태을(太乙 : 천신)에게 들릴 듯하네. 이름난 향을 다 태워도 아무 일 없더니, 문을 열고 맞아들인 건 필 장군(畢將軍 : 필사탁)이라네."

이는 시요(詩妖 : 요참시)에 가까운 것이었다. 여용지는 공공연히 말했다.

"나는 상선(上仙)과 왕래할 수 있다."

그는 매번 고병과 대면할 때면 간혹 소리쳐 바람과 구름을 부르고 공중을 돌아보며 읍(揖)하면서, 신선들이 왕래하며 밖을 지나가는 것을 보았다고 말했는데, 그러면 고병은 그를 따라 절을 올렸다. 여용지는 공중에 대고 어지럽게 손가락으로 무언가를 그렸는데, 부끄러워하는 기색이 전혀 없었다. 주변에서 조금이라도 이의를 제기하는 자가 있으면 순식간에 죽여 버렸다. 여용지가 갑자기 말했다.

"영험하신 후토부인(后土夫人)이 사신을 보내 저에게 병마와 이전(李筌)이 지은 《태백음경(太白陰經)》을 빌려 달라고 했습니다."

그러자 고병은 급히 두 현(縣)에 명을 내려 백성의 갈대자리 수천 개를 거둬서 병마의 모습을 그리게 한 후에 여용지를 보내 후토부인의 사당에서 불태우게 했다. 또 오색 종이에 《태백음경》 10부를 베껴 적어서 후토부인의 신좌(神座) 옆에 놓게 했다. 또 후토부인의 휘장 안에 녹색 옷을 입은 젊은이를 흙으로 빚어 놓고 "위랑(韋郎)"이라 불렀다. 사당이 완성되자 어떤 사람이 서쪽 행랑의 기둥 위에 이런 시를 적어 놓았다.

"사해에는 전쟁이 아직 잠잠해지지 않았는데, 공연히 회해(淮海) 사람들을 수고롭게 해 모습을 그리게 했네. 구천현녀(九天玄女)도 믿을 수 없거늘, 후토부인에게 어찌 영험함이 있겠는가? 한 줄기 상서로운 구름이 푸른 귀밑머리에 걸려 있고, 두 개의 높은 산봉우리가 청아한 미간을 스치네. 위랑 젊은이는 한가로운 일을 즐기나니, 책상 위에서 《태백음경》을 떠들지 마시라."

호사가들이 다투어 이 시를 전하며 읊었다. 그해에 광릉에 고병의 생사(生祠 : 살아 있는 사람을 위한 사당)를 세우고 아울러 그의 송덕비를 새기라는 조서가 내려왔다. 이에 주(州)의 사람들을 차출해 선성(宣城)에서 비석 돌을 채취해 오게 했다. 사람들이 비석 돌을 가지고 양자원(揚子院)에 이르렀을 때, 여용지는 밤에 사람을 보내 은밀히 튼튼한 소 50마리를 끌고 주의 남쪽으로 가서, 담 아래를 파고 해자를 만들어 성안으로 그 비석 돌을 옮겨 놓게 했다. 이튿날 날이 밝았을 때 울타리는 그대로 있었다. 여용지는 양자현(揚子縣)에 명해 부(府)에 보고하게 했다.

"어젯밤에 비석 돌이 어디로 갔는지 모르겠습니다."

그래서 그것을 찾는 데 현상금을 걸었다. 저녁이 되어 누군가가 말했다.

"비석 돌이 신인에 의해 저잣거리로 옮겨졌습니다."

그러자 고병은 크게 놀라며 그 비석 돌 옆에 커다란 나무 기둥 하나를 세우고 그 위에 금글씨로 이렇게 썼다.

"사람의 힘을 빌리지 않고 저절로 이곳에 이르렀다."

그러고는 즉시 두 도(都 : 번진의 친위군)에 명해 군사와 고취대(鼓吹隊)를 내보내 벽균정으로 비석 돌을 맞아들이게 했다. 비석 돌이 삼교(三橋)의 떠들썩한 곳에 이르자, 여용지는 일부러 땅에 다른 돌을 묻어 놓아 이동을 방해하면서 거짓으로 말했다.

"사람이나 소로는 끌 수가 없습니다."

고병이 붉은색으로 부록(符籙) 몇 글자를 적어 비석 돌 위에 붙였더니, 여용지가 재빨리 묻어 놓았던 돌을 치우게 해서 나아갈 수 있었다. 구경하던 사람들이 서로 말했다.

"비석 돌이 움직인다."

식자들은 이 일을 혐오했다. 다음 날 양자현의 한 시골 노파가 부(府)의 판관(判官)을 찾아가서 다음과 같은 진정서를 냈다.

"밤에 마을 관리가 와서 밭 가는 소를 빌려 가 비석 돌을 끌게 하더니 잘못해서 다리를 다치게 했습니다."

원근에서 이 말을 듣고 포복절도하지 않는 사람이 없었다. 고병은 늘 승상(丞相) 정 공(鄭公)과 사이가 좋지 않았는데, 여용지가 그 사실을 알고 갑자기 말했다.

"방금 상선(上仙)의 편지를 받았는데, 재상 중에 영공을 음해하려는 자가 있다고 합니다. 또 그자가 협객 한 명을 보냈는데, 밤에 틀림없이 당도할 것입니다."

고병이 깜짝 놀라 두려움에 떨며 계책을 물었더니 여용지가 말했다.

"장 선생(張先生 : 장수일)이 젊었을 때 심정리(深井里)

의 섭 부인(聶夫人)에게서 그 도술을 배웠는데, 요즘도 다시 그 도술을 할 수 있는지는 모르겠습니다. 만일 협객이 온다면 그 사람에게 막아 달라고 청하면 모두 가루로 만들어 버릴 것입니다." 미 : 운 좋게도 그를 초청했다.

고병이 즉시 장수일을 불러 말했더니 장수일이 대답했다.

"이 늙은이가 오래도록 그 놀이를 하지 않아 손발이 무뎌졌습니다만, 영공을 위해서라면 무언들 하지 못하겠습니까?"

그러고는 때가 되자 고병에게 부인의 옷을 입고 별실에 숨어 있게 했다. 장수일은 고병의 침실에 누워 있다가 밤이 되자 동철 조각 하나를 섬돌 위에 던져 쨍그랑 소리가 나게 했으며, 가죽 주머니 속에서 돼지 피를 꺼내 마당과 문, 처마와 지붕에 뿌려 마치 격투를 한 모습처럼 꾸몄다. 다음 날 고병은 울면서 장수일에게 고마워하며 말했다.

"선생으로부터 재생(再生)의 은혜를 입었으니, 진정 마른 뼈에 새살이 돋은 것과 같습니다."

그러고는 직접 금옥과 통천서대를 수레에 싣고 가서 그의 수고에 보답했다. 강양현위(江陽縣尉) 설(薛) 아무개는 이름은 모르지만 역시 여용지의 일당이었다. 그가 하루는 갑자기 고병에게 고했다.

"밤에 순찰을 돌다가 후토부인의 사당 앞에 이르러 수없이 많은 음병(陰兵 : 저승 병사)을 보았는데, 그중 한 사람이 말하길, '후토부인께서 나에게 병사 수백만 명을 이끌고 이 경계를 순찰하라고 하셨으니, 다른 도적들의 침범은 걱정하지 마시라고 나 대신 고왕(高王 : 고병)께 고해 주시오'라고 했습니다. 말을 마치고는 사라졌습니다."

요망한 무리는 이 말을 듣고 크게 기뻐하며 다투어 금과 비단을 그에게 보냈다. 오래지 않아 여용지는 설 아무개를 육합현령(六合縣令)에 제수해 달라고 주청했다. 여용지는 또 나무로 길이가 3척 5촌이나 되는 거인의 발을 깎았다. 그때 오랜 비 끝에 날이 막 개자 여용지는 밤에 후토부인 사당 뒤의 측백나무 숲에서부터 강양현 앞까지 발자국을 찍었는데, 그 발자국이 마치 힘을 겨룬 듯한 모습이었다. 이튿날 여용지가 고병에게 말했다.

"밤에 신인이 와서 후토부인의 사당 안에서 싸웠는데, 제가 밤에 음병을 보내 쫓아내서 이미 강을 건너갔습니다. 그러지 않았다면 광릉은 거의 홍수에 휩쓸렸을 것입니다."

고병은 깜짝 놀라며 황금 20근을 여용지에게 상으로 주었다. 나중에 고병이 아끼던 대오(大烏)라는 말이 죽자, 동산지기가 죄를 얻게 될까 두려워서 여용지에게 구해 달라고 부탁했다. 그러자 여용지가 또 고병을 뵙고 말했다.

"제가 일이 있어 수(隋)나라의 장수 진고인(陳杲仁)을 회동(淮東)으로 오라고 명했는데, 진고인이 말이 없다고 하소연하면서 영공의 대오를 한 번만 빌려 달라고 했습니다."

잠시 후에 마구간 관리가 보고했다.

"대오가 검은 땀을 흘립니다."

고병이 천천히 대답했다.

"내가 이미 대사도(大司徒 : 진고인)에게 빌려주었느니라."

잠시 후에 말이 죽었다고 알려 왔다. 처음에 소승은 여용지에게 재물을 바치고 지염성감(知鹽城監) 자리를 구했다. 고병은 현임자에게 업적이 있었기에 그 자리를 빼앗아 다른 사람에게 주는 것에 자못 난색을 표했는데, 여용지가 말했다.

"소승을 염성감으로 임용하는 것은 소승을 위해서가 아닙니다. 어제 상선(上仙)의 편지를 받았는데, '보검 한 자루가 염성의 우물 속에 있으니 반드시 선관(仙官)을 임용해 그것을 꺼내야 한다'라고 했습니다. 소승은 상선의 좌우에 있던 사람이므로 그를 보내고자 하는 것일 뿐입니다." 미 : 헤아릴 수 없는 변환 속에서 상대방을 간파해 내는 것은 하나의 상투적인 수법이다.

고병은 고개를 끄덕이며 이를 허락했다. 소승은 염성감으로 부임하고 나서 몇 달 후에 청동 비수 하나를 상자에 넣어 고병에게 바쳤는데, 여용지가 머리를 조아리며 말했다.

"이것은 북제(北帝)께서 차고 있던 것입니다. 이것을 얻으면 100리 이내에 각종 병기가 감히 침범하지 못합니다."

고병은 매우 기이해하면서 그 비수를 보옥으로 장식해 늘 자리 옆에 두었다. 당시 광릉에 오랫동안 비가 내렸는데, 여용지가 고병에게 말했다.

"이곳에 틀림없이 화재가 일어나서 성읍이 모두 잿더미로 변할 것이었는데, 제가 근자에 금산(金山) 밑의 독룡(毒龍)을 보내 비를 조금 내리게 해서 땅을 적셔 놓았습니다. 이후로는 비록 큰 화재는 없겠지만 그래도 작은 소동은 면하지 못할 것입니다."

여용지는 밤마다 몰래 사람을 보내 불을 지르게 했는데, 협 : 악행이 심하도다! 사당은 황폐해지고 집들은 무너져서 더 이상 남아 있는 것이 없었다. 고병이 늘 도가의 비법을 전수받다 보니 여용지와 장수일은 더 이상 전수해 줄 것이 없었다. 그래서 수판(手板 : 홀) 모양처럼 생긴 푸른색 돌에 용과 뱀처럼 구불구불한 글자가 은근히 드러나도록 새겼는데, "옥황수백운선생(玉皇授白雲先生 : 옥황상제가 백운 선생에게 주다)"이란 글자와 비슷하게 만들었다. 여용지는 몰래 주변 사람을 시켜 그것을 도원(道院)의 향안(香案) 위에 올려놓도록 했다. 고병은 그것을 보더니 놀람과 기쁨을 가누지 못했다. 그러자 여용지가 말했다.

"옥황상제께서 영공이 그간 분향하며 수행한 공덕이 훌륭하기 때문에 특별히 이런 명을 내리셨나 봅니다. 아마도 난새와 학이 머지않아 틀림없이 강림할 것입니다. 저희들도 그때가 되면 인간 세상에서의 폄적 기한이 이미 찼으므로, 마땅히 영공의 깃발과 부절을 따라 함께 진경(眞境 : 선경)으로 돌아가려 합니다. 훗날 요지(瑤池 : 주나라 목왕이 서왕모와 만났다는 곤륜산의 선경)의 연회 석상에서 돌이켜 보면, 이 역시 인간 세상에서의 한 이야깃거리가 될 것입니다."

말을 마치고 나서 그들은 멈추지 않고 즐겁게 웃었다. 마침내 함께 연화각에 올라 술과 안주를 차려 오게 해서 실컷 즐긴 후에 헤어졌다. 나중에 도원의 정원 안에서 나무를 깎아 학을 만들었는데, 크기는 작은 말만 했고 언치와 고삐 속에 기계 장치를 설치해서 사람이 가까이 다가가면 떨치고 일어나 날아 움직였다. 고병은 늘 깃털 옷을 입고 그것에 올라타서 하늘을 우러러보며 표연히 날아가고픈 생각이 들었다. 이때부터 고병은 엄숙히 재계하고 제사를 드리면서 금단(金丹)을 정련해 날아오르고자 했는데, 소비한 재물이 툭하면 수만 냥이 넘었다. 그러나 날이 가고 달이 지났지만 결국 아무런 효험도 없었다.

고병은 일찍이 자식들을 가르치며 말했다.

"너희들은 스스로 살길을 잘 도모하도록 해라. 나는 필시 세속의 사람들처럼 죽어서 네 쪽 판자 속에 들어가지 못하고 너희에게 누를 끼치게 될 것이다."

고병은 필사탁의 난을 만나 여러 조카들과 함께 한 구덩이에 묻혔는데, 오직 고병만이 낡은 모포에 싸였으니, 과연 그가 했던 말이 들어맞았다. 나중에 여용지가 주살되었을 때 어떤 군인이 그의 집의 중당(中堂)을 파서 돌함 하나를 찾아냈는데, 그 안에 오동나무로 만든 3척 남짓한 길이의 인형 하나가 있었다. 인형의 몸에는 차꼬가 채워져 있었고, 입에는 긴 못이 관통하고 있었으며, 등에는 고병의 향관(鄉貫 : 본관)·갑자(甲子)·관품(官品)·성명이 적혀 있었는데, 이것은 엽승(厭勝 : 주술로 남을 제압하는 것)의 일을 하기 위한 것이었다. 그래서 고병이 매번 여용지에게 제압될 때마다 마치 조력자가 있는 것 같았다.

평 : 살펴보니, 발해공(渤海公 : 고병)이 촉(蜀)을 진수하고 있을 때, 대자사(大慈寺)의 스님이 불광(佛光)이 나타났다고 보고하자 연국공(燕國公 : 고병)이 판시하길, "사건을 마보사(馬步使)에 회부해 불광을 잡아 오도록 하라"고 했다. 담당 관리가 은밀히 살피면서 동자승을 유인하자 동자승이 털어놓길, "스님들이 거울을 가지고 틈새로 들어오는 햇빛을 받아 불상 위에 비추었습니다"라고 했다. 이로 인해 거짓이 드러나 그 절의 스님들을 처벌했다. 또 고병은 자중군(資中郡)의 개원불사(開元佛寺)에서 10년 후에 틀림없이 중들의 반란이 일어날 것을 예측하고 미리 스님들을 곤장

쳐 내쫓음으로써 그 기운을 억눌렀으니236) 얼마나 신묘한 가? 그런데도 아이들과 같은 소인배에게 당했으니 혹시 늘 그막에 노망이라도 들었단 말인가? 아니면 엽승에 영험함이 있었단 말인가? 논자들은 나은(羅隱)이 일찍이 고병에게 예우를 받지 못해 《광릉요란지(廣陵妖亂志)》를 지었다고 생각했으니, 반드시 사실을 기록한 것만은 아니겠지만 그렇다고 또한 반드시 오유선생(烏有先生 : 허구적인 인물이나 사건)처럼 터무니없이 지어낸 것만은 아닐 것이다.

呂用之, 鄱陽安仁里細民也. 性桀黠, 略知文字. 父璜, 以貨茗廣陵, 多與富商大賈遊. 用之年十三, 其父挈行, 旣慧悟, 事諸賈, 皆得歡心. 居數歲, 璜卒家. 乾符初, 群盜攻剽州里, 遂他適, 用之旣孤且貧. 其舅徐魯仁周給之, 歲餘, 通於魯仁室, 爲魯仁所逐. 因事九華山道士牛弘徽, 傳其驅役考召之術. 旣弘徽死, 用之復客於廣陵, 遂縠巾布褐, 用符藥以易衣食. 歲餘, 丞相劉公節制淮左, 有蠱道置法者, 逮捕甚急, 用之懼, 遂南渡. 高駢鎭京口, 召致方伎之士, 求輕擧不死之道. 用之以其術通於客次, 逾月不召, 詣渤海親人兪公楚. 公楚奇之, 俾爲儒服, 目之曰江西呂巡官, 因間薦於渤海. 及

---

236) 고병은 자중군(資中郡)의 개원불사(開元佛寺)에서 10년 후에 틀림없이 중들의 반란이 일어날 것을 예측하고 스님들을 곤장 쳐 내쫓음으로써 그 기운을 억눌렀으니 : 이 고사는 《태평광기》 권499 〈잡록·고병〉에 나온다.

召試, 公楚與左右附會其術, 得驗. 眉: 凡邪術之驗, 多因附會而成, 不可不察. 尋署觀察推官, 仍爲制其名, 因字之曰"無可", 言無可無不可. 自是出入無禁, 初專方藥香火之事. 明年, 渤海移鎮, 用之固請戎服, 遂署右職. 用之素負販, 久客廣陵, 公私利病, 無不詳熟. 鼎竈之暇, 妄陳時政得失, 渤海益奇之, 漸加委仗. 舊將梁纘·陳拱·馮綬·董僅, 日以疏退, 渤海至是孤立矣. 用之乃樹置私黨, 伺動息. 有不可去者, 則厚以金寶悅之. 左右群小, 皆市井人, 見利忘義. 上下相蒙, 大逞妖妄. 眉: 市井人必不可置左右. 雖然, 衣冠市人, 吾何以別之? 仙書神符, 無日無之, 更迭唱和, 罔知愧恥. 自是賄賂公行, 條章日紊, 煩刑重賦, 率意而爲. 道路怨嗟, 各懷亂計. 用之懼有竊發之變, 因請置巡察使, 採聽府城密事. 渤海遂承制受御史大夫, 充諸軍都巡察使. 於是召募府縣先負罪停廢胥吏陰狡兔猾者, 得百許人, 厚其官俸, 以備指使. 各有十餘丁, 縱橫閭巷間, 謂之"察子". 至於士庶之家, 呵妻怒子, 密言隱語, 莫不知之. 自是道路以目, 有異己者, 縱謹靜端默, 亦不免其禍, 破滅者數百家. 將校之中, 累足屏氣焉. 眉: 爲政之道, 在於安民, 信哉!

高駢嬖吏諸葛殷, 妖人呂用之之黨也. 初自鄱陽, 將詣廣陵, 用之先謂駢曰: "玉皇以令公久爲人臣, 機務稍曠, 獲譴於時君, 輒遣左右一尊神爲令公道中羽翼. 不久當降, 令公善遇. 欲其不去, 亦可以人間優職縻之." 明日, 殷果來. 遂巾褐見駢於碧筠亭, 妖形鬼態, 辨詐蜂起, 謂可以坐召神仙, 立變寒暑. 駢莫測也, 神靈遇之, 謂之"諸葛將軍". 每從容酒席間, 聽其鬼怪之說, 則盡日忘倦. 自是累遷鹽鐵劇職, 聚財數十萬緡. 其凶邪陰妖, 視用之蔑如也. 有大賈周師儒者, 其居處花木樓榭之奇, 爲廣陵甲第. 殷欲之而師儒拒焉. 一日, 殷爲駢曰: "府城之內, 當有妖起, 使其得志, 非水旱兵戈之匹也。"駢曰："爲之奈何？"殷曰："當就其下建齋壇，請靈官鎭之。"殷卽指師儒之第爲處，駢命軍候驅出其家。是日雨雪驟降，泥淖方盛，執事者鞭撻迫蹙，師儒携挈老幼，匍匐道路，觀者莫不愕然。殷遷其族而家焉。殷足先患風疽，至是而甚。每一躁癢，命一靑衣，交手爬搔，血流方止。駢性嚴潔，甥侄輩皆不得侍坐，唯與殷款曲，未嘗不廢寢忘食，或促膝密坐，同杯共器。遇其風疽忽發，卽恣意搔捫，指爪之間，膿血沾染。駢與之飮啖，曾無難色。左右或以爲言，駢曰："神仙多以此試人，汝輩莫介意也。"眉：心迷了。駢前有一犬子，每聞殷腥穢之氣，則來近之。駢怪其馴狎，殷笑曰："某常在大羅宮玉皇前見之，別來數百年，猶復相識。"眉：妙！其虛誕率多如此。殷性躁虐，知楊州院來兩月，官吏數百人，鞭背殆半。光啓二年，僞朝授殷兼御史中丞，加金紫。及城陷，竄至灣頭，爲邏者所擒，腰下獲黃金數斤，通天犀帶兩條。旣縛入城，百姓聚觀，交唾其面，燖揝其鬢髮，頃刻都盡。眉：好仙人。獄具，刑於下馬橋南，杖至百餘，絞而未絕。會師鐸母自子城歸家，經過法所，遂扶起避之，復甦於橋下，執朴者尋以巨木踣之。驛殿過，決罰如初。始殷之遇也，驕暴之名，尋布於遠近。其族人競以謙損戒殷，殷曰："男子患不得志，旣得之，須富貴自處。人生寧有兩遍死者？"至是果再行法。及棄尸道左，爲仇人剜其目，斷其舌。兒童輩以瓦礫投之，須臾成峰。眉：口不可誇盡，天故酷其死，以戒後人。

高駢末年，惑於呂用之・張守一・諸葛殷等，委以政事。用之等援引朋黨，恣爲不法，其後亦慮漏洩，因謂駢曰："高眞上聖，要降非難，所患者，學道之人，眞氣稍虧，靈咒遂絕。"駢聞，以爲信然，乃謝絕人事，屛棄妾媵。賓客將吏，無復見之。眉：此卽趙高誘二世深居聞聲之說。小人竊權，千古一術，愚者自墮其中。有不得已事，則遣人先浴齋戒，詣紫極宮道士祓除不祥,謂之"解穢". 然後見之,拜起纔終,已復引出. 自此內外擁隔,紀綱日紊. 用之等因大行威福,傍若無人. 歲月旣深,根蔕遂固. 用之自謂"磻溪眞君",張守一是"赤松子",諸葛殷稱"將軍". 有一蕭勝者,謂之"秦穆公駙馬",皆云上帝遣來,爲令公道侶. 其鄙誕不經,率皆如此. 中和元年,用之以神仙好樓居,請於公廨邸北,跨河爲迎仙樓. 其斤斧之聲,晝夜不絶,費數萬緡,半歲方就. 自成至敗,竟不一遊,扃鐍儼然,以至灰燼. 是冬,又起延和閣於大廳之西,凡七間,高八丈,皆飾以珠玉,綺窗繡戶,殆非人工. 每旦,焚名香,列異寶,以祈王母之降. 及師鐸亂,人有登之者,於藻井垂蓮之上,見二十八字云:"延和高閣上干雲,小語猶疑太乙聞. 燒盡名香無一事,開門迎得畢將軍." 此近詩妖也. 用之公然云:"與上仙來往." 每對駢,或叱咄風雨,顧揖空中,謂見群仙來往過於外,駢隨而拜之. 用之指畫紛紜,略無愧色. 左右稍有異論,則死不旋踵矣. 用之忽云:"后土夫人靈佑,遣使就某借兵馬,並李筌所撰《太白陰經》." 駢遽下兩縣,率百姓葦席數千領,畫作甲兵之狀,遣用之於廟燒之. 又以五彩箋寫《太白陰經》十道,置於神座之側. 又於夫人帳中塑一綠衣年少,謂之"韋郎". 廟成,有人於西廡棟上題詩曰:"四海干戈尙未寧,謾勞淮海寫儀刑. 九天玄女猶無信,后土夫人豈有靈? 一帶好雲侵鬢綠,兩行嵒岫拂眉淸. 韋郎年少耽閑事,案上休誇《太白經》." 好事者競相傳誦. 是歲,詔於廣陵立駢生祠,并刻石頌. 差州人採碑石於宣城. 及至楊子院,用之一夜遣人密以健牸五十牽至州南,鑿垣架濠,移入城內. 及明,栅緝如故. 因令楊子縣申府:"昨夜碑石不知所在." 遂懸購之. 至晚云:"被神人移置街市." 駢大驚,乃於其傍立一大木柱,上以金書云:"不因人力,自然而至." 卽令兩都出兵仗鼓樂,迎入碧筠亭. 至三橋擁閙之處,故埋石以礙之,僞云:

"人牛拽不動."駢乃朱籙數字,帖於碑上,須臾去石乃行.觀者互相謂曰:"碑動也."識者惡之.明日,楊子有一村嫗,詣知府判官陳牒,云:"夜來里胥借耕牛牽碑,誤損其足."遠近聞之,莫不絕倒.駢常與丞相鄭公不叶,用之知之,忽曰:"適得上仙書,宰執之間,有陰圖令公者.使一俠士來,夜當至."駢驚悸問計,用之曰:"張先生少年時,嘗學斯術於深井里聶夫人,近日不知更爲之否.若有,但請此人當之,無不韲粉."眉:觥他請得客着.駢立召守一語之,對曰:"老夫久不爲此戲,手足生疏,然爲令公,有何不可?"及期,衣婦人衣,匿於別室.守一寢於駢臥內,至夜分,擲一銅鐵於階砌之上,鏗然有聲,遂出皮囊中彘血,灑於庭戶檐宇間,如格鬬之狀.明日,駢泣謝守一曰:"蒙先生再生之恩,眞枯骨重肉矣."乃躬舁金玉及通天犀帶,以酬其勞.江陽縣尉薛,失其名,亦用之黨也.忽一日告駢曰:"夜來因巡警,至后土夫人廟前,見無限陰兵,其中一人云:'爲我告高王.夫人使我將兵數百萬於此界遊突,無慮他寇之侵軼也.'言畢而沒."群妖聞之,大悅,競以金帛遺之.未久,奏薛六合縣令.用之又以木刻一大人足,長三尺五寸.時又久雨初霽,夜印於后土廟殿後柏林中及江陽縣前,其迹如較力之狀.明日,用之謂駢曰:"夜來有神人鬬於夫人廟中,用之夜遣陰兵逐之,已過江矣.不爾,廣陵幾爲洪濤."駢駭然,遂以黃金二十斤餉用之.後駢有所愛馬曰大烏死,圉人懼得罪,求救於用之.用之乃見駢曰:"隋將陳杲仁,用之有事,命至淮東,杲仁訴以無馬,令公大烏且望一借."頃刻,廐吏報云:"大烏黑汗發."駢徐應之曰:"吾已借大司徒矣."俄而告斃.初蕭勝納財於用之,求知鹽城監.駢以當任者有績,與奪之間,頗有難色,用之曰:"用勝爲鹽城者,不爲勝也.昨得上仙書云:'一寶劍在鹽城井中,須用靈官取之.'以勝上仙左右人,欲遣去耳."眉:變幻不窮,識得破兵,一個套子.駢俯仰許之.勝至監數月,遂匣一銅匕首獻於駢,用之稽首曰:"此北帝所佩者也.得之則百里之內,五兵不敢犯."駢甚異之,遂飾以寶玉,常置座隅.時廣陵久雨,用之謂駢曰:"此地當有火災,郭邑之間,悉合灰燼,近日遣金山下毒龍,以少雨濡之.自此雖無大段燒爇,亦未免小小驚動也."於是用之每夜密遣人縱火,夾:惡甚!荒祠壞宇,無復存者.駢常授道家秘法,用之·守一無增焉.因刻一青石,如手扳狀,隱起龍蛇,近成文字"玉皇授白雲先生".用之潛使左右安置道院香几上.駢見之,不勝驚喜.用之曰:"玉皇以令公焚修功著,特有是命.計其鸞鶴,不久當降.某等此際,謫限已滿,便應得陪幢節,同歸真境也.他日瑤池席上,亦是人間一故事."言畢,歡笑不已.遂相與登延和閣,命酒餚,極歡而罷.後於道院庭中,刻木為鶴,大如小駟,轆轤中設機捩,人或逼之,奮然飛動.駢常羽服跨之,仰視空闊,有飄然之思矣.自是嚴齋醮,飛煉金丹,費耗資財,動逾萬計.日居月諸,竟無其驗.

高駢嘗誨諸子曰:"汝曹善自為謀.吾必不學俗物,死入四板片中,以累於汝矣."及遭畢師鐸之難,與諸甥侄同坎而瘞焉,唯駢以舊氈苞之,果符所言.後呂用之伏誅,有軍人發其中堂,得一石函,內有桐人一枚,長三尺許.身披桎,口貫長釘,背上疏駢鄉貫·甲子·官品·姓名,為厭勝之事.以是駢每為用之所制,如有助焉.

評:按渤海公鎮蜀日,大慈寺僧申報佛光見,燕公判曰:"付馬步使捉佛光."所司密察之,誘其童子,具云:"僧輩以鏡承隙日中影閃於佛上."由此乖露,因而罪之.又預策資中郡開元佛寺十後當有禿丁之亂,乃笞逐眾僧以厭之,何其神也?而受其群小如小兒然,豈知困於髦及耶?抑厭勝有靈乎?說者謂羅隱嘗不禮於駢,撰《廣陵妖亂志》,未必實錄,然亦必非烏有先生比也.

* 이 고사는 《태평광기》 권290 〈요망·여용지〉와 〈제갈은〉, 권283 〈무·고병(高騈)〉, 권289 〈요망·착불광사(捉佛光事)〉에 실려 있다.

40-15(1170) 낙빈왕

낙빈왕(駱賓王)

출《조야첨재》

 배염(裴炎)이 중서령(中書令)으로 있을 때, 서경업(徐敬業)이 반란을 일으키려 하면서 낙빈왕에게 계책을 세워 배염을 끌어들여 함께 거사하게 했다. 낙빈왕은 담장 주변을 걸으면서 한 식경 동안 곰곰이 생각하더니 이런 노래를 만들었다.

 "한 조각의 불, 두 조각의 불, 붉은 옷을 입은 어린아이가 대전(大殿)에 앉으리."[237]

 낙빈왕이 배염의 장원에 있는 아이들에게 그것을 암송하게 했더니, 얼마 후엔 도성의 아이들도 모두 그것을 노래했다. 그러자 배염은 학자들을 찾아다니며 그 뜻을 해석하게 했다. 배염은 낙빈왕을 불러 보물과 비단으로 여러 차례 유

---

237) 한 조각의 불, 두 조각의 불, 붉은 옷을 입은 어린아이가 대전(大殿)에 앉으리 : "한 조각의 불"은 화(火)를 말하고, "두 조각의 불"은 염(炎)을 말하며, "붉은 옷"을 뜻하는 "비의(緋衣)"는 비의(非衣), 즉 배(裴)를 의미한다. 따라서 이 노래는 배염이 천자가 될 것임을 암시한다.

혹했지만 낙빈왕은 모두 말해 주지 않았다. 또 음악과 기녀와 준마를 뇌물로 주어도 낙빈왕은 말해 주지 않았다. 그러자 배염은 옛 충신과 열사의 그림을 놓고 낙빈왕과 함께 보았는데, [삼국 시대 위나라의 권신] 사마선왕(司馬宣王 : 사마의(司馬懿)]을 보자 낙빈왕이 갑자기 일어나며 말했다.

"이분은 영웅 대장부이십니다."

그러면서 곧장 예로부터 대신(大臣)이 집정하면 많은 경우 왕조가 바뀌었다고 말하자, 배염이 크게 기뻐했다. 낙빈왕이 말했다.

"하지만 요참(謠讖)238)이 어떤 것인지 모를 뿐입니다."

배염이 '두 조각의 불과 붉은 옷'에 관한 참언을 말해 주었더니, 낙빈왕은 즉시 아래로 내려가서 북면(北面)하고 절하며 말했다.

"당신은 진인(眞人)이십니다."

배염은 마침내 서경업 등과 모반을 함께하기로 했다. 서경업이 양주(揚州)에서 군사를 일으키자 배염이 조정 내부에서 호응하면서 서경업 등에게 서신을 보냈는데, 거기에는 오직 '청아(靑鵝)'라는 글자만 적혀 있었다. 어떤 사람이 그

---

238) 요참(謠讖) : 시대 상황이나 정치 징후 따위를 암시하는 민간의 노래. 참요(讖謠)라고도 한다.

일을 아뢰었지만 조정의 신하들은 그 뜻을 해석할 수 없었는데, 측천무후(則天武后)가 말했다.

"이 '청(靑)'은 12월(十二月)[239]을 뜻하고 '아(鵝)'는 내가 직접 참여한다[我自與][240]는 뜻이오."

측천무후는 마침내 배염을 주살했으며, 서경업 등은 곧 패하고 말았다. 미 : 측천무후는 정말 총명하다.

裴炎爲中書令時, 徐敬業欲反, 令駱賓王畫計, 取裴炎同起事. 賓王足踏壁, 靜思食頃, 乃爲謠曰: "一片火, 兩片火, 緋衣小兒當殿坐." 教炎莊上小兒誦之, 並都下童子皆唱. 炎乃訪學者令解之. 召賓王至, 數啖以寶物錦綺, 皆不言. 又賂以音樂·女妓·駿馬, 亦不語. 乃將古忠臣烈士圖共睹之, 見司馬宣王, 賓王歘然起曰: "此英雄丈夫也." 卽說自古大臣執政, 多移社稷, 炎大喜. 賓王曰: "但不知謠讖何如耳." 炎以謠言"片火緋衣"之事白之, 賓王卽下, 北面而拜曰: "此眞人矣." 遂與敬業等合. 揚州兵起, 炎從內應, 與敬業等書, 唯有'靑鵝'字. 人有告者, 朝臣莫之能解, 則天曰: "此'靑'者十二月, '鵝'者我自與也." 遂誅炎, 敬業等尋敗. 眉 : 則天大聰明.

* 이 고사는 《태평광기》 권288 〈요망 · 낙빈왕〉에 실려 있다.

239) 12월(十二月) : '청(靑)' 자를 파자(破字)해 풀이한 것이다.
240) 내가 직접 참여한다[我自與] : '아(鵝)' 자를 파자해 풀이한 것이다.

40-16(1171) 동창

동창(董昌)

출《회계록(會稽錄)》

　　동창241)이 아직 참월하기 전에 산음현(山陰縣)의 한 노인이 거짓으로 동창에게 아뢰었다.

　　"지금 대왕께서 선정을 베풀어 그 은혜가 백성에게까지 미치고 있으니, 만세토록 월(越) 땅에서 재위하면서 만민에게 복을 주시길 원합니다. 30년 전부터 떠돌던 노래가 있는데 그것이 지금과 딱 맞아떨어지는 터라 이렇게 말씀을 올리러 왔습니다. 그 노래는 이러합니다. '성인의 성을 알고 싶은가? 천 리에 풀이 푸르기만 하다.242) 성인의 이름을 알고 싶은가? 해가 왈(曰) 위에서 생겨난다.243)'"

　　동창은 이 말을 듣고 크게 기뻐하면서 노인에게 비단 100

---

241) 동창 : 당나라 말에 월주관찰사(越州觀察使)로 있다가 반란을 일으켜, 국호를 나평(羅平)이라 하고 제위에 올랐으나, 후에 오월(吳越)을 세운 전유(錢鏐)에게 패해 자살했다.

242) 천 리에 풀이 푸르기만 하다 : '동(董)' 자를 파자(破字)해 '초(艹)'·'천(千)'·'이(里)'로 풀이한 것이다.

243) 해가 왈(曰) 위에서 생겨난다 : '창(昌)' 자를 파자해 '일(日)'과 '왈(曰)'로 풀이한 것이다.

필을 하사하고 그의 세금을 면제해 주었다. 그전에 동창은 도사 주사원(朱思遠)을 보내 재단(齋壇)을 세우고 상제(上帝)의 강림을 기다렸는데, 문득 어느 날 저녁에 주사원이 말했다.

"하늘의 부신(符信)이 빗속에서 내려왔습니다."

푸른 종이에 붉은 글씨로 무언가 적혀 있었으나 그 글자는 알아볼 수 없었는데, 주사원은 "천명(天命)을 동씨(董氏)에게 내린다"라는 뜻이라고 말했다. 또 왕수진(王守眞)이라는 자가 있었는데, 민간에서는 그를 "왕백예(王百藝)"라 불렀으며 기지가 매우 뛰어난 사람이었다. 처음에 동창의 생사(生祠 : 살아 있는 사람을 위한 사당)를 세울 때, 그의 형상을 조각하고 흙으로 관속들을 빚고 호위병까지 세워 놓았는데 그 모습이 마치 귀신 같았다. 요망하고 거짓된 일이 일어날 때는 모두 왕백예가 환술로 미혹해 만들어 낸 것이었다. 동창은 매번 말했다.

"토끼가 금상(金床)에 올라가는 징조가 내게 있다. 나는 토끼해에 태어났는데 내년이 바로 토끼해다. 또한 2월 2일이 토끼달과 토끼날이니, 토끼해 토끼달 토끼날 그리고 마땅히 토끼 시(時)에 만세의 업을 도모한다면 분명 이로움이 있을 것이다."

[당나라] 건녕(乾寧) 2년(895) 2월 2일에 동창은 군사와 백성 수만 명을 이끌고 황제의 호위 의장을 참월하고 내성

(內城)의 문루(門樓)에 올라 사방 경내에 사면령을 내렸으며, 위조(僞朝)의 국호를 "나평국(羅平國)"이라 바꾸고 연호를 "천책(天冊)"이라 하고 스스로를 성인이라 칭했다. 그러고는 관속과 장교들에게 모두 "성인 만세(聖人萬歲)"를 외치게 했다. 치사(致詞: 임금의 덕을 찬양하는 말)를 마치고 이어서 춤을 추려고 하자, 동창이 연거푸 제지하며 말했다.

"경들이 너무 많은 말을 해서 짐의 머리를 짓눌러 아프오."

그곳 사람들이 만든 천관(天冠: 제왕의 보관)이 다소 무거웠기 때문에 이렇게 말한 것이었다. 당시 사람들이 이 말을 듣고 모두 크게 웃었다.

董昌未僭前, 有山陰縣老人, 僞上言於昌曰: "今大王善政及人, 願萬歲帝於越, 以福兆庶. 三十年前, 已聞謠言, 正合今日, 故來獻. 其言曰: '欲識聖人姓, 千里草靑靑. 欲知聖人名, 日從曰上生.'" 昌得之, 大喜, 乃贈老人百縑, 仍免其征賦. 先遣道士朱思遠立壇場, 候上帝, 忽一夕云: "天符降於雨中." 有碧紙朱文, 其文又不可識, 思遠言: "天命命與董氏." 又有王守眞者, 俗謂之"王百藝", 極機巧. 初立生祠, 雕刻形像, 塑官屬, 及設兵衛, 狀若鬼神. 妖僞之際, 悉由百藝幻惑所致. 昌每言: "兔子上金床識我也. 我卯生, 來年歲在卯. 二月二日亦卯, 卽卯年卯月卯日, 仍當以卯時, 萬世之業, 利在於此." 乾寧二年二月二日, 率軍俗數萬人, 借袞冕儀衛, 登子城門樓, 赦境內, 改僞號"羅平國", 年號"天冊", 自稱聖人. 及令官屬將校等, 皆呼"聖人萬歲". 致詞畢, 復欲舞蹈, 昌乃連聲止之 : "卿道得許多言語, 壓得朕頭疼也." 緣土人所製天冠稍重, 故有此言. 時人聞, 皆大笑.

* 이 고사는 《태평광기》 권290 〈요망·동창〉에 실려 있다.

무(巫)

엽주부(厭咒附)

40-17(1172) 무당 서례

사서례(師舒禮)

출《유명록(幽明錄)》

파구현(巴丘縣)에 서례라는 무당이 있었는데, 진(晉)나라 영창(永昌) 원년(322)에 병으로 죽자 토지신(土地神)이 그를 데리고 태산(太山)으로 갔다. 당시 세간에서는 무당을 도인(道人)이라 불렀다. 저승의 복사(福舍)244) 앞을 지나가다가 토지신이 문지기에게 물었다.

"여기는 어떤 곳이오?"

문지기가 말했다.

"도인이 머무는 곳입니다."

토지신이 말했다.

"서례는 바로 도인이오."

토지신은 곧장 그곳에 서례를 넘겼다. 서례가 문으로 들어가자 천백 칸의 집이 보였는데, 모두 발이 드리워져 있고 평상이 놓여 있었다. 남자와 여자가 따로 거처했는데, 불경을 염송하는 사람도 있고 찬불을 노래하는 사람도 있었다.

---

244) 복사(福舍) : 생전에 승려였거나 부처를 신봉하고 선을 행했던 사람들이 머무는 곳.

그들은 자연스럽게 먹고 마시며 말로 표현할 수 없을 만큼 즐거워 보였다. 서례의 이름은 이미 태산에 보내졌으나 몸이 아직 도착하지 않은 상태였다. 그때 여덟 개의 손과 네 개의 눈이 달린 한 사람이 갑자기 나타나더니, 금강저(金剛杵)를 들고 서례를 쫓아오자 서례는 두려워서 밖으로 달아났는데, 토지신이 이미 문밖에 있다가 결국 서례를 잡아서 태산으로 보냈다. 태산부군(太山府君)이 서례에게 물었다.

"그대는 인간 세상에서 무슨 일을 했는가?"

서례가 말했다.

"3만 6000이나 되는 신을 모시면서 사람들을 위해 재앙을 없애고 제사를 지냈습니다."

태산부군이 말했다.

"너는 신에게 아부하기 위해 살생을 했으니 그 죄가 응당 무겁다."

그러고는 서례를 관리에게 넘겨 끌고 가도록 했다. 서례가 보았더니 소머리에 사람 몸을 하고 쇠 삼지창을 든 한 물체가 서례를 잡아서 쇠 평상 위에 던졌는데, 몸이 타고 문드러져 죽고자 해도 죽을 수가 없었다. 여러 날을 지내는 동안 서례는 온갖 고초를 다 당했다. 태산부군은 수명을 주관하는 자에게 묻고 나서 서례의 수명이 아직 다하지 않았음을 알고 그를 돌려보내라고 명했다. 그러면서 서례에게 훈계했다.

"다시는 살생해서 부정한 제사를 지내지 말거라."

서례는 살아난 후로 다시는 무당 노릇을 하지 않았다.

巴丘縣有巫師舒禮, 晉永昌元年病死, 土地神將送詣太山. 俗常謂巫師爲道人. 所過冥司福舍前, 土地神問門吏 : "此云何所?" 門吏曰 : "道人舍也." 土地神曰 : "舒禮卽道人." 便以相付. 禮入門, 見千百間屋, 皆懸簾置榻. 男女異處, 有念誦者, 唄唱者. 自然飮食, 快樂不可言. 禮名已送太山, 而身不至. 忽見一人, 八手四眼, 提金杵逐禮, 禮怖走出, 神已在門外, 遂執禮送太山. 太山府君問禮 : "卿在世間何所爲?" 禮曰 : "事三萬六千神, 爲人解除祠祀." 府君曰 : "汝佞神殺生, 其罪應重." 付吏牽去. 禮見一物, 牛頭人身, 持鐵叉, 捉禮投鐵床上, 身體燋爛, 求死不得. 經累宿, 備極寃楚. 府君問主者, 知禮壽未盡, 命放歸. 仍誡曰 : "勿復殺生淫祀." 禮旣活, 不復作巫師.

* 이 고사는 《태평광기》 권283 〈무·사서례〉에 실려 있다.

40-18(1173) 적유겸

적유겸(狄惟謙)

출《극담록(劇談錄)》

당(唐)나라 회창(會昌) 연간(841~846)에 북도[北都 : 태원(太原)]의 진양현령(晉陽縣令) 적유겸은 적인걸(狄仁傑)의 후손이었는데, 관직에 있으면서 청렴결백하고 강압을 두려워하지 않았다. 그의 관할 경내에 봄부터 여름까지 햇볕이 강하게 내리쬐자, 진사(晉祠)245)에 기도했으나 조금도 효험이 없었다. 당시 곽 천사(郭天師)라는 사람은 병주(并州)의 무녀였는데, 어려서부터 부록술(符籙術)을 익혔고 엽승술(厭勝術 : 귀신이나 사악한 기운을 제압하는 술법)을 자주 행했다. 감군사(監軍使)가 그녀를 데리고 도성으로 가자 그녀는 권문세가들과 인연을 맺어 궁궐을 출입하면서 결국 천사의 칭호를 하사받았다. 그녀가 얼마 후 고향으로 돌아오자 사람들이 모두 말했다.

"만약 곽 천사가 한 번만 진사에 온다면 걱정이 없어질

---

245) 진사(晉祠) : 주(周)나라 무왕(武王)의 아들이자 성왕(成王)의 동생인 당숙우(唐叔虞)를 모신 사당으로, 당나라 고조(高祖)가 군사를 일으켰을 때 일찍이 이 사당에서 제사 지낸 적이 있었다.

것이다."

그래서 적유겸이 곽 천사에게 청했더니 처음에는 매우 난처해했지만, 얼마 후에 주수(主帥 : 절도사)가 직접 모시러 갔더니 곽 천사가 승낙했다. 이에 적유겸은 수레를 준비하고 깃발과 산개(傘蓋)를 진열시켜서 직접 그녀를 위해 말을 몰았다. 진사에 도착해서는 성대히 제사 물품과 장막을 설치하고 뜰에서 몸을 숙인 채 예를 다했다. 다음 날 곽 천사가 적유겸에게 말했다.

"내가 너를 위해 부적을 하늘로 날려 보내 비를 내리게 해 달라고 청해서 이미 천제의 명을 받았으니, 반드시 지극 정성을 다한다면 사흘 후에는 틀림없이 비가 충분히 내릴 것이다."

그래서 사방의 백성이 구름처럼 모였다. 하지만 기일이 다 되었는데도 아무런 징험이 없자 곽 천사가 또 말했다.

"재난이 일어난 것은 진실로 현령이 덕이 없기 때문이다. 내가 너를 위해 다시 하늘에 고할 테니 이레 후에는 반드시 비가 내릴 것이다." 미 : 흰소리로 사람을 기만한 것이다.

적유겸은 자신의 죄를 인정하고 그녀를 더욱 정성껏 모셨으나 결국 아무런 효험도 없었다. 그러자 곽 천사는 급히 병주로 돌아가려고 했지만 적유겸이 절을 하고 그녀를 만류하며 말했다.

"천사께서는 이미 만백성을 위해 여기에 오셨으니 다시

성심껏 기도해 주시길 청합니다."

그러자 곽 천사가 발끈 화를 내며 욕했다.

"너 같은 용속한 관리는 천도(天道)를 모른다! 하늘이 지금은 비를 내려 주려 하지 않으니 나를 붙든들 무슨 소용이 있겠느냐?"

그러자 적유겸이 사죄하며 말했다.

"더 이상 천사를 번거롭게 하지 않겠으니, 날이 밝으면 전송해 드리겠습니다."

그러고는 그날 밤에 좌우의 관리들에게 주의를 주며 말했다.

"내가 무당에게 모욕을 당했으니 어찌 다시 관리라고 말할 수 있겠느냐? 날이 밝으면 지시를 내릴 것이니 너희들은 모두 반드시 따르도록 해라. 이 일의 시비와 잘잘못은 내가 스스로 책임질 것이다."

날이 밝자 성문이 아직 열리기도 전에 곽 천사는 이미 차려입고 돌아갈 채비를 다 했는데, 적유겸은 술과 음식을 하나도 차려 놓지 않았다. 곽 천사가 당(堂)에 앉아 방자하게 마구 꾸짖자 적유겸이 마침내 말했다.

"사악한 무녀 같으니! 요사한 술법으로 미혹한 지 오래되어 마땅히 오늘 여기서 죽어야 하거늘 어찌 감히 돌아가겠다는 말을 하느냐?"

그러고는 좌우의 관리들에게 소리쳐 신상 앞에서 그녀의

등을 20대 채찍질한 후 흐르는 강물에 던져 버리게 했다. 협:
통쾌하도다! 미:수단이 대단한 사람이다. 진사의 뒤에는 높이가
10장쯤 되는 산이 있었는데, 적유겸은 급히 그곳에 자리를
깔고 향을 사르게 하고는 따르던 관리들을 모두 집으로 돌
려보낸 뒤에 관잠(冠簪)을 꽂고 홀을 든 채 그 위에 섰다. 그
러자 온 성의 사람들이 놀라면서 현령이 곽 천사를 때려죽
였다고 말하며 우르르 몰려갔는데, 구경하는 사람이 담장을
두른 듯이 많았다. 그때 모래와 돌이 굴러 내리면서 갑자기
수레 덮개만 한 구름 조각이 일더니 먼저 적유겸이 서 있는
곳을 덮었으며, 이어서 사방에서 구름이 몰려들고 천둥이
몇 번 치더니 단비가 쏴아 내려 온 들판을 흥건히 적셨다. 백
성 수천 명이 적유겸을 에워싸고 산에서 내려왔다. 미:비가
오지 않았다면 적유겸은 필시 죄를 얻었을 것이다. 아마도 하늘이 훌륭
한 관리를 위해 곤경에서 벗어나게 해 주었을 것이다. 주장(州將:
절도사)은 적유겸이 무녀를 죽였기 때문에 처음에는 화를
냈지만, 그가 지극한 정성으로 하늘을 감응시키자 매우 감
탄하며 경이롭게 여겼다. 주장이 표문을 올려 그 일을 아뢰
자, 황제는 조서를 내려 그의 훌륭한 업적을 기렸으며 50만
냥을 하사했다.

唐會昌中, 北都晉陽令狄惟謙, 仁傑之後, 守官淸恪, 不畏強
禦. 屬邑境亢陽, 自春徂夏, 禱於晉祠, 略無其應. 時有郭天
師, 曁[1]并州女巫, 少攻符術, 多行厭勝. 監軍使携至京國, 因

緣中貴, 出入宮掖, 遂賜天師號. 旋歸本土, 僉曰:"若得天師一至晉祠, 則不足憂矣." 惟謙請於天師, 初甚難之, 旣而主帥遂親往迓焉, 巫者唯唯. 乃具車輿, 列幡蓋, 惟謙躬爲控馬. 旣至祠所, 盛設供帳, 磬折庭中. 翌日, 語惟謙曰:"我爲爾飛符上界請雨, 已奉天帝命, 必在至誠, 三日雨當足矣." 繇是四郊士庶雲集. 期滿無徵, 又曰:"災沴所興, 良由縣令無德. 我爲爾再告天, 七日方合有雨." 眉:大言欺人. 惟謙引罪, 奉之愈謹, 竟無其效. 乃驟欲入州, 復拜留曰:"天師已爲萬姓來, 更乞至心祈請." 郭勃然詈曰:"庸瑣官人, 不知天道! 天時未肯下雨, 留我奚爲?" 乃謝曰:"非敢更煩天師, 俟明相餞耳." 於是宿戒左右:"我爲巫者所辱, 豈可復言爲官耶? 詰旦有所指揮, 汝等咸須相稟. 是非好惡, 予自當之." 迨曉, 時門未開, 郭已嚴飾歸騎, 而牲酒餚供設, 一無所施. 郭乃坐堂中, 大恣訶責, 惟謙遂曰:"左道女巫! 妖惑日久, 當須斃在此日, 焉敢言歸?" 叱左右, 於神前鞭背二十, 投於漂水. 夾:快哉! 眉:大有手段人. 祠後有山, 高可十丈, 遽命設席焚香, 從吏悉皆放還, 簪笏立其上. 於是闔城駭愕, 云邑長杖殺天師, 馳走紛紜, 觀者如堵. 時沙石流爍, 忽起片雲, 大如車蓋, 先覆惟謙立所, 四郊雲物會之, 雷震數聲, 甘雨大澍, 原野無不滂流. 士庶數千, 自山擁惟謙而下. 眉:不雨則惟謙必獲罪矣, 天殆爲良吏解圍也. 州將以殺巫者, 初亦怒之, 旣而精誠感應, 深加嘆異. 表列其事, 詔書褒異, 賜錢五十萬.

* 이 고사는 《태평광기》 권396 〈우(雨)·적유겸〉에 실려 있다.

1 기(曁):《태평광기》명초본에는 "즉(卽)"이라 되어 있는데, 문맥상 보다 타당하다.

40-19(1174) 하파와 내파

하파 · 내파(何婆 · 來婆)

출《조야첨재》

회남(淮南) 지방에서는 귀신을 좋아해서 요사한 풍속이 많았는데, 병이 나면 귀신에게 제사를 올렸고 의원은 없었다. 장작(張鷟:《조야첨재》의 찬자)은 일찍이 강남의 홍주(洪州)에서 며칠 머물렀는데, 그곳 사람인 하파가 비파로 점을 잘 친다는 소문을 듣고 동행인 곽 사법(郭司法)과 함께 점을 치러 갔다. 그녀의 집에는 남녀가 문을 메우고 있었으며 보내온 예물이 길에 가득했다. 하파의 얼굴빛은 기쁨으로 충만하고 마음은 매우 고양되어 있었다. 곽 사법은 재배하고 돈을 낸 다음에 자신이 맡게 될 관직의 품계를 물었다. 그러자 하파는 비파의 현주(弦柱 : 기러기발)를 조율하고 음성을 부드럽게 하며 말했다.

"이 장부(丈夫)는 부귀해질 것이니, 금년엔 1품을 얻고 내년엔 2품을 얻으며 후년엔 3품을 얻고 내후년엔 4품을 얻을 것입니다."

곽 사법이 말했다.

"아파(阿婆 : 하파)는 틀렸소. 품계의 숫자가 적을수록 관직이 높아지고, 품계의 숫자가 많을수록 관직이 낮아지는 법이오."

그러자 하파가 말했다.

"금년엔 1품이 감해지고 내년엔 2품이 감해지며 후년엔 3품이 감해지고 내후년엔 4품이 감해져, 다시 5~6년이 지나고 나면 결국 품계가 없어질 것입니다."

곽 사법은 크게 욕을 하고 자리에서 일어났다.

숭인방(崇仁坊)의 아내파(阿來婆)는 비파를 타며 점을 쳤는데, 고관들이 문을 메웠다. 장작이 일찍이 그녀를 찾아갔다가 보았더니, 자색 도포에 옥대(玉帶)를 두른 매우 멋진 한 장군이 고운 비단 한 필을 내놓으면서 점을 한번 봐 달라고 청했다. 아내파는 현주를 울리고 향을 피우고 눈을 감은 채 노래했다.

"동쪽으로 동박삭(東方朔)께 고하고, 서쪽으로 서방삭께 고하고, 남쪽으로 남방삭께 고하고, 북쪽으로 북방삭께 고하고, 위로 상방삭께 고하고, 아래로 하방삭께 고하나이다."

장군은 이마를 땅에 대고 절하고 나서 아주 많은 것을 청했는데, 그녀가 이를 자세히 살펴서 자신의 의혹을 꼭 풀어주길 바랐다. 결국 아내파는 마음대로 상대방을 농락했다.

淮南好神鬼, 多邪俗, 病卽祀之, 無醫人. 張鷟曾於江南洪州停數日, 聞土人何婆善琵琶卜, 與同行人郭司法質焉. 其家士女塡門, 餉遺滿道. 顔色充悅, 心氣殊高. 郭再拜下錢, 問其品秩. 何婆乃調弦柱, 和聲氣曰: "箇丈夫富貴, 今年得一品, 明年得二品, 後年得三品, 更後年得四品." 郭曰:"阿婆錯. 品少者官高, 品多者官小." 何婆曰:"今年減一品, 明年減二品, 後年減三品, 更後年減四品, 忽更得五六年總沒品." 郭大罵而起.

崇仁坊阿來婆彈琵琶卜, 朱紫塡門. 張鷟曾往觀之, 見一將軍, 紫袍玉帶甚偉, 下一匹細綾, 請一局卜. 來婆鳴弦柱, 燒香, 合眼而唱:"東告東方朔, 西告西方朔, 南告南方朔, 北告北方朔, 上告上方朔, 下告下方朔." 將軍頂禮旣, 告請甚多, 必望細看, 以決疑惑. 遂卽隨意支配.

* 이 고사는 《태평광기》 권283 〈무・하파〉와 〈내파〉에 실려 있다.

40-20(1175) 아마파

아마파(阿馬婆)

출《개천전신기》

[당나라] 현종(玄宗)은 동악(東岳 : 태산)에 봉선(封禪)하러 가는 길에 화음(華陰)에 이르렀을 때, 동악신이 몇 리를 나와서 자신을 영접해 배알하는 것을 보았다. 현종이 좌우 신하들에게 물어보았지만 그들은 모두 보지 못했다고 했다. 그래서 마침내 여러 무당을 불러 신이 어디에 있는지 물었더니, 오직 늙은 무당인 아마파만이 아뢰었다.

"길 왼쪽에 있습니다. 붉은 머리에 자줏빛 옷을 입고 폐하를 영접하기 위해 기다리고 있습니다."

현종은 아마파를 돌아보고 웃으면서 그녀에게 명해 신에게 먼저 돌아가라고 하라 했다. 현종은 사당에 도착했을 때 신이 활집을 차고서 전각 뜰 동남쪽의 커다란 측백나무 아래에 엎드려 있는 것을 보았다. 현종이 또 아마파를 불러서 물어보았더니 현종이 본 그대로 대답했다. 현종은 아마파에게 더욱 예로써 경의를 표하며, 그녀에게 명해 신에게 자신의 뜻을 전달하게 한 다음 돌아갔다. 현종은 곧 조서를 내려 먼저 동악신을 금천왕(金天王)으로 봉했다. 현종은 직접 비문(碑文)을 지음으로써 동악신을 특별히 총애했다. 그 비석의 높이는 50여 척이고 너비는 1장(丈) 남짓이며 두께는 4~5척에 달했는데, 천하의 비석 중에서 그보다 큰 것은 없었다. 그 비석에는 황제의 행차를 수행한 태자(太子)와 왕공(王公) 이하의 관명(官名)이 음각(陰刻)으로 새겨져 있었다. 그것은 웅장하고 화려하게 만들고 정교하게 새겼으므로 비교할 만한 것이 없었다.

평 : 산신(山神)과 노름한 일, 숭산(嵩山)이 [한나라 무제를 위해] 만세를 부른 일, 거인의 발자국, 치미(鴟尾)246)에 새겨진 천서(天書)는 모두 군주가 스스로 그 이야기를 신비롭게 해서 당시에 과시하고 후세를 기만한 것일 뿐이다. 현종은 이미 동악 봉선에 깊은 뜻을 두었으므로 반드시 한 가지 기이한 일을 취해 영험함으로 삼고자 했다. 그래서 동악 신이 자신을 영접해 배알하고 사당신이 측백나무 아래에 엎드려 있었다고 거짓으로 말했는데, 신하들 중에 이를 본 자가 없다고 하면 또 그들이 믿지 않을까 봐 걱정해서 늙은 무당으로 징험을 삼았다. 늙은 무당은 현종의 뜻에 아부했으니, 누가 감히 그렇지 않다고 생각하겠는가? 현종은 비로소

---

246) 치미(鴟尾) : 망새. 용마루의 양 끝에 높게 부착한 솔개 꼬리 모양의 장식 기와.

늙은 무당이 자신의 말을 실증해서 신민(臣民)에게 믿음을 준 것을 기뻐했으니, 늙은 무당의 거짓말을 신임하고 감히 서로 다른 말을 하지 못한 것은 또한 필연적인 형세였다. 이렇게 하지 않았다면 동악신을 금천왕에 봉하고 비문을 지은 일은 없었을 것이다. 황제가 사람을 어리석게 하고 스스로 어리석음에 빠짐이 심하도다! 그런즉 제(齊)나라 환공(桓公)이 위이(委蛇)와 유아(俞兒)를 보았을 때, 중보[仲父: 관중(管仲)]가 또한 거짓말을 했을 것이다. 중보는 사물에 해박한 사람이었으니, 환공이 본 괴이한 일을 가지고 그를 이끌어 패자(霸者)에 이르게 한 것은 중보의 권교(權敎: 임기응변적인 가르침)였다.

玄宗東封, 次華陰, 見岳神數里迎謁. 帝問左右, 左右莫見. 遂召諸巫, 問神安在, 獨老巫阿馬婆奏云: "在路左. 朱鬢紫衣, 迎候陛下." 帝顧笑之, 仍敕阿馬婆, 敕神先歸. 帝至廟, 見神纍鞾, 俯伏殿庭東南大柏之下. 又召阿馬婆問之, 對如帝所見. 帝加禮敬, 命阿馬婆致意而旋. 尋詔先諸岳封爲金天王. 帝自書製碑文, 以寵異之. 其碑高五十餘尺, 闊丈餘, 厚四五尺, 天下碑莫大也. 其陰刻扈從太子・王公已下官名. 製作壯麗, 鐫琢精巧, 無比倫.

評: 山神之博也, 嵩之呼也, 大人之迹也, 鴟尾之天書也, 皆人主自神其說, 以炫當時, 而欺後世耳. 玄宗旣侈志東封, 必取一奇事以爲靈驗. 於是詭云岳神迎謁, 廟神俯伏柏下, 而群臣莫有見者, 則又恐其不信, 於是以老巫爲徵. 老巫阿帝之意, 誰敢以爲不然乎? 帝方喜老巫之能實我言, 而足以取信於臣民, 則任老巫之詭說, 而不敢相左者, 亦必然之勢也. 不如是, 而金天之封·碑文之製, 無名也. 甚矣! 帝之愚人而自愚也. 然則齊桓公之見委蛇·俞兒也, 仲父亦詭說與. 仲父博物者也, 見怪焉而引之至霸, 仲父之權教也.

* 이 고사는 《태평광기》 권283 〈무·아마파〉에 실려 있다.

40-21(1176) 위근

위근(韋覲)

출《운계우의》

 당(唐)나라의 태복경(太僕卿) 위근은 하주절도사(夏州節度使)직을 구하려 했는데, 어떤 무당이 그가 바라는 것을 알고 갑자기 그를 찾아와서 말했다.

 "제가 성신(星辰)께 기원을 잘 드리는데, 무릇 관직을 구하는 사람들은 반드시 응답을 받을 수 있습니다."

 위근은 무당이 속이는 것인 줄도 모르고 그에게 길일을 택하라고 했다. 그날 밤이 깊어지자 중정(中庭)에 술과 과일과 향등(香燈) 등을 차려 놓았다. 무당은 술에 취한 채로 와서 위근에게 원하는 관직을 직접 적어서 제단 위에서 정성스럽게 아뢰라고 했다. 무당은 위근이 직접 적은 관직을 얻고 나서 하늘을 우러르며 크게 소리쳤다.

 "위근이 다른 뜻을 품고서 나에게 하늘에 제사 지내게 했다!"

 그러자 위근은 온 가족과 함께 무당에게 빌면서 말했다.

 "산인(山人 : 점쟁이나 무당의 별칭)께서 그 말을 하지 마시길 청하니, 저희 온 식구들의 바람입니다."

 그러면서 가지고 있던 노리개와 재물을 모두 그에게 주

었다. 당시 최간(崔侃)이 경조윤(京兆尹)에 보임되었을 때 경조부의 죄수가 감옥에서 달아났는데, 무당이 그와 같은 일당이라고 했다. 협 : 하늘이 그렇게 시킨 것이다. 아전이 무당에게 행장이 갑자기 달라진 것을 캐물었더니 무당은 상황이 궁해지자 말했다.

"태복경 위근이 나에게 하늘에 제사를 지내 달라고 했는데, 내가 그 사실을 알리겠다고 하자 위근이 재물을 주면서 나에게 [알리지 말아 달라고] 부탁했습니다. 이것은 훔친 것이 아닙니다."

최간이 상주하자 선종(宣宗) 황제가 위근을 불러 대전 앞으로 오게 해서 그의 억울한 상황을 밝혀냈다. 그러고는 다시 재상을 불러 말했다.

"위근은 성남(城南)의 명망 있는 가문으로 대대로 고관을 지냈소. 그런데 얼마 전에 관직을 구하려다 결국 무고한 비방을 초래했으니, 혹리(酷吏)에게 그의 죄를 벌하게 하지는 마시오." 미 : 성명(聖明)하신 천자다.

그 무당은 즉시 경조부로 넘겨져 처형되었고, 위근은 반주사마(潘州司馬)로 폄적되었다.

唐太僕卿韋觀欲求夏州節度使, 有巫者知其所希, 忽詣韋曰 : "某善禱祝星辰, 凡求官職者, 必能應之." 韋不知其誑詐, 令擇日. 夜深, 於中庭備酒果香燈等. 巫者乘醉而至, 請韋自書官階一道, 虔啓於醮席. 旣得手書官銜, 仰天大呌曰 : "韋覦有異志, 令我祭天!" 韋合族拜曰:"乞山人無以此言, 百口之幸也." 凡所玩用財物, 盡與之. 時崔侃充京尹, 有府囚叛獄, 謂巫者是其一輩. 夾:天使之也. 里胥詰其衣裝忽異, 巫情窘, 乃云:"太僕卿韋覬, 曾令我祭天, 我欲陳告, 而以家財求我. 非竊盜也." 旣當申奏, 宣宗皇帝召覬至殿前, 獲明寃狀. 復召宰臣論曰:"韋覬城南上族, 軒蓋承家. 昨爲求官, 遂招誣謗, 無令酷吏加之罪僭." 眉:聖明天子. 其師巫便付京兆處死, 韋貶潘州司馬.

* 이 고사는 《태평광기》 권283 〈무·위근〉에 실려 있다.

40-22(1177) 이항

이항(李恒)

출《변의지》

　진류(陳留)의 남자 이항은 무당 일을 하면서 살았는데, 현읍의 사람들이 종종 그에게 길흉을 점쳐 보면 효험이 있었다. 진류현위(陳留縣尉) 진증(陳增)의 부인 장씨(張氏)가 이항을 불렀는데, 이항은 커다란 대야에 물을 담아 달라고 하더니 흰 종이 한 장을 물속에 가라앉히고 진증의 부인에게 그것을 보게 했다. 진증의 부인이 보았더니, 종이 위에 한 부인이 귀신에게 머리채를 잡힌 채 끌려가는데 또 다른 귀신이 뒤에서 몽둥이를 들고 그 부인을 몰아가는 것이었다. 진증의 부인은 당황하고 두려워서 눈물을 흘리며 돈 만 냥과 몸에 걸치고 있던 옷들을 모두 이항에게 주면서 법술을 부려 재앙을 물리치게 했다. 진증이 오자 부인이 그 일을 그에게 자세히 말해 주었다. 그러자 진증은 다음 날 이항을 불러서 다시 커다란 대야에 물을 담고 종이 한 장을 가라앉힌 뒤에 이항에게 그것을 보게 했다. 그랬더니 종이 위에 10명의 귀신이 어떤 사람의 머리를 끌고 가면서 몽둥이를 들고 그를 몰아가는 것이 보였는데, 거기에 "이 사람은 이항이다"라고 이름이 적혀 있었다. 미 : 절묘하다. 이항은 부끄러워하며 도망쳤다가 결국 전날에 받은 돈 만 냥과 옷가지를 돌려주고 곧장 몰래 달아나 현읍의 경계를 나갔다. 사람들이 이상히 여겨 물었더니 진증이 말했다.

"백반으로 종이 위에 그림을 그려서 물속에 가라앉히면, 종이는 물에 젖지만 백반은 마른 상태로 있게 되오."

사람들이 실험해 봤더니 역시 그러했다.

陳留男子李恒家事巫祝, 邑中之人, 往往吉凶爲驗. 陳留縣尉陳增妻張氏, 召李恒, 恒索於大盆中置水, 以白紙一張, 沉於水中, 使增妻視之. 增妻正見紙上有一婦人, 被鬼把頭髻拽, 又一鬼, 後把棒驅之. 增妻皇懼涕泗, 取錢十千, 並沿身衣服與恒, 令作法禳之. 增至, 其妻具其事告增. 增明召恒, 還以大盆盛水, 沉一張紙, 使恒觀之. 正見紙上有十鬼拽頭, 把棒驅之, 題名云"此李恒也". 眉 : 妙絶. 恒慚走. 遂却還昨得錢十千及衣服物, 便潛竄出境. 衆異而問, 增曰 : "但以白礬畫紙上, 沉水中, 與水同色而白礬乾." 驗之亦然.

* 이 고사는 《태평광기》 권288 〈요망・이항〉에 실려 있다.

40-23(1178) 엽주법

엽주법(厭咒法)

출《유양잡조》

쥐를 막는 주술법은 7일에 쥐 아홉 마리를 대바구니 안에 넣어 땅에 묻은 다음 900근의 흙을 저울질해 구덩이를 덮되, 구덩이의 깊이는 각각 2척 5촌으로 하고 다져서 견고하게 한다. 《잡오행서(雜五行書)》에서 말했다.

"정부[亭部 : 정장(亭長)의 관사] 땅 위의 흙을 가져와 부엌에 바르면 물과 불의 재앙과 도적을 겪지 않는데, 그 흙을 집의 네 귀퉁이에 바르면 쥐가 누에를 먹지 않고 곳집에 바르면 쥐가 벼를 먹지 않으며, 그 흙으로 구멍을 막으면 온갖 쥐의 씨를 말린다."

당나라의 옹익견(雍益堅)이 말했다.

"밤을 주관하는 신주(神咒)를 외워서 공덕이 생기면, 밤에 길을 가거나 잠을 잘 때 두려움과 악몽을 멈추게 할 수 있는데, 그 주문은 '바산바연저(婆珊婆演底)'다."

당나라의 송 거사(宋居士)가 말했다.

"[노름에서] 주사위를 던질 때 '이제미제(伊帝彌帝), 미게라제(彌揭羅帝)'라는 주문을 10만 번을 채워서 외우면, 부르는 대로 점수[彩][247]가 나온다."

厭盜[1]法, 七日以鼠九枚, 置籠中, 埋於地, 秤九百斤土覆坎, 深各二尺五寸, 築之令堅固.《雜五行書》曰:"亭部[2]地上土塗竈, 水火盜賊不經. 塗屋四角, 鼠不食蠶, 塗倉廩, 鼠不食稻, 以塞塪, 百鼠種絶."

唐雍益堅云:"主夜神咒, 持之有功德, 夜行及寐, 可以[3]恐怖惡夢, 咒曰'婆珊婆演底'."

唐宋居士說:"擲骰子咒云'伊帝彌帝, 彌揭羅帝', 念滿十萬遍, 彩隨呼而成."

* 이 고사는《태평광기》권283〈엽주・엽도법(厭盜法)〉,〈옹익견(雍益堅)〉에 실려 있다.

1 도(盜):《유양잡조》권5에는 "서(鼠)"라 되어 있는데, 문맥상 타당하다.
2 정부(亭部):《유양잡조》에는 이 앞에 "취(取)" 자가 있는데, 문맥상 보다 타당하다.
3 이(以):《태평광기》와《유양잡조》에는 "이(已)"라 되어 있는데, 문맥상 타당하다.

247) 점수[彩]: '채(彩)'는 저포(樗蒲)・쌍륙(雙六) 등의 노름에서 주사위를 던졌을 때 나오는 색깔에 따라 정해지는 점수를 말한다.

태평광기초 8

엮은이 풍몽룡
옮긴이 김장환
펴낸이 박영률

초판 1쇄 펴낸날 2024년 11월 28일

커뮤니케이션북스(주)
출판등록 제313-2007-000166호(2007년 8월 17일)
02880 서울시 성북구 성북로 5-11
전화 (02) 7474 001, 팩스 (02) 736 5047
commbooks@commbooks.com
www.commbooks.com

ⓒ 김장환, 2024

지식을만드는지식은
커뮤니케이션북스(주)의 고전 출판 브랜드입니다.
이 책은 저작권자와 계약해 발행했으므로, 본사의 서면 허락 없이는
어떠한 형태나 수단으로도 이 책의 내용을 이용할 수 없습니다.

ISBN 979-11-7307-022-8 94820
979-11-7307-000-6 94820 (세트)

책값은 뒤표지에 있습니다.